小学館文庫

囁き男

アレックス・ノース

菅原美保 訳

JN054502

小学館

囁き男

＊主な登場人物＊

トム・ケネディ…………………………… シングルファーザーの作家。

レベッカ………………………………… トムの亡き妻。

ジェイク………………………………… トムの息子、7歳。

ミセス・シェリー………………………… ローズ・テラス小学校教諭、ジェイクの担任。

ジョージ・サンダース…………………… 小学校の補助指導員。

カレン・ショー…………………………… ジェイクの同級生アダムの母親。

ニール・スペンサー……………………… フェザーバンク村に住む6歳の少年。

フランク・カーター……………………… 服役中の〈囁き男〉。

ジェーン・カーター……………………… フランクの妻。

フランシス・カーター…………………… フランクの息子。

ヴィクター・タイラー…………………… フランクの囚人仲間。

トニー・スミス…………………………… 20年前に行方不明になった少年。

アン・シアリング………………………… 〈恐怖の家〉の元の所有者。

ドミニク・バーネット…………………… 〈恐怖の家〉の前の住人。

ジュリアン・シンプソン………………… 〈恐怖の家〉の以前の住人。

ノーマン・コリンズ……………………… フェザーバンク村の住人。

ピート・ウィリス………………………… 警部補。

アマンダ・ベック………………………… 警部補。

コリン・ライアンズ……………………… 警部。アマンダの上司。

目次

リンとザックへ

ジェイクへ

きみに話したいことは山ほどあるんだけど、ぼくらはいつも、面と向かい合うとうまく話ができない。よね？ ならば、代わりに書くしかないだろう。

レベッカと一緒にきみを病院から連れて帰ったときのことは、今でもよく覚えている。暗くて雪が降っていて、あれほど慎重に運転したのは人生で初めてだった。なにせきみはまだ生後二日目で、それが後部席のベビーシートに括《くく》りつけられ、レベッカはその横でうとうとしていて、ぼくはしょっちゅうバックミラーを覗《のぞ》いてきみの無事を確かめた。

なぜって、それはもうびくびくしていたからだ。ぼくはひとりっ子で、赤ん坊にはまるっきり不慣れで、なのに気づいたら――なんと、自分の赤ん坊を世話しなくてはならなくなっていた。きみは信じられないほど小さく弱々しげで、対するぼくはぜんぜん心構えができていなくて、病院がきみをそんなぼくに渡して退院させたなんて、あきれて笑いたくなるほどだった。最初の最初から、ふたりはしっくりいかなかった。きみとぼくとはね。レベッカはすっと自然にきみを抱き、逆にレベッカのほうがきみから生まれたみたいだったのに、ぼくはいつもおろおろするばかりで、腕の中のはかない重みが怖くてたまらず、きみが泣いても、何をしてほしいのかさっぱりわからないでいた。ぼくにはきみがまったく理解できなかったんだ。

それはずっと変わることがなかった。

ぼくらがあまりにも似ているせいだ、ときみが少し育った頃にレベッカが言ったけど、本当だろうか。本当でなければいい。きみにはもっとましな人間になってほしい、とずっと願ってきた。

それはともかく、ぼくらはうまく話し合えない。だったらもう、何もかも書いてみるしかないということだ。フェザーバンクで起きたあれこれの出来事について、その真相を。

ミスター・ナイトのこと。床《ゆか》の男の子のこと。蝶《ちょう》のこと。奇妙な服を着た女の子のこと。そしてもちろん、囁《ささや》き男のことも。

すんなりとは書けないだろうし、まずは謝っておかなければならない。これまでぼくは、恐ろしいものなど何もないとたびたび言ってきた。怪物のようなものはいないんだと。

ごめん、嘘《うそ》をついていた。

第一部　七月

一

見知らぬ者による子どもの誘拐は、どの親にとっても最大の悪夢だ。しかしそれは統計上、ごくまれにしか起こらない。実際には、子どもは閉じたドアの内側で、家族から虐待や危害を受ける恐れが最も大きい。外界がどれほど脅威にあふれて見えようと、見知らぬ他人は大半がまともであるのに対し、家の中は往々にしてどこよりも危険なのが実情だ。

空き地で六歳のニール・スペンサーをひそかに追う男は、それを知りすぎるほど知っていた。

男は忍び足で低木の陰をニールと平行に進み、その様子を絶えずうかがい続けた。ニールは自分の陥った危険にまるで気づいておらず、ぶらりぶらりと歩いていた。そしてときたま地面を蹴っては、チョークのような白い土埃《つちぼこり》をスニーカーの周りに舞い上がらせた。そのたび、ニールよりはるかに慎重に歩く男には、地面がこすれる音が聞こえてきた。男自身はまったく音を立てなかった。

暖かな晩だった。日中はほとんどずっと厳しい陽射《ひざ》しが照りつけていたが、今は午後も六時となり、空がいくぶん霞《かす》んできた。温度も下がり、景色が金色を帯びて見えた。こんな晩にテラスに腰をおろし、冷たい白ワインなぞすすりながら日没を眺めていると、いよいよ暗くなってから、はおる物を取りに行くべきだったことに気づいたりする。

琥珀《こはく》色の光は空き地をも美しく染め上げていた。この空き地はフェザーバンク村のはずれに位置し、すぐ隣には今は使われていない採石場があった。でこぼこした地面は大半がひからびているものの、ところどころに低木が密集して生え、区画全体が迷路のように見える。たまに村の子どもたちがここで遊んでいたが、決して安全ではなかった。つい採石場に這《は》いおりてしまう子どもが以前からあとを絶たず、しかもその斜面は急で崩れやすかった。そのため役所がフェンスを取り付け、警告の標識も設置したが、そんな対応では不充分だというのが住民の一致した意見だった。案の定、子どもたちはフェンスの向こうへ行く方法を見つけてしまった。

警告を無視するのは子どもの習性だ。

男はニール・スペンサーについてよく知っていた。この少年やその家族のことは念入りに調べてあった。学校でのニールは、学習面でも素行面でも評価が悪く、読み書きや算数の能力は同学年の子よりかなり劣っている。服はたいてい古着だ。年齢のわりにませた態度を取り、周囲に対する怒りや恨みをむき出しにして見せる。あと数年もすれば、暴力的な問題児とみなされるようになるのだろうが、今はまだ幼いので、多少乱暴なことをしても許された。「この子はそんなつもりじゃなかった」、「この子のせいじゃない」と言ってもらえた。その行いの責任をすべてニールだけに負わせる段階ではないため、周りの大人は別の要因に目を向けるほかなかった。

男には、それが何かがすでにわかっていた。見抜くのは簡単だった。

ニールは今日一日を父親の家ですごした。ニールの父母は離婚している。これは男にとって都合がよかった。しかも両親はどちらもアルコール依存症で、軽度から重度までを行ったり来たりの状態だ。ふたりとも、息子が他方の家にいるときのほうがはるかに楽で、自分の家に来たときには相手をするのに苦労していた。ニールはたいていはひとり放っておかれ、自分で自分の面倒を見るよう仕向けられた。男が見て取った暴力性が少年の中で育ちつつある理由を、そうした環境が示唆しているのは明らかだ。ニールは両親の人生の付け足しにすぎない。彼が愛されていないのは間違いなかった。

その晩、父親はよくあることながら飲みすぎて、ニールを母親の家まで車で送れなくなった。かといって歩いて連れていくには怠惰にすぎたらしい。息子はもうすぐ七歳だ、と父親は理屈をつけたのだろう。それに一日じゅうひとりでいても平気だったじゃないか、と。そうしたわけで、ニールは今、家に向かってひとりきりで歩いているのだった。

ニールはまだ、これから行くのがまったく別の家になろうとは思いもしていなかった。男はニールのために用意した部屋のことを考え、高ぶる気持ちを抑えようとした。

空き地の中ほどでニールが立ち止まった。

男もすぐそばで足を止め、キイチゴの木の隙間から覗いて、ニールが何に注意を留めたのか確かめた。低木の根元に古いテレビが捨てられていた。その灰色の画面は前に出っ張っていたが無傷だった。男が見ていると、ニールは探りを入れるかのように、テレビを足でつついた。テレビは重くて動かなかった。ニールの目には、別の時代から迷い込んできた物体のように見えたに違いない。画面の横には格子板やつまみがあり、裏側はバケツ並みに大きかった。通り道の反対側に石がいくつか転がっていた。男が興味津々で見守っていると、ニールはそこへ行って石を一つ選び、力いっぱい画面に投げつけた。

ガポッ。

静まり返っていた場所に耳障りな音が響き渡った。石は画面を粉々に砕きはしなかったが、ガラスを突き破り、銃で撃ったようなギザギザの穴を残した。ニールはまた一つ石を拾って同じことをした。今度はうまく当たらなかった。再度試す。画面にもう一つ穴があいた。

ニールはこのゲームが気に入ったようだった。

男にはその理由が理解できた。この何気ない破壊行為は、ニールが学校で見せる攻撃性と相通じていた。自分の存在を忘れたかのような周囲の世界に、何かしら衝撃を与えようという試み。その根っこには、見てもらいたいという欲求があった。注意を払ってほしい、愛してほしいという欲求が。

どんな子どもも、心の奥底で求めているのはそれだけなのだ。

そう考えたとたん、男は動悸《どうき》が速まり、胸に痛みが走るのを感じた。彼は低木の陰からそっと足を踏み出した。そして少年の後ろに立ち、その名前を囁いた。

二

ニール……ニール……ニール……。

ピート・ウィリス警部補は空き地をそろそろと進みながら耳をすましていた。周囲では捜査員が、失踪した少年の名を打ち合わせどおりの間隔で呼んでいる。声の合間には無音が続いた。ピートは目を上げ、少年の名が頭上の暗闇を舞いのぼり、夜空に消えていくのを想像した。それと同様、ニール・スペンサーの姿は地上から消え失《う》せていた。

ピートは懐中電灯を左右に振って土の地面を照らし、足元を確かめると同時に少年の手がかりを捜した。青いトレーニングズボン、青いパンツ、〈マインクラフト〉のTシャツ、黒いスニーカー、迷彩柄のリュック、水筒。緊急連絡が入ったのは、手作りの夕食を前に腰をおろしたまさにそのときだった。食べないままテーブルで冷めていく料理のことを思うと、腹が鳴る。

だが、小さな男の子が行方不明になったのだ、どうあっても見つけ出してやらなければならなかった。

ほかの捜査員の姿は闇にまぎれて見えないが、懐中電灯の光の位置から、彼らが空き地を横切るように広がっているのがわかった。ピートは腕時計を見た。午後八時五十三分。陽はほぼ沈み、日中は暑いぐらいだったのに、この数時間で気温が急に下がっていた。冷気で体が震える。あわてて家を飛び出したため、上着をはおっておらず、着ているシャツでは寒すぎた。年齢のせい——なんといっても五十六歳だ——もあるが、年少の子どもにとっても、いつまでも外をさまようような夜ではなかった。それも、ひとりきりで道に迷ったとなるとなおさらだ。怪我《けが》をしている可能性も大きい。

ニール……ニール……ニール……。

ピートも声を張り上げた。「ニール！」

応答はなかった。

失踪事件では最初の四十八時間が決め手となる。その晩、少年が行方不明との通報があったのは七時三十九分で、彼が父親の家を出てからおよそ一時間半が経《た》っていた。ニールは六時二十分には母親の家に着くはずだったが、正確な帰宅時間について両親が連絡を取り合っておらず、しまいに母親が元夫に電話をかけ、息子がいなくなったことにようやく気づいた。警察が現場に到着したのは七時五十一分で、すでに影も長く伸び、四十八時間のうち二時間近くが失われたあとだった。そして今は、それが三時間になろうとしていた。

行方不明になった子どもの大多数は、ただちに保護され、無事に家族のもとへ帰る。それはピートもよくわかっていた。失踪事件は捨て子、家出、事故もしくは遭難、近親者による誘拐、近親者以外による誘拐、の五つの類型に分けられる。確率からすると、ニール・スペンサーの失踪はなんらかの事故であり、少年はまもなく見つかるだろうと思われた。だがピートは、先へ進めば進むほど、どうもそうはいかない気がしてくるのだった。胸のあたりにもやもやしたものが渦巻いていた。といっても、子どもが行方不明になるといつもそんなふうに感じる。それ自体に意味はない。ただ、二十年前の嫌な思い出と一緒に、不快な感情が湧き上がってきたにすぎなかった。

懐中電灯の光が何か灰色の物体を通りすぎた。

ピートははっと立ち止まり、その物体が見えたほうに光を戻した。低木の根元に古いテレビが捨ててあり、画面にいくつか穴があいていた。まるで誰かが標的を撃つ練習に使ったかのようだ。ピートはしばらくそれを見つめていた。

「何か？」

横から誰とも知れない声が問いかけてきた。

「いや、なんでもない」ピートは叫び返した。

結局なんの手がかりも得られないまま、ほかの捜査員と同時に空き地の反対側に行き着いた。ずっと暗がりにいたせいか、街灯の白々とした明るさが妙に不快に感じられる。そこには、空き地の静寂の中にはなかった、日常の平穏なざわめきがあった。

ほかにこれといってましな行動を思いつかず、しばらくすると、もと来た方向へ戻りはじめた。

あてもなく進むうちに、いつのまにか空き地に隣接する古い採石場へ向かっていた。暗い中で歩くには危険な場所なので、懐中電灯の光が集まっているほうを目指した。そこにいるのは採石場の捜索チームだった。これから作業に取りかかるらしい。数人が斜面の縁を歩きながら懐中電灯で下を照らし、ニールの名を呼んでいる。いっぽう手前の捜査員は地図を囲み、採石場へと砂利道を下りる打ち合わせをしていた。ピートが近づくと、そのうち二人が顔を上げた。

「サー？」一人はピートを見知っていた。「今日、夜勤でいらっしゃったとは知りませんでした」

「いや、違うんだ」ピートは金網のフェンスを持ち上げてくぐり、さらに慎重に足を運びながら捜査員の輪に加わった。「この近くに住んでいる」

「そうでしたか、サー」捜査員の声には、どこか不審に思っているような響きがあった。

こうした一見、下働きのような作業の場に、警部補が姿を見せることはあまりない。アマンダ・ベック警部補は署にとどまり、各所で進行中の捜査を仕切っていたし、ここの捜索チームは平の巡査が主だった。ピートはそこにいる警官の誰よりもキャリアが長いと思ったが、今夜は大勢の一人として参加したにすぎない。子どもが行方不明になったのだ、その子を見つけてやる必要があった。この捜査員はおそらく若すぎて、二十年前にフランク・カーターの周辺で起きたことも、こうした現場にピートが現れても不思議ではない理由も、頭に浮かばなかったのかもしれない。

「気をつけてください、サー。ここの地面は少々もろいですから」

「心配ない」

どうやら彼は、ピートを年寄り扱いできるほど充分に若くもあるようだ。たぶん、署のジムにいるピートを見たことがないのだろう。ピートは毎朝ジムに寄ってから勤務についていた。歳《とし》ははるかに上だが、どのマシンでも、この若者より重い負荷をかけられる自信があった。足元だって充分に注意している。あらゆるものに――自分自身を含めて――目を配るのは、もはや染みついた癖と言ってもよかった。

「わかりました、サー。われわれは、これから下へ向かうので、その段取りをつけているところです」

「わたしはここを任されているわけではない」ピートは懐中電灯を砂利道へ向け、でこぼこの地面を眺めた。懐中電灯の光はごく近くまでしか届かず、その先の谷底にひそむ採石場はまさに巨大なブラックホールだった。「きみはベック警部補の指揮下にある、わたしではなく」

「わかりました、サー」

ピートは地面に目をやったまま、ニールのことを考えた。ニールが通った可能性の高い道筋は特定された。あちこちの通りで捜索が行われた。ニールの友だちからの聴取もあらかたすんだ。だがどれも成果はなかった。そして空き地の捜索も収穫のないまま終わった。ニールの失踪が本当に事故、あるいは遭難によるものだとするなら、見つかりそうな場所はもはや採石場ぐらいしか残っていない。

なのに、下の黒々とした空間はまったくの空虚に感じられた。

確かなことは言えなかった——頭で考えるかぎり。しかし直感は、ニールはここからは見つからない、と告げていた。

どこからも見つからないかもしれない、と。

三

「わたしが教えてあげたこと、覚えてる？」女の子が訊《き》いた。

ジェイクは覚えていたけど、今はできるだけ女の子を無視しようとしていた。567クラブのほかの子たちはみな、外の太陽の下で遊んでいる。サッカーボールがアスファルトの上で跳ねる音や、誰かが叫ぶ声が聞こえ、たまにボールが建物に当たってどしんと音を立てた。でもジェイクは室内で絵を描き続けていた。それが完成するまでは、ひとりで放っておいてくれたほうがうんとありがたかった。

その子と遊ぶのが嫌いなわけではない。いや、大好きだ。ジェイクと遊びたがるのはたいていその子だけだったし、いつも一緒にいるとすごく楽しかった。でもこの日の午後は、女の子はおどけることも冗談を言うこともなかった。逆にずっとまじめくさった顔をしていて、それがちょっとばかり、ジェイクには気に入らなかった。

「ねえ、覚えてる?」

「と思う」

「じゃあ、言ってみて」

ジェイクはため息をつき、鉛筆を放り出して女の子のほうを向いた。女の子はいつもと同じ青白のチェックの服を着ていて、右膝にはいつまで経っても治る気配のない、ガサガサのすり傷があった。ここに来るほかの女の子たちは、髪をきちんと肩のあたりで切りそろえたり、ポニーテールにしたりしている。なのにこの子の髪ときたら、片方だけにばさっと広がり、しかもずっと梳《と》かしていないように見えた。

女の子がどうにもあきらめそうにない顔をしていたので、ジェイクは教わったことを復唱しはじめた。

「きちんとドアを閉めとかないと……」

ぜんぶ覚えていたなんて、びっくりだった。一生懸命覚え込もうとしたわけではなかったのに、なぜだか頭に刻みつけられていた。きっと語呂《ごろ》がいいせいだ。ときどきテレビで聞いた歌が、ずっとあとまで、繰り返し頭の中で流れることがある。パパはそれを耳虫と呼んだ。それを聞いてジェイクは、音が頭の横に穴を掘り、中でのたくるところを想像してしまった。

ジェイクが唱え終わると、女の子は満足そうにひとりうなずいた。ジェイクは鉛筆を取り上げた。

「でもいったいどういう意味なの？」ジェイクは訊いた。

「警告――」女の子は鼻にしわを寄せた。「かな。わたしが小さかった頃、子どもたちがよく唱えてたの」

「ふうん。だけど、意味は？」

「忠告してるのよ。なにしろ、世の中には悪い人がたくさんいるでしょ。悪いこともたくさん起きる。だから覚えておいて損はない」

ジェイクは眉をひそめ、また絵を描きはじめた。悪い人たち。567クラブには、少し年上のカールという男の子がいて、ジェイクはその子を悪い子だと思っていた。先週、〈レゴ〉で砦《とりで》を作っているとき、ジェイクはカールに隅に追い詰められた。カールが目の前に立ちはだかり、大きな影のようにのしかかってきたのだ。

「なんでおまえんとこは、いつも父ちゃんが迎えにくるんだ？」カールは答えを知っているのに、わざとそう訊いた。「母ちゃんが死んだからか？」

ジェイクは答えなかった。

「おまえが見つけたとき、母ちゃんはどんなだった？」

ジェイクはこれにも答えなかった。悪夢で見るのは別として、あの日ママを見つけたときのことは考えないようにしていた。考えると呼吸がおかしくなり、空気がうまく入ってこなくなる。ただひとつ、どうしても逃れられないことがあった。ママがもうこの世界にはいないのを、ジェイクは知っていた。

カールの言葉で、ずいぶん前の記憶が蘇《よみがえ》ってきた。あるときジェイクがキッチンのドアから中を覗くと、ママが大きな赤ピーマンを包丁で二つに切り、中の種を取り出していた。

「あら、ゴージャスボーイ」

ママはジェイクに気づいてそう言った。ジェイクをいつもそんなふうに呼んでいた。ママが死んだのを思い出すと、あのピーマンのような感じがした。何かがカポッと取られて、うつろな穴だけが残ったような。

「おまえが赤んぼみたいにビービー泣くのを、まじで見てみたいぜ」カールはそう言い放つと、ジェイクなどそこにいもしないかのように、すっと去っていった。

世の中があんなやつであふれているのかと思うと、嫌な気持ちがしたし、そう信じたくもなかった。ジェイクは紙に円を描きはじめた。そこで戦っている小さな棒人間たちを取り巻く、フォースフィールド。

「ジェイク、楽しんでる？」

顔を上げると、シャロンがいた。５６７クラブで働く大人の一人だ。さっきまで部屋の隅で洗い物をしていたのが、いつのまにかこっちに来て、両手を膝にはさんで腰をかがめていた。

「うん」ジェイクは答えた。

「面白い絵ね」

「まだ完成してないんだ」

「どんなふうになるの？」

ジェイクは自分の描いている戦いの絵——みんなが一斉に戦って、ひとり勝ち残ろうとしているところで、戦っている者同士を線でつなぎ、負けたほうはぐちゃぐちゃに塗りつぶしてある——をどう説明すればいいのか考えてみたけれど、あまりにも難しそうだった。

「とにかく戦いだよ」

「ねえ、外でお友だちと遊ばなくていいの？　今日はとっても天気がいいのに」

「うん、やめとく」

「日焼け止めクリームなら、まだ余分があったはず」シャロンはあたりを見回した。「どこかに帽子もあると思うんだけど」

「絵を仕上げなきゃならないんだ」

シャロンは腰を伸ばしてふっとため息をついた。でも表情は優しかった。ジェイクを気遣っているのだ。そんな必要はないのだけど、それも親切のうちなのだろう。人が自分を心配しているかどうかは、いつもなんとなくわかった。パパはしょっちゅう心配しているけど、我慢が切れたときは別だ。ときには怒鳴り散らし、「それはただ、ジェイクに話をしてほしいからで、ジェイクの考えていることや、感じていることを、知りたいからだよ」なんて言うこともある。そんなときジェイクは、自分がパパを失望させ、悲しませているように思えて、とても恐ろしくなる。でも、どうすれば今の自分と違う自分になれるのか、ジェイクにはわからなかった。

ぐるり、ぐるり――ここにもフォースフィールドを描いて、線を重ねて。それともこれはポータルなのかな？　中の小さな人間が戦場から消えて、もっといいところへ行けるような出口。ジェイクは鉛筆を逆さまにし、棒人間を消しゴムで消した。

ほら。

これでもうきみは安全だよ、どこへ行ったんだとしても。

あるとき、パパが癇癪《かんしゃく》を起こしたあと、ジェイクのベッドの上にメモ用紙が置かれていた。メモ用紙には、ジェイクとパパが笑っている絵が描いてあった。すごくいい雰囲気、と思わず認めたくなるような絵だった。そしてその下に、パパがこう書いていた。

ごめん、パパが悪かった。でも忘れないでほしい。たとえケンカをしているときでも、ぼくらはやっぱり、深く深く愛し合っているんだ。

ジェイクはそのメモ用紙を〈スペシャル・パケット〉に入れた。その中には、ほかにもいろいろと、残しておくべき大事な物が入っていた。

ふと気になって確かめた。〈スペシャル・パケット〉は、目の前のテーブルの上にちゃんとあった。描いている絵のすぐ横に。

「もうすぐ新しい家に引っ越すんでしょ」女の子が言った。

「え、そうなの?」

「パパが今日、銀行に行ったわ」

「知ってる。でもパパは、うまくいくかどうかわからないと言ってるよ。パパの必要なものを銀行がくれないかもしれないんだ」

「それ、ローンっていうのよ」女の子はゆっくりと含ませるように言った。「でもきっとオーケーが出る」

「どうしてわかるの？」

「だってパパは有名な作家だもの、でしょ？　何もないところから何かを作り出すのが得意なの」女の子はジェイクが描いている絵を見てひとり微笑《ほほえ》んだ。「ジェイクみたいに」

ジェイクはその微笑みが気になった。なんだか奇妙な笑い方。何かをうれしがっているのに、同時に悲しがってもいるみたいだ。考えてみると、ジェイクが引っ越しについて感じる気持ちもそれと似ていた。今の家にこれ以上住むのは嫌だし、あそこにいるのがパパには辛《つら》いこともわかっている。でも引っ越しは、やっぱりしてはいけないように思えた。パパとｉＰａｄを見ていたときに、新しい家はこれがいい、と指さしたのは、ジェイク自身だったのだけど。

「引っ越しても会える、よね？」ジェイクは言った。

「もちろん。それはよくわかってるでしょ」でもそこで女の子は身を乗り出し、もっと差し迫った声で言った。「でもね、何が起きても、わたしが教えたことを思い出して。大切なことなの。約束してくれなきゃだめよ、ジェイク」

「約束するよ。だけど、あれってどういう意味なの？」

女の子が説明するかに見えたとき、部屋の向こうでブザーが鳴った。

「時間切れ」女の子はひそひそ声で言った。「パパが来たわ」

四

ぼくが567クラブに着いたとき、子どもたちの大半が外で遊んでいるようだった。車を停《と》めると、笑い声がいくつも重なり合って聞こえてきた。みんなとても楽しそうで——とても普通で——ぼくは子どもたちのあいだにさっと目を走らせ、ジェイクを探した。みんなの中に交じっているのを期待して。

でも当然ながら、ぼくの息子はそこにはいなかった。

室内に入ると、こちらに背を向け、絵に覆いかぶさるようにして座るジェイクの姿があった。それを見るなり、ぼくは胸にチクリと痛みを感じた。年齢のわりに体の小さなジェイクが、その姿勢のせいでさらに小さく弱々しく見える。まるでそこから消えて、目の前の絵の中に入り込もうとしているかのようだ。

ジェイクを責めることはできなかった。ジェイクはここを嫌っていたのだ。ここに入るのに抵抗したり、通いはじめてから文句を言ったりはしなかったけど、ぼくにはわかっていた。でも、ほかに選択肢はないように思えた。レベッカが死んで以来、やりきれない気持ちになることはたくさんあった。初めてジェイクを散髪に連れていくはめになったときも、ジェイクの制服を注文したときも、涙で目が霞み、ジェイクからのクリスマスプレゼントがうまく開けられなかったときも。数え上げればきりがない。でもなぜだか、学校が休みのときがいちばん辛かった。ジェイクを深く愛してはいたものの、毎日、朝から晩まで一緒にすごすのはとても無理だった。ずっと付き合っていられるだけの余力がぼくにあるとは思えず、ジェイクが求めるような父親になり損ねた自分を嫌悪するいっぽうで、本音を言えば、自分だけの時間をときに必要としていた。ふたりのあいだに深い溝が横たわっているのを忘れるために。ますます物事に対処できなくなっていく自分から目をそむけるために。そして、しばしのあいだ泣き崩れても、ふと入ってきたジェイクに見られずにすむように。

「やあ、相棒」

ぼくはジェイクの肩に手を置いた。ジェイクは顔を上げなかった。

「ハイ、パパ」

「今日は何してた？」

「たいしたことは何も」

ぼくの手の下で、ジェイクがほんのわずかに肩をすくめた。ジェイクの体はかろうじてそこにあるのが感じられるだけで、着ているTシャツの生地よりはるかにふわふわして手ごたえがなかった。

「誰かと少し遊んだ」

「誰かって？」ぼくは訊いた。

「女の子」

「それはよかった」ぼくは身を乗り出して紙を見た。

「絵も描いたんだね」

「気に入った？」

「もちろん。こういうの大好きだよ」

本当は何を描こうとしたのかまるでわからなかった——一種の戦い、といっても、どれが敵でどれが味方なのやら、いったい何が起きているのやら、理解不能な絵だった。ジェイクが静止した状態を描くことはまずない。ジェイクの絵はどんどん変化する。一枚の紙の上でアニメーションが展開するのだ。そのため出来上がりといえば、一本の映画の各シーンをぜんぶ重ねて、一度に見せられたようになる。

とはいえ、ジェイクには何かを生み出す力があり、ぼくはそれを好ましく思っていた。創造性はぼく譲りの性質の一つで、ジェイクとぼくを結びつけるきずなだった。もっとも、ぼくはレベッカが死んでからの十か月間、ほとんど一行も書いていないというのが実情だったけど。

「パパ、ぼくたち新しい家に引っ越すの？」

「ああ」

「じゃあ、銀行の人は話を聞いてくれたんだね」

「パパはパパの経済的苦況に関してきわめて説得力のある創作をした、と言っておこう」

「くきょうってどういう意味？」

　ジェイクが苦況の意味を知らないとは意外だった。レベッカとぼくはずいぶん前に、ジェイクには大人の言葉遣いで話しかけ、知らない単語があれば説明しようと決めていた。おかげでジェイクはどんどん言葉を吸収し、子どもにはそぐわない単語をちょくちょく口にするほどだった。でも今はその意味を説明してやる気分ではなかった。

「パパや銀行の人が心配しなくてはいけない状態だってこと。ジェイクは心配しなくていい」

「いつ引っ越すの？」

「できるだけ早く」

「いろんな物をぜんぶ、どうやって運ぶの？」

「バンを借りる」費用のことを考えるとパニックが起きそうになったが、なんとかこらえた。「でなければ、パパの車で運ぶか——積めるだけ積んで何回か往復する。ぜんぶは持っていけないかもしれない。でも、ジェイクのおもちゃをいる物といらない物に分けて、何を残しておきたいか一緒に考えればいい」

「ぼくはぜんぶ残しておきたい」

「いいかい？　ジェイクが捨てたくない物まで捨てさせる気はないけど、おおかたはもう、今のジェイクには幼稚すぎる。もっと小さな子にあげたら喜ぶんじゃないかな」

ジェイクは答えなかった。たとえジェイクが遊ぶには幼稚すぎても、おもちゃのひとつひとつには思い出がこびりついていた。レベッカは、ジェイクのことに関してはなんでもぼくよりうまかった。一緒に遊ぶのもそうだ。レベッカが床にひざまずいてフィギュアを動かすところを、ぼくはいまだに思い浮かべることができた。あくまで忍耐強く接するその姿勢は、ぼくにはとうてい真似《まね》のできないものだった。ジェイクのおもちゃにはレベッカが触れている。古ければ古いほど、レベッカの指紋がたくさんついているだろう。そこには、ジェイクの人生にレベッカが存在したあかしが、目に見えない形で蓄積されているのだ。

「さっきも言ったように、捨てたくない物まで捨てさせようとは思っていないからね」

ジェイクの〈スペシャル・パケット〉のことが頭をよぎった。その使い古された革製の小物入れは、ジェイクがテーブルで描いている絵の脇に置かれていた。大きさは単行本ぐらいで、厚みの三辺にジッパーがある。もともと何に使われていたのかは思いもつかない。大判のジッパー付きシステム手帳から手帳部分を取ったような作りだが、レベッカがなぜそんな物を持っていたのかは謎だった。

レベッカが亡くなって数か月経った頃、ぼくは彼女の遺品の一部に目を通した。わが妻は終生にわたって物をため込んでいたが、整理上手で、古めの持ち物の多くは箱に詰めてガレージに積み上げてあった。ある日ぼくはその箱をいくつか家に持ち込み、どんなものが入っているのか調べはじめた。中にあったのはレベッカの子ども時代に遡る物で、ふたりですごした日々とはなんの関係もなかった。だったら楽に眺めていられるだろう、と思ったら違った。子ども時代というのは幸せな——あるいは幸せであるはずの——一時期だ。ところが、その屈託のない希望に満ちた時代の遺物に、悲しい結末が訪れたことをぼくは知っていた。涙がこぼれてきた。そこへジェイクがやって来て、ぼくの肩に手を置いた。ぼくが何も反応できないでいると、今度は小さな両腕でぼくを抱きしめた。そのあとは、ジェイクとふたりで遺品を調べた。ジェイクがのちに〈スペシャル・パケット〉となったものを見つけ、もらってもいいかとたずねた。もちろんだよ、とぼくは答えた。ほしい物はなんでも持っていけばいいと。

そのときには空っぽだった小物入れに、ジェイクがいろいろと物を詰めはじめた。レベッカの遺品から選び出した手紙や写真、雑貨類。ジェイクが描いた絵、ジェイクにとって大切な物。〈スペシャル・パケット〉がジェイクの手元から離れることはめったになかった。ぼくは二つ三つの物を除き、何が入っているのか詳しくは知らない。中を覗けたとしても覗かなかっただろう。なんといってもジェイクの持ち物なのだし、その権利はジェイクにあった。

「さてと、相棒」ぼくは言った。「荷物をまとめて帰ろうか」

ジェイクは絵を小さくたたんでぼくに持たせた。何を意味した絵であったにせよ、〈スペシャル・パケット〉に入れるほど大切でないのは明らかだった。ジェイクは〈スペシャル・パケット〉を取って抱え、部屋の出入り口の、水筒がかけてある場所へ向かった。ぼくはドアロックを解除する緑のボタンを押し、後ろをちらっと見た。シャロンが脇目も振らずに洗い物をしていた。

「さよならのあいさつをしていく?」ぼくはジェイクに訊いた。

ドアロで振り返ったジェイクは一瞬、悲しそうな顔をした。それから、シャロンにあいさつするのではなく、さっきまで座っていた、誰もいないテーブルに手を振った。

「さよなら」ジェイクはテーブルに向かって叫んだ。「ぼく、ぜったいに忘れないって、約束するよ」

そして、何も言えないでいるぼくの腕の下をひょいとくぐり、外へ出ていった。

五

レベッカが死んだ日は、ぼくがジェイクを迎えに行った。

執筆に専念する決まりの曜日だったので、代わりに行くようレベッカに頼まれたときには、最初むっとした。なにしろ、次の本の締切が数か月後に迫っていて、なのにその日はみじめなほど書けないままで大半がすぎ、最後の三十分で奇跡が起こるのだけが頼り、という状況だった。でもレベッカの顔色があまりにも悪く、体もふらついていたため、ぼくが出かけたのだ。

車で戻ってくる途中、ぼくはジェイクからその日のことを訊き出そうとあれこれ試みた。でもその努力はまったく報いられなかった。毎度のことだった。何をたずねても、思い出せない、話したくない。レベッカが相手ならちゃんと答えただろうに、といつもながら情けなくなり、それと執筆の不調があいまって、ぼくは普段にも増して不安と自信喪失に陥っていた。家に着くと、ジェイクはすぐさま車から飛び出した。ママの顔を見に行ってもいいかと訊くので、ぼくはいいよと答えた。きっとレベッカも喜ぶに違いなかった。でもママは具合が悪いんだから、おとなしくしてなきゃだめだよ。それから、靴を脱ぐのを忘れないこと。知ってのとおり、ママは汚いのが大嫌いだからね。

ぼくはしばらく車の中でぐずぐずしながら、自分の絶望的なまでの不出来さを嘆いていた。それから足を引きずるようにしてのろのろと家に入り、キッチンで荷物をおろし——ジェイクが靴を脱いでいないのを発見した。ぼくの言いつけを守らなかったのだ。当然だ、わが息子はぼくの言うことにはぜんぜん耳を貸さないのだから。家の中はしんとしていた。きっとレベッカは二階で休んでいて、ジェイクはママに会いに上がっていったのだろう。みんな問題なしだ。

ぼくを別とすれば。

ようやく居間に行ってみて初めて、奥の階段に通じるドアのそばで、ジェイクが床を見おろしているのが目に入った。床に何があるのかは見えなかった。でもなんであるにせよ、ジェイクはそれに魂を奪われたかのようにじっと立っていた。ぼくはゆっくりとジェイクに近づいていった。やがて、ジェイクがまったく動いていないのではなく、細かに震えていることに気づいた。そして、レベッカが階段の上り口に横たわっているのが見えた。あとは何もかも真っ白だ。ジェイクをそこから移動させたのは知っている。救急車を呼んだのも知っている。適切な対処はすべて行ったとわかっている。しかし、それをやった記憶がない。

最悪なことにジェイクのほうは、ぼくには決して言わなかったものの、きっと何もかも覚えているに違いなかった。

それから十か月が経っていた。ぼくはジェイクとふたりでキッチンを通り抜けた。テーブルも流し台もカップや皿で覆われ、わずかに残る隙間は食べ物のくずや油で汚れている。居間に入ると、むき出しの床板のあちこちに、忘れ去られたおもちゃが乱雑に転がっていた。引っ越し前におもちゃを整理する話をしたばかりだったが、そのありさまはまるで、必要な持ち物はすでに取り分け、残りをごみとして放置したかのようだった。この数か月というもの、家じゅうが常に影に包まれていて、それは日がしだいに終わりに近づくときのように、どんどん暗くなりつつあった。レベッカが死んだ瞬間から、わが家は崩壊しはじめたらしい。それもそのはずだ、レベッカはいつもその中心にいたのだから。

「パパ、さっきの絵を出して」

ジェイクはすでに床にひざまずき、その朝に散らかしたままのカラーペンをかき集めていた。

「何かしてもらうときには、どう言うんだったかな？」

「出してください」

「はい、どうぞ」ぼくは絵を彼の横に置いた。「ハムサンドでいい？」

「じゃなくて、お菓子がいいな」

「それはあとで」

「わかった」

ぼくはキッチンに空き場所を作ると、食パン二枚にバターを塗り、あいだにハムを三枚はさんで四つに切った。憂鬱な気分をなんとかはねのけようとしながら。片方の足をもう片方より前に出す。そうやってとにかく進み続けるべし。

とはいえ、567クラブでの出来事を考えないではいられなかった。ジェイクは誰もいないテーブルに向かって手を振っていた。もうずっと前から、ジェイクには空想の友だちがいるにはいた。ジェイクはひとりでいることの多い子だ。どこか閉鎖的で内省的なところがあるため、ほかの子が寄りつけないらしい。精神状態がいいときのぼくは、それはジェイクがひとりでいても満ち足りて楽しいからだ、と思うふりをし、何も問題はない、と自分に言い聞かせることができた。でもたいていは、そのことでくよくよ悩んでいた。どうしてジェイクは、もっとほかの子たちのようになれないのか。

もっと普通に。

心ない考えだとわかっていた。でもぼくはひとえに、ジェイクを守りたかったのだ。ジェイクのような、独りぼっちの物静かな子にとって、周囲の世界はときとして残酷なものになる。ぼくがジェイクと同じ歳の頃に経験したことを、ジェイクには味わわせたくなかった。

ともかく、空想の友だちはこれまで、なんとなくいるのがうかがえるだけ——むしろ、ときたまジェイク自身と短い会話をしているような感じ——だったのに、それが今日のような形に発展したのは、好ましいとは思えなかった。567クラブで話したという女の子が、ジェイクの頭の中にしか存在しないのは疑いない。そんな相手と人前で話したのを、ジェイクが口に出して認めたのは初めてで、そのことがぼくには少々怖かった。

レベッカはもちろん、まったく気にしていなかった。「あの子は大丈夫よ——ジェイクにはジェイクらしくさせてあげましょ」レベッカはたいがいのことに関してぼくより分別があったので、ぼくはいつもできるだけその言葉に従うようにしてきた。でも今回は？　今度ばかりは、ジェイクが本当に助けを求めているのではないかと心配だった。

それともジェイクは、ありのままの自分であろうとしているだけなのか。頭の痛い問題がまた一つ増えたわけで、ぼくはそれに対処できてしかるべきなのに、その方法を知らなかった。どうするのが適切なのか、どうしたらジェイクにとっていい父親になれるのか、まるでわからない。ああ、レベッカが今もここにいてくれたなら。

　きみが恋しい……。

　涙が出そうになったので、ぼくは考えるのをやめて皿を持ち上げた。そのとき、ジェイクが居間でひそひそ話しているのに気づいた。

「うん」彼はぼくには聞こえない何かに答えた。「うん、わかってるってば」

　震えが走った。

　ぼくは足音を忍ばせて居間のドアロまで行くと、中には入らず、その場で聞き耳を立てた。ジェイクの姿はそこから見えなかったが、奥の窓から射《さ》し込む陽の光で、ソファの横に影ができていた。不鮮明な形の、人のものかどうかも定かでない影が、ゆっくり動いている。まるでジェイクがひざまずいたまま、前後に体を揺すっているかのようだ。

「覚えてるよ」

　それからしばらく沈黙が続いた。そのあいだ、ぼくに聞こえるのは自分の鼓動だけだった。自分が息を殺しているのがわかった。ジェイクが再びしゃべった。今度は声が高くなり、しかも怒っているように聞こえた。

「言いたくないんだ！」

　ついにぼくは居間に入った。

どんな光景を目にするのか、はっきりと思い描いていたわけではない。ただ、ジェイクはさっきと同じ場所にうずくまったままで、顔は横を向き、絵が放り出されていた。ぼくはジェイクの視線をたどった。もちろん誰もいなかった。でもジェイクが一心に宙を見つめているふうなので、ぼくはつい、そこに何かがいるように想像してしまった。

「ジェイク？」そっと声をかけてみた。

ジェイクはぼくのほうを見なかった。

「誰と話してたの？」

「誰とも」

「しゃべってるのが確かに聞こえたよ」

「しゃべってない」

ジェイクは体の向きをわずかに変え、ペンを取り上げて再び絵を描きはじめた。ぼくはもう一歩前に出た。

「ペンを置いて質問に答えてくれないかな。お願いだ」

「どうして？」

「大事なことだから」

「ぼくは誰ともしゃべってない」

「ねえ、ペンを置いたらどう？　そうお願いしたんだから」

しかしジェイクは描くのをやめなかった。むしろいっそうむきになってペンを動かし、絵の中の小さな人間を乱暴に丸で囲んでいった。

ぼくの苛立《いらだ》ちは怒りに変わった。ジェイクがぼくには解けない問題のように思えることがあまりにもしょっちゅうあるので、無力で役立たずな自分がぼくはほとほと嫌になっていた。それと同時に、ジェイクが問題を解く鍵すら与えてくれないことに腹を立ててもいた。ジェイクがぼくと折り合おうとしないことに。ぼくはジェイクの助けになりたかった。ジェイクに問題が起きないようにしてやりたかった。でもそれは、どうやらぼくだけではできないらしい。

気づくと、皿を持つ手がこわばっていた。

「ほら、サンドイッチ」

皿をソファに置くと、ジェイクがどうするかは見届けないままキッチンへ戻り、流し台にもたれて目を閉じた。胸が激しく動悸を打っていた。

きみが恋しい。ぼくは心の中でレベッカに言った。ああ、きみがここにいてくれたなら。理由はたくさんあるけど、今は特にそう思えてしかたがない。だってこんなこと、ぼくにはやっぱり無理だよ。

涙がこぼれてきた。それでも気にしなかった。どのみちジェイクは絵を描いているか、サンドイッチを食べているかで、当分こっちには来ないはずだ。来るわけないだろう？　来たってぼくしかいないのに。だから泣いたってかまわない。しばらくのあいだ、ジェイクは存在しない相手とひそひそ話していればいい。ぼくも声を立てないかぎり、ここにいない相手と話していられる。

ああ、きみが恋しい。

その夜、ぼくはいつものように、ジェイクを抱いて二階のベッドまで運んだ。レベッカが死んで以来、ずっとそうしてきた。ジェイクはレベッカの死体を見た場所に目を向けようとせず、代わりにぼくにしがみつき、息を止めてぼくの肩に顔をうずめるのだった。毎朝、毎晩、そしてバスルームに行く必要があるたびに。気持ちは理解できたが、ジェイクはいろんな意味で、ぼくには重すぎるようになりはじめていた。

早く変化が訪れてほしかった。

ジェイクが寝入ったあと、ぼくは一階に戻ると、ワイングラスとiPadを手にソファに腰かけ、今度引っ越す家の情報を呼び出した。ウェブサイトの写真を目にするなり、また別の心配が頭をもたげてきた。

その家を選んだのはジェイクだと言ってよかった。ぼく自身は当初、魅力を感じられずにいた。古くて小さな二階建ての一軒家で、今にも倒れそうな田舎家《いなかや》、といった印象だった。ただ、その家には少々奇妙なところがあった。窓の位置がなんだか変で、そのため中の間取りが想像しにくい。また、屋根の角度がほんの少しずれているせいか、建物の正面が傾いて見える。まるで何か詮索《せんさく》している、さらに言えば怒っているかのようだ。だがそれより何より、家全体に背筋の寒くなるような雰囲気があり、初めて見たときには一瞬たじろいでしまった。

ところがジェイクのほうは、一瞥《いちべつ》した瞬間からこの家に決めていた。家の何かにすっかり引きつけられ、もはやほかの物件は見ようともしなかった。

最初に内覧に行ったとき、一緒について来たジェイクは心を奪われたようになった。ぼくはまだ迷っていた。広さは手頃だったが、薄汚かった。一階の予備の寝室には、埃をかぶったキャビネットや椅子、古新聞の束、段ボール箱、マットレスなどが詰め込まれていた。ミセス・シアリングという年配の売主は、すまなさそうに、それらはすべて前の賃借人の持ち物で、売却時までにはなくなっているはずだと説明した。

それでもジェイクが頑として譲らなかったので、ぼくは再び内覧を申し込み、今度はひとりで行ってみた。そのときだ、ぼくがその家を違ったふうに感じはじめたのは。見かけは奇妙でも、それがいわば雑種犬のような魅力をかもしだしていた。そして初めは怒って見えたのが、むしろ警戒しているように思われてきた。家は過去に傷つけられたことでもあるのだろうか。ちょっとやそっとでは信用してやらないぞ、とでも言いたげだった。

独特の個性がある、と思った。

とはいえ、いざ引っ越すことを考えると不安になった。今日の午後などは、申告した経済状況が半ばでっち上げであるのが見破られ、ローンの申請が即刻却下されるよう、心の隅で願っていたくらいだ。ただ、今はほっとしていた。かつての暮らしの名残が捨て置かれた、この汚い居間を見れば、ぼくもジェイクもこのままでやっていけないのは明らかだ。行く手にどんな困難が待ち受けていようと、この場から脱出しなければならない。これからの数か月がぼくにとってどんなに辛いものになろうと、息子にはそれが必要だ。息子にも、ぼくにも。

ぼくらは新たなスタートを切るしかない。ジェイクが抱かれなくても階段を上り下りできる場所で。ジェイクが現実に存在する友だちを見つけられる場所で。ぼくがここそこに自分の幻影を見つけなくてもすむ場所で。

画面で改めて家を眺めていると、ここは妙な形で、ジェイクやぼくに似合っている気がしてきた。この家はぼくらと同じく、適応の困難なはみ出し者なのだ。ぼくらとこの家はうまくやっていけるだろう。村の名前だって、温かくて心慰められる感じがするではないか。

フェザーバンク。

その名は、ぼくらが安心してすごせる場所のように響いた。

六

ピート・ウィリスと同様、アマンダ・ベック警部補も最初の四十八時間の重要性は承知していた。彼女は捜査開始からの十二時間を、ニール・スペンサーが通った可能性のある道の捜索と、近親者の取り調べやニールのプロファイルの作成に充てるよう、捜査員たちに指示した。写真が集められた。生い立ちが調べられた。そして翌日の午前九時には記者会見が開かれ、ニールの特徴と失踪当時の服装がメディアに公開された。

無言で座るニールの両親を両脇にして、アマンダは各種の協力を訴え、目撃者に自ら申し出るよう呼びかけた。ときおりカメラのフラッシュが三人を照らした。アマンダは無視しようとしたが、ニールの両親がそのたびにぎくりとし、カメラマンからジャブを食らったかのように身を引くのが感じ取れた。

「住民の皆さんには、自宅のガレージや物置を調べるようお願いします」アマンダは集まった記者に言った。

記者会見は終始、できるだけ穏やかで抑えめの調子で進められた。アマンダの今の大きな目的は、ニールの捜索だけでなく、地域住民の不安をやわらげることにあった。誘拐ではないと断言するのはとうてい無理でも、現在の捜査の方向ぐらいは明らかにしてもいいと思えた。

「ニールはなんらかの事故に見舞われた可能性が最も高いと思われます」アマンダは言った。「ニールが失踪してからすでに十五時間が経過していますが、われわれは、まもなく無事保護できるとの希望をあくまで持ち続けております」

内心では、そこまで確信してはいなかった。

＊

記者会見が終わって捜査対策室に戻ると、アマンダはまず、地域内の性犯罪歴のある者数人をひそかに呼び出し、みっちり追及する手配をした。

昼には捜索範囲が広げられた。万一を考えて運河の一部がさらわれた。大規模な戸別の聞き込みが開始され、監視カメラのビデオの解析も行われた。ビデオの解析はアマンダ自身が行った。ニールは父親の家を出た頃には写っていたが、空き地に至る前に消え、あとは二度と現れなかった。

アマンダは疲労を感じ、顔をこすって生気を取り戻そうとした。

空き地には改めて捜査員が派遣され、陽の光のある中で採石場の捜索が続けられていた。

だがニール発見の手がかりはつかめないままだった。

といっても、ニールの顔自体はある意味で目に付くようになり、時間が経つにつれてその頻度は高まった。新聞やニュースを通じてニールの、特にサッカーシャツを着て恥ずかしそうに笑う写真――両親が持っていた中でも数少ない、楽しそうな顔をした写真のうちの一枚――が出回りはじめた。報道番組は簡略な地図を映し、重要地点を赤い丸、通った可能性のある道筋を黄色の点線で示して見せた。

記者会見の模様も放送された。それをアマンダは夜に、自宅のベッドに入ってタブレットで見た。カメラが撮ったニールの両親は、あの場で感じたよりさらに打ちひしがれて見えた。ふたりは罪悪感を抱いているようだった。たとえ今はそうでなくても、まもなくそうなる、というより、そう仕向けられるだろう。アマンダはその日の午後のブリーフィングで、多くが自身も子を持つ親である捜査員らに注意しておいた。ニールの失踪を取り巻く状況については議論があるかもしれないが、ニールの父母には気遣いをもって接しなければならない、と。あのふたりが決して模範的な親でないのは言うまでもないが、失踪に直接関与しているとは、アマンダは思っていなかった。父親には軽犯罪の前歴――酔って暴れた、なぐり合いをして訓戒を受けたなど――がいくつかあるとはいえ、特に警戒するほどのものではない。母親は犯罪歴なし。もっと重要なのは、ふたりともこの一件で心底ショックを受けている様子だったことだ。想像に反して、互いがなじり合う場面すらなかった。

両親はただひたすら、わが子が家に戻るのを願っていた。

アマンダはよく眠れないまま、朝早くに署に出た。この三十六時間余りで休息を取ったのはかろうじて四、五時間。そんな状態でオフィスに座り、子どもの失踪に見られる五つの類型を思い浮かべるうちに、いよいよありがたくない結論を導かざるを得なくなってきた。ニールが両親に捨てられたとか始末されたとは思えない。帰り道で事故に遭ったのなら、今頃はもう発見されていてもよかった。ほかの近親者による誘拐の可能性もなさそうだ。家出の線はあり得たが、現金も食料も持たない六歳の少年に、これほど長時間あざむかれたままでいるとは、どうしても信じられなかった。

壁に貼られたニールの写真を見つめながら、悪夢のようなシナリオについて考えてみた。

近親者以外による誘拐。

それは一般には見知らぬ者による誘拐と考えられているが、ここでは正確に捉えることが重要だった。この類型において、子どもがまったく未知の人間に連れ去られるケースはごくまれだ。むしろ誘拐犯は子どもの日常生活の周辺にいて、子どもはその人物になついている、もっと言えば手なずけられている場合が多い。そこで捜査の焦点を移すことに決めた。近親者の友人や友人の近親者など、それまでの三十六時間には微妙な線上にあった一群を前面に引っぱり出し、取り調べの中心に据えた。既知の性犯罪者の身辺をさらに徹底的に洗い、ニール宅のインターネットの閲覧履歴も調査対象に含めた。アマンダは入手した監視カメラのビデオを再度映し、前とは別の観点から、つまり餌食《えじき》になったほうに注意を集中するのではなく、背後に捕食者がひそんでいる可能性を疑いながら精査した。

ニールの両親からも再び話を聞いてみた。

「息子さんが、ほかの大人からじろじろ見られて、気持ち悪がったりしていたことはありません？　誰かに近寄られた、と言ったこととかは？」

「ないね」ニールの父親はそうした考え方そのものに侮辱を感じたようだった。「もしそうなら、おれがちゃんとけりをつけてやってたよ。んだろ？　それに、それならそうと、とっくに話してたぜ。そう思わねえか？」

アマンダは形だけ微笑んでおいた。

「なかったです」と母親も答えた。

だが、あまりきっぱりした答え方ではなかった。

アマンダが問い詰めると、実はあることを思い出したと言いはじめた。それをニールから聞いた時点では、そしてニールが行方不明になったときでさえ、警察に報告しようとは思いもしなかったらしい。なぜなら、あまりにも奇妙でばかばかしい話で――それにいずれにしろ半分眠っていたので、ほとんど頭に残っていなかったということだった。

アマンダは再び作り笑いをしながら、この女の首をもぎ取ってやりたい衝動をこらえた。

それから十分後、アマンダは上の階にあるコリン・ライアンズ警部のオフィスにいた。疲れからか神経の高ぶりからか、膝がわずかに震えるのを抑えていなければならなかった。ライアンズは不機嫌な顔を見せた。この事件の捜査に深く関わっていた彼には、アマンダと同様、これからどんな状況に直面することになりそうかが充分にわかったのだ。とはいえ、この新事実は彼としては聞きたくないものだった。

「この話はメディアに洩らすな」ライアンズが低い声で言った。

「わかりました、サー」

「それで、母親には」彼は不意に、不安そうな面持ちでアマンダを見た。「このことは公の場で口にするなと言い渡しておいたか？　絶対にしゃべるなと？」

「はい、サー」

そんなのあたりまえでしょ、サー。ただ、その必要があったかどうか、アマンダには疑問だった。一部の記事はすでに批判的で告発調になっており、もう嫌というほど過《あやま》ちを指摘された両親が、さらに落ち度を認めるような真似をわざわざするとは考えにくかった。

「ならばけっこうだ」ライアンズは言った。「なぜかというと、ああ、まったくなんてことだ――」

「わかっています、サー」

ライアンズは椅子の背にもたれて目を閉じ、深く息を吸った。「あの事件のことは知っているか？」

アマンダは肩をすくめた。あの事件なら誰だって知っていた。ただそれは、ずっと追いかけているのとは違った。

「何から何まではありませんが」アマンダは答えた。

ライアンズは目を開け、じっとしたまま天井を見つめた。「ならば、多少助けがいるな」

彼は言った。

それを聞いてアマンダは少々気が沈んだ。この二日間、疲労の極致に達するまで働いたのだ、その成果を誰かと分け合わなければならなくなるのは歓迎できなかった。いっぽうで、この地域で知れ渡っている怪物のことがあった。

フランク・カーター。

囁き男。

それでなくても住民の不安感を鎮めるのがますます難しくなっているのに、この新事実が公になれば、それは不可能にさえなるだろう。慎重に慎重を期す必要がありそうだった。

「そう思います、サー」

ライアンズはデスクの電話を取り上げた。

こうして、ニール・スペンサー失踪後の貴重な四十八時間が刻一刻と終わりに近づいていたそのとき、ピート・ウィリス警部補が再び捜査に加わることになった。

七

ピートは関わりたいわけではなかった。

彼の信条はわりあい単純で、長年のあいだに深く染みつき、今では意識しなくても自然とそれに従うまでになっていた。彼の生活設計の基本とも言えた。

暇な人間には悪魔が仕事を見つける。

空っぽの頭には悪い考えが入り込む。

だからピートは常に身を忙しくし、頭をいっぱいにしておいた。彼にとって大切なのは規律と規則性で、空き地の捜索が収穫なしに終わったあとも、それから四十時間あまりのあいだ、ほとんど普段どおりの行動をしていた。

その日の早朝には、署のジムでスタンディングベンチプレスとサイドラテラル、リアデルトトレーニングを行った。鍛える部位は毎日変えている。ジムに来るのは見栄《みえ》や健康のためではなく、ひとりでエクササイズに集中していると気がまぎれるからだ。トレーニングのあと、その四十五分間はほとんど雑念が入らなかったのに気づき、驚くこともよくあった。

現にその朝も、ニール・スペンサーのことをまったく考えないでいられた。

トレーニング後は、その日の大半を上の階のオフィスですごした。そこのデスクには軽犯罪事件の書類が山と積まれており、気をまぎらわす材料には事欠かなかった。もっと若くて血気盛んな頃なら、こうしたちっぽけな犯罪より、興奮をかき立てる大事件のほうに魅力を感じただろう。だが今は、退屈な書類作りの安穏《あんのん》さがありがたく思える。警察の業務において、興奮する出来事というのはめったにないだけでなく、悪いことであり、たいていは誰かの命が損なわれたことを意味する。興奮を求めるのは心の傷を求めるのに等しく、ピートはそのどちらをも、すでに充分すぎるほど味わっていた。車の窃盗や万引きなど、果てることなく発生する平凡な犯罪のために法廷に立つと、どこか慰められる気分になった。それは、町では平和な時間が流れており、まったく問題なしとは言えなくとも、その生活が崩壊する恐れもたぶんないことの表れだった。

ただ、捜査に直接は関与していなくても、ニール・スペンサーの事件を完全に避けることはできなかった。小さな男の子の失踪は大きな影を投げかけ、たちまち署で最も注目される事件となっていた。廊下で警察官らが話すのがピートの耳にも入った。ニールはいったいどこにいるのか。ニールに何が起きたのか。そして当然ながら、ニールの両親に対する非難も。それは声をひそめて語られ、表向きは口にするのを止められていたが、依然として聞こえていた――小さな子をひとりで歩いて帰らせたとは、なんて無責任な。そんなとき、ピートは二十年前にも似たような非難が聞かれたのを思い出し、足早にその場を立ち去るのだった。当時と同様、それに同調する気にはなれなかった。

午後五時が近づくと、まだデスクにおとなしく座っているうちから、その夜に何をするかを考えはじめた。一人暮らしで人づきあいもまれなので、毎晩やることといえば、料理本に目を通し、しばしば手の込んだ夕食を作り、ひとり食卓に向かって食べることぐらいしかない。食事のあとは、映画を観《み》るか本を読む。

そしてもちろん、儀式だ。

ボトルと写真。

ところが帰り支度をして署を出る頃になると、動悸が速まってきた。前の夜には数か月ぶりに悪夢を見ていた。ジェーン・カーターが電話で声を忍ばせ、「急がなきゃだめよ」と言っていた。ニール・スペンサーから逃れようにも逃れられないせいで、深部にとどめておきたかった暗い考えや記憶が、表層まで浮かび上がったのだ。だから上着をはおったとたんにデスクの電話が鳴ったとき、ピートは必ずしも驚かなかった。前もってわかるはずもないのに、すでに何かを察知していた。

彼はわずかに震える手で受話器を取った。

「ピート」コリン・ライアンズ警部が電話の向こうから呼びかけてきた。「つかまってよかった。ちょっと話がしたいんだが、上に来てくれないか」

ライアンズ警部のオフィスに入るなり、ピートの疑いはいっそう強くなった。電話では聞かされていなかったが、そこにはアマンダ・ベック警部補が来ており、デスクの手前でこちらに背を向けて座っていた。アマンダが現在担当している事件はひとつだけで、ということは、ピートがそこへ呼ばれた理由もひとつしかあり得なかった。

ピートは努めて平静を保ちながらドアを閉めた――とりわけ二十年前に、ついに踏み込んだフランク・カーター宅の増築部屋で、ピートを待ち受けていた光景を思い出さないようにしながら。

ライアンズは満面の笑みを浮かべていた。部屋の照明になりそうなほどの笑顔だ。「わざわざすまないな。そこにかけてくれ」

「失礼します」ピートはアマンダ・ベック警部補の横に座った。「やあ、アマンダ」

アマンダは軽く会釈をし、わずかに微笑んでみせた。ライアンズのぎらついた笑みに比べ、ワット数のかなり低い微笑で、自分の顔すら明るくできていない。ピートはアマンダのことをあまりよく知らなかった。彼女はピートより二十歳下だが、今は年齢よりかなり老けて見えた。へとへとに疲れ――そのうえ不安を感じているようだ。権限が削られ、事件が自分の手から奪われるのを心配しているのかもしれない。アマンダはかなりの野心家だという噂《うわさ》だった。でもその心配なら解消してやれた。ライアンズには、都合しだいでアマンダを捜査からはずす無情さはあっても、代わりにピートに事件を担当させる考えなどあるはずがないからだ。

ピートとライアンズは同年配だが、階級はライアンズが上でも、実はピートのほうが一年早く警察に入っていた。いろんな意味で業績も華々しい。事情が違えば、今デスクを挟むふたりの位置は反対だったかもしれず、またそうなって当然とさえ言えた。しかし、ライアンズが常に野心的であったのに対し、昇進には対立や葛藤《かっとう》が付き物であるのに気づいたピートは、今より上の地位をほとんど望んでいなかった。それがいつもライアンズを苦々しい気持ちにさせているのは、ピートも承知していた。自分が必死で求めているものを、自分より楽に獲得できる人間がまるでほしがっていないことほど、癪《しゃく》に障るものはない。

「ニール・スペンサー失踪事件のことは知っているな」ライアンズが言った。

「ええ。最初の夜、空き地の捜索に加わりました」

ライアンズはそれを自分への非難と受け止めたのか、一瞬ピートをじろりと見た。

「近くに住んでいます」ピートは言い足した。

といってもライアンズも同じ地域に住んでおり、それでいて、あの夜の街路の一斉捜索には顔を出さなかったのだが。しかし彼は、すぐにひとりでうなずきはじめた。子どもの失踪事件にピートが必ず首を突っ込む裏には、ピートなりの事情があることを、ライアンズは知っていた。

「これまでの進捗《しんちょく》については承知しているか？」

進捗がないことなら承知している。だがそう言うと、アマンダに対する非難と受け取られてしまうだろうし、アマンダは非難を受けるに値しなかった。ピートのわずかながらの観察によれば、彼女は捜査をよく取り仕切っており、できるかぎりのことをやっていた。もっとりっぱなのは、両親を批判しないようにと、捜査員らに注意したことだ。ピートはそれを好ましく思っていた。

「ニールが見つかっていないのは承知しています。大がかりな捜索や聞き込みをしたにもかかわらず」

「きみとしての意見は？」

「意見が言えるほど、状況をしっかり追いかけているわけではありません」

「おや」ライアンズは驚いた顔をした。「最初の夜に捜索に加わったと言わなかったか？」

「あのときは、見つかると思っていました」

「では、今は見つからないと思っているのか？」

「さあ。見つかってほしいとは思っています」

「きみならこの事件に注目するだろうと思っていたんだがな、きみの過去からして」

ついに触れてきた。最初の暗示。

「あるいは、その過去のせいで注目しないのかもしれません」

「ああ、それはわかる。われわれ全員にとって困難な時期だった」

ライアンズはしんみりした声を出したが、それもまたふたりの確執の一因であることが、ピートにはわかっていた。この地域における過去五十年で最大の事件があったとき、それを解決に導いたのはピートだったにもかかわらず、最終的にはライアンズがその担当者とされた。ふたりが遠巻きに話している過去の事件捜査は、さまざまな点で、どちらにとっても窮屈な話題だった。

ライアンズが話を核心に近づけた。

「ただ、意見を訊いたのには、ほかにも理由がある。フランク・カーターが話そうとする相手はきみだけなんだろ？」

再び暗示。

その名は久しく耳にしていなかったので、ピートはひどく動揺するかと思ったが、むずむずした感覚が這い上ってきたにとどまった。フランク・カーター。二十年前にフェザーバンクで五人の男の子を誘拐して殺した男。そしてピートがやっとのことで逮捕した男。名前自体が底知れない戦慄を呼び起こすので、ピートは常に、決して口に出してはならない気がしていた。隠れた怪物を呼び出す呪文であるかのように。もっと忌まわしいのは、新聞がその男に付けた呼び名だ。囁き男。その由来は、フランクはまず犠牲者——親に無視された、付け入りやすい子どもたち——を自分になつかせ、それから外へ連れ出したという説にあった。夜半に窓辺にやって来ては、子どもにそっと話しかけていたというのだ。ピート自身がその呼び名を使うことは絶対になかった。

ピートは部屋を出ていきたい衝動をなんとか抑えた。

フランク・カーターが話そうとする相手はきみだけなんだろ？

「そうです」

「なぜだと思う？」

「わたしをからかうのが楽しいからです」

「どんなことでからかうのだ？」

「あのときにやつがやったことです。わたしにはどうしても暴けなかったこと」

「だがやつは口を割ろうとしないんだろ？」

「ええ」

「ならば、なぜわざわざ話をしに行ったりするんだ？」

ピートは答えをためらった。それは、彼が長年にわたって何度となく自分に問いかけてきたことだった。フランクと会うのはとてつもなく恐ろしく、刑務所の面会室に座って彼が来るのを待つあいだ、いつも身震いをこらえていなければならなかった。面会のあとは心がぼろぼろに砕かれたようになり、ときにはそれが何週間も続いた。昼間は抑えきれない震えに悩まされ、晩にはボトルの誘惑にあらがうのがいっそう難しくなった。そして夜中にはフランクが夢に現れた。その悪意に満ちた巨大な影は、ピートに叫び声を上げさせ、眠りを破った。あの男に会うごとに、ピートは少し、また少しと、壊されていくのだった。

それでもピートは会いに行った。

「たぶん、いつか口をすべらすのではないかと期待しているのでしょう」ピートは慎重に答えた。「もしかしたら、何か重要なことをふと洩らすのではないかと」

「スミス少年を捨てた場所についてか?」

「そうです」

「それから、共犯者のことも?」

ピートは黙った。

なぜなら、それもまた暗示だったからだ。

二十年前、失踪した五人の少年のうち、四人の死体はフランク・カーターの家で発見された。ところが、最後に犠牲になったトニー・スミスだけは、どこからも見つからなかった。五人ともフランクが殺したことは、誰もが信じて疑わなかったし、フランク自身も一度も否定していない。ただ、この事件にはどこか矛盾した点があったのも事実だ。それは決してフランクの容疑を晴らしはしなかったものの、その些細《ささい》な点が捜査にほころびや不備を残した。誘拐のうちの一件は、ある一定時間内に起きたと推定されたが、フランクはそのほとんどにアリバイを持っていた。といっても、少年を連れ出すのがまったく無理なわけではなく、可能性の幅がいくらか広がっただけで終わった。また ある現場では、決め手にはならなかったにせよ、別の人物を目撃したという証言があった。フランク宅から見つかった法医学的証拠は圧倒的に有力だったし、はるかに具体的で信頼性の高い目撃証言も得られていた。にもかかわらず、フランクははたして単独犯だったのかという疑問は、その後もずっと消えなかった。

それについてピート自身は判断しかねており、たいがいは共犯の可能性をできるだけ考えないようにしていた。しかし、今ピートがこのオフィスにいる理由は、間違いなくその点にある。どのみち嫌なものと向き合わなければならないのなら、早く明るみに出して片づけたほうがましだ。ピートはライアンズの質問には答えないで、要点に迫ることにした。

「なんのために呼ばれたのか訊いてもいいですか、サー？」

ライアンズは口ごもりながら言った。

「これから話すことは、絶対にこのオフィスから外に洩れてはならない。それはわかっているな？」

「もちろんです」

「監視カメラのビデオによると、ニール・スペンサーは確かに空き地へ向かって歩いていたのだが、その近辺のどこかで消えたらしい。今までのところ、捜索では何もつかめていない。ニールがふと迷い込みそうな場所もすべて調べたが、どこにもそれらしい形跡はなかった。ニールは友だちや親戚の家にも行っていない。となると、当然ながら、別の可能性を考えざるを得ない。そうだな、ベック警部補？」

ピートの横で、アマンダ・ベックがはっと背筋を伸ばした。彼女はやや身構えたような口調で話した。

「もちろん、別の可能性は最初からいろいろと考えていました。戸別の聞き込みはすませました。常習犯の取り調べも行いました。それでも、捜査は今のところ進展を見せていません」

話はそれだけで終わりではないはずだ、とピートは思った。「しかし？」

アマンダは深く息をついた。「しかし、わたしはもう一度両親から話を聞いてみたんです。何か見落とした点がないか確かめようと。どんな手がかりでもいいから出てこないかと。すると、母親があることを言いました。あまりにばかげていると思って、前には口にしなかったそうです」

「何を言ったんだ？」

そうたずねながらも、ピートには答えがわかっていた。そっくりそのままではないかもしれないが、充分に近い答えが。この集まりのあいだに、新たな悪夢の断片が次々にぴたりと合わさり、一枚の絵が出来上がろうとしていた。

失踪した少年。

フランク・カーター。

共犯者。

そしてアマンダが最後の断片を加えた。

「数週間前、ニールが夜中に母親を起こしました。窓の外に怪物がいたと言って。カーテンは開いており、確かにニールは外を見ていたようでしたが、外には何もいなくて……」

アマンダは言いよどんだ。

「ニールは、怪物が自分に何かを囁いたと言ったんです」

第二部　九月

八

フェザーバンクの不動産屋から鍵を受け取ると、ジェイクは期待ではちきれんばかりの顔になった。いっぽうのぼくは、新しい家へと車を進めながら、少々不安を感じていた。家の印象が内覧のときと違っていたら？　いざ引っ越してみると、どうにも気に入らなかったら？　もっと悪いことに、ジェイクが家を嫌いになったら？

何もかもがむだになるかもしれなかった。

「ジェイク、助手席を蹴るのはやめようよ」

後ろからどんどんと蹴る音は一瞬やんだものの、またすぐにはじまった。ぼくは角を曲がりながらため息をついた。とはいえ、ジェイクが興奮すること自体、めったにない出来事だったので、この際、音は無視することにした。ぼくらのうち少なくとも一人は、楽しい気分でいるのだ。

天気はよかった。それに、ぼくの憂鬱はさておき、晩夏の太陽を浴びたフェザーバンクが美しいのは否定しようがなかった。そこは郊外の住宅地で、人や車でごった返す町中から八キロしか離れていないのに、ずいぶん田舎のように感じられた。村の南端に当たる川沿いの一画には、丸石を敷きつめた道やコテージがあった。片側に店が並んだ道をさらに北へ進むと、砂岩でできたかわいらしい家々が建つ、急勾配の坂道が見えてきた。舗装道の両側にはほとんど途切れることなく並木が続き、生い茂る緑の葉が頭上を覆っている。車の窓をおろすと、外の空気は刈ったばかりの草のにおいで満ち、あちこちから音楽や子どもの遊ぶ声が聞こえてきた。いかにも平和で静かな場所のように思えた――怠惰にすごす朝のような、ゆったりとして温かい雰囲気。

ぼくらがこれから住む通りに入った。閑静な住宅街を走るその道路の片側には、広い草地があった。草地の周りはさらに木が多く、葉の隙間から射し込む陽が草の上にまだら模様を作っていた。新しい家の向かいの草地で走り回るジェイクの姿や、そのTシャツが太陽でまぶしく輝くさまを、ぼくは思い浮かべてみた。ジェイクが今と同じように楽しそうな顔をしているのを。

ぼくらの家だ。

ついにその前に到着した。

私道に車を乗り入れた。家はもちろん前と変わっていなかったが、建物が外界を睨《にら》む顔つきには何通りかあるようだった。初めて見たときは、人を寄せつけないような――危険と言ってもいいような――怖さを覚えた。二度目には、独特の個性があると思った。今度は、窓の奇妙な配置が激しく殴打された顔を思い起こさせた。頬が腫れて片目が押し上げられ、頭蓋骨が損傷してゆがんだような。ぼくはそのイメージを払いのけようと頭を振った。イメージは消えたが、不吉な感じは残った。

「さてと、降りようか」ぼくは小声で言った。

車の外はしんとしていた。ぬるい空気を動かす風ひとつない中で、ぼくらは静寂に包まれた。だが家に近づくにつれ、あたりからかすかなざわめきが聞こえてきた。ぼくは窓が、あるいはひょっとしたら窓ガラスの背後の、こちらからは見えない場所にひそむ何かが、ぼくらをじっと見ているような錯覚に陥った。鍵を回してドアを開けると、むっとする空気が流れてきた。一瞬、実際よりはるかに長いあいだ、しかも何か干からびた物を中に置いたまま、ずっと閉めきっていたかのようなにおいがした。でも改めて嗅ぐと、漂白剤っぽいにおいしか感じなくなった。

ジェイクとぼくは家に入り、あちこちのドアや戸棚を開け、電気をつけては消し、カーテンを開けては閉めた。ぼくらの足音が家じゅうに響きわたり、そうでないときには物音ひとつしなかった。しかしぼくは、ジェイクと一緒に部屋をひとつひとつ覗くあいだ、そこにいるのはぼくらだけではないような感覚を追い払えずにいた。別の誰かが陰に隠れていて、振り向くタイミングによっては、ドアロからこちらをうかがっている顔が見えそうな気がした。愚かな、ばかげた空想だったが、ともかくそう感じたのだ。その点でジェイクは助けにならなかった。彼は興奮気味で部屋から部屋へ飛び回っていたが、たまに少し戸惑ったような、まるで何かがいるのを期待していたのに、それがここにはいなかったとでも言いたげな表情を見せた。

「パパ、ここがぼくの部屋？」

ジェイクの寝室にする予定の部屋は、二階の廊下より少し高い位置にあり、そこの窓はほかより小さめになっていた。腫れた頰の上で草地を睨みつける、あの目だ。

「そうだよ」ぼくはジェイクの髪をかき撫《な》でた。「気に入った？」

ジェイクが答えないので、ぼくは不安に駆られて彼を見おろした。ジェイクは部屋を眺め回しながら考え込んでいた。

「ジェイク？」

ジェイクがぼくを見あげた。

「ここは本当に、ぼくたちの家？」

「ああ。ぼくらの家だ」

ぼくの両足にジェイクがしがみついてきた。あまりに突然だったので、ぼくはバランスを崩してひっくり返りそうになった。ジェイクはまるで、見たこともないほどすごいプレゼントを前にして、それが取り上げられるのを心配しているかのようだった。ぼくはその場にしゃがみ、ジェイクをしっかり抱きしめた。ジェイクがほっとしたのが伝わってきた。ぼくはふと、それだけでもう充分だという気になった。ぼくの息子はこの家に住むのを喜んでいるし、ぼくは彼のために何かいいことをしたのだ。それ以外はもうどうでもいい。ぼくはジェイクの肩越しに、開け放たれたドアと、その向こうの廊下を見つめた。角の向こうに何かがいるような気はまだしたが、それはぼくの想像にすぎないと今は思えた。

ぼくらはここで安全に暮らせる。

ぼくらはここで幸せに暮らせる。

そして最初の一週間は、実際にそうだった。

＊

そのときぼくは、組み立てたばかりの本棚をしげしげと眺めながら、自分の腕前に驚いていた。日曜大工はこれまで得意分野ではなかったけど、レベッカがいたなら、きっとぼくにやらせただろうと考えたのだ。ぼくは、レベッカが後ろから寄りかかり、片頬をぼくの背中に押し当てて両腕を胸に回してくるのを思い浮かべた。レベッカがひとりにやにやと笑う。

「わかったでしょ？　あなたにはできるって」ちっぽけな成功に酔っているにすぎなかった

が、最近はそんな感情を味わうことさえまれだったので、素直に受け入れた。

ただ当然ながら、ぼくが孤独であることに変わりはなかった。

　ぼくは本棚に本を並べはじめた。

　それもレベッカがやっただろうと思うことの一つだったからだ。新しい家への引っ越しはジェイクとぼくだけの問題だったとはいえ、そうした点はやはり大事にしておきたかった。「トムったら、いつも本を出しっ放しにしておくんだから」レベッカが一度そう言ったことがある。「これじゃまるで、猫の足の裏にバターを塗っておくようなものよ。家に居つかせようってわけね」レベッカは無類の本好きだった。温かく満ち足りた気分の夜に、ふたりしてソファの端と端で丸くなり、ぼくはパソコンで執筆に精を出し、レベッカは手あたりしだい小説を読む――といったことが何度となくあったものだ。長年のあいだに本は何百冊もたまっていた。ぼくはその本の詰まった箱を開け、一冊ずつそっと本棚に立てていった。

　次はぼくの本の番だった。パソコンデスクの横の棚は、ぼくが書いた四つの小説と、そのさまざまな翻訳版のために取ってあった。そんなものを飾っておくのはこれみよがしな感じがしたが、レベッカはぼくのことが誇らしかったようで、いつもそうしろと言い張っていた。つまりこれも――さらに、まだ書いていない、しかしこれから書くであろう本をいつでも置けるよう、棚に空き場所を残しておいたのも――やはりレベッカに対する敬意の表明だった。

　ぼくはおずおずとパソコンのほうを見た。この一週間というもの、立ち上げても、無線の接続を確かめるぐらいで、これといったことはしていなかった。何も書かないままで一年がすぎていた。それもこれからは変わるだろう。新しいスタート、新しい――

ギシッ。

頭上で音がした。片足を踏み出した音。ぼくは天井を見あげた。真上はジェイクの部屋だが、ぼくは本棚の組み立てや荷ほどきをするあいだ、彼を居間で遊ばせていた。ドアロに行って階段を見あげた。誰もいない。突如、あらゆる動きが止まったかのように、家全体がしんとなった。ぼくの耳の中で静寂が鳴り響いた。

「ジェイク？」ぼくは二階に向かって叫んだ。

沈黙。

「ジェイク？」

「パパ？」

ぼくは飛び上がりそうになった。ジェイクの声が真横の、居間のほうから聞こえてきたのだ。ぼくは階段のてっぺんに目を向けたまま居間に一歩近づき、中を覗いた。ジェイクは床にうずくまり、こちらに背を向けて何か描いていた。

「何も変わりはない？」ぼくは訊いた。

「うん。でもどうして？」

「ちょっと確かめただけ」

もとの位置に戻り、階段のてっぺんをもう一度見あげた。やはりひっそりしていたが、その空間には何か怪しげな気配が漂っていた。またしても、見えないところに誰かが立っているような感覚。何をばかな。誰かが玄関から入ってきたのなら、ぼくが気づいたはずだ。家がきしむことはある。そうした音に慣れるには時間がかかる。それだけのことだ。

とは言っても。

ぼくは、何かが飛びかかってきたらすぐに払いのけられるよう、片手を上げて構えながら、忍び足でゆっくりと慎重に階段をのぼった。二階に着いた。廊下には誰もいなかった。ジェイクの部屋に行ってみても、やはり空っぽだった。午後の陽の光が窓から射し込み、宙で埃が渦巻いているのが見えた。埃がかき乱された様子はなかった。

古い家がきしんだだけだ。

さっきよりしっかりした足取りで階段を下りた。ばかげた振る舞いをして恥ずかしい気がしたが、自分では認めたくないほどほっとしてもいた。階段の最後の二段は端に寄って通らなければならなかった。そこには郵便物の山がいくつもできていた。入居以来たまりにたまっていたもので、引っ越すと必ず来るお決まりの書類のほか、周辺のテイクアウト店のチラシやダイレクトメールが無数にあった。だが手紙らしい手紙も三通ばかり届いていた。宛名はドミニク・バーネットとやらで、三通とも「親展」と印字されている。

前の所有者のミセス・シアリングがこの家を長年貸し出していたのを思い出し、ぼくはふと一通を開けてみた。中に入っていたのは、債務回収会社からの請求明細書だった。気分が沈んでいった。ドミニク・バーネットは、それが誰であれ、携帯電話料金を千ポンド以上も滞納し、その会社に負債を負っていたのだ。ほかの二通も開封してみた。どちらも同様の未払い通知だった。ぼくは眉間にしわを寄せながら明細に目を通した。額はたいして多くなかったが、文面は脅迫めいていた。厄介な問題ではない、とぼくは自分に言い聞かせた。電話を数本かければ片がつく。ただ──この引っ越しは、ぼくとジェイクの新たなスタートになるはずだった。それがまた、越えなければならない障害物を運んでくるとは、予想もしていなかった。

「パパ？」

見ると、横の居間のドアロにジェイクの姿があった。片手に〈スペシャル・パケット〉を、もう片方の手に紙を一枚持っている。

「二階で遊んでもいい？」

ぼくはさっきのギシッという音を思い出し、一瞬だめだと言いそうになった。しかしそれもばからしい話だった。上には誰もいなかったし、あそこはジェイクの寝室だ。ジェイクにはそこで遊ぶ権利がいくらでもある。いっぽうで、その日はふたりで向き合う時間があまりなかったので、ジェイクを二階に行かせると、孤立させてしまう気がした。

「いいけど。その前に、描いた絵を見せてくれる？」

ジェイクはためらった。「どうして？」

「興味があるからだよ。見てみたいな、と思うからだよ」

と思うように努力しているからなんだよ、ジェイク。

「これはプライベートなんだ」

なるほど。ぼくはその主張を尊重したかったものの、ジェイクがぼくに秘密を持つのは気にくわなかった。〈スペシャル・パケット〉のことはおくとしても、描いた絵を見せようともしなくなったとは、今やふたりの間の距離はどんどん広がっているに違いなかった。

「ジェイク――」

「わかった、見てもいいよ」

ジェイクは紙をぼくのほうへ突き出した。そうやって差し出されると、今度は進んで受け取りたくはなくなってきた。

でもぼくは受け取った。

ジェイクは例の複雑に展開する戦いの絵が好きで、現実の風景を見たとおりに描くのは苦手だ。しかし今回はそれに挑戦していた。その絵は大雑把だったものの、ぼくらの家に明らかに似ており、そもそもの初めにジェイクが注目した、ウェブの画像を思い出させた。この家の風変わりな外観がよく捉えられている。線が稚拙で曲がっているおかげで、全体が奇妙な形に引き伸ばされ、窓も長細くなり、家がますます顔らしく見える。玄関の扉はまるで呻《うめ》いているかのようだ。

しかしぼくの目を引いたのは、二階の部分だった。右側の窓には、寝室でひとり立っているぼくがいた。左側はジェイクの寝室で、そこの窓はジェイクの全身が見えるぐらい大きくしてあった。ジェイクの顔は微笑んでいて、そのとき実際に着ていたTシャツとジーンズがクレヨンで描かれていた。

そしてジェイクの寝室には、ジェイクと並んでもうひとり、別の誰かがいた。小さな女の子だ。黒い髪がすべて一方向になびき、荒れ狂う波のようにうねっている。服はところどころが青く塗られ、あとは白地のままだった。

片方の膝には小さな赤いすり傷があった。

女の子は顔を大きくゆがませて笑っていた。

九

その夜ジェイクが風呂をすませたあと、ぼくは彼のベッドの脇に腰をおろし、一緒に本の読み合いをした。ジェイクは音読がうまい。今読み進めているのはダイアナ・ウィン・ジョーンズの『三の力』（邦題『呪われた首環の物語』）で、ぼくの子どもの頃のお気に入りだった。そのため深く考えずに選んだのだが、題名がなんとも皮肉なことに、あとになって気がついた。

一章分を読み終えると、ほかの本とまとめて片づけた。

「おいで」ぼくは言った。

ジェイクは何も言わずに布団から抜け出し、ぼくの膝に横向きに座り、ぼくをぎゅっと抱きしめた。ぼくは心ゆくまで抱擁を味わった。やがてジェイクは膝からおりて、ベッドに戻った。

「愛してるよ、ジェイク」

「ケンカをしてるときでも?」

「もちろん。ケンカしてるときはいつもよりもっと。そんなときこそ、愛することがとっても大切になる」

ぼくはジェイクに描いてやった絵のことを思い出した。その絵をジェイクが残しているのは知っていた。ベッドの下の〈スペシャル・パケット〉にちらりと目をやった。夜中でも腕をおろせば触れられるよう、そこに置いてあった。すると今度は、ジェイクが午後に描いていた絵のことが浮かんできた。あまり見せたがらなかったので、あのときには絵について何も訊かなかった。でも今、この寝室の柔らかく温かい照明の下でなら、たずねてもいいような気がした。

「今日はぼくらの家を上手に描いてたね」

「ありがと、パパ」

「ただ、ちょっと知りたいことがあるんだ。窓の中でジェイクと一緒にいた女の子は、誰なの？」

ジェイクは唇を嚙《か》んだまま何も答えなかった。

「怒ったりしないから」ぼくは優しく言った。「教えてくれるよね？」

でもジェイクはやはり答えなかった。それではっきりした。誰を描いたつもりにせよ、その女の子こそが、絵を見せたくない理由だったのだ。しかも女の子のことは今も話したがっていない。けれどなぜだ？

一瞬の間を置いて、答えが浮かんできた。

「567クラブにいた女の子？」

ジェイクはためらいながらもうなずいた。

ぼくはすっと身を引き、なんとか失望感を隠そうとした。もっと言えば挫折感を。この一週間は何もかも順調なように感じていた。ぼくらはここで楽しくやっていた。ジェイクはうまく順応しているように見えたし、ぼくは努めて楽観的に構えていた。ところが、ジェイクの空想の友だちは、どうやらぼくらの後をずっと追いかけていたらしい。前の家に置いてきたあの女の子が、何キロもの道のりをとぼとぼ歩き、ついにぼくらを見つけ出した――そんな想像が浮かんできて、ぼくはわずかに身を震わせた。

「今もその子と話したりしてるの？」

ジェイクは首を振った。

「ここにはいないんだ」

その落胆した様子からして、ここにいてほしいと思っているのは明らかで、ぼくは再び不安に駆られた。現実にはいない相手に執着するのは健全とは言えない。と同時に、ジェイクがあまりにもがっかりして寂しそうに見えたので、彼から友だちを奪ったことに罪の意識を感じた。例のごとく、自分の至らなさにも腹が立った。

「ほら」ぼくは慎重に言った。「明日から学校だろ。きっとそこで、新しい友だちがいっぱいできるよ。さしあたっては、パパがここにいる。ここにぼくらふたりがいる。新しい家、新しいスタート」

「ここは安全なの？」

「安全？」なぜそんなことを訊くのだろう。「ああ、もちろん」

「ドアには鍵をかけた？」

「かけた」

嘘だった。反射的に真っ赤な嘘が口をついて出ていた。ドアに鍵はかけていなかった。チェーンをかけることすら頭になかった。しかしフェザーバンクは閑静な田舎町だ。それに夜もまだ早いし、どこにも明かりがついている。そこまで大胆なことをするやつはいないだろう。

とはいえ、ジェイクがあまりにも脅《おび》えた様子を見せるので、ぼくらのいる場所と玄関との距離が急に気になりはじめた。風呂を使っているときはその音がやかましかった。ふたりが二階にいるあいだに誰かが忍び込んだとして、ぼくにはそれが聞こえただろうか？

「心配しなくていい」できるだけ毅然《きぜん》と聞こえるようにぼくは言った。「ジェイクの身に何か起きるようなことは、パパが放っておかない。どうしてそんなに気になるんだ？」

「ドアはみんな閉めておかなきゃいけないんだ」

「なんだって？」

「ぜんぶ鍵をかけておかなきゃいけないんだ」

「ジェイク——」

「きちんとドアを閉めとかないと、囁く声が聞こえるよ」

悪寒が走った。ジェイクは恐怖に取りつかれているように見えた。しかもその文句は、どう考えてもジェイクがひとりで思いつくたぐいのものではなかった。

「どういう意味なの、それ？」ぼくは訊いた。

「わかんない」

「じゃあ、どこで聞いたの？」

ジェイクは答えなかった。でもぼくはすぐさま勘づいた。答えを聞く必要はなかった。

「女の子から聞いたんだね？」

ジェイクはうなずいた。ぼくは混乱して首をひねった。現実にはいない人間から、こんな奇妙な文句を聞けるはずがない。ひょっとして、567クラブでのことはぼくの誤解で、女の子は実在したのだろうか？　ジェイクはその子がもう部屋を出たのを知らないで、さよならのあいさつをしただけ？　でもぼくが着いたとき、テーブルにはジェイクしかいなかった。とすると、クラブのほかの子の中に、ジェイクを脅《おど》かそうとしたやつがいたに違いない。ジェイクの顔つきから見て、その企《たくら》みは成功したようだった。

「ジェイクは絶対に安全だ。パパが保証する」

「でも、ぼくが自分で鍵をかけるわけじゃないもの！」

「ああそうだ。それを責任をもってやるのはパパだ。だからきみは何も心配しなくていい。どこぞの誰かが言ったことなんか、パパは気にしない。きみはこのパパの言うことにこそ、耳を傾けるべきだ。パパはきみの身に何か起きるようなことは放っておかない。絶対に」

ジェイクはぼくの話すことに、少なくとも耳は傾けていたが、納得したようには見えなかった。

「約束する。それに、ジェイクに何か起きるようなことを、なぜ放っておかないかわかるかい？　ジェイクを愛しているからだよ。深く深く。たとえケンカをしているときでも」

その言葉で、ジェイクもぼくもほんの少し微笑んだ。

「信じてくれるね？」

ジェイクはうなずき、さっきより安心した表情を見せた。

「よかった」ぼくはジェイクの髪をかき撫で、立ち上がった。「だって本当のことだから。じゃあ、おやすみ」

「おやすみ、パパ」

「五分したら、また上がってきて様子を確かめるよ」

ぼくは電気を消して部屋を出ると、できるだけ足音を立てないようにそっと一階へ下りた。ところが、そのままソファに身を投げたい気持ちに反して、足が玄関の前で止まった。

きちんとドアを閉めとかないと、囁く声が聞こえるよ。

どこで聞いてきたにしろ、もちろんでたらめだ。それでもやはり気にかかった。さっきは、女の子が野や畑を横切ってぼくらを追いかけてくるのを想像し、なんとも落ち着かない気分になった。それとそっくりに、今度はまた別の想像が頭から振り払えなくなった。髪を一方向になびかせて奇妙な笑みを浮かべた女の子が、ジェイクの横に座り、その耳に恐ろしい言葉を囁く姿が。

ぼくは夜に備えてドアチェーンをかけた。

十

ピート・ウィリス警部補はその週末を、フェザーバンクから何キロも離れた場所ですごしていた。あたりの田園を歩き、下草が絡まり合うところに杖《つえ》を差し込んで確かめ、通りかかった生垣を調べた。牧場に何もいなければ、踏み越し段で柵をまたぎ、中の牧草のあいだを捜し回った。

見る人は、ピートがただぶらぶら歩いているように勘違いしただろう。ピート自身、あくまでそのつもりでいた。最近はこうした遠出を、年配男のただの暇つぶしと考えるようにしている。なんといっても二十年が経ったのだ。それでも、意識の一部は目的に集中したままだった。美しい景色に見とれるのではなく、地面に骨片や古い布の切れ端が落ちていないか、絶えず捜していた。

青いジョギングパンツ。小さな黒のポロシャツ。

ピートの頭の中には常にこの二つがあった。

フランク・カーター宅の増築部屋で惨状を目にした日のことは、どんなに考えまいとしても、決して忘れはしないだろう。小さな子どもが四人も殺されていた。そこから署に戻る途中は、受けた衝撃のあまりの強さに、まだ頭がくらくらしていた。しかし署のスライド式ドアをいったん通り抜けると、ともかくもいくらかほっとしはじめた。犯人はまだ逃亡中だったにせよ、ついに怪物の名前が――新聞の呼び名ではなく本名が――特定されたのだ。そして、やつが命を奪ったのはその四人ですべてとみられた。

一瞬、事件はほとんど解決したものとピートは思った。

ところがそのとき、スミス夫妻が待合室に座っているのが目に入った。ピートは今でも彼らの様子をはっきりと思い出すことができる。アラン・スミスはスーツ姿で背をまっすぐにして座り、宙を見つめていた。膝と膝のあいだで両手がハートの形を作っていた。妻のミランダは、両手を腿のあいだに挟んで夫に寄りかかり、その肩に頭を預けていた。茶色いロングヘアが夫の胸元で遊んでいた。まだ夕方前だったが、ふたりともどっぷり疲れて見え、長距離旅行者が座ったまま眠ろうとして、眠れないでいるかのようだった。

ふたりの息子のトニーが行方不明になっていた。

そしてその午後から二十年を経た今も、トニーは行方不明のままだ。

フランク・カーターは一日半ほど逃亡を続けたすえに逮捕された。彼のバンはフェザーバンクから百五十キロほど離れた田舎道の端に停めてあった。法医学的証拠からみて、そのバンの後部席にトニーが乗せられていたのは確かだ。しかしそこに死体はなかった。またフランクは、トニー殺しは認めたものの、死体をどこに捨てたかは明かそうとしなかった。

その後の数週間、フランクが通った可能性のある幾通りもの道筋に沿って大規模な捜索が続けられた。だがいずれも成果には至らなかった。ピートも何度か捜索に加わった。捜査員の数は時とともに減り、二十年がすぎた今では、なおも捜しているのはピートひとりになった。ミランダとアランさえ引っ越していった。ふたりは現在、フェザーバンクから遠く離れた場所に住んでいる。トニーは今も生きていたなら二十六歳だ。ミランダとアランには事件後の動揺の中で娘が生まれ、その娘クレアが先頃十六になったのをピートは知っていた。息子が殺害されたあとに新生活を築いたスミス夫妻を、非難する気は毛頭ない。ただピート自身は、事件をそのままにしておくことがどうしてもできないのだった。

小さな男の子が行方不明になっていた。

男の子は見つけて、家に帰してやらなければならなかった。

＊

フェザーバンクへの帰り道、車で通りすぎる家々がピートには憩いの場のように見えた。暗い中で窓がこうこうと輝いており、そこから穏やかな話し声や笑い声が洩れてくるのが想像できた。

人は寄り添い合う、それが自然なのだ。

そう思うと、ピートは少々孤独を感じたが、彼が送るようなひとりきりの生活の中にも、探せばそれなりの楽しみが見つかった。道路脇には大木が並んでいた。葉は闇に覆われているが、ところどころ街灯に照らされた箇所では、それが柔らかな風にそよぎ、黄と緑の入り混じった色をほとばしらせているのが見える。こんなにも静かで平和に満ちたフェザーバンクが、一時はフランク・カーターの恐ろしい犯罪の舞台になったとは、ほとんど信じがたかった。

ピートが住む通りの端の街灯には、「行方不明」と大きく書かれたポスターが括りつけてあった。この数週間に、ニール・スペンサーの家族があちらこちらに設置したものだ。ポスターには少年の写真があり、失踪時の服装の説明と、目撃者への情報提供の呼びかけが記されていた。写真も文章も、絶え間なく降りそそぐ夏の太陽光線ですっかり色褪《いろあ》せており、ピートはそこを通りすぎながら、事故現場に置かれたまま朽ちた花を思い浮かべた。姿の消えた少年は、またしても見えなくなりはじめていた。

ニールが行方不明になってから二か月近くがすぎていた。しかし、捜査に人手を投入し、気力と熱意を捧《ささ》げたにもかかわらず、失踪した夜につかんだ以上の手がかりはほとんど得られていなかった。ピートの見るかぎり、アマンダ・ベック警部補の指示はどれもこれも適切だった。常に自身の評判を気にかけるライアンズ警部でさえアマンダに味方し、事件を引き続き担当させている事実が、彼女の有能さを物語っている。といっても、それはそれである種の虐待なのかもしれない。前回廊下ですれ違ったとき、アマンダはひどく疲れ切った様子だった。

そのうちもっと楽になる、と言ってやれればいいのだが。

ライアンズ警部のオフィスに呼ばれたあと、フランクの事件の捜査についてはアマンダに詳しく説明しておいた。しかしニールの事件への関与は、結局のところ、ごく浅いところにとどまっていた。フランクとの面会を申し込んだときには、いつものごとく恐怖感に襲われた。あの怪物の正面に座り、慰み者のように扱われる自分が頭に浮かんだ。毎度のことながら、ちゃんとやり遂げられるかどうか不安になった。この面会でついに、自分にはとても耐えられないことが証明されるのではないかと。だがそれは杞憂《きゆう》に終わった。思い出せるかぎりで初めて、面会の要求が拒否されたのだ。世に言う囁き男は、どうやら沈黙を守ることに決めたようだった。

ピートはそれまでに何度もフランクを訪ねたことがあったし、再び訪ねる覚悟もしていた。それでも、やはりほっとせずにはいられなかった。そのせいで罪悪感や羞恥心を抱きもしたが、そんなものは捨てろと自分に言い聞かせた。フランクと相対して座ることは一つの試練だ。体に毒をもたらす。しかも、フランクと今回の事件との関連性といえば、ニールが寝室の窓で何かを見た、耳にした、と母親が言ったことだけ。面会が役に立つと考える理由もなかった。

安堵《あんど》は理にかなった反応だった。

家に着き、ダイニングのテーブルに鍵を放り出した頃には、夕食には何を作り、寝るまでの数時間は何を観てつぶすか、予定を立てはじめていた。明日になれば、またジムと書類と管理業務が待っている。いつもどおりの生活が。

だがその前に、ピートは儀式を行った。

キッチンの戸棚を開け、そこにあるウォッカのボトルを取り出すと、両手の上で転がして重みをはかり、ガラスの厚さを確かめた。内部のつややかな液体と彼のあいだには、堅固な保護の層があった。こうしたボトルを最後に開けたのは、もうはるか昔のことだったが、キャップをひねって封を破るときの、キュイッという心地良い音は、今でも耳の奥に残っていた。

引き出しから写真を出した。

それから、ボトルと写真をテーブルに置き、その前に腰かけ、自分にたずねた。

おまえはこれを飲みたいのか？

その衝動は長年のあいだ、迫ったり遠のいたりしながらも、常にある程度まで存在していた。衝動を揺さぶり起こすものはたくさんあるが、衝動自体がいつとなく、でたらめに目覚めるように思えるときもあった。たいていは充電の切れた携帯電話のごとく無力なボトルに、ときおりちろちろと揺らめく炎が現れる。そうした衝動が今、かつてないほど強く感じられた。実のところこの二か月間、ボトルが話しかけてくる声はしだいに大きくなっていたのだ。

おまえは避けられないことを先延ばしにしているだけだ。

なぜそんなに自分を苦しめるんだ？

口まで中身の詰まったボトル——それが肝心だった。飲みかけのボトルから一杯注いでも、新しいボトルの封を切るほど慰めにはならない。慰めは充分に闘ったという思いの中にある。ピートはキャップに指をかけてすべらせ、自分を試した。もう少し力を入れれば、封が破れてボトルが開く。

いっそ降参したらどうだ。

価値のない人間になった気がするだろうが、おまえになんの価値もないことぐらい、おまえもおれもとっくに承知してるさ。

その声は親しげにも残酷にも感じられた。メジャーコードの気楽さでマイナーコードを奏でる響き。

どうせおまえには価値がないんだ。おまえは役立たずなんだ。

だからボトルを開けてしまえ。

それはたいていの場合と同じく、父の声だった。父は四十年も前に死んでいたが、ピートはその姿を今もありありと思い浮かべることができた。埃っぽい居間のすりきれた肘掛け椅子に太った体をだらりと預け、軽蔑するようにピートを見ていた。幼いピートが何をどうやっても、父は満足しなかった。「価値がない」と「役立たず」はピートがいち早く覚えた、そして飽きるほど聞かされた言葉だった。

ずいぶん経ってから、ピートはようやく気がついた。父は人生のあらゆることに失望したちっぽけな男にすぎず、息子を、積もりに積もった欲求不満の、都合のいいはけ口にしていたのだ。だがもう遅かった。父の言葉はすでに吸収され、ピートの一部に組み込まれたあとだった。自分は無価値でも不出来でもない、と頭ではわかっていても、いつもそれが本当であるような気がする。仕掛けを見破った手品にいまだにだまされていた。

ピートはサリーの写真を手に取った。かなり古いもので、すでに色が褪せている。まるで印画紙が、焼きつけられた画像を消し去り、元の真っ白な状態に戻ろうとしているかのようだ。写真の中で頬を寄せ合うふたりは、それは楽しそうに見えた。夏の日に撮った写真。サリーが喜びにあふれた顔で、大きく口を開けて太陽に笑いかけているのに対し、ピートは眩《まぶ》しそうに目を細め、口元だけで微笑んでいた。

これが、おまえが酒で失ったものだ。

これが、ボトルは開けるに値しない理由だ。

数分間、彼はそこに座ったままゆっくりと呼吸をした。それから、ボトルと写真を片づけ、夕食の準備をしはじめた。この数週間で衝動が強まった理由は容易に想像がついた。だからこそ、ニールの事件に関与しなくてすんで幸いだったと言えた。

この一連の出来事を火種にして、衝動を燃え立たせてやろう。とことんまで燃え上がらせてやろう。

そして、燃えつきさせるのだ。

十一

その夜、ぼくはいつものことながらすんなり眠れないでいた。

昔は、新しい本を出すたびにあれこれのイベントに顔を出し、ときには各地を回ってサインをした。たいていはひとりで出かけていたので、終了後は不慣れなホテルのベッドに身を横たえ、眠れないまま家族を恋しがっていた。レベッカが横にいないと、ぼくはいつだって眠るのが難しかったのだ。

レベッカが横にいることがもはやあり得なくなった今では、それがもっと困難になった。以前は、ホテルのベッドで手を伸ばした先が冷たくても、レベッカも家で同じようにしている――ふたりして互いの幻を手探りしている――のを少なくとも想像できた。レベッカが死んでからは、ふたりで使っていたベッドで手を伸ばしても、平らなシーツの寒々とした虚《むな》しさしか感じられなくなった。新しい家で新しいベッドに寝れば、ひょっとしたら変わるかもしれないと期待したが、だめだった。前の家のほうが、手を伸ばした場所にはかつてレベッカが寝ていたのだと、ともかくも思えた。

そんなわけで、ぼくは長いあいだ目を覚ましたまま、レベッカのいない寂しさを嘆いていた。ここに引っ越してきたのは正しい選択だったとしても、レベッカとぼくとの距離はうんと広がってしまった。レベッカを置き去りにするなんて、まったくひどいことをしたものだ。前の家でレベッカの魂が窓の外を見つめ、家族はいったいどこに行ったのかしらと不思議がっている様子を、ぼくはずっと思い浮かべていた。

するとそのうち、ジェイクの空想の友だちのことが思い出されてきた。ジェイクが絵に描いていた女の子だ。ぼくは必死であの絵を頭から追い出し、フェザーバンクの静けさに意識を向けた。カーテンの外の世界はひっそりしていた。家の中も、今は物音ひとつしなかった。

やがて、静寂がぼくを眠りの世界に運んだ。少なくともいっときのあいだは。

グラスの割れる音。

母の叫び声。

男の怒鳴り声。

「パパ」

ぼくは悪夢からはっと目を覚ました。まだぼうっとしていたが、なんとなくジェイクがぼくを呼んでいるような、だから何かしてやらなければいけないような気がした。

「ちょっと待ってて」ぼくは叫んだ。

ベッドの端で影が動いた。ぼくはどきりとし、あわてて身を起こした。

いったい？

「ジェイクかい？」

小さな影はベッドの足元からぼくの横に回ってきた。しばらくはジェイクかどうかはっきりしなかったが、すぐそばまで来ると髪型でそうだとわかった。ただ、顔が暗闇のベールに覆われて見えない。

「どうしたんだ、相棒？」目の前の出来事と、覚めたばかりの悪夢の余韻で、ぼくの心臓はなおも激しく脈打っていた。「まだ起きる時間じゃない。まだまだだよ」

「今夜はここで一緒に寝てもいい？」

「一緒に？」

ジェイクと一緒のベッドで休んだことはこれまで一度もなかった。ジェイクが何度かそうしたい素振りを見せたときにも、レベッカとぼくは断固として許さなかった。一度でも態度をゆるめると、あとはつるつるの坂をすべりおりることになる、と考えたのだ。

「それはやらないはずだよね、ジェイク。わかってるだろ」

「お願い」

ぼくはジェイクが声をひそめているのに気づいた。あたかも別の部屋に誰かがいて、その誰かに、ぼくらの会話を聞かれたくないかのように。

「どうかしたの？」

「変な音が聞こえたんだ」

「変な音？」

「ぼくの部屋の窓の外に、怪物がいる」

ぼくは唖然《あぜん》とし、ジェイクが寝る前に口にした文句を思い出した。でもあれはドアのことを言っていた。それにいずれにせよ、ジェイクの部屋の窓の外に、誰も立てるわけがない。部屋は二階にあった。

「夢を見てたんだね、相棒」

ジェイクは暗闇の中で首を振った。「音で目が覚めたんだ。窓のほうへ行ってみたら、音がもっと大きくなった。カーテンを開けてみたかったけど、怖くてどうしようもなくて」

開けても、道路の向こうの真っ暗な草地が見えるだけだよ。それだけだ。ぼくはそう思ったが、ジェイクの言い方があまりに真剣だったので、口には出せなかった。

「わかった」ぼくはベッドから抜け出した。「じゃあ、一緒に行って確かめよう」

「やめて、パパ」

「パパは怪物なんか怖くないよ、ジェイク」

ジェイクは廊下までぼくのあとをついてきた。ぼくは廊下で階段の上の電気をつけた。ジェイクの部屋に入ると、電気はつけずに窓へ近づいた。

「外に何かいたらどうするの？」

「何もいないよ」

「だけど、もしいたら？」

「そしたら、パパがやっつける」

「顔にパンチを食らわせるの？」

「そのとおり。でも、何もいやしないよ」

といっても、口で言うほど自信があったわけではない。閉じたままのカーテンはいかにも不気味に見えた。しばらくのあいだ、耳をすましてみた。何も聞こえなかった。それにどう考えても、外に何かいることなどあり得なかった。

カーテンを開けた。

何もいない。見えるのは、庭を斜めに走る小道と、その向こうの往来の途絶えた道路と、さらに向こうに広がる黒々とした草地だけだ。窓ガラスにぼんやり映るぼくの顔が、部屋の中を見つめ返していた。だがそれ以外には何もいなかった。全世界が平和に眠っているようだった。ぼくとは正反対に。

「ほらね」ぼくはできるだけゆったりと、落ち着いて聞こえるように言った。「誰もいないだろ」

「でもいたんだ」

ぼくはカーテンを閉めてひざまずいた。

「ジェイク、夢っていうのはときどき、まるで現実のように思えることがある。でも現実じゃない。ここは地面よりこんなに高いのに、誰がどうやって窓の外に立っていられる？」

「雨どいをのぼってきたのかもしれない」

ぼくは反論しかけたが、ふとやめて、家の外の造りを思い起こした。確かに、ジェイクの部屋の窓のそばには雨どいがあった。突拍子もない考えが浮かんできた。ドアに鍵もチェーンもかかっていたら、締め出された怪物としては、上にのぼって別の場所から入るしかないんじゃないか？

何をばかげたことを。

「誰もいやしなかったんだよ、ジェイク」

「パパ、今夜は一緒に寝てもいいでしょ？　お願い」

ぼくはため息をついた。こうなったら、ジェイクがもうここでひとりで寝ようとしないのはわかりきっていたし、口論するには夜遅すぎた。あるいは朝早すぎたと言うべきか。ともかく、ぼくが折れたほうが楽だった。

「わかった。でも今夜だけだよ。もぞもぞしないようにね」

「ありがとう、パパ」ジェイクは〈スペシャル・パケット〉を拾い上げ、ぼくのあとに続いた。「約束するよ、もぞもぞしないって」

「だといいけど。掛け布団を独り占めにするのは？」

「それもしない」

ぼくは廊下の電気を消してベッドに入り、ジェイクはレベッカのいるべきだった場所にもぐり込んだ。

「パパ？」ジェイクが言った。「さっきは悪い夢を見てたの？」

グラスの割れる音。

母の叫び声。

男の怒鳴り声。

「うん。たぶんね」

「どんな夢だった？」

それは悪夢であると同時に、今では少しぼやけていたものの、一つの記憶でもあった。子どものぼくが、育った家の小さなキッチンのドアロへ向かって歩いている。夢の中のぼくは、夜遅くに階下で騒がしい音がして目を覚ました。そのままベッドで頭まで布団をかぶり、怖くてどきどきするのをこらえ、何もかも大丈夫だと思い込もうとした。でも本当は、大丈夫でないのがわかっていた。ぼくはついに、階段をつま先立ちでそっと下りる。その先で起きていることは見たくないと思うのに、どうしてもそれに引きつけられていく。小さく脅えている自分、無力な自分をひしひしと感じながら。

記憶の中のぼくは、暗い廊下を伝って、明かりの灯《とも》るキッチンへ近づいていった。キッチンから話し声が聞こえてくる。母はとげとげしいけど小さな声でしゃべっていた。眠っているはずのぼくを巻き込むまいとしているらしい。でも男の声は大きくて、無神経に聞こえた。ふたりの言葉は重なり合い、どちらが何を言っているのか聞き取れなかった。ただ、それが醜い口論で、しかもどんどん激しくなっている――何か恐ろしいほうへ向かっている――ことだけはわかった。

キッチンのドアロ。ちょうどそこに達したとき、男の、怒りと憎しみでゆがんだ真っ赤な顔が目に入った。と同時に、男が母に向かって力いっぱいグラスを投げつけた。かなり遅れて母が身を引くのが見え、母の叫び声が聞こえた。

それを最後に、ぼくは父を目にしていない。

その後すでに長い年月がすぎていたが、いまだにその記憶が、積もる埃の中から這い上がるようにして浮かんでくることがたまにあった。

「大人の見る夢」ぼくはジェイクに言った。「いつか話すことになるかもしれないけど、あれは単なる夢だったんだ。それに心配はいらない。結局はハッピーエンドになったから」

「最後はどうなったの？」

「それはね、ほかでもないジェイクで終わったんだ、おしまいは」

「ぼくで？」

「ああ」ぼくはジェイクの髪をくしゃくしゃっと撫でた。「そしてジェイクは眠りにつきましたとさ」

ぼくが目を閉じたあとは、ふたりとも黙ったままになった。それが長く続いたので、ぼくはジェイクが眠りに落ちたのだと思った。ふと手を横に伸ばし、ジェイクを覆う掛け布団にそっと置いてみた。そこにまだジェイクがいるのを確かめるかのように。ぼくらはふたりきりだ。ぼくの小さな、傷ついた家族よ。

「囁いてた」ジェイクが小声で言った。

「え？」

「囁いてた」

その声はずいぶん遠くから聞こえるように感じたので、ぼくはジェイクがもう夢を見ているのだろうと思った。

「あれが窓のところで囁いてた」

十二

「急がなきゃだめよ」

夢の中で、ジェーン・カーターが電話の向こうからひそひそと言った。その声は低く切迫した感じで、この世で最も怖いことを口にしているかのようだった。

だがともかくも、ジェーンは行動を起こしたのだ。ついに。

署のデスクの前に座るピートの心臓がどくどく音を立てはじめた。彼は捜査がはじまって以来、フランク・カーターの妻に何度となく話しかけていた。ジェーンの仕事場の外にふと顔を出したり、人通りの多い歩道で偶然並んだふりをしたりして、夫の耳に入りそうな場所で一緒にいるのを見られないよう、常に気を配った。スパイをこっそり転向させている気分だったが、それはあながち実際とかけ離れていないように思えた。

ジェーンは当初、夫のアリバイを証言していた。夫を弁護していた。だがピートには、初めて会ったときから、ジェーンがフランクを怖がっている――それはもっともだと思われた――のがはっきりとわかった。そのためピートは、なんとか心を変えさせようと、打ち明けても安全だと思わせようと、粘り強く働きかけた。ジェーンがこれまでの証言を撤回して、夫の真実を暴露するように。「ジェーン、話してくれ。フランクにはもう、きみや息子さんを傷つけることができないよう、わたしが措置を取るから」

そしてとうとう、ジェーンは密告することに決めたらしい。それでも、長年のあいだに叩《たた》き込まれた恐怖のせいで、やつの不在中に電話したというのに、小声でしか話せないようだった。勇気は恐怖のない心を意味するわけではない、とピートは知っていた。勇気を出すには恐怖が必要なのだ。アドレナリンが噴出し、事件が解決に向かいはじめたのを感じるいっぽうで、電話をかけてきた勇気に感謝した。

「あたしが中に入れるようにするから」ジェーンは声を忍ばせて言った。「でも急がなきゃだめよ。あの人、いつ戻ってくるかわからないもの」

実際には、フランクは二度と自宅に戻ることがなかった。それから一時間もしないうちに、自宅は警官や科学捜査員であふれ、フランクや彼のバンの所在を突きとめろとの緊急指令が出されていた。だが電話を受けたときには、ピートは大急ぎで駆けつけた。フランクの家までは十分しかかからなかったが、人生で最も長い道のりだった。現場に着くと、支援の警官を待機させていたにもかかわらず、ひとりきりのように思えて恐怖を覚えた。まるで、留守中の怪物が今にも帰ってきそうな、おとぎ話の一場面に入り込んだ気分だった。

家に入ると、ジェーンが手をがたがたさせながら、盗んでおいた鍵で増築部屋の南京錠を開けはじめた。家全体が静まり返り、ピートはその場に何か影がのしかかってくるのを感じた。

錠が開いた。

「ふたりとも、後ろへ下がって」

ジェーンがキッチンの中ほどまで下がり、その息子がジェーンの後ろに隠れると、ピートは手袋をした手でドアを押し開けた。

やめてくれ。

とたんに、肉の腐ったような強い臭気に襲われた。懐中電灯で照らすと、内部の状況がすばやく続けざまに目に飛び込んできた。ただならぬ光景がカメラのフラッシュを浴びたかのように浮かび上がった。

やめてくれ。

まだ見せないでくれ。

とっさに腕を上げ、懐中電灯を壁のほうへ向けた。壁は白く塗られていたが、その上にフランクがペンキで絵を描いていた。低い部分は毒々しい緑の細長い草で埋めつくされ、その上を子どもが描いたような蝶が飛び交い、天井近くにはゆがんだ黄色い太陽らしきものがあった。そしてそれには顔が描き込まれており、生気のない黒い目が床を睨んでいた。その視線をたどるように、ついに懐中電灯を下へ向けた。

息をするのが困難になった。

ピートはそれまでの三か月間、ずっとこの子たちを捜し、常にこうした結果を予期しながらも、完全には希望を捨てていなかった。その彼らがここで、この悪臭に満ちた生ぬるい暗闇の中で横たわっていた。四つの死体は現実的にも非現実的にも見えた。壊れて静止状態で寝かされた、人間そっくりの人形。みな着衣のままだったが、Tシャツだけは、顔がすっぽりと隠れるまでめくり上げられていた。

この悪夢の最悪な点は、長年のあいだに慣れてしまい、もはや眠りを妨げもしなくなったことかもしれない。翌朝ピートを起こしたのは目覚まし時計だった。

ピートはしばらく横になったまま平静を保とうとした。あの記憶を無視しようとするのは、霧を押しやるようなものだったが、悪夢は最近の出来事によって呼び起こされただけで、そのうち消えていくと自分に言い聞かせた。目覚ましを止めた。

ジムだ。書類だ、管理業務だ、日課だ。

シャワーを浴びて身支度をし、トレーニング用の荷物をバッグに詰めると、軽い朝食とコーヒーを用意するために一階に下りた。その頃には、悪夢はもはや遠のき、頭でしっかり考えられるようになっていた。日常の生活がつかのま中断した――それだけの話だ。土が掘り返されれば、臭気の漂う亡霊が地中から解き放たれるのはわかりきっていた。だがそれはすぐに姿を消すだろう。飲みたい衝動もまたおさまる。正常な生活が戻ってくる。

朝食を居間に運んだときになって、携帯で赤い光が点滅しているのに気づいた。電話を一本逃しており、留守電が入っていた。

メッセージを聞くうちに、食べ物を嚙むのがのろくなっていった。

無理やり飲み込んだ。喉がこわばっていた。

二か月を経て、フランク・カーターが面会に応じたのだった。

十三

「壁の前に立って」ぼくは言った。「もう少し右。あっ、違う。パパのほうから見て右へ。あともうちょっと。それでいい。こっちを見て笑って」

その日はジェイクの新しい学校の初登校日で、ぼくはこれからのことを思ってジェイクの数倍も緊張していた。服がきちんとそろっているか確認するために、何度引き出しを開けたことだろう。持ち物にはぜんぶ名前を書いたか。通学かばんと水筒はどこに置いたか。気になることがごまんとあり、そしてぼくはジェイクのために、何もかも完璧にしておきたかった。

「もう動いてもいい、パパ?」

「まだだ」

ぼくは携帯を前に構えた。ジェイクは転入先の制服を着て、彼の寝室の壁のうち、唯一ふさがっていない場所を背に立っていた。制服はグレーのズボンと白いシャツに青いセーター。どれもまっさらで、もちろん一枚一枚に名札をつけてあった。ジェイクの恥ずかしそうな微笑みが可愛かった。制服を着た彼は急に成長したように見えたが、同時にまだうんと小さく弱々しげにも感じられた。

ぼくは画面を何度かタップした。「これでよしと」

「見てもいい？」

「もちろん」

ぼくがひざまずくと、ジェイクはぼくの肩に寄りかかり、撮ったばかりの写真を覗き込んだ。

「ちゃんとして見える」ジェイクは驚いたようだった。

「ぱりっとして見える」ぼくは言った。

実際ジェイクはそう見えた。ぼくはそのひとときを楽しもうとしたが、そこにはかすかな悲しみが混じっていた。本来なら、その場にレベッカもいたはずだからだ。レベッカとぼくは、たいていの親と同じく、新しい学年の初日にはいつも写真を撮っていた。ところがぼくは少し前に携帯を替えており、今週の初めになってようやく、それが何を意味するかに気づいた。写真をぜんぶ失ったのだ――永久に。さらに不運なことに、レベッカの携帯はまだ残してあり、そこには写真も入っているはずだが、それを見るすべがなかった。ぼくは失望し、まるまる一分間彼女の携帯を見つめながら、その事態が示す厳しい現実と向き合っていた。レベッカがいなくなったということは、つまり、そこにあった思い出もみんな消えてしまったということだった。

たいした問題じゃない、とぼくは自分に言い聞かせようとした。それもまた、妻に先立たれるという不幸がぼくに仕掛けたいたずらの一つであり、全体の状況から見れば些細なことだと。それでも胸が痛かった。またしても自分が失敗を犯したように感じた。

これからはぼくらふたりで、もっともっと思い出を作っていこう。

「さあ出かけるよ、相棒」

家を出る前、ぼくは撮った写真のコピーを天空の彼方《かなた》へ送信した。

ローズ・テラス小学校の校舎は、通りから鉄柵で隔てられた向こうに、地面に寝そべるように建っていた。本館は一階建てで、古風な造りで美しく、尖《とが》った屋根がいくつも見える。二つある入口の上の黒い石には、それぞれ「男子」、「女子」と刻まれていた。もっと近代に設置された標示によると、このヴィクトリア時代の区分は、今は低学年と高学年を分けるのに使われているらしい。ジェイクの転入手続きをする前に、ぼくは一度、校舎の中を案内してもらった。中央には磨き上げられた木の床のメインホールがあり、それを各教室が取り巻いていた。各ドアのあいだの壁は、これまでに入学した児童の一部が選ばれて押した、色とりどりの小さな手形で覆われ、その下には在籍期間が書き込んであった。

ジェイクとぼくは鉄柵のところで立ち止まった。

「どう思う？」

「わかんない」ジェイクは言った。

自信がなさそうでも、ジェイクを責めるのは酷と言えた。鉄柵の向こうの校庭には子どもたちがたむろし、あちこちで保護者の輪もできていた。新年度の初日とはいえ、同学年のみんなは――子どもも保護者も――これまでの二年間ですでに知り合いになっている。その中を、新参者のジェイクとぼくがこれから歩こうというのだ。前の学校は比較的規模が大きく、大勢の中に埋もれていやすかった。でもここでは人間関係が密接なようで、よそ者気分にさせられる可能性が大いにあった。ジェイクがこの中に溶け込めるのを祈るしかなかった。

ぼくはジェイクの手を軽く握った。

「さてと。勇気を出して行こうか」

「ぼくは大丈夫だよ、パパ」

「パパのことを言ったんだ」

冗談だったが、半分は本当だった。入口の扉が開くまでまだ五分あった。ぼくは頑張ってほかの保護者に声をかけ、ぼく自身の関係作りをはじめるべきだと、頭ではわかっていた。でも実際には、ただ壁に寄りかかって待っているだけだった。

ジェイクはぼくの横で、少し唇を噛みながら立っていた。周りを走る子どもたちを見ながら、ぼくはつい思ってしまった。ジェイクもそこに交じって遊ぼうとするような子ならいいのに。

ジェイクにはジェイクらしくさせてやれ。ぼくは自分を叱った。

それで充分じゃないか、そうだろ？

ようやくジェイクの学年の扉が開き、先生がにこやかな顔で外に立った。子どもたちが通学かばんをぶらぶらさせながら列を作りはじめた。年度の初日だから、かばんの中はたいてい空なのだろう。でもジェイクのかばんは違った。ジェイクは例によって、〈スペシャル・パケット〉を持っていくと言い張った。

ぼくはかばんと水筒をジェイクに渡した。

「あれを失《な》くさないようにできるね？」

「うん」

そう願いたかった。失くしたときのことを想像するのは、おそらくジェイクにとってと同じくらい、ぼくにとっても耐えがたかった。それでも、あれはわが息子の安心毛布のようなものであり、それを持たずに、子どもたちの列のほうへ行こうとしていた。

ジェイクはすでに、それを持たずに出かけることは、彼にはどうしてもできなかった。

「愛してるよ、ジェイク」ぼくは小声で言った。

「ぼくも愛してるよ、パパ」

ぼくはジェイクが中に入っていくのをじっと見守りながら、ふと後ろを向いて手を振るのを期待した。期待ははずれた。いい兆候だ、と考えておいた。あんなにもあっさり離れていくとは。それは、ジェイクがこれからの一日に恐れを抱いておらず、励ましも必要としていないことを表していた。

　ぼくもそうだったらいいのに。

　どうか、どうか、どうか、うまくいきますように。

「新入り、でしょ？」

「え？」

　横を向くと、そばに女性が立っていた。陽射しですでに暖かいのに、茶色いロングコートをはおり、両手をポケットに突っ込んでいる。まるで冬の寒風の中で踏ん張っているみたいだ。黒く染めた髪は肩までの長さで、顔にはどこか面白がっているような表情が浮かんでいた。

　新入り。

「あっ」ぼくは言った。「ジェイクのこと？　そう。ぼくの息子なんだ」

「実は両方のことを言ったんだけどね。なんだか心配そうな顔してる。息子さんはきっと大丈夫よ、ほんとに」

「うん、きっと大丈夫だ。後ろを振り返りもしなかった」

「うちの子も、少し前から振り返らなくなった。それどころか、朝いったん校庭に入ると、わたしなんかもういないのも同然。最初は胸が疼《うず》くけど、すぐに慣れるわ。喜ばしいことだし」彼女は肩をすくめた。「ちなみに、わたしはカレン。息子はアダムっていうの」

「ぼくはトムだ。はじめまして、カレンに、アダム？　新しい名前をぜんぶ覚えていかなきゃいけないからね」

彼女は微笑んだ。「それにはちょっと時間がかかるな。でもジェイクはきっと問題なくやっていける。学校を移るといろいろ大変だけど、ここの子たちはまずまずね。アダムは昨年度の中頃に入ったばかりなの。いい学校よ」

彼女が校門のほうへ去っていくと、ぼくは名前を頭に叩き込んだ。カレン。アダム。彼女は親切そうだったし、ぼくはここでなんらかの努力をする必要があった。そうすればぼくだって、校庭でほかの保護者に話しかけるような、普通の大人になれるかもしれない。見込みは薄いけれども。

携帯を取り出し、家までのひと歩きに備えてヘッドフォンを着けると、また別のことが気にかかりはじめた。レベッカが死んだとき、ぼくは新しい小説を三分の一ほど書き終えたところだった。こうした場合、仕事に没頭して気をそらそうとする作家もいるのかもしれない。だがぼくはそれ以来、書いた文章を読み返していなかった。以前の構想が今のぼくには虚しく感じられ、ぜんぶ破棄するはめになるのではないかと思いつつ、未完成の愚作として、パソコンの中で腐るままにしてあった。

そうなったら、何を書けばいいんだろう？

家に着くと、パソコンを立ち上げてワードの文書を新たに開き、「お粗末なアイデア」というファイル名で保存した。ぼくはいつも、まずはこの作業からはじめていた。まだ初期段階にすぎないのを自覚することで、心理的なプレッシャーがいくらか取り除けるからだ。次に、コーヒーを淹《い》れるのは仕事の先延ばしとは考えない主義なので、キッチンに行ってやかんを火にかけた。そして流し台にもたれ、窓から裏庭を覗いた。

外に男が立っていた。

後ろ姿しか見えないが、うちのガレージの南京錠をがたがた揺すっているようだ。

なんだこの野郎？

ぼくは窓ガラスを叩いた。

男はびくっとし、あわててこちらを振り向いた。五十代ぐらいの恰幅《かっぷく》のいい短身の男で、頭はほとんど禿《は》げていたが、白髪まじりの髪が一部、輪を描くように残っていた。服装はきちんとしたスーツにグレーのコートとスカーフ。窃盗犯のイメージにはほど遠かった。

ぼくは男に向かって、「なんだこの野郎？」という顔と手振りをして見せた。男はぎょっとしてぼくを見つめ返し、それからくるりと向きを変えて私道のほうへ消えていった。

動揺のあまり、ぼくは一瞬、身動きできずにいたが、やがて駆けだした。男を捕えて、何をしていたのか問いただしてやろう。

玄関まで走ったとき、ベルが鳴った。

十四

ぼくがすばやくドアを開けると、踏み段を上りきったところに、さっきの男がすまなさそうな顔をして立っていた。間近で見る彼は、窓から覗いたときよりさらに背が低く感じられた。

「ご面倒をおかけいたしまして、まことに申し訳ございません」男は着ている古臭いスーツにぴったりの、形式ばった口調でしゃべった。「どなたかご在宅かどうか、はっきりわからなかったものでして」

普通、在宅かどうかは、まず玄関のベルを鳴らして確かめるもんだろ。

「それで」ぼくは腕を組んだ。「用はなんですか」

男はばつが悪そうにもじもじした。「それがですね、少々変わったお願いであると、わたくしも認めざるを得ないのですが、用件というのはですね――この家のことなのでございます。実は、わたくしはこの家で育ちましてね、当然ながら、もう何十年も昔のことでございますが、ここには良き思い出がたくさんありましてですね……」

彼はそこで言葉を濁した。

「で？」

ぼくは男が先を続けるのを待った。しかし男は、何かを期待するような顔でただ突っ立っている。すでに伝えるべきことは伝えたので、それ以上あえて言わせるのは無作法、あるいは失礼だとまで言いたげだ。

少しして、ぼくはようやく思い当たった。

「つまり、家に入って中を見て回りたいとか、そういったことですか？」

男は感謝を示すようにうなずいた。「ご厚意に付け込むようで非常に心苦しいのですが、できましたら、今すぐ見せていただけますと、大変ありがたいと存じます。なにせこの家には、特別な思い出がございますもので」

男がまたしても大仰で堅苦しいしゃべり方をするので、ぼくはもう少しで笑いそうになった。だが笑わなかった。この男を家に入れることを考えた途端、胸がざわついたからだ。そのやけに折り目正しい服装やばか丁寧な態度は、ある種の変装のように思えた。一見、人に危害を加えたりなどしそうにないのに、どこか危険に感じられる。男が細身のナイフで誰かを突き刺し、その目を見つめながら唇を舐《な》めているところが、ぼくには想像できた。

「申し訳ないけど、それには応じられません」

男の取りすました態度が急に崩れ、顔にうっすら苛立《いらだ》ちが現れた。この男は何者であるにせよ、日頃から我を通すのが当たり前になっているようだ。

「それは残念しごく。理由をお伺いしてもよろしいですかな？」

「ひとつには、ここに引っ越してきたばかりだからです。まだあちこちに段ボール箱が転がっています」

「なるほど」男はうすら笑いを浮かべた。「ではまた別の折にでも？」

「いや、だめです。赤の他人を自分の家に入れるのは、あまり気が乗りませんから」

「なんともはや……がっかりいたしました」

「なぜうちのガレージに入ろうとしたんですか？」

「そんなことはしておりません」男は侮辱されたかのように、一歩後ろへ下がった。「わたくしは、あなたがそこにおられるのではないかと思いまして」

「そこにって——鍵のかかったガレージの中にですか？」

「あなたが何を見たと思ってらっしゃるのかは存じませんが、そのようなことは」男は悲しげに首を振った。「遺憾ながら、何やら勘違いされたものと思われます。なんとも残念です。お考えを変えてはいただけませんか」

「いいえ」

「そうですか、ではどうもお邪魔いたしました」

男は背を向けて小道を歩きはじめた。

ぼくはうちに届いた手紙のことを思い出し、外に出て男を追いかけた。

「ミスター・バーネット？」

そう呼びかけたとたん、男ははたと足を止め、振り返ってぼくを睨んだ。ぼくは思わず立ち止まった。男の表情がさっきとまったく変わっていた。目が完全にうつろになっており、今彼が一歩前に踏み出したなら、これだけの身長差があるにもかかわらず、ぼくは後ずさってしまいそうだった。

「違います。失礼」

男はそう言うと、さっさと通りに出て去っていった。ぼくは再び後を追ったものの、ずっと追い続けるべきかどうか迷い、公道に出たところで足を止めた。陽射しは暖かかったのに、ぼくはかすかに震えていた。

それまで、ぼくは家の中のことに没頭していて、ガレージには手を回せずにいた。敷地内で、特に魅力のある場所ではなかったのも確かだ。真ん中でかろうじて合わさる二枚の青いトタン扉。でこぼこの白い壁。窓はひび割れ、足元では伸びすぎた雑草が風に揺れている。天井にアスベストが使われているので、取り壊すなら専門業者の助けがいる、と不動産屋が話していた。だが放っておいても、そのうち崩壊しそうだ。家の裏手にしゃがみ込んだようなその姿は、おぼつかない足でぐらつくまいとしている、年寄りの酔っぱらいを思わせた。

二枚の扉は南京錠で締めてあったが、鍵は不動産屋から渡されていた。錠をはずして片方の扉を引くと、トタンがアスファルトでこすれて音を立てた。ぼくはわずかに身をかがめて中に入った。

　ざっと見回し、信じがたい気分になった。廃品物がぎっしり詰まっている。

　ぼくはミセス・シアリングが、最初の内覧のあとで家の中を片づけ、古い家具類も回収業者に引き取らせたとばかり思っていた。その費用をけちり、ここにぜんぶ運び入れたのは間違いない。カビと埃のにおいがした。中央には段ボール箱の山がいくつもできていた。いちばん下の箱はどれも、上の箱の重みでしわしわのぶよぶよだ。片方の端には、古いテーブルと椅子がパズルのように複雑な具合に積み重ねてあった。奥の壁には古いマットレスが立てかけられており、生地についた紅茶色の大きなしみが外国の地図のように見えた。扉の裏側からは焦げたバーベキューのにおいが漂った。

　壁の近くの床には乾ききった枯葉がたまり、隅のペンキ缶をそっと足で動かすと、見たこともないほど大きな蜘蛛《くも》がいた。蜘蛛はその場でもぞっと動いただけで、ぼくの出現に動揺した様子はぜんぜん見せなかった。

　まったく――ぼくは中を見回しながら思った。ミセス・シアリングにお礼が言いたいよ。

　通れる隙間はあまりなかったが、なんとか段ボールの山に近づき、上の箱を一つ開いてみた。段ボールの湿り気が指に伝わってきた。中身は古びたクリスマスの飾りだった。張りのなくなったモール、輝きの失せたボール、そしてそれらの上に、宝石のようなものがあった。

　その一つが、ぼくの顔をめがけて飛んできた――

「うわっ！」

ぼくは後ろの枯葉で片足をすべらせてバランスを失いかけ、顔の前で腕を振り回した。そいつはひらひらと天井へ舞い上がっていった。そしてはじき返されると、しばらくは宙を旋回していたが、不意に曇った窓ガラスに突進し、そこに繰り返し身をぶつけた。

トン、トン、トン。柔らかな衝撃音がした。

蝶だ、とぼくは思った。見覚えのある蝶ではなかった。もっとも正直なところ、モンシロチョウとアゲハチョウぐらいしか知らなかったけれど。

ぼくは体をはすに構えてそっと窓へ近づき、なおもガラスに向かって翅《はね》をぱたぱたさせている蝶を眺めた。やがて蝶は、ガラスを突き抜けるのは無理だと悟ったのか、汚い桟に止まって翅を広げた。大きさはぼくの後ろにいる蜘蛛と同じぐらいだが、おぞましい灰色の蜘蛛と違い、目を見はるほど色が鮮やかだ。翅全体に緑と黄色のまだら模様が広がり、縁は紫がかっている。美しい蝶だった。

段ボール箱のところに戻り、再び中を覗いた。モールの上にはほかにも三匹がいたが、死んだのだろう、まったく動かなかった。見おろすと、いちばん下の箱の側面にもう一匹いて、こちらは呼吸をするかのように、ゆるやかに穏やかに翅を動かしていた。

蝶がいつからガレージの中にいたのか見当もつかなかったし、その一生がどんなものやら知りもしなかったが、ここにいてもあまり望みはないだろうし、下手をしたら蜘蛛の餌食になりそうだった。そうしたここ特有の生態系を突如、破壊してやりたい気に駆られたぼくは、いちばん上の段ボール箱から湿っぽい一片をちぎると、それで一匹をあおり、扉のほうへ行かせようとした。しかしその蝶は、ぼくの親切をまったく受け入れなかった。代わりに窓にいるもう一匹に試してみたが、こちらも同じぐらい頑固だった。それに、蝶は大きいとはいえ、近くで見ると非常に繊細で、ちょっと触れただけで砕けてしまいそうに思えた。

というわけで、そこでやめた。

「諸君」ぼくは段ボール片を脇へ放り、手をジーンズで拭いた。「ぼくとしては全力を尽くした」

もうこれ以上ガレージにいても仕方がないだろう。中は見てのとおりだ。ここを片づける作業は、ぼくがやるべき仕事の長いリストに加えてもいいが、急を要するものではない。

それにしても、この中のいったい何が、あれほどまで訪問者の興味を引いたのか。どう見ても、ただのがらくたばかりなのに。しかし今ではあの遭遇の記憶もおぼろになり、もしかしたら男の言ったことは本当で、目にした光景をぼくが誤解しただけなのかもしれないと思えてきた。

ガレージから出ると、蝶を中に閉じ込めたまま、南京錠を元どおり締めた。こんな住みにくく実りのない環境で蝶が生き延びていたとは、まったく驚きだった。でも玄関に戻ろうと私道を歩いているうちに、ジェイクとぼくのことがはっと浮かんできた。それこそまさに、ぼくらの置かれた状況ではないか。

蝶も結局のところ、選択の余地がなかったのだ。

生き物はみんなそうやって生きている。どんなに過酷な環境の中でも、みんな生き続けているのだ。

十五

その部屋は狭かったが、どこもかしこも表面が白く塗られているため、果てのない空間にいるように感じられた。壁のない場所。あるいは、空間からも時間からも完全に脱却したどこか。監視カメラで見張っている連中には、SF映画の一場面のように見えるに違いない、とピートはいつも思った。仮想環境がまだ構築されていない無限の空虚の中に、ただひとりが座っているシーン。

部屋を半々に仕切るデスクの表面で指先を滑らせてみた。つつーっとかすかな音がした。ここではあらゆるものが清潔で、磨かれていて、不毛だった。

部屋は無音に戻った。

ピートは待った。

嫌なことが控えているときには、すぐさま向き合えたほうが救われる。それがどんなにひどいことでも、いずれ直面するのであれば、せめて早いほうが近づく予感に耐えなくてすむ。フランク・カーターはそれをよく承知していた。ピートはフランクが収監されて以来、少なくとも年に一度は面会に来ていたが、この男はいつもピートを待たせた。独房でわざと何かやらかして、ちょっとばかり時間に遅れるよう図るのだろう。そうやって力関係を示す、つまりどちらが主導権を握っているかをはっきり見せつけるのだった。ピートは面会が終わればそこを去れる身だ。悠然と構えていていいはずなのに、そうできたことは一度もない。フランクにとって、ピートは気晴らしや慰みの種にすぎなかった。ふたりのうち片方だけが、もう片方のほしいものをなんでも持っており、そのことを両方が知っていた。

だからピートは待った、聞き分けのいい少年のように。

数分後、デスクのずっと向こうにある扉の鍵が開けられた。看守が二人入ってきて、扉の両側に立った。扉口には誰も現れなかった。あの怪物は、例によってゆっくりと登場する気でいるのだ。

その瞬間が迫るにつれ、ピートは毎度ながら不安が込み上げてきた。脈が速まった。面会で何を質問するか、前もって考えるのはとっくにやめていた。考えておいても、いざとなると、言葉が頭の中で散り散りになり、結局は混乱に陥る。それでもあえて無表情を装い、できるだけ平静を保っておこうとした。その朝ジムでやったトレーニングのおかげで上半身が痛んだ。

ついに、フランクが視界に入ってきた。

薄い青のオーバーオールを着て、手と足に枷《かせ》をはめている。頭は丸刈り、顎には赤茶色のやぎひげ。そんな奇をてらったおなじみのスタイルに変わりはなかった。扉口をすり足で通り抜けるときには、いつものごとく、その必要もないのに頭をひょいと下げた。身長一九八センチ体重一〇八キロの巨漢であるにもかかわらず、さらに大きく見せられる機会を彼は絶対に逃さない。

看守がもう二人ほどフランクに続いて入り、彼がデスクの向かいの椅子に座るまで付き添った。それから看守は四人とも退室し、ピートはフランクとふたりきりで残された。部屋のはるか奥から、扉を閉める音がとてつもなく大きく響いてきた。

フランクは愉快そうな顔でピートを見た。

「おはよう、ピーター」

「フランク」ピートは言った。「調子がいいようだな」

「暮らしがいいんだ」フランクは自分の腹部を軽く手で叩いた。両手首をつなぐ鎖がささやかに音を立てた。「実にいい暮らしだ」

ピートはうなずいた。彼は面会に来るたび、フランクが刑務所生活を耐え抜いているばかりか、かえって意気軒高としているのに、いつも驚かされた。自由時間の大半は、所内のジムですごしているのではなかろうか。しかし、逮捕時の恐るべき体格はそのままでも、長年の拘禁でどこか角が取れてきたことも、また否定できなかった。実にゆったりとくつろいで見える。椅子の肘掛けに肉づきのいい腕を片方のせ、大股を開いて座るそのさまは、玉座に寄りかかって家臣を見おろす王を思わせた。塀の外では世間に歯向かう危険な野獣だったフランクが、檻《おり》の中では、有名犯罪者のステータスとへつらうファンの取り巻きを得て、ようやく自分ならではの安息の場を見つけたらしい。

「おまえもすこぶる調子よさそうだな、ピーター。よく食べ、健康を保っているとみえる。家族はどうしてる?」

「さあ、知らない。おまえの家族はどうなんだ?」

ピートがそう訊き返した瞬間、フランクの目の中で火花が散った。この男を針でつつくのは常に誤りだが、そうせずにはいられなくなることがときにあり、妻と息子はその手っ取り早い手段だった。法廷でジェーン・カーターがビデオリンクによって証言したとき、それを聞いたフランクが見せた表情を、ピートは今でも覚えている。脅えきって絶望した妻が自分にそむくことはない、とフランクは高を括っていたに違いない。ところが妻は、最後になって彼を裏切った。ピートを増築部屋に踏み込ませ、数か月前に証言した夫のアリバイを撤回した。その日の表情と似たものが今、フランクの顔に浮かんでいた。ここでどれほど快適にすごそうと、彼の家族に対する憎しみは決して弱まることがないのだ。

フランクが突然、前に身を乗り出してきた。

「実はな、昨日の夜、奇妙きわまりない夢を見たんだ」

ピートは無理に微笑んだ。

「夢だって？　そいつはあまり聞かせてもらいたくない気がするな」

「いいや、聞きたいに決まってる」フランクは身を引いて再び椅子にもたれ、ひとり声を立てて笑った。「ぜったいに聞きたいはずだ。なにせ、あの小僧が出てきたんだ。そら、例のスミス少年。最初は、夢の中なもんで、あいつかどうかよくわからない。ああした小さなガキってのは、どれもこれもみな同じようなもんだからな。だろ？　そのどいつでもよかった。おまけにシャツが頭までめくれてて、顔がちゃんと見えない。おれ好みだがね。それでも、やっぱりあいつなんだ。なぜって、おれはやつが着ていた服を覚えている。な？」

青いジョギングパンツ。小さな黒のポロシャツ。

ピートは何も言わなかった。

「それでもって、誰かがおいおい泣いている」フランクは続けた。「といってもその小僧じゃない。ひとつには、やつはもう、泣くような段階をとっくに通り越していた。そんな騒ぎはもうすんだあとだった。それに、泣き声はおれの横のほうから聞こえるんだ。で、おれは横を向く。するとあのふたりがいる。母親と父親だ。やつらが、おれが息子にしたことを見て泣いてるんだ——ああ、やつらの希望、やつらの夢、なのにおれはいったいなんてことを」フランクは眉間にしわを寄せた。「あいつらの名前はなんだったかな？」

ピートはそれにも答えなかった。

「ミランダとアランだ」フランクはひとりうなずいた。「今、思い出した。あいつらはあのとき法廷に来ていた。そうだろ？　おまえはやつらと一緒に座っていた」

「ああ」

「よろしい。そのミランダとアランが大粒の涙をこぼしながら、おれをじっと見る。『息子がどこにいるのか教えてください』。ふたりは拝むようにしておれに頼む。なあ、哀れを誘うだろ？　だがおれの頭に浮かんだのはおまえのことだ。おれは考えを巡らせる。そういえば、ピーターもそれを知りたがっていた。もしかしたら、やつがもうすぐ、またおれに会いに来るかもしれない」フランクはデスクの向こうでにやりとした。「やつはおれの友だちだ。なあ？　おれは頑張って友だちを助けてやらなきゃいけない。で、おれは周りをもっとよく見て、おれがどこにいるのか、小僧がどこにいるのか、一生懸命探ろうとするんだ。というのも、おれはそれをいつも思い出せないでいたからな。だろ？」

「ああ」

「ところがそこで、あっと驚くことが起こるんだ」

「ほう？」

「実に驚くべきことだ。何が起きたかわかるか？」

「目が覚めたんだろう」ピートは言った。

フランクはそっくり返って大笑いし、両腕を動かせるだけ動かして手を叩いた。彼が拍手をするたびに鎖がうるさく鳴った。ひとしきりそれを続けたあと、彼は再びしゃべりはじめた。声量が本来に戻り、目が見慣れたきらめきを取り戻していた。

「おれのことがよくわかってるじゃないか、ピーター。そうだ、そこで目が覚めた。それにしても残念だったな。どうやらミランダもアランも、それからおまえも、もう少しばかり泣き続けていなけりゃならないようだ」

ピートは餌に食いつかなかった。

「夢にはほかにも誰か出てきたのか？」

「誰か？　たとえば？」

「さあ。誰かがおまえと一緒にいなかったか？　おまえを手伝ってるやつとか」

答えそのものを引き出すにはあまりにも単刀直入な訊き方だったが、ピートはいつものように、問いに対するフランクの反応を注意深く観察していた。共犯者に関しては、フランクは概して演技がうまかった。ときに面白そうに、ときに退屈そうにしてみせ、それでいて、第二の人物が殺人に関与していたことを、決して認めもしなければ否定もしない。今回は、ひとりにやにや笑っていたものの、いつもと反応が異なり、何か棘《とげ》のようなものが感じられた。

こいつはわたしがここに来た理由を知っている。

「いったい、いつになったら会いに来るのかと、やきもきしていたところだ。どこぞのぼうずが行方不明、なんて騒ぎがあったのにだ。今日までもたもたしていたとはな」

「わたしはずっと前に面会を申し込んでいた。それをおまえが拒否した」

「なんだって？　おれが良き友人のピーターと会うのを拒否したって？」フランクは憤慨したふりをした。「そんなことをするわけがない。おそらく、おれのところまで要求が伝わらなかったんだろう。管理手続き上のミスだ。ここの担当者はほとんど無能に近い」

ピートは仕方なく肩をすくめてみせた。

「まあいい。フランク、おまえは実のところ、最優先というわけではないんだ。もうずっと刑務所にいる。今回の事件の容疑者ではないと言って差し支えない」

フランクがまたにやにやしはじめた。

「なるほどおれは容疑者じゃない。だがおまえにとっては、何事もおれが原点なんだ。違うか？　それは常にはじまるところで終わる」

「どういう意味だ？」

「そのまんまの意味だ。で、おれに何を訊きたいんだ？」

「おまえの夢のことだよ、フランク。さっきも言った。夢にはほかに誰かいたか？」

「かもしれんな。だが夢ってのがどんなもんだか、知ってるだろう？　あっというまに薄れていく。残念だったな」

ピートはしばらくフランクを見つめながら推察した。ニール・スペンサーの失踪については、簡単に知ることができたはずだ。あちこちのニュースで取り上げられていた。だがほかにも何か知っているのか？　そう思わせて楽しんでいるのは明らかだが、それだけならどうということはない。おそらく、また力を見せつけようとしているにすぎない。自分をもっと大きく、もっと重要に思わせるための演出だ。

「薄れていくものはいろいろある」ピートは言った。「たとえば、悪名も」

「ここの中じゃ、それはないね」

「だが外の世界ではそうだ。世間はおまえのことなんか忘れきっている」

「まさか。嘘に決まっている」

「おまえはもう久しく新聞にも載っていない。過去の男だ。いや、実はそうですらなくなりかけている。おまえが言ったとおり、小さな男の子が二か月前に行方不明になった。だがその記事の中で、おまえに触れたものがどれだけあったと思う？」

「さあな。ピーター、おまえが答えを言ってみろ」

「一つもなかった」

「ふん。学者やらジャーナリストやらがひっきりなしにインタビューを申し込んでくるが、そろそろ受けたほうがいいのかね。気が向けばそうしてみよう」

フランクがすました顔で笑うのを見て、ピートはもうここにいてもむだだと感じた。辛い思いをし続ける甲斐《かい》はない、フランクは何も知らないのだから。そして今回もまた、いつもと同じように終わるわけだ。終わったあとに自分がどうなるか、ピートはよくわかっていた。フランクとのふがいないやり取りが何もかもを呼び戻した。キッチンの戸棚の引力がさぞや増すことだろう。

「ああ、そうしたほうがいい」ピートは立ち上がり、フランクに背を向けて去ろうとした。

「それじゃあな、フランク」

「ああいう連中は、囁き声に興味を持つかもしれんな」

ピートはドアに手をかけたまま立ち止まった。背中に戦慄が走り、それが両腕にまで広がった。

囁き声。

ニール・スペンサーは窓の外で怪物が囁いたと母親に話していた。しかしニールの失踪に関して、この部分はまったく公表されていないし、メディアに洩れてもいない。かまをかけた可能性ももちろんある。ただそれにしては、やけに勝ち誇った言い方だった。切り札を切ったかのように。

ピートはゆっくりと振り向いた。

フランクは椅子にゆったりともたれて暢気《のんき》そうにしていたが、顔には得意げな表情が浮かんでいた。魚が逃げないだけの餌を針に足したということか。ピートはその瞬間、フランクが囁き声のことを口にしたのは、決して当てずっぽうではないと確信した。

こいつはどうにかして知ったのだ。

だがどうやって？

ピートはこれまで以上に平静に振る舞わなければならなかった。目の前の男がどうしても答えをほしがっているのを嗅ぎつけたなら、フランクはきっとそれを食い物にするだろう。そうでなくても、弄《もてあそ》ぶ材料はすでに充分持っている。

ああいう連中は、囁き声に興味を持つかもしれんな。

「何が言いたいんだ、フランク？」

「つまりだな、例のぼうずは窓のところに怪物がいるのを見たんだろ？　なあ？　それがぼうずに話しかけた」フランクは再び前に身を乗り出した。「話しかけたんだ、うんと、声をひそめて」

ピートは苛立ちを抑えようとしたが、すでに焦りが心の中で渦巻きはじめていた。フランクは何か知っている、そして小さな男の子が行方不明になっている。男の子は見つけ出してやらなければならない。

「囁き声のことをどうやって知ったんだ？」ピートは訊いた。

「は！　それを言ったら秘密がばれる」

「ああ、だから言ってみろ」

フランクは笑みを浮かべた。他人の痛みや腹立ちのほかに、何も得るものも失うものもない男の表情。

「言ってやろう。だがその前に、おまえがおれのほしいものをくれたらな」

「それはなんだ?」

フランクがすうっと身を引いた。楽しんでいる素振りが突如消え、目が一瞬うつろになったかと思うと、そこに憎しみの炎が立ちのぼった。はるか遠くで燃えさかる二つの火を見ているかのようだった。

「おれの家族をここに連れてこい」

「おまえの家族?」

「あのあまと、いけすかないガキだ。あいつらをここに連れてきて、五分間、三人だけにしろ」

ピートは思わずフランクを見つめた。デスクの向こうの男から発せられる怒りと狂気に圧倒されていた。フランクは頭をのけぞらせて手首の鎖をがちゃがちゃ鳴らし、静まり返った部屋に笑い声を轟《とどろ》かせた。笑い声はいつ果てるともなく続いた。

十六

「五分間、元の家族と三人だけにしろと？」アマンダはその要求について考えてみた。「ひょっとして、そんなこともできるのですか？」

だがそのとき、ピートの表情が目に入った。

「冗談です、言っときますけど」

「わかっている」

ピートはアマンダのデスクの向かいの椅子に崩れるようにして座り、目を閉じた。

アマンダはしばらくピートを眺めていた。最初の顔合わせのときに比べ、疲れきってしぼんだように見える。もちろん、ピートのことはよく知らないし、この二か月間に会話を交わした回数も、決して多いとは言えなかった。でも強い印象を受け……といってもどんな？ 感情をコントロールできる。年齢にしては引き締まった体をしている、外見から判断してだけど。落ち着きがあって有能。彼は昔の事件について説明するあいだも、むだな話はほとんどしなかった。フランク・カーター宅の増築部屋で撮った写真を見せてくれたときには、冷淡で非情に感じられたほどだ。彼自身がその目で目撃した恐怖の場面だというのに。そんなピートを見るにつけ、アマンダは実は自信を失いかけていた。自分はちゃんと任務をこなせているのか。最悪の事態になったとき、いったいどれだけ対処できるのか。

そんな事態にはならない。

賢い警察官はそんな不安などやりすごすものだ。ライアンズ警部ならきっとそうする。それが昇進するための唯一の方法だからだ。できるかぎり重荷を背負わないでいることが。ニール・スペンサーの失踪以前は、自分もそうするものと思い込んでいた。でも今はもうなんとも言えない。平静で超然としているように思えたピートの第一印象についても、今の姿を見ると、考え直すしかなくなった。彼は外界と距離を取るのがうまいだけなのだろう。そしてそんなピートに、フランク・カーターは誰よりも接近できるというわけか。

それは驚くことではなかった。ふたりのこれまでの経緯からしても、フランクの犠牲者の一人——ピートが警戒態勢を敷く中で行方不明になった男の子——がまだ発見されていないという事実からしても。アマンダはパソコンの画面に目をやり、サッカーシャツを着たニールの、見慣れた画像を見た。ニールが姿を消してから二か月も経っていない。それでも、あの子が見つからないことを思うと、身が切られるように痛む。どんなに考えまいとしても、自分は失敗したのだという気持ちが日に日に強まっていく。それが二十年前のことなら、どれほど辛いか想像もつかなかった。目の前にいる男のような姿で終わりたくない、とアマンダは思った。

絶対にそんなことにはならない。

「共犯説についてもう一度、詳しく話してください」

「話すことはあまりないんだ、本当のところ」ピートが目を開けた。「もっと年配の白髪まじりの男が、トニー・スミスに話しかけていたという証言があって、その人相がフランクのものと一致しなかった。あと、誘拐現場の窓で指紋がいくつか重なっていた」

「根拠としてはかなり頼りないですね」

「ああ。人というのは往々にして、物事を実際より複雑にしたがるものだ」

「フランクは単独でも一連の犯行をやり遂げることが可能でした。オッカムの剃刀《かみそり》では――」

「オッカムの剃刀ぐらい知っている」ピートは片手で髪をかき乱した。「不必要に仮説を増やすな。すべての事実に適合する最も単純な解答に従うべし」

「そのとおりです」

「そしてそれこそ、まさにわれわれがここでやっていることだ。そうだろ？　犯人を捕まえ、そいつの犯行であることを証明したら、それでもう充分。というわけで、捜査報告を綴《と》じ、書類棚に突っ込み、別のに取りかかる。事件は終結、仕事は完了、さあ次へ」

アマンダは再びライアンズ警部のことを考えた。昇進のことを。

「そうしなくてはならないんですもの」

「だが、それでは充分でないこともあるんだ」ピートは首を振った。「単純に見えたものが本当ははるかに複雑だったり、はみ出した部分が見すごされたままだったりすることが、ときにはある」

「そしてこの件では、そのはみ出した部分に——殺人を犯しながら逃げおおせた者が含まれている可能性があると？」

「さあね。わたしはもう何年も、そのことについては考えないようにしてきた」

「賢明だと思います」

「それがまたニール・スペンサーだ、囁き声だ、怪物だ。しかもフランク・カーターの野郎は、塀の向こうにいながら、それについて何か知っている」

アマンダはピートが続けるのを待った。

「だがどう対処すればいいのか、わたしにはわからないんだ。フランクは何もしゃべろうとしないだろう。それに、彼の仲間だとみられる連中については、もう何百回となく調べた。どいつもシロだった」

アマンダはふと思いついた。「模倣犯では？」

「あるいはね。しかしフランクは、面会中にそうした推測は口にしなかった。囁き声のことは、一度も報道されていないのに知っていた。わたしのほかに面会者はいない。やつに届く書簡はすべて中身が確かめられている。それでどうしてやつが知るんだ？」

ピートが突然、激しい苛立ちを見せた。デスクを叩いても不思議はないほどだったが、彼は代わりに首を振り、顔をそむけた。ともかく、これで少しは生気が戻ったわ。いい兆候。

落ち着きなんか、どっかへやっちゃってよ——怒りはモチベーションを高める、とアマンダは強く信じていた。前に進み続けるためには、ときに何かが必要になることを、神はよくご存じなのだ。でも同時に、ピートは怒りの大部分を内面に向けていた。真相に到達できないのを自分のせいにしている。これは悪い兆候ね。罪悪感は感情移入と同じぐらい無益である、ともアマンダは固く信じていた。いったん罪悪感に身を任せたら最後、この忌々《いまいま》しい野郎は永久に解放してくれない。

「フランクは協力するつもりがないのですね。自分から進んでは」

「ああ」

「トニー・スミスの夢については——?」

ピートは手を振ってみせた。「いつもの戯《ざ》れ言《ごと》だ。ああいうのは、これまでも幾度となく聞かされた。やつは間違いなくトニーを殺しているし、死体を放棄した正確な場所も知っている。だが絶対に口を割ろうとしないだろう。そのことがわれわれを揺さぶる力を持つかぎり。いや、わたしを揺さぶる力をだ」

フランクとの面会がピートをどれほど消耗させるか、今のアマンダにはよくわかった。それでも、どんなに辛くてもピートは会いに行った。なおも試練に立ち向かった。ピートにとっては、トニー・スミスを捜し出すことがそれほどまでに重要だったからだ。しかし、フランクは今や新しいゲームを見つけており、警察としてはそちらに焦点を絞る必要があった。

ピートの胸の内は理解できる。だが、トニー・スミスはとうの昔に死んだのに対して、ニール・スペンサーはまだ生きているかもしれないのだ。

かもしれないではなく、まだ生きている。

「そしてフランクは今や、わたしたちを揺さぶる別の力を得た」アマンダは言った。「でも思い出してください。あなたは、彼がふと何かを洩らすのを期待して、面会に行くのだと言ってました」

「ああ」

「そして実際、フランクは洩らした――何か知っているということを。ね？　それを魔法で知ったはずがない。となると、どうやって知ったかを突きとめなければ」

ピートが返答しないので、アマンダはひとり考えた。

面会者はいない。手紙もなし。

「刑務所内で交わりのある友人は？」

「腐るほどいる」

「それはある面、驚くことですね。子どもを殺害したというのに」

「殺人に性的要素がまったくなかったのがやや幸いした。それに体格的に、あいつは今でも怪物そのものだ。しかも悪名が行き渡っている。囁き男などと騒がれたのでね。やつは塀の中で、ちょっとした自分の王国を築き上げた」

「なるほど。では、彼といちばん親しいのは？」

「まったくわからない」

「でも探り出すことはできますよね？」アマンダは前に身を乗り出した。「ひょっとしたら、その情報はフランクに間接的に渡ったのかもしれない。誰かがフランクの友人に面会する。その友人がフランクに伝える。フランクがあなたに言う」

ピートはじっと考えていた。そしてしばらくすると、そのことを思いつきもしなかった自分に腹を立てたような顔になった。

アマンダは一瞬、得意な気分になった。といっても、ピートを感心させたかったわけではない。ただ、ピートにやる気を出してもらう、あるいは少なくとも、見るからに傷心した顔で歩き回るのはやめてもらう必要があった。

「ああ」ピートが言った。「それはいい考えだ」

「ではやってください……」アマンダは言いよどんだ。「指図できる立場ではありませんが。でもそうすれば前に進めるかもしれない、でしょう？　もしお時間があるなら」

「時間ならある」

だがピートはドアのところで立ち止まった。

「もう一つ気がついた。きみはフランクが洩らしたと言ったね、ともかくも囁き声のことを知ったのを」

「ええ」

「だがタイミングも重要だ。これまで二か月間、フランクはわたしに会うのを拒否していた。以前には一度もなかったことだ。それが突然、気を変えて会おうとした」

「何か理由があると？」

「断定はできない。しかし、そこに理由があった場合の覚悟を、われわれはしておいたほうがいいのかもしれない」

アマンダはピートの言葉をすぐには理解できないでいた。だがしばらくして、はっとニールの画像を振り返った。そんな可能性など考えたくはないと思いながら。

絶対にそんなことにはならない。

ただピートの言うことはもっともだった。この二か月間、ニールの事件には進展も突破口もまるで見られなかった。もしかしたら、フランクの心変わりは、これから何かが起きることを示唆しているのかもしれない。

十七

昼休み、ジェイクは校庭のベンチにひとり腰かけ、ほかの子たちが顔をほてらせ、汗だくになって走り回るのを眺めていた。校庭は賑《にぎ》やかで、誰もジェイクの存在に気づいていないように思えた。新年度がはじまったばかりとはいえ、ジェイクのクラスの子たちは以前から互いを知っていて、その朝の様子では、改めて誰かと知り合いになることにはあまり興味がなさそうだった。ジェイクはそれでも別にかまわなかった。教室で絵を描くほうが楽しいと思った。でも中に残るのは許されなかったので、茂みのそばのベンチで足をぶらぶらさせながら、ベルが鳴るのをひたすら待っていた。

明日から学校だろ。きっとそこで、新しい友だちがいっぱいできるよ。

パパは自分の間違いに気づいていないことがよくあった。といっても、パパの言い方はあまりにもそらぞらしかったので、実は気づいているんじゃないかとも思えた。ふたりとも心の奥では、絶対にそんなふうにはならないことがわかってたんじゃないかと。ママなら、友だちができなくてもかまわないと言っただろうし、ママがそう言ったのなら、本当にかまわないのだと信じられた。でもパパにとっては、友だちができないのは大いに問題なのだ。自分がときどきパパをひどくがっかりさせることを、ジェイクは知っていた。

午前中はそこそこ順調にすぎた、ともかくも。やらされたのは単純な掛け算の練習で、どれもこれも簡単だったから安心した。教室の壁には、悪い行いに警告を与える信号機があって、今はどの子の名前も、いちばん下の緑の部分に入っていた。クラスの補助指導員のジョージは優しいけど、担任のミセス・シェリーは厳しそうで、ジェイクは初日から黄信号へ上げられたくないと心から思った。友だちは作れなくても、少なくとも悪い行いはしないようにできる。実際、それこそが学校での務めだった——言われたことをやり、空白に答えを書き込み、あれこれ疑問を持ちすぎて問題を起こしたりしないことが。

ガサッ。

サッカーボールが音を立てて横の茂みに飛び込み、ジェイクは思わず身を引いた。同じクラスの子の名前はもうぜんぶ頭に入っていたので、ボールを取りに走ってくるのはオーウェンだとわかった。オーウェンはボールを追っているというのに、ずっとジェイクのほうを睨んでいた。わざとこっちに飛ばしたのかな。オーウェンが本当にサッカーが下手なのなら別だけど。

「悪かったな、ボール」

「なんともないよ」

「ああ、わかってる」

オーウェンは、みなおまえのせいだと言わんばかりにジェイクを睨み、茂みから無造作にボールを取り出すと、大股で去っていった。自分のせいにされる理由が、ジェイクにはわからなかった。もしかしたら、オーウェンの頭が悪いだけなのかもしれない。それでも、もうここから動いたほうがよさそうだった。

「こんにちは、ジェイク」

ジェイクが横を向くと、茂みの中であの女の子がひざまずいていた。ジェイクはほっとし、胸をはずませてベンチから立ち上がりかけた。

「シーッ」女の子が指を唇に当てた。「立っちゃだめ」

ジェイクは腰をおろした。でもおとなしく座っていられる気分ではなく、ベンチの上でぴょんぴょん跳ねたいぐらいだった。女の子は前とまったく変わらないように見えた。いつもと同じ青と白の服を着て、膝にはすり傷があり、髪は妙な具合に片方になびいている。

「さっきのように座ってて。ジェイクがわたしと話しているのを、ほかの子たちに見られたくないの」

「どうして？」

「わたしはここにいちゃいけないから」

「そうだね。まず、きみはちゃんとした制服を着ていないもの」

「まずは、そうね」女の子は何か思い巡らしているようだった。「ジェイク、また会えてよかった。ずっと寂しかったの。ジェイクもわたしに会えなくて寂しかった？」

ジェイクはうんうんと激しくうなずき、それからはっとして、無理やり自分を落ち着かせた。校庭にはほかの子たちがいたし、サッカーボールが近くの地面に落ちる音もまだ聞こえていた。女の子に逃げられたくはなかった。それにしても、また会えたとは！　本当を言えば、ジェイクは新しい家で独りぼっちのように感じていたのだ。パパが何度か一緒に遊ぼうとしてくれたけど、パパの心がそこにないのははっきりしていた。パパは十分も遊ぶともう立ち上がり、足を休ませなきゃと言った。実は何か別のことをしたがっているのが見え見えだった。その点、女の子はいつも好きなだけ一緒に遊んでくれる。引っ越して以来、ずっと会えるのを待ち望んでいたのに、新しい家では影も形も見えなかった。

それがようやく現れたのだ。

「新しい友だちはできた？」女の子が訊いた。

「まだかな。アダムとジョシュとハッサンはまあまあ。オーウェンはあまり感じがよくない」

「オーウェンはちんけなクソ野郎よ」

ジェイクは女の子をまじまじと見た。

「といっても、たいていの子はクソだけど。そう思わない？」女の子は口早に言った。「それに、友だちのように振る舞うやつがみんな、本当の友だちだとはかぎらない」

「でもきみは本当の友だちだよね？」

「もちろん、そうよ」

「またうちに来て一緒に遊んでくれる？」

「そうできたらいいんだけど。口で言うほど簡単なことじゃない、でしょ？」

ジェイクの心は沈んだ。確かに簡単ではなかったからだ。そう。ジェイクは女の子とずっと一緒にいたかったけど、パパはジェイクが女の子と話すのを嫌がっていた。「パパがここにいる。ここにぼくらふたりがいる。新しい家、新しいスタート」とパパは言った。

ただし、ずっと一緒にいたいと思うのは、女の子が今みたいに深刻な顔をしていないときのことだった。

「ねえ、言ってみて」女の子が言った。「あの文句を言ってみて」

「言いたくない」

「言って」

「きちんとドアを閉めとかないと、囁く声が聞こえるよ」

「そのあともぜんぶ」

ジェイクは目を閉じた。

「ひとりで外をうろついてると、おうちに帰れなくなるよ」

「続けて」

女の子はやっと聞こえるぐらいに言った。

「窓には鍵をかけとかないと、あいつにガラスを叩かれる」

「それから？」

その声はあまりにもかすかで、ただ空気が動いただけのようだった。ジェイクは唾を飲み込んだ。そのあとは口にしたくなかったけど、仕方なく、女の子と同じようにかすかな声で言った。

「独りぼっちの悲しい子には、囁き男がやって来る」

始業ベルが鳴った。

ジェイクが目を開けると、校庭で遊んでいた子たちが目の前にいた。オーウェンはジェイクの知らない、もっと年長の子たち数人と一緒にいた。みんなジェイクをじっと見つめている。ジョージもそこにいて、心配そうな表情を浮かべていた。一瞬置いて、オーウェンたちは急に笑いだし、肩越しにジェイクを振り返りながら中央の扉へ駆けていった。

ジェイクは横を振り向いた。

女の子はまたいなくなっていた。


「昼休みに誰としゃべってたんだ?」

ジェイクはオーウェンを無視したかった。罫線入りのノートに筆記体を書かなくてはならず、それに集中していたかった。クラスのみんなに言い渡された課題だ。なのにオーウェンは気にかけていないらしく、机に寄りかかってジェイクをじろじろ見た。叱られても平気な子たちの仲間に違いない。こんなやつにあの子のことを話すなんて、とんでもない。パパはぼくがあの子と話すのを嫌がるけど、それをからかうとは思えない。でもオーウェンがからかうのは目に見えている。

ジェイクは肩をすくめてみせた。「誰とも」

「誰かとしゃべってたぞ」

「ぼくには誰も見えなかったよ。きみには見えたの？」

オーウェンは何か考え込んでいる様子だった。それから急に、後ろに身を引いた。

「それって、ニールの椅子だったんだ」

「何が？」

「おまえの座ってる椅子だよ、あほう。それはニールのだったんだぞ」

オーウェンはそれで腹を立てているみたいだ。でも何が悪いのか、ジェイクには今度も見当がつかなかった。それぞれが座る場所は、その朝ミセス・シェリーがみんなに指示したのだ。ジェイクがニールとやらの席をわざと横取りしたわけではない。

「ニールって誰？」

「夏休みの前までこのクラスにいたやつだ。今はもうここにいない。連れていかれたんだ。それで、ニールの椅子がおまえのものになった」

オーウェンの言ったことが間違っているのは明らかだった。

「夏休みの前まで、クラスのみんなは二年生の教室にいたんでしょ」ジェイクは言った。

「なら、これがニールの椅子だったことは一度もない」

「そうなるはずだったんだ、連れていかれなけりゃ」

「ニールはどこへ引っ越したの？」

「引っ越したんじゃない。連れられていったんだ」

ジェイクはどう考えたらいいのかわからなかった。意味不明だ。親と一緒にどこかへ行ったのに、引っ越したんじゃないって？　ジェイクはオーウェンをしげしげと見た。その怒った目つきには、実は自分の知る秘密を話したくてうずうずしている気持ちが、はっきりと表れていた。

「悪い男に連れられてったんだ」オーウェンは言った。

「どこへ？」

「さあね。けど、今はもう死んでるな。そんでもって、おまえはニールの椅子に座っている」

ジェイクの机にはタビーという女の子も座っていた。

「ひどい」そのタビーがオーウェンに言った。「ニールが死んでるかどうか、まだわかんないじゃない。それに、ママに訊いたら、そんな話をするのはどっちにしろ良くないことだって言ってた」

「ニールは絶対に死んでる」オーウェンはまたジェイクのほうを向き、彼の椅子を指さした。「てことはつまり、次はおまえの番だ」

それもおかしいとジェイクは思った。オーウェンはちゃんと頭で考えていないみたいだ。ニールに何かが起きたのだとしても、ニールはこの椅子に一度も座っていないのだから、椅子が呪われているわけじゃない。

それに、もっと本当に起こりそうなことがあった。ただ口にしてはいけないと思ったので、ジェイクはしばらく黙っていた。でもそのうち、あの子がさっき校庭で言ったことや、自分がどんなに独りぼっちかが思い出され、オーウェンがこんな仕打ちをするのなら、自分も仕返ししてやろうという気になってきた。

「もしかしたら、ぼくは最後ってことかもしれないよ」ジェイクは言った。

オーウェンが目を細めた。

「何が言いたいんだ？」

「その悪い男はたぶん、このクラスの子を一人ずつ連れていくんだ。そしてクラスはぜんぶ、新しい男の子や女の子に入れ替わる。つまり囁き男は、ぼくじゃなくて、みんなのほうを先に連れていくってわけ」

タビーがショックで息を詰まらせそうになり、次にわっと泣き出した。

「おまえがタビーを泣かせたんだ」オーウェンが決めつけるように言った。ミセス・シェリーがジェイクの机のほうに向かってきた。「先生、ジェイクがタビーに、ニールみたいに囁き男に殺されるぞって言ったから、タビーが怖がっちゃって」

こうしてジェイクは、登校初日から黄信号に上げられた。

パパがひどくがっかりしそうだった。

十八

その日は思っていたより順調に進んだ。

八百ワードというのはかなりささやかな分量だったが、何か月も書かなかったあとで、とにもかくにもスタートを切れたのだ。

ぼくはその文章を読み直してみた。

レベッカへ。

今はとりあえずレベッカについて書いていた。それ自体は物語ではなく、目下のところはそのはじまりですらなかった。むしろレベッカに宛てた手紙の書き出しであり、読むのは辛かった。素材にできる楽しい思い出はたくさんあるし、書き続けるうちにそれが表に出てくるのはわかっていた。しかしレベッカを愛し、その死を言葉にはできないほど嘆き悲しむいっぽうで、ぼくの中には醜い怒りの感情の塊、ジェイクとふたりきりで取り残されたことへの苛立ち、空っぽのベッドで感じる孤独感といったものがあるのも、また否定できなかった。自分には対処できないと思えることを任されたまま、いわば置き去りにされた感覚。そのいずれも、レベッカのせいではもちろんないが、悲しみというのは無数の材料を混ぜたシチューであり、材料は口当たりのいいものばかりとはかぎらなかった。ぼくはその文章で、自分の感情のごく一部を正直に吐露していた。

　要するに下準備だった。書けそうなテーマについてのアイデアはもう浮かんでいた。ある男――これはほんのちょっとぼくに似た人物――がある女――これはちょっとレベッカに似た人物――を失う。心の奥深くを見つめるのは痛みを伴うだろうが、やればできるだろう。醜いものを美しいものへ昇華させ、願わくは最後に、何かしらの決意や受容に到達する。書くことはときに自分を癒す助けになる。今回の場合にそうなるかどうかわからないが、それをある程度目指していた。

　ぼくはファイルを保存し、ジェイクを迎えに出かけた。

　学校に着くと、ほかの保護者たちが壁際で並んで待っていた。どこに立つべきかについては、おそらく暗黙かつ厳格なしきたりがあるのだろうけど、今日という日は長い一日だったので、気にしないことに決めた。代わりに、校門の近くにひとりで立っていたカレンを見つけ、そこへ直行した。午前よりさらに暖かくなっていたというのに、カレンはやはり雪の日のような格好をしていた。

「また会ったわね」カレンが言った。「息子さんはサバイバルできたと思う?」

「できてなかったら、きっと電話が来てたよ」

「それもそうね。あなたのほうは今日一日どうだった?　あえて、もう〝一日〟って言っちゃうけど。六時間の自由時間の感想は?」

「興味深いものだったよ。新しい家のガレージをやっと覗いてみたら、前の所有者が家の中の廃品をぜんぶ、そこに隠していた」

「まあ、それは厄介ね。でもなんてずる賢い」

出た笑いはすぐに引っ込んだ。執筆中には多少なりとも消えていた、例の訪問者の残した不安が、再び舞い戻ってきた。

「ほかにも、奇妙な男が家の周りをうろついていた」

「あら、ますます穏やかじゃないわね」

「ああ。あの家で育ったので、中を見せてほしいと要求してきた。でも信じていいものだか」

「ことわったんでしょ？」

「もちろん」

「どのへんに引っ越してきたの？」

「ガーホルト・ストリート」

「うちから角を曲がってすぐの通りだわ」カレンはふんふんとうなずいた。「あの、恐怖の家じゃない、ひょっとして？」

恐怖の家。ぼくは少し心が沈むのを感じた。

「たぶんね。といってもぼくは、個性があると解釈したいけど」

「確かに個性はある」カレンはまたうなずいた。「夏に売り出されてるのを見かけたの。見るからに恐ろしいってわけじゃなかったけど、アダムはよく、どこか普通じゃない感じがすると言ってた」

「なら、ぼくとジェイクにはおあつらえ向きだ」

「それはどうかしら」カレンは微笑み、壁から身を起こした。ちょうど学校の扉が開いたところだった。「さあ行きましょ。野獣が放たれるわ」

ジェイクのクラスの担任が現れて扉の脇に立ち、保護者をざっと見回し、肩越しに子どもの名前を一人ずつ呼びはじめた。呼ばれた子どもが次々に、両脇でかばんと水筒をばたばたさせながら小走りに出てきた。確かミセス・シェリーだったな、とぼくは担任の名前を思い出した。ミセス・シェリーは少々厳しい顔をしていた。何度か目が合ったはずなのに、すぐに視線をはずされ、ぼくはジェイクの父親だと名乗れなかった。アダムとおぼしき男の子がぼくたちのところへやって来た。カレンが彼の髪をかき撫でた。

「楽しかった？」

「うん、楽しかったよ、ママ」

「じゃ、行こうか」カレンはぼくのほうを振り返った。「また明日ね」

「ああ、また明日」

ふたりが帰ったあとも、ぼくはずっと待たされていた。やがて、そこに立っている保護者はぼくひとりになった。ようやくミセス・シェリーがこちらを手招きした。ぼくは近づいていった、というより呼びつけられた感じだった。

「ジェイクのお父さんですね？」

「はい」

ジェイクはぼくのほうへ歩きはじめたが、うつむいたままで、小さくしぼんだように見えた。やれやれ。何かあったんだな。

それでぼくらは最後まで残されたわけだ。

「何か問題でも？」

「たいしたことではありません」ミセス・シェリーは言った。「でもやはり一言申し上げておきたいと思いまして。ジェイク、何があったのか、お父さんに自分で言えますか？」

「ぼくは黄信号に上げられたんだ、パパ」

「黄信号？」

「うちのクラスの壁には信号機があります。悪い行いに警告を与えるためです。ジェイクは今日の振る舞いによって、クラスで初めて、黄信号に引き上げられました。新年度の初日としては、望ましいことではありませんでした」

「息子は何をしたんですか？」

「ぼく、タビーに、いつか死ぬぞって言ったんだ」ジェイクが言った。

「それからオーウェンにも、ですね」ミセス・シェリーが付け加えた。

「それからオーウェンにも」

「そうですか」とぼくは言ったものの、もっと分別のある言葉が思い浮かばず、こう続けた。

「確かにぼくたちはみんな、いつかは死にますね」

ミセス・シェリーは感心してくれなかった。

「笑いごとではないのですよ、ミスター・ケネディ」

「わかってます」

「昨年度、このクラスに、ある男の子がいました。ニール・スペンサーって、ニュースでご覧になったことがありません？」

その名前にはかすかな記憶があった。

「その子は行方不明になったのです」

「ああ、あの」

ぼくはやっと思い出した。なんでも親がその子を、ひとりで家に歩いて帰らせたとかいう話だった。

「実に不快な出来事で……」ミセス・シェリーはジェイクのほうを見て口ごもった。「クラスの中で話題にしたいことではありません。そこへジェイクが、次はこのクラスのほかの子たちだ、といった意味の発言をしたのです」

「なるほど。それでジェイクは……黄信号に?」

「今後一週間は。もしさらに赤信号に上がるようでしたら、校長先生に会いに行かせます」

見おろすと、ジェイクはしょげ返っている様子だった。壁の上でジェイクが公然と辱めを受けているのは気に入らなかったが、同時にジェイクにも失望を感じた。ジェイクが言ったのは、とてつもなくひどいことのように思えた。いったいなぜそんなことを?

「わかりました」ぼくは言った。「ジェイク、きみの行いを聞いてがっかりしたよ。とてもがっかりした」

ジェイクはさらに深くうつむいた。

「帰り道でよく話して聞かせます」ぼくはミセス・シェリーのほうに向き直った。「二度とそんなことはさせません、お約束します」

「させないようにしていきましょう。それからほかにもあります」ミセス・シェリーはぼくに近づき、どっちにしろジェイクには聞こえるというのに、わざわざ声をひそめて言った。「うちのクラスの補助指導員が、昼休みのジェイクの様子を見て、少々懸念しておりました。彼が言うには、ジェイクがひとりきりで会話していたとか?」

ぼくは目を閉じた。もはや心は底の底まで沈んでいった。まさかそれもやったのか。みんなのいる前で。

どうして何もかも単純にはいかないのだろう?

どうしてぼくらはすんなりここに溶け込めないのだろう？

「話して聞かせます」ぼくは再び言った。


ただ、ジェイクのほうがぼくと話すのを拒否した。

帰り道でぼくは、最初は優しく問いかけて真相を訊き出そうとした。ところが、何をどうたずねてもがんとして答えないので、少々腹が立ってきた。もちろん、短気を起こすのはよくないとわかっていた。本当はジェイクを怒っているのではなかったのだから。その状況に怒りを感じていたのだ。物事が自分の望んだように進まないことに苛立ち、空想の友だちが戻ってきたことに失望していた。ほかの子たちがジェイクをどう思ったか、そしてこの先どう扱うかも心配だった。しまいにぼくも口をきかなくなり、ぼくらは横に並んでいながら、見知らぬ他人同士のように歩いていた。

家に着くと、ぼくはジェイクの通学かばんの中を探った。〈スペシャル・パケット〉はともかくもそこにあった。あとは国語の宿題で、それはジェイクにとって、やや簡単すぎるように思えた。

「ぼくって何もかもぶち壊しにしちゃうね。そうでしょ？」ジェイクが小さな声で言った。

ぼくは宿題の紙から目を離した。ソファのそばに立って頭を垂れているジェイクは、いつにも増して小さく見えた。

「いいや。もちろんそんなことはないよ」

「でもパパはそんなふうに考えてるんでしょ」

「そんなふうに考えてはいないよ、ジェイク。パパは逆に、ジェイクのことを誇りに思っている」

「ぼくにはそう思えない。ぼくは自分が大嫌いだ」

それを聞くなり、ぼくは何かでぐさりと刺されたかのように感じた。

「そんなことを言うんじゃない」あわててそう言い、ひざまずいてジェイクを抱きしめようとした。でもジェイクは身を預けてこなかった。「いいかい、そんなことは絶対に言ってはだめだよ」

「絵を描いてもいい？」ジェイクがうつろな声で訊いた。

ぼくは深く息を吸いながら、ジェイクから少し身を引いた。ぼくの気持ちをわかってもらいたいのはやまやまだったが、どう見ても今は無理な気がした。でも、あとになれば話し合える。きっと。

「いいよ」

ぼくは仕事部屋へ行き、今日書いたものを見直そうとタッチパッドに触れた。「ぼくは自分が大嫌いだ」そんなことは言うなとジェイクを叱ったものの、正直な話、それはぼくがこの一年、何度となく自分に言ってきた言葉だった。今もまたそう思っていた。どうしてぼくはこんなにへまばかりするのか。どうしてこうも、正しいことをしたり言ったりする能力に欠けているのか。レベッカはいつも、ぼくとジェイクはそっくりだと言っていた。ならば今このとき、ジェイクの頭の中にも同じ考えが渦巻いているのかもしれない。ふたりはケンカの最中でも愛し合っている。それは真実であっても、だからといって、ぼくらが自分自身を愛しているとはかぎらないのだ。

それにしても、ジェイクはなぜ、学校であんなひどいことを言ったのか。ひとりきりで会話をしていたというのは、必ずしも正確ではないだろう。ジェイクの会話の相手があの女の子なのは——あの女の子がついにぼくらを見つけ出したのは——間違いない。でもぼくには、それにどう対処すればいいのかさっぱりわからないのだ。現実にいる友だちを作れないなら、いつまで経っても空想の友だちに頼るしかなくなる。そして、空想の友だちが原因で今日のような振る舞いをしたのなら、ジェイクにはやっぱり、なんらかの助けが必要ということでは？

「ねえ遊んでよ」

ぼくは画面からはっと目を上げた。

それからしばらく沈黙が続いた。心臓が激しく動悸を打ちはじめた。

声は居間から聞こえてきたが、ジェイクのものとはまったく思えなかった。カエルが鳴くような耳障りな声だった。

「遊びたくない」

今度のはジェイクの声だ。

ぼくはドアロの近くまで行って耳をすました。

「遊んでってば」

「嫌だ」

どちらの声もぼくの息子が出しているはずだったが、二つがあまりにも違うので、自然ともう一人別の子がいるように感じられた。ただ、そっちの声はまるで子どもらしくなかった。子どもというにはしゃがれて年寄りじみている。ぼくは脇の玄関に目をやった。家に帰ったときに鍵はかけなかったし、チェーンもはずれていた。誰かが入ってきたなんてことがあるだろうか？　いや、ない。ぼくは玄関からすぐの部屋にいたんだ。もし入ってきたなら、音が聞こえたはずだ。

「嫌じゃない、遊んでくれるよね」

その声は期待にはずんでいるようだった。

「やだ、なんだかぞっとするもん」ジェイクが言った。

「ぞっとさせてやりたいんだもん」

ぼくはたまらず、居間にずかずかと入っていった。描いた絵の横で床にひざまずいたジェイクが、脅えたように大きく見開いた目でぼくを見た。

ジェイクはひとりきりだったが、それでもぼくの心臓は鎮まらなかった。以前もこの家で感じたのと同じように、居間にはさっきまで何かがいた気配が漂い、ぼくが入る直前に何者かが、あるいは何かが、さっとその場から立ち去ったのではないかという気がした。

「ジェイク?」ぼくは静かに言った。

ジェイクは息をぐっと飲み込んだ。今にも泣き出しそうだった。

「ジェイク、誰と話してたんだ?」

「誰とも」

「しゃべってるのが聞こえたよ。誰かのふりをしていたんだね。ジェイクと遊びたがっている誰かの」

「違う、そんなことしてない!」さっきまで恐怖が張りついていたジェイクの顔に、突然、怒りが走った。ぼくに失望させられたとでもいうかのように。「パパはいつだってそんなふうに言う。もう、あんまりだよ!」

驚きのあまり目をしばたたかせ、力なくその場に立ちつくすぼくをよそに、ジェイクは紙を〈スペシャル・パケット〉に詰め込みはじめた。パパはいつだってそんなふうに言うって、本当に? ジェイクがひとりで会話するのをぼくが嫌がっている——そしてそれがぼくを悩ませている——ことは、ジェイクも勘づいていたに違いない。だけど、そのために叱ったりしたことは一度もなかったのに。

ぼくは居間の奥まで行き、ジェイクのそばでソファに腰かけた。

「ジェイク――」

「ぼく、自分の部屋に行くから！」

「行かないで。パパはジェイクが心配なんだ」

「嘘だ。パパは心配なんかしてない。ぼくのことなんかどうだっていいんだ」

「そんなことあるものか」

だがジェイクはすでにぼくの前を通りすぎ、居間のドアへ向かっていた。今は行かせておけと直感は命じていた。ほとぼりを冷ましてから改めて話せと。でもジェイクを安心させたい気持ちもあった。ぼくは必死で言葉を探った。

「ジェイクがあの女の子を気に入っているのはわかってたよ。あの女の子にまた会いたがっているのも」

「あれは女の子じゃない！」

「なら誰だったんだ？」

「床《ゆか》の男の子だよ」

ジェイクはそう言って廊下に飛び出していった。

ぼくは言葉を失い、しばらくソファでぼうっとしていた。床の男の子。ジェイクがひとりで会話していたときの、あのしわがれた声が思い出された。もちろん、ぼくが耳にしたのはジェイクの声だと解釈する以外にない。それでも寒気がしてきた。あれをジェイクが出したとは、とても思えなかった。

ぞっとさせてやりたいんだもん。

ふとぼくは目を床にやった。ジェイクは自分の持ち物をあらかた集めていったが、紙が一枚だけそこに残っており、その周りにクレヨンが数本ころがっていた。黄色と緑と紫のクレヨン。

その紙に目が釘付《くぎづ》けになった。ジェイクはそこに蝶の絵を描いていた。稚拙で正確さに欠けた絵だが、その蝶は明らかに、ぼくがその朝ガレージで見たのと同じ蝶だった。しかし、そんなことがあるはずなかった。ジェイクはガレージの中に入ったことがないのだから。もっとよく見てみようと紙を拾いかけたとき、ジェイクが大声で泣き出すのが聞こえてきた。

ぼくは立ち上がって廊下に走り出た。すると、ジェイクが泣きじゃくりながら仕事部屋から飛び出してきた。彼はぼくを押しのけ、階段を駆け上がっていった。

「ジェイク——」

「ほっといてよ！　パパなんか大嫌いだ！」

ジェイクが去るのを見送りながら、ぼくはただ困惑していた。状況についていけず、何をどう考えたらいいのかわからなかった。

ジェイクの寝室のドアが音を立てて閉まった。

ぼくは呆然《ぼうぜん》としたまま仕事部屋に入った。

パソコンの画面に、ぼくがレベッカに向けて書いた言葉が表示されていた。レベッカがいないと何もかもが辛い。すべてをぼくに任せて逝ってしまったレベッカを責める自分がいる。そんな恨みつらみを、ジェイクは読んだに違いなかった。ぼくは目を閉じた。もう状況はわかりすぎるぐらいわかっていた。

十九

その電話が来たとき、ピートはダイニングのテーブルに向かっていた。本来なら料理をするかテレビを観ている時間だったが、後ろのキッチンは暗く冷たく、居間でも音はしていなかった。代わりに、彼はボトルと写真を見つめていた。

もう長い時間、ずっと見つめたままだった。

その日はどっぷり疲れていた。フランク・カーターに会うと必ずそうなったが、今回は特に消耗が激しかった。アマンダに問われたときには一笑に付したものの、トニー・スミスの夢の話がピートを苦しめていた。あれは「いつもの戯れ言」ではなかった。ニール・スペンサーの件はもう忘れようと、昨夜決心したというのに、それがもはや不可能になった。二つの事件にはつながりがあったのだ。そこにピートは巻き込まれていた。

だが自分に何ができるというのか。その日の午後は、フランクの刑務所内の友人を訪れた面会者について調べたが、何も判明しなかった――少なくとも今までのところは。まだ調べていない友人がいくらか残っていた。惨めなことに、あの男が刑務所内で付き合う友人は、塀の外にいるピートの友人より数が多かった。

だからもう飲んでしまえ。

おまえは無能なんだ。役立たずなんだ。ほら飲めよ。

飲みたい衝動は極限まで強まっていたが、切り抜けられるはずだった。これまでも結局は、その声に抵抗してきたのだ。とはいえ、開封しなかったボトルをまた戸棚に戻すのかと思うと、ある種の絶望を感じた。いずれ飲むのは必然であるような気がした。

ピートは片手を顎にやり、口元をまさぐりながら彼とサリーの写真を眺めた。

もう何年も前のこと、サリーはピートが自己嫌悪に悩まされているのを見て、それを克服するために、あるリストを作るよう勧めた。二つの欄の一方に自分の持つプラスの性質、もう一方にマイナスの性質を書き出す。そうすれば、両者の帳尻がうまく合っているのが自分で確かめられるというわけだ。効果はなかった。自分は不出来だという意識はあまりにも深く染み込み、数学的手法では払いのけることができなかった。サリーはピートを助けようと懸命に努力してくれたが、ピートが最後に頼ったのはいつも酒だった。

それは写真からもわかった。ふたりとも幸せそうにしているものの、そこにはすでに兆候が表れていた。サリーの目が大きく見開かれ、肌もつやつや輝いているのに対し、ピートは自信がなさそうで、自分の中に光が入るのを半ば嫌がっているふうに見える。ピートは、サリーが愛してくれるのと同じぐらい深く、サリーを愛していた。だが彼にとって、愛情を与えたり受け取ったりすることは、文法のまったくわからない言語をしゃべることに等しかった。そして、自分には愛し愛される資格がないのだと思い込み、徐々に酒に身を任すようになっていった。その果てが今の彼、というわけだ。父親についてと同様、距離を置いてみて初めて、何もかも理解できるようになった。戦場の状況は空から見るとよくわかるものだ。

ただし遅すぎた。

あれから長い年月がすぎたが、サリーがどこで何をしているのか、ピートは今も気にかかっていた。唯一の慰めは、どこにいようとサリーが幸せなのは間違いないこと、そして別れたおかげで、ピートの人生をともに味わわせないですんだことだ。サリーがどこかで、もと彼女にふさわしかった生活を送っていると思うと、ピートは力づけられた。

これが、おまえが酒で失ったものだ。

これが、酒を飲む価値はない理由だ。

だが当然ながら、何かにつけて反論をよこすあの声が、また言い返してきた。人生で得た最もすばらしいものをすでに失ったのなら、なぜこの責め苦に耐えるのか？

もうどうでもいいではないか。

　ピートはボトルを睨んだ。そのとき、尻の下で携帯が振動するのを感じた。

おまえにとっては、何事もおれが原点なんだ。違うか？
それは常にはじまるところで終わる。

村はずれの空き地を懐中電灯で照らしながら、その真っ暗な奥へ向かってゆっくり慎重に進むピートの脳裏に、フランク・カーターの言葉が蘇ってきた。吐き気や嫌な予感がせり上がってくるいっぽうで、激しい自責の念に襲われた。自分が失敗を犯したのは疑いようがなかった。フランクの言葉は、聞いたときにはただの出まかせのように思えた。だがもっとよく考えてみるべきだったのだ。フランクの言葉や行動に意味のないものはない。そこにさりげなく込められたメッセージを汲《く》み取ってしかるべきだった。あとになってしか理解できないよう、わざと仕組まれたメッセージを。

　前方にテントと投光照明が見えてきて、あたりを用心深く動く警官のシルエットが浮かび上がった。吐き気が強まり、ピートはあやうくつまずきそうになった。片方の足をもう片方より前へ。二か月前にここに来たのは、行方不明になった男の子を捜すためだった。今夜来たのは、男の子が一人発見されたためだ。

　そういえばあの七月の夜には、ダイニングのテーブルで夕食が冷めるままになっていた。今夜はそこにボトルを置きっぱなしにしてきた。ここで見るのが予想どおりのものなら、帰ったときにはボトルを開けてしまうだろう。

テントにたどり着くと、ピートは懐中電灯を消した。周囲に設置された投光照明の強い光のもとでは、もうつけておく必要がなかった。むしろ、中央に横たわっているものを見るには光があふれすぎている。ピートはまだ心の準備ができていなかった。目をそらすと、テントの端に立つライアンズ警部と視線がぶつかった。ピートを見つめ返すライアンズの表情はうつろだった。ピートはそこにふと軽蔑——おまえはこうなるのを食い止めるべきだったのに——が浮かんだように感じ、あわてて視線をはずした。するとその先に、画面が穴だらけのテレビが見えた。あっと思ったとき、脇にアマンダが立っているのに気づいた。

「ここであの子は連れ去られたんだ」ピートは言った。

「それはまだはっきりしていません」

「わたしにははっきりしている」

アマンダは暗闇のほうへ顔をそむけた。強烈な明るさと警官のせわしない動きのせいで、周囲の空き地の暗さがかえって際立つ。

「それは常にはじまるところで終わる」アマンダが言った。「フランクはそう言ってたんですよね？」

「ああ。それに引っかかりを感じるべきだった」

「あるいはわたしが。あなたの責任ではありません」

「ならば、きみの責任でもない」

「かもしれません」アマンダは悲しげに微笑んだ。「でもあなたのほうが、そう言ってもらう必要があるように見えます。わたしよりも」

それはどうかな、とピートは思った。アマンダは青ざめ、気分が悪そうに見えた。この二か月間、ピートはアマンダの能力や手腕を認めるいっぽうで、彼女が野心を持っているのではないかと疑っていた。こうした事件が自分のキャリアに役立つと思い込んでいるのではないかと。それも、事件がそのほかにどんなことをもたらすのか、充分に理解しないままで。だが今は、アマンダに奇妙な親近感を抱いていた。フランクの家で男の子たちが死んでいるのを発見したあと、ピートはしばらく、自分が崩壊したようだった。その二十年前の自分と同様、アマンダはこれまで必死に働き、強く希望を持ち続けてきた。何を期待していたのであれ、今は、ふさがることのない深い傷を負ったと感じているはずだ。

だがそうした親近感は、口に出していいものではなかった。誰しもひとりきりで道を歩いている。困難を乗り越えるのも挫折するのも、本人自身だ。

アマンダがゆっくりと息を吐いた。

「あいつは知っていた。そうなんでしょう？」

「ああ」

「すると問題はやはり、どうやって知ったかですよね？」

「さあ、わたしにはまだなんとも言えない。これまでのところ、そうした角度からは何も見えてきていない。ただ、調べていない刑務所内の友人はまだたくさん残っている」

ためらいがちにアマンダが訊いた。

「死体をご覧になります?」

家に帰ったら飲めばいい。

もう許す。

「そうだな」ピートは答えた。

ふたりでテントの下に移動した。さっきの古いテレビの近くに、男の子が両手両足を広げた格好で横たわっていた。そのそばの地面には迷彩柄のリュックが置いてある。ピートはできるだけ感情を抑えながら細かな点まで観察した。衣服はまぎれもなかった。青いトレーニングズボンに白いTシャツ。そしてTシャツは顔まで引き上げられており、表のデザインが裏から透けて見えた。

「このことは一度も公表されていない」ピートは言った。

ここにもまた、フランク・カーターとのつながりが見られた。

「出血量が少ない」彼は死体の周囲を覗き込みながら言った。「ともかく、これだけの傷に見合う量ではない。どこかほかの場所で殺されたのだ」

「のようですね」

「新たな犯人とフランク・カーターの違いだな。フランクは男の子たちを自宅で殺害し、そのまま保管していた。決して遺体を遺棄しようとはしなかった」

「トニー・スミスを除いては」

「あれは事情が変わったせいだ。それに、こっちは公にさらされている」ピートは周囲を顎で示した。「誰がやったにせよ、そいつは死体が見つかるのを望んでいた。それもほかならぬこの場所、事のはじまりの場所でだ。フランクがわたしに言ったのとそっくり同じように」

家に帰ったら飲めばいい。

「衣服は行方不明になったときに身に着けていたものと同一。傷は別として、きちんと世話をされていたと思われる。見るからにやせ衰えたりはしていない」

「そこも、フランク・カーターとは異なりますね」

「ああ」

ピートは目を閉じ、その点についてよく考えてみた。ニール・スペンサーは殺される二か月前にどこかで捕えられた。そしてちゃんと世話をされていた。ところが何かが変わった。そのあと誘拐された場所に戻された。

もういらなくなったとでもいうかのように。

彼は目を開けた。「リュックサックに水筒は入っていたのか？」

「ええ。お見せしましょう」

アマンダのすぐあとに続き、男の子の死体の脇をそろそろと通って向こうへ回った。アマンダが手袋をはめた手でリュックの蓋を開けた。中に水筒があり、それには水が半分入っていた。ほかにも何か見えた。青いウサギ――ベッドで抱いて寝るようなぬいぐるみ。所持品のリストにはこれまで入っていなかったものだ。

「これはニールの持ち物か？」

「今、両親に問い合わせています。でもたぶんそうです。ニールの所持品で、両親が知らなかっただけでしょう」

ピートはゆっくりとうなずいた。ニール・スペンサーについてはすでに知りつくしていた。ニールは学校でよく問題を起こしていた。攻撃的だった。人生に傷ついた者がしばしばそうなるように、大人びて世間ずれしていた。

それでも一皮むけば、まだ六歳にすぎなかったということか。

意を決して男の子の死体に目を向けた。そのためにどんな感情が湧き上がろうと、どんな記憶が呼び起こされようと、もうかまわなかった。家に帰ったら飲めばいいだけの話だ。

きみにこんなことをしたやつは、われわれが必ず捕まえてやる。

ピートは踵《きびす》を返し、再び懐中電灯をつけて投光照明の届かない闇に入っていった。

「ピート、あなたの助けが必要です」アマンダが後ろから呼びかけた。

「わかっている」だが、ピートの頭に浮かぶのはダイニングのテーブルにあるボトルのことばかりで、駆け出さないようにするのが精一杯だった。「いつでも協力する」

二十

男は闇の中に立って震えていた。

頭上の濃紺の空はすっきりと晴れわたり、星が点々と瞬いている。昼間の熱気とはうって変わり、冷気が身にしみる夜だ。だが男が震えているのは外気のせいではなかった。午後の行為を直接思い出そうとはしなくても、それのもたらした衝撃がなお、皮膚のすぐ下に埋もれていた。

男は今日、初めて人を殺した。

やる前はすでに覚悟ができていると思っていたし、その瞬間は怒りと憎悪に突き動かされて手を下した。ところが、あとになって何かが狂った。自分の気持ちがつかめなくなった。その晩、彼は声を立てて笑い、涙をぼろぼろ流して泣いた。羞恥と自己嫌悪に身を震わすいっぽうで、わけのわからない高揚感に包まれ、バスルームの床で体を揺すっていた。どうにも表現しようのない状態だった。それもそのはずだ。再び閉じることはできない扉を開き、この地球上でごくわずかな人間しか味わったことのない経験をしたのだから。支度もガイドブックもなしで踏み出した旅だった。行く道を示してくれる地図はなかった。殺人を犯したことで、男は未知の感情の海に放り出され、漂流していた。

冷たい夜気をゆっくりと吸い込んでみたが、体の震えはおさまらない。あたりは静まり返っており、ただ風の吹き抜ける音だけが聞こえる。あたかも、世界が眠りの最中に秘密を呟《つぶや》いているかのようだ。遠くで街灯が輝いているものの、男は光の届かない場所でじっとしていたので、もし誰かが間近を通りすぎても、男の存在に気づかなかっただろう。しかし男にはその誰かが見えた、いや少なくとも感じ取れたに違いない。男は外界に対して敏感になっていた。とはいえ今は夜もふけ、そこにいるのは自分だけだと断言できた。

待ち続けた。

全身を震わせながら。

午後にどんなに怒りを感じていたか、今となっては思い起こすのが難しい。そのときにはただ憤怒《ふんぬ》に飲みつくされていた。胸の中で炎が燃え上がり、その勢いで全身がよじれた。まるで糸のねじれた操り人形のように。目もくらむような光が頭の中を満たしていたので、何をしたのか、思い出そうにも思い出せなかったかもしれない。いっとき自分が自分の外に抜け出すことで、別の何かの出現を許したかのようだった。宗教心の篤《あつ》い人間なら、外的な力に取りつかれたのだとすぐさま想像しただろう。だが男は宗教など信じておらず、その恐怖の数分間に彼を乗っ取っていたものが、なんであれ、彼の内部から生まれてきたことを知っていた。

それはもう消えた――あるいは、少なくとも自分の洞窟にこそこそ逃げ帰っていった。あのときには正義だと思えたものが、今もたらすのは罪や失敗の意識ぐらいでしかない。男はニール・スペンサーが問題を抱えているのに気づいていた。ニールを救い出して面倒を見てやる必要がある。自分こそがそれを行うべき人間だ。ニールを助けて育ててやろう。保護してやろう。世話をしてやろう。男はそう思っていた。

ニールを傷つけるのは、決して男の意図したことではなかった。

そして二か月間、男の試みはうまくいっていた。男は平和に包まれた。少年がそこにいて、一見満足そうな顔を見せることが、男にとっては鎮痛剤となった。男は思い出すかぎりで初めて、自分の考える世界は実現可能なだけでなく、きわめて正当なのだと感じた。男の内部を長年冒していた感染症が、ようやく治癒に向かいはじめたかのようだった。

だがもちろん、すべては幻想にすぎなかった。

ニールはずっと男に嘘をついていた。幸せなふりをしながら、時機をうかがっていたのだ。そしてついに男は、少年の目の中に見られた善良なきらめきが、本物ではなくごまかしであることを認めざるを得なくなった。そもそものはじまりから、自分はあまりにも純粋に信用しすぎていた。ニール・スペンサーは少年の服をまとった蛇だった。今日ニールの身に起きたことは、実はまさしく彼にふさわしかったわけだ。

動悸が異様なほど激しくなった。

男は頭を振って自分を落ち着かせた。規則正しい呼吸を繰り返し、そうした考えを頭から追い払った。彼は今日の出来事を嫌悪していた。確かに奇妙な調和と満足は得られたが、やはりあれは邪悪でおぞましいことだった。あれに組み伏せられてはならない。心に留めておくべきなのは、むしろそれまでの何週間かの平穏さだ。たとえそれが結局は偽りであったにしても。選択を誤ったにすぎない。ニールは間違いだった。こんな間違いは二度と繰り返さない。

次の男の子は、きっと完璧だ。

二十一

その夜、ぼくはいつもよりさらに眠りに入るのに苦労していた。

ジェイクとはケンカしたままで、問題は何ひとつ解決できていなかった。ぼくがレベッカに宛てて書いたことは、自分自身には正当化できても、七歳の男の子に納得させるのは無理だった。ジェイクにとって、あれは自分の母親を攻撃する言葉でしかなかったのだ。ジェイクはぼくが何を言っても返事をせず、ぼくの言うことが耳に届いているのかさえ不明だった。寝る前には本を読むのを拒否され、ぼくはまたしても、その場に力なく立ちつくしてしまった。腹立ちや自己嫌悪と、どうにかジェイクに理解させたい気持ちとで、心が真っ二つに割れていた。結局は、ただジェイクのこめかみにそっとキスをし、愛してるよと声をかけ、明日には何もかも好転するのを願いながらおやすみを言った。そんな願いなど、かなったことはないのに。明日になればいつだって新しい日がやって来るが、それが前の日より良くなると考える理由はどこにもなかった。

そのあとは自分の寝室で横になり、身の落ち着きどころを探して寝返りを繰り返していた。ふたりのあいだの距離がどんどん広がっていくのが耐えがたかった。しかももっと悪いことに、その距離を縮めるのはおろか、広がるのを止める手立てさえ、ぼくにはまったく思いつかないのだった。また、そうやって暗闇の中で横たわっていると、ジェイクがしゃがれた声色でしゃべっていたのが何度も思い出され、そのたびに怖気《おぞけ》がした。

ぞっとさせてやりたいんだもん。

床の男の子。

それも不気味は不気味だが、なぜだかもっと気がかりなのは、あの蝶の絵のほうだった。ガレージには南京錠がかかっていた。ぼくの知らないうちにジェイクが中に入ったということはあり得ない。しかし絵を何度も見てみたが、間違いなくあの蝶だった。ジェイクはどうにかして蝶を見たのだ。でもどうやって？

偶然に決まってるじゃないか。そうに違いない。あの蝶は意外とどこにでもいるのかもしれない。ガレージにいた蝶だって、よそから飛んできたはずなのだし。蝶についてももちろん、ジェイクに訊いてみた。そして同じくもちろんのこと、ジェイクは答えようとしなかった。ぼくはどうにか眠ろうと再び寝返りを打ちながら思った。蝶の謎も、つまりはケンカと同じということだ。朝には良いほうへ向かうと望むしかない。

グラスの割れる音。

母の叫び声。

男の怒鳴り声。

トム、起きて。

ねえ起きてよ。

誰かがぼくの足先を揺すった。

ぼくははっと目が覚めた。全身にぐっしょり汗をかき、心臓が早鐘を打っている。寝室は真っ暗で音はしなかった——まだ夜中らしい。ジェイクがまたしてもベッドの足元に立っており、暗闇の中に黒いシルエットが浮かんでいた。ぼくは顔をこすった。

「ジェイク？」と小さな声でたずねてみた。

答えがない。顔は見えないが、上半身がふらーっと横に動いている。両足を軸にして、メトロノームのように揺れているのだ。ぼくは眉をひそめた。

「起きてる？」

今度も答えはなかった。ぼくはベッドの上で起き直った。どうするのがいちばんいいのだろう？　眠りながら歩いてきたのだとしたら、そっと起こすべきなのか？　それとも、なんとか誘導して、眠ったままベッドに戻すべきなのか？　そんなことを考えているうちに、目が暗闇に少し慣れ、シルエットがもっとよく見えてきた。髪がジェイクと違っている。ジェイクのよりはるかに長くて、一方になびいているようだ。

そして……

誰かが囁いていた。

でもベッドの足元の人影は、ゆっくりと揺れるばかりで無言だ。声は家のどこか別の場所から聞こえてくる。

左のほうへ目をやった。寝室の開いたドアから暗い廊下が見えた。廊下には誰もいなかったが、囁き声はそちらから流れてくる気がした。

「ジェイク――」

しかし目を戻すと、ベッドの足元の人影はあとかたもなく消えていた。

ぼくは顔をこすって眠気を払うと、ベッドの冷たい側からすべりおり、そっと歩いて廊下に出た。そこでは囁き声がやや大きく聞こえた。話の内容は聞き取れなかったものの、声が二種類あることははっきりわかった。ひそひそと会話する二つの声のうち、片方はもう片方よりややかすれていた。ジェイクがまた自分を相手に話しているんだな。ぼくは思わずジェイクの寝室へ行きかけたが、階段を見おろすなり足が止まった。階段の下で、玄関のドアのそばにジェイクが座り込んでいた。仕事部屋のカーテンのすそから洩れ入る街灯の淡い光が、ジェイクのくしゃくしゃの髪をオレンジ色に染めている。ジェイクは膝を折り曲げ、頭をドアにもたせかけ、片手をそばのドア枠に押し当てていた。そして膝にのせたもう片方の手には、仕事部屋のデスクに置きっぱなしにしていたスペアの鍵があった。

ぼくは耳をすました。

「どうしよう」ジェイクが呟いた。

それに応えたのは、さっき聞こえたかすれ声だった。

「大丈夫、きみのことは任せて」

「どうしよう」

「さあ中に入れて、ジェイク」

ジェイクがドアの郵便物の受け口に手をやった。そのとき、受け口の蓋が外から押されて開いた。ぼくは心臓が飛び出さんばかりになった。蓋の下から、青白い細い指が四本覗いていた。

「ね、中に入れて」

ジェイクがその小さな手で指の一本に触れると、指はくるっと丸まり、ジェイクの手を撫でた。

「さあ、中に入らせて」

ジェイクがドアチェーンに手をかけようとした。

「動くんじゃない！」ぼくは叫んだ。

考える間もなく、口からというより胸の奥から言葉が飛び出していた。四本の指がするりと引っ込められ、受け口の蓋がぱたんと閉じた。ジェイクが振り返ってぼくを見あげた。ぼくは階段をどたどたと駆けおりた。鼓動が高まる。下に着くと、ジェイクの手から鍵をもぎ取った。

ジェイクが座っているせいで、ドアの前がふさがれていた。

「どいて」ぼくは怒鳴った。「どけったら」

ジェイクはあわててドアの前から離れ、四つん這いで仕事部屋へ逃げ込んだ。ぼくはチェーンをはずし、ノブを回した。簡単に回った——ジェイクはなんと、すでにドアの鍵を開けていたのだ。ぼくはドアを引き開けて玄関前の私道に飛び出し、夜の闇に目を凝らした。見たかぎり、通りのどちらの方向にも人はいなかった。街灯の黄褐色の光が、誰もいない歩道をぼうっと照らしている。しかし道路の向こうに目をやったとき、草地を走る人影が見えた気がした。輪郭ははっきりしなかったが、何かが暗闇の中を全速力で駆けていた。

捕まえるにはすでに遠すぎた。

それでもとっさに小道を走り出したが、公道に出る途中でふと止まった。夜の冷気の中で吐く息が白く見えた。いったい何をしてるんだ？　家を開けたままで、草地の向こうまで追いかけていけるわけないだろ。ジェイクをひとり残して、見捨てられた思いをさせられるわけないだろ。

ぼくはその場でじっと草地の闇を見つめた。何かが本当にいたのだとしても、今はもう見えなくなっていた。

いや、絶対にいた。

ほんのしばらく、ぼくはそこに立ち続けていた。それから家に入って鍵をかけ、警察に電話した。

第三部

二十二

公平を期して言うなら、警察はぼくが電話してから十分以内にうちの玄関前に到着していた。そのあとだった、何もかもが悪いほうへ転がりはじめたのは。

そうなった責任はぼくにもいくらかある。もう朝の四時すぎだったし、疲労や恐怖もあって、筋道を立てて考えられなかった。それにいずれにしても、警察に話せる内容は詳細を欠いていた。とはいえ、状況の悪化にジェイクが一定の役割を果たしたことは否定できない。

ぼくが通報しに家に戻ったとき、ジェイクは階段の下で両脚を抱えて座り、顔を膝にうずめていた。ようやくジェイクをなだめられる程度まで落ち着いたぼくは、彼を抱いて居間に連れていったが、彼はソファの端で丸まり、ぼくとしゃべることを拒否した。

ぼくは苛立《いらだ》ちや狼狽《ろうばい》を表に出すまいと懸命に努力した。おそらく成功していなかっただろう。

警察が居間に入ってきたときも、ジェイクは同じ場所で同じ格好をしていた。ぼくはそのそばにぎこちなく腰かけた。それでもふたりのあいだに生じた隔たりは、ぼくも意識したし、警察の目にも留まったに違いない。警官二人——一人は男で一人は女——はどちらも礼儀正しく、こうした場合に求められる、気遣いと思いやりに満ちた表情を作っていた。ただ女性警官のほうは、何か詮索するようにジェイクをちらちら見ており、その顔に懸念が浮かんだのは、ぼくの話のせいばかりではない気がした。

ぼくが報告を終えると、男性警官が書き留めたメモを見ながらたずねた。

「これまでにも、ジェイクが眠ったまま歩くことはありましたか？」

「多少は」ぼくは答えた。「でも頻繁ではなかったし、今まではぼくの寝室に来ただけでした。あんなふうに一階まで下りるようなことは一度もなかった」

これは当然、ジェイクが実際に眠りながら歩いていた場合の話だ。ジェイクが自分の意志でドアを開けようとしたわけではない、と考えたほうがぼくの気は休まったが、そうとは言い切れなかった。そしてもし進んで開けようとしていたのなら、それこそ、ジェイクがいかにぼくを憎んでいるかを示す証拠だった。

男性警官は再びぼくの答えをメモした。

「で、あなたが見たという人物の特徴などは、説明できないのですね？」

「ええ。そのときにはもう、草地の遠くにいたし、すごいスピードで走ってました。暗かったので、ちゃんとは見えなかったんです」

「体格は？　服装は？」

ぼくは首を振った。「わかりません、申し訳ないけど」

「男であることは確かなんですか？」

「ええ。ドアのところで聞こえたのは男の声でした」

「ジェイクの声だったとは考えられませんか？」男性警官はジェイクのほうを見た。

ジェイクはぼくの隣で丸まったまま、この世にひとり取り残されたかのように、宙をぼんやり見つめていた。

「子どもはときたま、ひとりで会話することがありますからね」

ぼくが触れたくない部分だった。

「いいえ、ぜったいに誰かいたんです。男の指が郵便受けの蓋を開けるのを見ました。声も聞きました。もっと大人っぽい声でした。そいつが、ジェイクにドアを開けさせようとしていて――ジェイクも開けかけていました。ぼくが運よく目を覚まさなかったなら、いったいどうなっていたことか」

突如として、さっきの状況が現実味を持って迫ってきた。頭にあの場面が蘇り、いかに危ういところだったかに改めて気づいたのだ。ぼくがそこにいなかったなら、ジェイクは今頃、姿を消していただろう。ジェイクが失踪し、警官が別の理由で向かいに腰かけていたかと思うと、ぼくはどうしようもない気持ちに襲われた。ジェイクの態度に苛立っていたにもかかわらず、両腕でくるんでやりたくなった。ジェイクを守るために、そばから離さないためにでもできないとわかっていた。ジェイクはそうさせないだろうし、そう望みもしないだろう。

「ジェイクはどうやって鍵を手に入れたんですか?」

「廊下の向こうの仕事部屋に、置きっぱなしにしてありました。ぼくの過ちです。もう二度としません」

「それが賢明でしょうね」

「ねえ、ジェイク、きみはどうなのかな?」女性警官が優しく微笑みながら前に身を乗り出した。「何があったのか、どんなことでもいいから話してくれる?」

ジェイクは首を振った。

「だめ? どうしてドアのところにいたのか、教えてくれない?」

ジェイクはほとんどわからないぐらいに肩をすくめ、そのあとまた少し、ぼくから離れた。女性警官はジェイクを見つめたまま身を引き、わずかに首を傾《かし》げた。ジェイクがどういう子なのか、見定めようとしているようだ。

「ほかにも怪しい男がいたんです」ぼくはあわてて言った。「昨日、うちにやって来た男です。ガレージのあたりをうろついて、妙な動作をしていました。じかに話すと、この家で育ったので、中を見せてくれと言いました」

　男性警官は興味を引かれたように見えた。

「どうやって話したんですか？」

「男が玄関に回ってきたんです」

「なるほど」彼は手帳にメモした。「どんな男でしたか？」

　ぼくが特徴を言うと、彼は一応書き留めた。しかし、男が自分から玄関を訪ねたということで、この新事実への関心がかなり失われたのは明らかだった。それに、あの男の不快さを伝えるのは難しかった。手荒な真似などしそうにないのに、何か危険を感じさせるものが、あの男にはあった。

「ニール・スペンサー」ぼくは思い出した。

　男性警官が書く手を止めた。

「なんと？」

「そういう名前だったように思います。ぼくらはここに引っ越してきたばかりなんです。でも、小さな男の子が行方不明になったんですよね。違いますか？　夏の初め頃に」

　警官二人は目を見合わせた。

「ニール・スペンサーについて、何を知っているんですか？」男性警官が訊いた。

「何も。ジェイクの担任がその名前を言っていただけです。ウェブで調べるつもりだったんですが、その……今夜はいろいろと忙しくて」ジェイクとケンカしたことにも、ぼくは触れたくなかった。「仕事をしていたんです」

しかしそう言ったのも失敗だった。ぼくの仕事とは書くことであり、ジェイクはぼくの書いたものを読んだのだ。ぼくの横でジェイクがわずかに身を縮ませたのがわかった。

ぼくはもはや苛立ちを抑えることができなくなった。

「この出来事は、もっと深刻に受け止められるものとばかり思ってました」

「ミスター・ケネディ――」

「でもどうやら、ぼくは信じてもらえていないようですね」

男性警官は微笑んだ。でもそれは用心深い微笑みだった。

「あなたを信じていないということではないのですよ、ミスター・ケネディ。ただ、われわれは持てる情報によってしか動けません」彼はぼくをしばらく見つめ、同僚がまだジェイクを観察しているのと同じように、ぼくについて考えを巡らせていた。「われわれは何もかも真剣に受け止めています。この件は記録に残しますが、お話しいただいたかぎりでは、ただちに行えることはそう多くありません。先ほど言ったように、鍵は息子さんの手の届かない場所に保管するようお勧めします。家の戸締まりの基本を守ってください。警戒を怠らないように。そして、お宅の敷地内にいるべきではない者を見かけたときには、ためらわず、われわれに連絡してください」

ぼくは思わず首を振った。事の重大さ――誰かがぼくの息子を連れ去ろうとした――を考えると、この対応にはまったく満足できなかった。それに自分に腹が立ったし、ジェイクにも腹を立てずにはいられなかった。ぼくはジェイクを守ろうとしたのに！　まもなく警察は引き上げていく。すると残るのはぼくとジェイクだけだ。ぼくらふたりきり。そしてそのどちらもが、相手と一緒に暮らすことに耐えられなくなっていた。

「ミスター・ケネディ？」女性警官が穏やかに言った。「ここに住んでいるのは、あなたとジェイクだけなんですか？　ジェイクのお母さんは、どこか別の場所に？」

「母親は死にました」

あまりにぶっきらぼうに答えたため、ぼくの怒りが少々伝わったらしい。女性警官は面食らった顔をした。

「そうとは知らず、申し訳ありません」

「ぼくはただ……辛くて。そこへ今夜の出来事です。もうぞっとしました」

ジェイクがはっとなった。おそらく怒りに突き動かされたのだろう。ぼくが書いたことへの怒り。母親は死んだとそっけなく言ったことへの怒り。彼は丸めていた体をすっと伸ばし、ゆっくりと座り直すと、無表情な顔でぼくを見つめた。その口から出てきたのは気味の悪いしゃがれた声で、ジェイクの年齢とは思えないほど老けて聞こえた。

「**ぞっとさせてやりたいんだもん**」とジェイクは言った。

二十三

目覚まし時計が鳴ると、ピートはそれを止めもせずに、しばらくベッドでじっとしていた。何かがおかしいようで、心の準備をしておかなければならない気がした。と突然、昨夜の一連の出来事が次々と蘇り、パニックに陥った。空き地でニール・スペンサーの死体を見た。半狂乱で自宅に駆け戻った。そしてボトルの重みを手の中で確かめた。

キュイッと封を破った。

それから……

ピートはついに目を開けた。早朝とはいえ陽射しはすでに強烈で、薄手の青いカーテン越しに、寝具に波模様を描いていた。夜中に暑くて汗をかき、半分はいでしまったのだろう。寝具がずり下がっており、乱れたそれが膝にまとわりつくのが、途方もなく重く感じられた。

首を回してベッド脇のテーブルを見た。

ボトルがそこにあった。封が破られている。

だが中身は手つかずのままで、キャップのあたりまで入っていた。

そういえば昨夜は、長時間にわたって決断を迫られたのだった。はねつけてもはねつけても、また別の角度から誘いかけてくる声と闘った。ピートも声も一歩も譲らず、引き下がりもしなかった。ボトルとグラスを二階の寝室に運ぶところまで行った。それでもピートは闘い続けた。

そして最後に勝ったのだ。

安堵の気持ちがピートの中を駆け巡った。グラスに目をやった。ベッドに入る前、サリーの写真をその上に載せておいた。あれだけのこと——昨晩の衝撃——があったあとでさえ、写真と思い出は、ピートを誘惑からしっかり守ってくれたのだ。

これからの一日や、やがてまたやって来る夜については、何も考えないことにした。

今はこれで充分だ。

ピートはシャワーを浴び、朝食を取った。飲んでもいないのに消耗しきっており、ジムに行くのはよそうかと考えた。朝いちばんにブリーフィングが予定されていたので、それに備えて、意識を事件に集中させる必要があった。といっても、すでに頭から足先まで、事件にどっぷり浸《つ》かっている気もした。ニール・スペンサーの死体を前にしたときには、できるだけ感情を殺して見るよう努めた。ファインダーを覗かずにカメラを向けるようなものだったが、にもかかわらず、心はしっかりと写真を撮っていた。これからの数時間、有能かつ熟練した警察官として振る舞うには、むしろあの衝撃をいくらかでも追い払っておかなければならない。

ジムに行った。

そのあとは、前より落ち着いた気分で上の階に行った。途中で自分のオフィスに寄り、安全で無害な書類の山が暢気《のんき》にしているさまをしばらく眺めた。それから、必要となりそうな昔の忌まわしい記録の束を見つけ出し、もう一階上の捜査対策室へ向かった。

ドアを開けるなり、落ち着きがほんの少し失われた。ブリーフィングの開始までにはまだ十分あったが、すでに大勢の警官が集まっていた。しゃべる者はおらず、目に映る顔はどれも陰鬱だった。ここにいる男女の大半は、当初からこの事件に関わっていたのだろう。そしてどんなに見込みが薄くても、残された希望にしがみついていたのだ。だが今はみな、昨夜何が発見されたかを知っていた。

昨日までは、子どもは行方不明者だった。

それが今日には、死者になっていた。

ピートが部屋の後ろの壁に寄りかかると、あちこちから視線が集まってきた。当然と言えば当然だ。最初の捜索への参加は空振りだったとはいえ、今またこの場に現れたのは偶然ではない、と誰もが考えるに違いなかった。正面近くに座るライアンズ警部に目をやると、彼は睨み返してきた。ピートはしばらく彼と目を合わせたまま、その表情を読もうとした。昨晩、空き地で見かけたときと同様、ライアンズの目はうつろで、そのぶん勝手に想像するしかなかった。あの男は、妙な勝利の感覚を味わっているのではないだろうか？　そんな邪推をするのは不当にも思えたが、決してあり得なくはなかった。二十年前の事件以降、ふたりのキャリアの道筋には違いが生じた。にもかかわらずライアンズは、ピートがフランク・カーターを逮捕したのを、何かしら恨み続けているようだった。ところが、最近浮かび上がった新事実により、かつての事件が本当に解決したわけではないことが示された。そして今や、ライアンズはそれを終結へ導くかもしれない捜査を統轄しているのに対し、ピートは単なる駒の立場でしかなくなっていた。

ピートは腕を組み、床を見つめながら待った。

ほどなくアマンダが現れ、集まった捜査員のあいだを大股で足早に通り抜け、部屋の前方へ向かった。つかのま見えた横顔からだけでも、悩み苦しみ、疲れ果てているのがわかった。服も昨夜と同じだ。当直室で寝たのか、あるいはまったく眠っていないのか。後者の可能性が大きかった。小さな演壇に立ったアマンダは、打ちのめされて沈みきった表情をしていた。

「みなさん」アマンダは言った。「ニュースはもう聞いたことと思います。昨晩、ゲア・レーンのはずれの空き地で子どもの死体を見つけたという通報があり、何名かがただちに駆けつけて現場を封鎖しました。身元確認はこれからですが、犠牲者はニール・スペンサーだと思われます」

誰もがすでに承知していることだった。それでもやはり、肩をがっくり落とす姿がそこかしこで見受けられた。みなぎっていた熱気が冷めていった。それまでも沈黙に支配されていた部屋が、さらに静まり返った。

「また、この事件には第三者が関与しているようです。死体は重大な損傷を受けていました」

声がそこで途切れそうになり、アマンダはわずかに顔をしかめた。辛さをこらえている様子だ。状況が違えば、それは軟弱とも受け取られかねなかったが、今この場でそう考える者は一人もいないと思われた。ピートはアマンダが心を落ち着かせるのを見守った。

「言うまでもありませんが、詳細については、現時点では報道関係者に発表しないこととします。現場には立ち入り禁止のテープが張ってありますが、メディアはすでに死体発見を嗅ぎつけています。状況が把握できるまで、それ以上のことは知られないようにしてください」

壁際でピートの横にいた女性がひとりうなずいた。ピートはその仕草に覚えがあった。かつてアルコール依存から脱却しようともがく中で、飲みたくてたまらなくなったときには、苦痛を乗りきるためにそうした動作を行っていたものだ。

「遺体はすでに現場から回収され、今日の午前中には検死が行われる予定です。推定死亡時刻は昨日の午後三時から五時。遺体がニール・スペンサーのものだとするなら、失踪したのとほぼ同じ場所で発見されており、このことは重大な意味を持つ可能性があります。また、ニールは発見現場とは別の場所、それがどこかはわかりませんが、おそらく監禁場所で殺害されたものと思われます。科学捜査チームがその場所の手がかりを見つけてくれることを祈りましょう。そのあいだこちらでは、当該地域の監視カメラのビデオをすべて精査します。近隣地区を一戸一戸訪問して聞き込みを行います。だって、この怪物が、そうとは知られずに村を歩き回ってるんですよ。そんなの我慢できないじゃありませんか」

　アマンダは目を上げた。疲れきり、動揺しているのは明らかでも、その目には炎が燃えさかっていた。

「わたしたちはみんな、この事件の捜査にずっと力を尽くしてきました。いくら覚悟をしていたとはいえ、これはわたしたちが望んでいた結果ではなかった。だからここではっきりさせましょう。絶対にこのままではすまさない。いいですね？」

　ピートは再び周囲を見回した。あちらで一人、こちらで一人、とうなずく者があり、部屋全体が生気を取り戻してきた。その意気込みは称《たた》えるし、今はそれが必要だと承知していた。だがいっぽうでピートは、自分が二十年前に同じように怒りに満ちた演説をしたことも覚えていた。確かにそのときには、心底そう思いながら語ったのだ。しかし今は、事件はそのまま放置されるだけでなく、ときには望むと望まないとにかかわらず、永久に追いかけてくる場合があることも知っていた。

「できることはすべてやってきたんです」アマンダは集まった者全員に向けて言った。「ニール・スペンサーの発見は遅れてしまった。でもニールをあんな目に遭わせた者は、是が非でも見つけ出します」

そしてピートには、アマンダが自身の言葉を、二十年前のピートと同じくらい強く信じているのがわかった。そうしないわけにはいかないからだ。自分が警戒態勢を敷く中で恐ろしいことが起きた。となると、その痛みをやわらげるためには、できるかぎりのことをしてそれを正すしかない。誰であれその責めを負う人間を、また別の犠牲者が出る前に捕まえるしかないのだ。あるいは、少なくともそう努力するしか。

ニールをあんな目に遭わせた者は、是が非でも見つけ出します。

それが本当になるよう、ピートは願った。

二十四

驚いたことに、生活というのは、必要さえあればすばやく日常に戻るものらしい。

警察が帰ったあとは、今から眠り直そうとしてもむだだと腹を括った。だがおかげで八時半頃には、ぼくは立つのがやっとのありさまになっていた。なんとか体を動かしてジェイクに朝ごはんを用意し、学校に行く準備をさせた。あんな出来事のあとで無茶な気もしたが、かといって、ジェイクを家にいさせる理由もない。むしろ、ジェイクがさっき警官の前でしたことを思うと、今はそばにいてほしくないという、いじけた考えも浮かぶのだった。

ジェイクはまだぼくと話そうとしなかった。ぼくは彼がシリアルを食べているあいだにキッチンへ行き、水をグラスに注いで一気に飲み干した。何をすればいいのか、どんな気持ちでいればいいのか、まるでわからなかった。あれから数時間しか経っていないのに、昨夜の出来事はすでにぼんやりとし、現実離れして感じられた。自分の見たものを、本当に見たと自信を持って言えるのか？　もしかして想像にすぎなかったのでは？　いや違う、ぼくは確かにあれを見た。ぼくがもっといい父親だったら——あるいはせめて普通の父親だったら——警察に真剣に受け止めてもらえるような話し方をしていただろう。ぼくがもっといい父親だったら、なんでも話してくれて、父を自信喪失に陥らせるようなことはしない息子が育っていただろう。ジェイクに恐怖を感じながら、同時に彼を守ろうとしていたなんて、いったい誰が理解してくれるというのだ。

グラスを握る手に力がこもった。

あなたは、あなたのお父さんとは違うのよ、トム。

頭の中にレベッカの声が静かに響いた。

決してそれを忘れないで。

手の中の空のグラスを見おろした。異様なまでの力で握りしめていた。恐ろしい思い出——グラスの割れる音、母の叫び声——が蘇り、ぼくはあわててグラスを脇に置いた。もっと悲惨な失敗を犯すはめにならないように。

八時四十五分、ジェイクとぼくは歩いて学校へ向かった。ジェイクはぼくの横でかったるそうに足をひきずり、ぼくが会話を試みようとしても、やはり応じなかった。校門のところまで来たとき、ようやくジェイクが口を開いた。

「パパ、ニール・スペンサーって誰なの？」

「パパもよく知らない」話題はともかく、ジェイクが話しかけてきたのでぼくはほっとした。「フェザーバンクに住む男の子で、確か、少し前に行方不明になったんじゃないかな。記事を読んだ記憶がある。その子に何が起きたかは、誰も知らないんだ」

「オーウェンは、その子が死んだって言ってた」

「どうやらオーウェンってのは、とびきり愉快な男の子のようだね」

ジェイクはぼくの言葉に何か意見しようと考えている様子だったが、途中で気が変わったらしい。

「オーウェンは、ぼくがニールの椅子に座ってるって言ったんだ」

「ばかばかしい。ジェイクがこの学校に入ったのは、ニールって子が行方不明になって、クラスに空きができたからじゃない。ほかに、ぼくらみたいに引っ越しをした子がいたんだ」ぼくは顔をしかめた。「それに、いずれにしても前の年度には、みんな別の教室にいたんだろ？」

ジェイクが不思議そうな顔をしてぼくを見た。

「二十八だ」ジェイクは言った。

「何が二十八？」

「クラスの子どもは二十八人。ぼくを入れて二十九人」

「そのとおり」ぼくはそれが本当かどうか知らなかったが、話の流れに乗って言った。「この学校ではひとクラス三十人だ。だからニールがどこにいるにせよ、彼の椅子はまだ彼を待っている」

「ニールはそのうち家に戻ってくると思う？」

ぼくらは校庭に足を踏み入れた。

「どうだろうね、相棒」

「パパ、抱きしめてくれる？」

ぼくはジェイクを見おろした。昨夜や今朝のことなど、まるでなかったかのような顔をしている。なんといっても七歳だ、ケンカは常に、ジェイクの時と条件の中で解決するのだった。今回の場合、それに逆らうにはぼくは疲れすぎていた。

「もちろんだよ」

「だって、たとえケンカをしているときでも――」

「ぼくらはやっぱり愛し合っている。深く深く」

ぼくはひざまずき、ジェイクをぎゅっと抱きしめた。ほんの少しパワーが充電された気がした。こうした抱擁がときに、走り続ける力の源になる。それからジェイクは、ぶらぶらと歩いてミセス・シェリーの脇を通り抜け、一度も振り返らずに校舎に入っていった。ぼくは校門を出ながら、今日はジェイクがトラブルに見舞われないよう願った。

でも、もし見舞われたら……

いや、もう見舞われたのだった。

ジェイクにはジェイクらしくさせておけばいい。

「ねえ、待って」

振り返ると、少し後ろにカレンがいて、ぼくに追いつこうと早足で歩いていた。

「おはよう」ぼくは言った。「調子は？」

「数時間の平和と静寂が待ち遠しくてたまんなかった」

カレンはぼくの横に並んだ。「ジェイクは昨日、どうだったの？」

「黄信号に上げられた」

「なんのことかわからないんだけど」

ぼくは信号機について説明した。いかにも深刻で重大だったはずの信号機の一件が、昨夜の出来事のあとではどうでもよく思われ、しまいに吹き出しそうになった。

「それって、めちゃ頭にくる話」カレンは言った。

「ぼくもそう思った」

校庭の保護者たちのあいだでは、くだけた言葉遣いで話す相手に、何か基準でも定められているのだろうか。もしそうなら、それを通過したのがぼくにはうれしかった。

「でも考えようによっては名誉の勲章ね。クラスじゅうからうらやましがられるわよ。アダムの話では、一緒に遊ぶ機会はあまりなかったみたい」

「あと、ジェイクは、アダムはいいやつだと言ってたよ」ぼくは嘘をついた。

「ジェイクはちょっと、ひとりで会話してたって」

「ああ、ときどきやるんだ。空想上の友だちがいる」

「やっぱり。百パーセント共感するな。わたしの親友の何人かは空想の世界にいるもの。もちろん冗談だけど。でも、アダムにもそんな時期があったし、わたしも子どもの頃に確かあったと思う。あなたにもあったんじゃないかな」

ぼくは眉をひそめた。不意にある記憶が蘇ってきた。

「ミスター・ナイト」

「え？」

「なんてことだ、もう何十年も考えたことがなかったよ」ぼくは頭に手をやった。どうして忘れていたんだ？「ああ。確かに、ぼくにも空想の友だちがいた。小さい頃、よく母に言ってた。夜中に誰かが部屋に入ってきて、ぼくを抱きしめたよって。ミスター・ナイト。ぼくはそう呼んでいた」

「へえ……ちょっとぞくっとする話。といっても、子どもってよく怖いことを言うのよね。そんなのばかりを集めたウェブサイトもあるくらい。あなたもその話を書いて、投稿するといい」

「考えとこう」しかしぼくは別のことを思い出した。「ジェイクは最近、ほかにも気味の悪いことを言ってたんだ。『きちんとドアを閉めとかないと、囁く声が聞こえるよ』。こんな文句を耳にしたことがある？」

「そうねえ」カレンはしばらく考えていた。「なんとなく覚えはある。確か以前どこかで聞いた。校庭で子どもたちがふざけて唱えるような、遊び文句のひとつじゃないかな」

「ははあ。するとジェイクも、たぶん校庭で聞いたんだな」

ただし、もちろんこの学校の校庭ではない。ジェイクはここに初めて登校する前の晩に言っていたのだから。もしかしたら、ぼくが知らなかっただけで、子どもたちのあいだでは有名なのかもしれない。テレビにでも出てきたのだろうか。ぼくはいつもジェイクのためにつけてやるだけで、あとは意識から追い出し、注意を払ったことがなかった。

ぼくはため息をついた。「今日はもっとうまくやってくれるよう、願うばかりだ。ジェイクには本当に気をもまされる」

「それで普通よ。奥さんはどう言ってる？」

「去年、亡くなった。ジェイクがそのことについて、自分の気持ちをどこまで整理できているかは疑問だ。無理もないと思うけど」

カレンは一瞬、口をつぐんだ。

「大変だったのね」

「ありがとう。正直言って、ぼく自身、ちゃんと整理できているのかどうか自信がない。どうもはっきりわからないんだ、自分がいい父親なのか、そうでないのか。ジェイクのためにベストを尽くしているのか、いないのか」

「それも普通よ。きっとちゃんとやってるわ」

「いちばん問題なのは、ぼくのベストで充分かどうかなのかもしれない」

「それもきっと、充分なのよ」

カレンが立ち止まり、両手をポケットに突っ込んだ。十字路に来ており、体の向きからみて、彼女はまっすぐ進むらしかった。ぼくは右に折れる。

「けど、いずれにしても、あなたたちは大変な時期にあるみたいね。ただ思うに――といっても意見が求められているわけじゃない、それはわかってる、でもあえて言うわ――自分に厳しくしすぎるのはやめたほうがいいんじゃない？」

「そうかも」

「せめてちょっとぐらいは手加減してみても」

「そうかも」

「言うはやすし行うは難《かた》し、よね」カレンが身をすぼませた。全身がため息になったかのように見えた。「さてと。じゃあ、またあとで。それまで大いに楽しんで」

「きみもね」

残る帰り道、ぼくはさっきの言葉について考えてみた。自分に厳しくしすぎるのはやめたほうがいい。おそらくそれは、ある意味で真実なのだ。なぜって、ぼくは結局のところ、人生を手探りで進んでいるだけなのだから。ほかの誰もがやってるように、そうだろう？　なんとかベストを尽くそうとあがきながら。

しかし家に戻ると、どう時間をすごすべきか迷ってしまい、いつまでも一階をうろうろしていた。さっきは、しばらくジェイクと一緒にいなくてすむのはありがたいと思った。それが今は、しんとした空っぽの家で、ジェイクをできるだけ近くに置いておきたい気に駆られていた。

なぜなら、ぼくはジェイクの安全を守らなければならなかったからだ。

なのにこれまで、前夜のようなことが起きるとは想像もしていなかった。

そう思ったとたん、パニックに襲われた。警察が助けてくれないのなら、ぼくが助けるしかないじゃないか。誰もいない部屋から部屋へと歩きながら、ぼくはせっぱ詰まった気持ちになっていった。何かしなくてはだめだと焦りながらも、何をすればいいのかわからなかった。結局、仕事部屋へ向かった。パソコンは昨夜から待機状態のままだった。タッチパッドに軽く触れると、画面が復帰してぼくの書いた文章が現れた。

レベッカへ。

こんなとき、レベッカならどうすればいいかわかっただろう。レベッカはどんなときにも、ちゃんとなんでも心得ていた。レベッカが床に足を組んで座り、ジェイクとのあいだにあるおもちゃをあれこれ使って、一生懸命に相手をしている姿が浮かんできた。前の家にあったソファで丸くなり、ジェイクに本を読んでやっている姿も。レベッカの顎のすぐ下にジェイクの頭があり、体を密着させたふたりは、まるでひとりに一体化したように見えた。ジェイクが夜中に泣き叫んだときには、ぼくがまだ半分眠っているうちから、レベッカはジェイクの部屋へ向かってそっと歩きはじめていた。そしてジェイクが必要とするのは、いつだって母のレベッカだった。

ぼくは昨日書いた文章を削除し、新たに三行を打ち込んだ。

きみが恋しい。
ぼくでは息子の力になれないみたいで、もうどうしたらいいのかわからない。
ごめん。

しばらく画面を見つめていた。

もうたくさんだ。

いつまでもよたよたしてるんじゃない。どんなに難しくても、息子の面倒を見るのはぼくの務めじゃないか。ぼくのベストで足りないなら、もっと努力するしかない。

ぼくは玄関に戻った。鍵もチェーンもかけてあったが、それでは不充分なのは明らかだった。窓にはジェイクの手の届かない高さに補助錠を取りつけよう。階段の上り口には人感センサーを。みんな、やればできることだ。どれもこれも乗り越えられない問題ではない、内なる自己不信がなんと騒ごうと。

でもそれよりも前にできることがあった。ぼくは振り返って、階段の郵便物の山に目を向けた。ドミニク・バーネット宛ての手紙がもう二通届いていた。どちらも債務回収の通知だ。その二通を持って仕事部屋へ行き、ワードを閉じてブラウザを開いた。

きみが何者なのか調べてやろうじゃないか、ドミニク・バーネット。

その人物についてインターネットで何が探せるのか、はっきり当てがあるわけではなかった。たとえばフェイスブックのように、写真があって、昨日の昼間に訪ねてきた男かどうか確かめられるもの。あるいは転送先のように、現実に調べに行けるたぐいのもの。とにかく、ジェイクを守るのに役立ち、この家で何が起きているのかを知る手がかりになるなら、なんでもよかった。

検索すると、一発で写真が出てきた。ドミニク・バーネットは謎の訪問者とは別の男だった。もっと若くて、真っ黒な髪がふさふさしている。ただし、その写真はソーシャルメディアに投稿されていたわけではなかった。

それは検索ページのいちばん上の、ニュース記事の横にあった。見出しは「警察当局、地元男性の死を殺人事件として捜査」。

部屋の風景が遠のいていった。ぼくは見出しの文字を、それが意味を失うまで見つめ続けた。家はひっそりしており、聞こえるのはぼくの心臓の鼓動だけだった。

そのとき――

ギシッ。

ぼくは天井を睨んだ。またあの音だ、前と同じ音。ジェイクの寝室で誰かが足を一歩踏み出したような。鳥肌が立つと同時に、前夜のことが浮かんできた――ベッドの足元に誰かが立っているのが見えた。そしてその髪は、ジェイクが描いた女の子のように片方になびいていた。

トム、起きて。

でも夜に玄関にいた男と違い、あの人影はぼくの想像だ。あのときのぼくは、いずれにしても半分眠っていた。過去の悪夢の名残が現在の恐怖と重なり、形となって現れたにすぎない。

家には何もいない。

物音のことは頭から消すことにし、思いきってその記事をクリックした。

警察当局、地元男性の死を殺人事件として捜査

警察当局は、火曜日に森林で遺体が発見された男性は殺害されたとみられることを明らかにした。

フェザーバンクのガーホルト・ストリートに住むドミニク・バーネットさん（四十二歳）は、ホリングベック・ウッド内の川べりで、付近で遊んでいた子どもらによって発見された。本日ライアンズ警部が報道関係者に発表したところによると、バーネットさんは頭部に受けた「重大な」損傷がもとで死亡したらしい。襲撃の動機については現在、さまざまな角度から調査中だが、現場で回収された遺留品からみて強盗ではないとみられる。

「この場を借りて住民の皆さんを安心させておきたい」とライアンズ警部は述べた。「ミスター・バーネットは警察官のあいだではよく知られており、われわれはこれを単発的な犯行と考えている。とはいえ、この地域のパトロールはすでに強化した。また、何か情報をお持ちの方は即座に申し出るようお願いする」

ぼくはその記事をもう一度初めから終わりまで読んだ。読むにつれ、動揺がいっそう激しくなった。住所からみて、これがぼくの探すドミニク・バーネットであることは間違いない。彼はこの家に住んでいた。もしかしたら、今ぼくが座っている場所に座っていたかもしれないし、ジェイクの寝室となった部屋で眠っていたかもしれないのだ。

そして彼は、今年の四月に殺されていた。

落ち着け落ち着け、と思いながら元のページに戻り、さらに検索した。真相というほどではないにせよ、別の記事がぽつぽつと現れ、その多くは警部がほのめかしたことについて記述していた。「ミスター・バーネットは警察官のあいだではよく知られていた」。この遠回しな言い方は、彼がドラッグに関係していた事実を意味するようで、それが殺害の動機になったのではないかと推測されていた。ホリングベック・ウッドはフェザーバンクを南に下った川向こうにある森で、バーネットがなぜそこにいたかは不明だった。一週間後に殺害に使用された凶器が回収され、そのあとはしだいに記事が減り、やがて見られなくなった。ウェブでわかったかぎりでは、彼を殺害した者はまだ捕まっていないらしい。

つまり、殺人犯が野放しになっているということだ。

そう気づいたとたん、蟻《あり》が全身を這いずり回るような不快な感覚に襲われた。どうすればいいのか。また警察に通報？　といっても、この新たな発見は、前夜話したことを補足するようなものではない。それでも通報しようと決心した。とにもかくにも、何か行動しなければ気がすまない。ただその前に、もっと情報を集める必要があった。

じっくりと考えたすえ、ぼくは震える手で家の購入時の書類をめくった。そして必要な住所を見つけると、すぐに鍵束をつかんだ。セキュリティの強化は後回しだ。ドミニク・バーネットについて、もっと詳しく説明できる人間が一人いる。まずは彼女から話を聞くことにしよう。

二十五

それは常にはじまるところで終わる。アマンダの頭にはその言葉があった。

アマンダは空き地周辺の監視カメラから回収したビデオを調べながら、二か月前にもまったく同じ街路の映像を見たことを思い出さずにいられなかった。あのときはニール・スペンサーを連れ去った者が見つかるのではないかと期待していた。今はニールの死体を戻しにきた者を見つけようとしていた。そして今までのところ、結果は同じだった。

収穫なし。

まだ取りかかったばかりだ、とアマンダは自分に言い聞かせた。だがその考えは灰のようにもろく崩れていった。現実には救いがたいほど遅すぎたのだ、特にニール・スペンサーにとっては。アマンダの脳裏にはニールの死体の光景が何度も浮かんでいた。とはいえ、昨夜の衝撃――ニールを生きたまま発見できなかった無念――にいつまでも捉われていても仕方がなかった。今必要なのは仕事に集中することだ。片方の足をもう片方より前へ。一度に一つのことを着実に。そうすれば最後には、小さな男の子にあんな酷《むご》い仕打ちをしたやつを捕まえられるだろう。

またしても死体の光景。

それを振り払い、部屋の奥に目を向けた。そこではピート・ウィリスが、割り当てられたデスクで黙々と作業していた。アマンダは腰をおろす間ができて以来、気がつくと、ピートをこっそり観察していた。ピートはときたま受話器を取って電話をかける以外、目の前の写真や書類に完全に集中したままだ。フランク・カーターが知るはずのないことを知っていたため、彼の刑務所内の友人と面会した者を一人一人調べ、外から情報を持ち込んだとみられる人物を見つけ出そうとしている。しかし今アマンダの関心を引きつけているのは、ピートその人だった。

どうしてあそこまで平静でいられるのだろう？

ただしアマンダは、ピートが内面では苦しんでいることも知っていた。昨日フランクに面会したあと、あるいは夜に空き地に現れたとき、ピートがどんな状態だったかを覚えていた。今は平然として見えるなら、それはピートが嫌な考えから気をそらしているからにすぎない。アマンダがそう努力しているのと同様に。そしてピートがうまく気をそらすことができるのは、アマンダよりはるかにたくさん訓練を積んできたからだろう。

アマンダはピートにその秘訣《ひけつ》をたずねたかった。

気を取り直して無理やりビデオに目を戻したものの、心の底では、何も見つからないのがすでにわかっていた。二か月前とまったく同じだ。あのときも、さして多くもない村の監視カメラが捉えた人物を、時間をかけて特定しては除外した。苛立つ作業。やればやるほど、うまくいっていない気がしてくる。それでもやる必要があった。

不鮮明な画像をひとコマひとコマ注意深く見ていった。静止画面の中の男や女や子どもたち。その全員から聴取する必要があるだろう。たとえ誰一人、重要なことは見聞きしていなかったとしても。今捜している者は、誰かに見られるような真似をするほど不注意ではない。車両についてもきっと同じだ。ブリーフィングで語った信念は本物だったし、それはさらに深まっていたのに、胸の奥では警察の無力さを感じていた。事実、フェザーバンクで監視カメラを避けて車を走らせるのは難しくないのだ。どこをどう通ればいいかわかってさえいれば。

アマンダは脇にあるメモ用紙に書き留めた。

カメラの位置を知っている？

といっても、二か月前にもその言葉をメモしていた。同じことが繰り返されている。

それは常にはじまるところで終わる。

苛立ちを感じたアマンダは、ペンを放り出して立ち上がり、作業しているピートに歩み寄った。彼は作業に没頭していて、アマンダに気づきもしなかった。デスクの上のプリンターが次々と写真を吐き出している。刑務所の監視カメラのビデオから切り取った面会者の写真だ。ピートはそれをパソコンに表示されたデータと照合し、裏に何か書き込んでいた。デスクには古い新聞のコピーもあった。アマンダは身を乗り出して見出しを読んだ。

「『コクストンの食人鬼《カニバル》が刑務所内で結婚式』？」

ピートがびくりとした。「え？」

「その記事です」アマンダは見出しをもう一度読んだ。「世の中には、驚く話がまだまだあるもんですね。たいていはぞっとする内容ですけど」

「ああ確かに」ピートはたまった写真を指さした。「そしてこれらがみな、彼のもとを訪れた面会者だ。やつの本名はヴィクター・タイラー。二十五年前に小さな女の子を誘拐した。メアリー・フィッシャーだったかな」

「彼女のことは覚えてます」

アマンダと同じ年頃の子だった。顔は思い出せなかったが、名前を聞くなり、当時新聞で見た恐ろしい記事や粗い写真が頭に浮かんできた。二十五年。信じがたかった。そんなに時間が経ったことも、そうした被害者があっというまに過去の人になり、世間から忘れ去られてしまうことも。

「今頃は、彼女こそが結婚していたでしょうにね。理不尽だと思いません？」

「そうだな」ピートはまた一枚、プリンターから吐き出された写真を手に取り、パソコン画面をじっと見つめた。「タイラーは十五年前に結婚した。相手はルイーズ・ディクソン。信じがたいが、ふたりは今も夫婦でいる。当然ながら、一夜たりとも一緒にすごしたことはないのにだ。だが知ってのとおり、こうしたことはときたまある。タイラーのような男だけが持てる魅力なのかね」

　アマンダはひとりうなずいた。犯罪者に、たとえそれが極悪犯であっても、刑務所の外から手紙をよこす者はよくいる。ある種の女性にとって犯罪者は、猫にまたたびと同じなのだ。彼女らは「彼はやっていない」と思い込んでいる。あるいは「彼はもう改心した」とか、「わたしが彼を改心させる」とか。なかには危険な男が好みとまで言う女性もいるのかもしれない。アマンダには少しも理解できない感覚だったが、そういう例が現実に見かけられた。

　ピートは写真の裏にメモをすると、それを脇にやり、また次の一枚に手を伸ばした。

「で、フランクはこのタイラーという男と仲がいいんですか？」

「フランクはこいつの結婚式で新郎の付き添い役をやった」

「へえ、それはなんともすてきな結婚式だったでしょうね。式を執り行ったのは誰です？　悪魔がみずから？」

　しかしピートは答えなかった。パソコンにも目をやらず、手にしたばかりの写真を食い入るように見つめている。やはりタイラーの面会者らしいが、今度の人物はピートの注意を完全に引きつけていた。

「誰です？」

「ノーマン・コリンズ」ピートはアマンダを見あげた。「こいつには覚えがある」

「どんな男か、ぜひ知りたいですね」

ピートがざっと説明した。ノーマン・コリンズは地元の住民で、二十年前の捜査で尋問を受けていた。といっても、確かな証拠があったからではなく、その不審な行動のせいだ。ピートの話からすると、ノーマンはどうやら、たまに捜査活動にまぎれ込む胡散臭《うさんくさ》いタイプの男らしかった。警察官はそうした人物に警戒するよう訓練されている。記者会見や葬儀で後ろの席にいる者。立ち聞きをしたり、しつこく質問をしたりする者。関心が強すぎる者。いくぶん恍惚《こうこつ》として見える者。なぜなら、ただ不気味とか不快というだけでなく、殺害者自身がそうした行動を取る場合もたまにあるからだ。

しかしノーマンはそうではなかったようだ。

「疑われる部分は何もなかった。というより、疑いを持つに持てなかった。どの少年の誘拐に関しても、ノーマンには強固なアリバイがあった。子どもやその家族とのつながりはなく、犯罪歴もなし。というわけで、結局はただ目をつけただけで終わった」

「それでも、そいつのことを覚えていたんですね」

ピートはまた写真を睨んだ。

「嫌でたまらなかったんだ」

おそらくなんの関係もないのだろう。アマンダはすでに高まった期待をこれ以上高めたくなかった。しかし、捜査に理性と分別が求められるのは当然として、直感も決してばかにはできない。ピートがその男を覚えているのであれば、そうさせるものが何かあったはずだ。

「そして今また、その男が現れた。住所はわかります？」

ピートはキーボードを叩いた。

「ああ。以前と同じ場所に住んでいる」

「では、そこに行って話を聞いてきてください。たぶんなんでもないでしょうけど、そいつがヴィクター・タイラーに面会した理由を探り出しましょう」

ピートはつかのま画面を見つめ、それからうなずいて立ち上がった。

アマンダは自分のデスクに戻ろうと歩きはじめた。すると途中で、ステファニー・ジョンソン巡査部長に呼び止められた。

「マム？」

「ステフ、わたしが上司だからって、そんな呼び方しないで。なんだか窮屈。戸別の聞き込みからは何かわかった？」

「これまでのところ何も。ただ、どこかの親が心配そうに何か言ってきたら、知らせてくれ

という お話でしたよね？　不審者についての通報——とかいろいろ」

アマンダはうなずいた。ニールの母親は最初にそれをやりそこなっていた。その過ちを誰にも繰り返してほしくなかった。

「一件あったんです、今朝早くに」ステフは言った。「ある男性が、誰かが家の外にやって来て、息子に話しかけていたと電話してきました」

アマンダはステフのデスクに回り、モニターの向きを変えて文面が読めるようにした。問題の男の子は七歳。ローズ・テラス小学校。玄関の外に男がいて、その子に話しかけていたとされる。しかし報告書には、男の子の態度がどこか奇妙だったとも記されており、どうやら対応した警官らは通報内容を疑ったようだった。

そいつらは叱ってやってもいい。

アマンダはモニターを離れ、怒りを露《あら》わにしながら部屋の中を見回した。ジョン・ダイソン巡査部長が目に留まった。彼で間に合う——その怠け者は、書類の山の陰で携帯電話をいじくっていた。アマンダが近づいて顔の前で指を鳴らすと、彼は携帯を膝に落とした。

「一緒に来てください」アマンダは彼に命じた。

二十六

新しい家の売主、ミセス・シアリングの自宅には十分程度で着いた。

ぼくは敷地の外に車を停めた。黒い郵便箱のついた支柱や金属柵の向こうに、尖った屋根のある二階建ての一軒家と、舗装された広い私道が見える。ここはフェザーバンクの中でも高級な住宅地で、ジェイクとぼくが住む地域よりはるかに格が高かった。ぼくらの家は、そのミセス・シアリングがかつて所有し、長年賃貸ししていたものだ。

ドミニク・バーネットはおそらく、最後の賃借人だったのだろう。

柵に手をすべり込ませ、門扉の留め金をはずした。門を押し開けると同時に、家の中で犬がさかんに吠えはじめた。その声は、ぼくが玄関まで進み、ブザーを押して待つあいだ、ますますやかましくなっていった。ミセス・シアリングは二回目のベルでドアを開けたが、チェーンをかけたまま隙間から覗いていた。犬はそのすぐ後ろにいた。小ぶりのヨークシャーテリアで、ぼくに向かって怒ったようにキャンキャン吠えている。毛先が灰色っぽく、飼い主と同じぐらい歳を取ってかよわそうに見えた。

「なんでしょう？」

「こんにちは、ミセス・シアリング。覚えておいでかどうかわかりませんが、ぼくはトム・

ケネディといいます。数週間前にあなたから家を買った者ですけど？　内覧のときに何回かお会いしています。息子とふたりで」

「ああ、ええ、覚えていますとも。シーッ、モリス。下がってなさい」あとのは犬に言ったのだった。「ごめんなさい、すぐに興奮するたちなんです。それで、何かご用でしょうか？」

「はい、あの家のことで。以前の借主の一人について、うかがいたいことがあるんです」

「そうですか」

ミセス・シアリングは少し困惑したような顔になった。ぼくが言ったのが誰だかピンときてしまい、気づかないほうがよかったと悔やんでいるふうに見えた。ぼくはじっと見守ることにした。数秒間、沈黙が続いたあと、ためらいはあっても礼儀のほうがまさったのか、ミセス・シアリングはチェーンをはずした。

「そうですか」と彼女はまた言った。「でしたら、中に入っていただいたほうがいいでしょう」

家に入ると、ミセス・シアリングはあわてた感じで服や髪の乱れを直し、室内の状態を詫《わ》びた。室内に関しては詫びる必要などなかった。何もかも豪華なうえに、完璧に磨かれている。玄関ホールだけでも、うちの居間ぐらいの広さがあり、そこから幅の広い木製の階段がゆるやかなカーブを描きながら上へ向かっていた。ぼくはミセス・シアリングのあとに従い、さらに興奮して足元を駆け回るモリスと一緒に、こぢんまりとした応接間に入った。そこにはソファ二つと椅子一つが、囲いのない暖炉を取り巻くように置かれていた。暖炉の火床には何もなく、一点の染みも残さずに掃除がしてあった。一方の壁際に置かれた飾り棚に、クリスタル製品が注意深く間隔を空けて並べられているのが、ガラスのパネル越しに見える。壁には田園や狩猟の絵が掛かり、家の正面側の窓は赤いフラシ天のカーテンで覆われていた。通りから中が見えないようにしてあるのだ。

「すてきな家に住んでらっしゃいますね」

「どうも。ただわたくしには、実は広すぎるんですのよ。特に、子どもたちが独立し、デレクも逝ってしまったあととなりましてはね。ああ、デレクに祝福あれ。でも今さら引っ越すには、もう歳を取りすぎました。数日おきに女の子が来て、掃除をしてくれます。とんでもないぜいたくでしょ。だけど、ほかにどうすることができまして？　さあ、おかけくださいな」

「ありがとうございます」

「紅茶でも召し上がる？　それともコーヒー？」

「いえ、どうぞおかまいなく」

ぼくは腰をおろした。ソファは硬くて沈み込まなかった。

「引っ越しされて、その後はいかがです？」

「順調です」

「まあ、よかった」彼女はふんわりと微笑んだ。「わたくしはあの家で育ちましたの。ですから、あそこが最後にはいい方々の手に渡るよう、ずっと願っていました。ちゃんとしたご家族にね。息子さんは――ジェイクくん、でしたっけ？　記憶が正しければ。どうしてます？」

「ちょうど学校がはじまったところです」

「ローズ・テラス？」

「ええ」

またあの微笑みが覗いた。「とてもいい学校ですわよ。わたくしも子どもの頃に通いました」

「では、手形が壁に？」

「ありますす」彼女は誇らしそうにうなずいた。「一つは赤で、一つは青」

「それはすごい。ガーホルト・ストリートで育ったとおっしゃいましたよね？」

「ええ。わたくしの両親が亡くなったあと、デレクとわたくしは、あそこを投資として残しておいたんです。夫のアイデアでしたけど、わたくしも特に反対はしませんでした。ずっとあの家が大好きでしたから。思い出もたくさんあって。おわかりになるでしょう？」

「わかりますとも」ぼくはうちにやって来た男のことを思い出し、頭の中で計算した。男はミセス・シアリングよりかなり若かったが、あり得なくはなかった。「弟さんとか、いらっしゃいました？」

「いいえ、ひとりっ子でした。ひょっとしたら、だからこそ、あの家にこんなにまで愛着を持ち続けているのかもしれません。わたくしのものだったんですよ。ね？　どこからどこまでも、わたくしのもの。大好きでした」そこで彼女は顔をしかめた。「ただ、わたくしがあそこで育っていた頃、友だちはあの家をちょっと怖がっていました」

「どうして怖がったんですか？」

「それはたぶん、ただ、そういったたぐいの家だからなんでしょう。ちょっと普通と違って見えますわよね、そう思いません？」

「そうかもしれませんね」カレンも昨日同じようなことを言っていた。ぼくはそのときカレンに言ったことを繰り返した。といっても正直なところ、その言葉は空虚に響きはじめていたのだけど。「個性があります」

「そのとおり！」ミセス・シアリングはうれしく思ったようだ。「それこそまさに、わたくしがずっと考えていたことです。そしてだからこそ、あの家が今また安全な状態に戻ったのを喜んでいるのですわ」

ぼくは安全という言葉を無理やり飲み込んだ。あの家は、ぼくにはちっとも安全でないように思えたからだ。でもそれはともかく、うちに来た男が誰にせよ、あそこで育ったというのはやっぱり嘘だったわけだ。また、ミセス・シアリングの言い方にも引っかかる部分があった。あの家が今また安全な状態に。あそこが最後にはいい方々の手に渡るよう。

「以前は、安全な状態でなかったのですか？」

ミセス・シアリングはまた困惑したような顔をした。

「いいえ、特にそういうわけでは。ただ、これまで上等な賃借人には恵まれなかったと言っておきましょう。といっても、見分けるのはとても難しいことです。そうじゃありません？会ったときには申し分なく見えたりするものです。それに、現実に苦情を言うような理由は何もありませんでした。賃料は期限内に払ってくれてましたし。家屋や土地の手入れもきちんと……」

声がだんだん小さくなっていった。何が実際に問題だったのか、説明の仕方がわからないとみえる。できれば説明しないですませたいのだろう。ミセス・シアリングにはそんなぜいたくをする余地があっても、ぼくにはない。

「でも？」

「さあ、どうなんでしょうね。はっきりと突きつけられるような証拠は何ひとつ、つかめませんでした。でなければ躊躇《ちゅうちょ》しませんでしたわ。ただ、疑ってはいました。ひょっとしたら、ときどき別の人たちが寝泊まりしていたのではないかと」

「部屋をまた貸ししていたと？」

「ええ。そしてときおり、何かよろしくないことが行われていたのではないかと」ミセス・

シアリングは眉をしかめた。「わたくしが訪ねていくと、よく変なにおいがしました――というても最近では、もちろん、予約を取ってからでないと訪ねていけません。信じられます？　自分の所有地に入るのに、予約がいるんですよ。前もって警告しておく、と言ったほうが近いかもしれません。一度だけ予告なしに行ったときには、中に入らせてもらえませんでした」

「それは、ドミニク・バーネットだったのでは？」

ミセス・シアリングは言いよどんだ。

「ええ。その人です。その前の人も似たりよったりでしたけど。思うに、わたくしはただ、あの家に関してとんでもない不運を抱えていたのでしょう」

その不運をぼくに回してくれたわけだ。

「ドミニク・バーネットがどうなったか、ご存じですか？」ぼくはたずねた。

「それはもちろん」

ミセス・シアリングは、膝にきちんと品よく置いた両手を見おろし、一瞬黙った。

「恐ろしいことでしたわ、言うまでもありませんけど。ああした運命は、どんな方の身にも降りかかってほしくないものです。ただ、あとから耳にしたことによると、あの人はやはり、ある種のお商売をはじめていたようですね」

「ドラッグの密売」ぼくはずばりと言った。

また一瞬、沈黙があった。それから彼女はため息をついた。話題になっているのは、彼女とはまったくかけ離れた世界のことだとでもいうかのように。

「あの敷地内で売っていたという証拠はありませんでした。でも絶対にやってましたわ。なんとも心の痛くなるお商売です。それで、あの人が亡くなったあとは、また賃借人を探すこともできたのですが、もう歳も取ってしまったし、やめることにしましたの。そろそろ家を売って、区切りをつけようと思ったのです。そうすれば、わたくしのかつての住まいに、ほかの方のもとでやり直すチャンスが与えられるのではないかと。最近のわたくしより、もっとうまくやっていけそうな方のもとでね」

「そこへジェイクとぼくが現れた」

「そうなんです！」ミセス・シアリングはぼくの言葉に顔を輝かせた。「あなたと、あなたのかわいい息子さん！　ほかにもっと条件のいい申し出もあったのですが、今のわたくしにはお金は問題ではありませんし、あなたがたはちゃんとして見えました。わたくしは、あの古い家が若い家族の手に渡り、そこでまた小さな子が遊ぶ光景を、思い描くのが好きでした。最後には、あの家に再び、愛と光が満ちあふれると思いたかったのです。わたくしが幼い少女だった頃のように、たくさんの色で彩られると。あなたがたがあの家で幸せに暮らしていると聞いて、とてもうれしく感じますわ」

ぼくはすっと後ろに身を引いた。

ジェイクもぼくもあそこで決して幸せではない。ぼくはミセス・シアリングに腹が立った。あの家のそうした来歴は、本来なら契約時に説明されてしかるべきだったのではないだろうか。でもミセス・シアリングは、本当にいいことをしたと心から喜んでいる様子だったし、ぼくにしても、ぼくとジェイクに売ろうと決めた動機がわからなくもなかった。誰やらの代わりに……

はたと気づいて、ぼくは思わず眉をしかめた。

「さっき、もっと条件のいい申し出があったとおっしゃいましたよね？」

「ええ、言いました──本当にあったのです。ある男性は、こちらの示した額よりはるかにたくさん支払うつもりでいました」ミセス・シアリングは鼻にしわを寄せて首を振った。「でもわたくしは、その男性がまったく好きになれませんでした。これまでの賃借人をどこか思い出させる雰囲気があったんです。しかも、しつこくてしつこくて。それでかえって売る気がなくなりました。うるさくされるのは好みませんの」

ぼくは再び身を乗り出した。

誰かが要求をはるかに上回る額を支払うつもりになっていた。そしてそれをミセス・シアリングは断った。その男はしつこくて強引だった。彼には尋常ではない雰囲気があった。

「その男の外見は」ぼくは慎重にたずねた。「どんなふうでしたか？　身長がかなり低くなかったですか？　頭のてっぺんが禿げていて、ここらへんには白髪まじりの髪がぐるっと？」

ぼくは自分の頭でその場所を示したが、ミセス・シアリングはすでにうなずいていた。

「ええ、その人です。いつも一分の隙もない服装をしていました」

そう言ってミセス・シアリングはまた顔をしかめた。どうやらぼくと同じで、うわべのりっぱさにはだまされなかったらしい。

「ミスター・コリンズです」彼女は言った。「ノーマン・コリンズ」

二十七

家に帰り着くと、ぼくは車を停めて私道をぼんやり見つめた。

考えていた。いや、少なくとも考えようとしていた。事実と想像と解釈が、鳥のように、視野はかすめても捕まえられない速さで頭の中を飛び回った。

家の周りをうろついていた男はノーマン・コリンズという名前だった。その言い分とは違ってこの家で育ったわけではなく、なのに要求をはるかに上回る額でここを買い取ろうとした。ここが彼にとって、なんらかの意味を持つことは明らかだ。

でもどんな意味が？

私道の奥のガレージに目をやった。

最初にノーマンを見つけたとき、彼はそこで何かこそこそやっていた。ガレージには、ぼくが引っ越す前に家から運び出された廃品が詰め込まれている。その一部は、おそらくドミニク・バーネットの持ち物だったのだろう。昨夜ジェイクに玄関を開けさせようとした男はノーマンだったのか？　もしそうなら、ジェイクの身が危険にさらされていたわけではなく、ノーマンのほしいものが何かあっただけなのかもしれない。

ひょっとしてガレージの鍵とか。

しかし、考えられたのはそこまでだった。ぼくは車から降りてガレージに行き、南京錠をはずすと、片方の扉を引き開け、古いペンキ缶を挟んで固定した。

中に入った。

当然ながら、廃品はすべてそのまま残っていた。古い家具。汚いマットレス。真ん中には、乱雑に積み上げられた湿った段ボール箱。右下の床を見ると、例の蜘蛛《くも》が今も太い糸を紡いでおり、周囲には何かの残骸が以前より二つ三つ増えていた。おそらく蝶だろう。噛み砕かれて、薄い色をした細い筋の固まりのようになっていた。

周りを見回してみた。蝶が一匹、窓にかろうじてとまっている。クリスマスの飾りの入った箱の側面にももう一匹いて、翅《はね》をゆっくり上下させていた。ジェイクの描いた絵が思い出された。そして、ジェイクがここに入って蝶を見たはずはないことも。でもそれは今のところ、ぼくには解けない謎だった。

きみなら解けるのか、ノーマン？

きみはここで何を探すつもりだったのか？

枯葉を足でどけて空き場所を作ると、そこにクリスマスの飾りの入った箱をおろし、中を探りはじめた。

三十分かけて段ボール箱を次々と開け、取り出した中身を周りに広げていった。その真ん中でひざまずいていると、石の床が冷たく、ジーンズの膝がじっとりと湿ってくる感じがした。

背後でガレージの扉がガタガタッと音を立てた。はっとして振り返った。だが、陽の照りつける私道に人影はなく、ペンキ缶で固定した扉をぬるい微風が撫でているだけだった。

箱の中身に目を戻した。

たいした物はなかった。どの段ボール箱にも、当面は使わないが捨てる気にもなれない、といったたぐいの物が雑多に詰められていた。まずはクリスマスの飾り。周りに散らばったモールは古びて色褪せ、よれよれになっていた。それから新聞や雑誌。日付や版はばらばらだった。たたんで収めた衣類。これはカビのにおいがした。埃まみれの古い延長コード。どれを取っても、故意に隠したというより、ひょいと入れたまま忘れられたふうに見えた。

失望感をぐっとこらえた。ここに答えはなかった。

ただ、段ボール箱を調べたのが、また幾匹かの蝶の平安をかき乱したらしい。取り出したがらくたの上で五、六匹が、触覚を小刻みに動かしながら這い回っていた。別の二匹は窓にトントンぶつかっている。モールの上にいた一匹が飛び立ち、ぼくの前をひらひらと通りすぎ、開いた扉のほうへ向かっていった。しかしこの愚かな蝶は、そこでくるりと引き返して中に戻り、ぼくの足元のレンガに着地した。

翅の鮮やかで独特な色彩に見とれながら、ぼくはしばらくその蝶を観察していた。蝶はレンガの上をずんずん這っていき、やがてレンガの隙間にするりと入って姿を消した。

ぼくは床をじっと見つめた。

床のかなりの面積にレンガが無造作に敷きつめてあった。何を目にしているのか、ようやくわかってきた。そこはかつて、車の下にもぐって修理をするための穴だったのだ。それをレンガで埋め、ほかの床面とほぼ平らになるようにしたわけだ。

試しに、さっき蝶がとまったレンガを持ち上げてみた。レンガが床からはずれた。レンガは砂埃と古い蜘蛛の巣で覆われ、端には蝶が頑固にしがみついていた。

レンガを取ったあとのくぼみに、新たな段ボール箱らしきものの上面が見えた。

またしても背後で、ガレージの扉が大きな音を立てた。

びっくりさせるなよ。

今度は立ち上がり、私道まで出て確かめた。見える範囲には誰もいない。だがこの数分で陽がかげったらしく、あたりが前より暗くひんやり感じられた。風も強まっていた。ふと見おろした手はまだレンガを握っており、それがわずかに震えていた。

ガレージに戻ると、持っていたレンガを脇に置き、ほかのレンガを穴からどんどん取り除いていった。下に隠れていた箱がしだいに姿を現してきた。大きさはほかの段ボール箱と同じだったが、上がガムテープで封印されている。ぼくは鍵束を取り出し、先がいちばん尖ったのを選んだ。心の中ではハミングしていた。

これがきみの探していたものなのかい、ノーマン？

鍵の先端でテープの中央を切り裂き、隙間に指を入れてぐいと引っぱった。ベリッという音とともに、両端の封が破れた。中を覗き込んだ。

思わずのけぞった。目で見たものを理解できなかった、いや、したくなかった。脳裏に浮かんだのは、前夜ジェイクが居間で、ひとりきりでしゃべっていたときに言った言葉だった。**ぞっとさせてやりたいんだもん。**あのときには、空想の女の子が再びぼくらの生活に入り込んだのだと考えていた。

車のドアがばたんと閉まる音がした。振り返ると、うちの私道の端に車両が一台停まっており、男女二人がぼくに向かって歩いていた。

あれは女の子じゃない。

床の男の子だよ。

「ミスター・ケネディ？」女性が呼んだ。

それには答えず、ぼくは手元の段ボール箱に目を戻した。

その中にある骨に。

ぼくを見あげる小さな頭蓋骨に。

そして、そこにとまって休む美しい色の蝶に。蝶の翅がゆっくりと動いていた。眠れる子の胸のように。

二十八

ピートはノーマン・コリンズにかつて何度か対面したが、彼の家を訪れる機会はなかった。ただ、それが両親の所有していた二戸建て住宅だということは知っていた。ノーマンはそこから一度も引っ越していない。父親が死んだあと、数年間は母親とふたりで、そして母親が死んだあとは、ずっとひとりきりで住んでいた。

それが特に異常というわけではもちろんないが、ピートにはやはり、少々気持ち悪く感じられた。子どもは成人すると、親元を離れて自分の生活を形作るものだ。そうしなかったのは、何か不健全な依存や欠陥があったのではないかと思われた。ノーマンに会ったことがあるせいで、そんなふうに思うのかもしれない。ピートが覚えているノーマンはぶよぶよして青白く、いつも汗をかいていた。まるで内部に腐ったものがあり、それが常に少しずつ洩れ出しているかのようだった。彼を見ていると、母親の寝室をずっと在りし日のまま保存しているとか、いつも母のベッドに寝ているといった想像が容易に浮かんできた。

ただし、いくらピートの癇《かん》に障ろうと、ノーマンはフランク・カーターの共犯者ではなかった。

そこには多少の慰めがあった。ノーマンが今の事件にどんな形で関与しているにせよ、ピートがあの時点で彼を見すごしたわけではないからだ。ノーマンは正式には容疑者とみなされなかったものの、疑いはかなり強く持たれていた。だがアリバイが完璧だった。フランクを手助けした人物が本当にいたとしても、それは物理的にノーマン・コリンズではあり得なかった。

ではその彼が、いったい何をしに刑務所に行ったのか？

何も関係ないのかもしれない。しかし、フランクはどうにかして塀の外から情報を得たに違いないのだ。ノーマンの家の外に車を停めながら、ピートはわずかに興奮が湧き上がってくるのを感じた。もちろん、期待しすぎないほうが賢明だ。それでも、どこにつながるかは定かでないにしろ、正しい軌道に乗っているという感覚があった。

家に近づいていった。小さな前庭は芝が伸び放題で、一面にはびこる雑草が放射状に葉を広げて絡み合っている。家のそばには低木が密生し、枝先すれすれを、体を斜めにして通らなければならなかった。やっとのことで玄関にたどり着き、ドアをノックした。指に当たった感触では、戸板はふやけて脆《もろ》かった。半ば腐食しているようだ。家の前面は白い塗料がぽろぼろとはげ、厚化粧にひびの入った老婦人の顔を思わせた。

もう一度ノックしかけたとき、ドアの向こうで人の動く気配がした。ドアが開いた、といってもチェーンの許す範囲でだ。わざわざかけた音はしなかったから、ノーマンは在宅中でも用心を怠らない主義なのだろう。

「なんでございましょう?」

ノーマンはピートが誰だかわからずにいたが、ピートはノーマンをよく覚えていた。二十年経っても彼はほとんど変わっておらず、ぼうず頭に輪をかぶせたような髪に白いものが混じったにすぎなかった。禿げた頭頂部は赤くまだらで、まるで膿《うみ》が破裂寸前までたまっているかのようだ。そして、通常なら楽にしているはずの家の中で、かっちりしたスーツにベストという、滑稽なほどフォーマルな格好をしていた。

ピートは身分証を差し出した。

「ミスター・コリンズ、わたしはピーター・ウィリス警部補だ。覚えていないかもしれないが、ずっと前に、何度か顔を合わせたことがある」

ノーマンは身分証からピートの顔に目を移すと、急に表情をこわばらせた。どうやら思い出したらしい。

「ああ、ええ、もちろん覚えております」

ピートは身分証をしまった。

「中でちょっと話をしたいんだが？　あまり長くは時間を取らないようにする」

ノーマンはためらい、家の奥の暗がりを振り返った。その額には、すでに玉のような汗が噴き出していた。

「今はあまり都合がよろしくないのですがね。どういったご用件でございましょうか」

「中で話したいんだ、ミスター・コリンズ」

ピートは待った。ノーマンのような肝の小さい男には、気づまりな沈黙が耐えられないに違いない。はたして、ノーマンはすぐに折れた。

「承知いたしました」

ドアがいったん閉じられ、今度は広く開けられた。くすんだ茶色の玄関ホールに入ると、目の前にまっすぐな階段があり、てっぺんのあたりがうっすらと見えた。空気はよどんでかび臭かったが、かすかに甘いにおいが混じっていた。ピートは子どもの頃に通った小学校の机を思い出した。蓋を開けると、木のにおいと風船ガムのにおいがぷんと鼻をついたものだ。

「それで、ご用件はなんでございましょうか、ウィリス警部補？」

ふたりがいたのは階段の上り口で、狭苦しいのがピートには不快だった。しかもこれだけ近くにいると、ノーマンがスーツの内側でかく汗がにおってきそうだ。ピートは居間らしき部屋のドアが開いているのを指さした。

「あそこに入ってもかまわないか？」

ノーマンはまたしてもためらいを見せた。

ピートは眉をひそめた。

何を隠しているんだ、ノーマン？

「もちろんでございます。さあ、こちらへ」

ノーマンはピートを居間に案内した。さぞむさ苦しい部屋が待ち受けているのだろう、と思いきや、そこはきれいに片づき、掃除も行き届いていた。家具は意外に新しく、デザインも古びていない。壁の一つには大型のプラズマスクリーンが取りつけられ、そのほかは美術品の入った額や小さなガラスの陳列ケースで埋まっていた。

ノーマンは部屋の真ん中で足を止めると、執事のようにみぞおちの前で手を組み、胸をそらして立った。その妙に格式ばった態度に漂う何かに、ピートは首の後ろがぞくりとするのを感じた。

「大……丈夫か、ミスター・コリンズ？」

「はい」ノーマンはそっけなくうなずいた。「いったいなんのご用件なのか、重ねてお訊きしてもよろしいですか？」

「二か月ちょっと前に、ウィットロー刑務所のヴィクター・タイラーという囚人に会いに行ったな」

「ええ、参りました」

「面会の目的はなんだ？」

「話をするためでございます。ほかに何度か訪問したときと同じく」

「それ以前にも彼を訪問したことがあったのか？」

「ございました。五、六回は」

ノーマンはポーズを取らされているかのように直立不動の姿勢を保ち、顔にはわざとらしい笑みを浮かべている。

「ヴィクター・タイラーと何を話したのか、聞かせてくれないか？」

「もちろん、彼の犯罪についてでございます」

「やつが殺した女の子のことか？」

ノーマンはうなずいた。「メアリー・フィッシャー」

「ああ、女の子の名前は知っている」

食人鬼。ピートがいつも啞然とさせられるのはそこだった。この奇妙な小男は、普通なら本能的に近づくのを避けるような闇の世界に、異常な関心を抱いている。彼は微笑んだままじっと立っており、用事が終わってピートが去るのを、辛抱強く待っているように見えた。だがその笑みは本物ではなかった。びくびくしているな。やはり何か隠しているのだ。気づくと、ピートもいつのまにかじっとしていた。部屋の中の動きがすべて止まったかのようで心地悪かったので、壁の一つに歩み寄り、額に入れて飾ってある絵や物を見るともなしに見はじめた。

絵は奇怪だった。さらに近づいてみると、その多くがひどく稚拙であるのがわかった。棒人間を落書きしたような絵や、素人くさい水彩画に目をやるうちに、もっと奇抜なものに注意が引きつけられた。赤いプラスチックでできた悪魔の仮面。安い仮装グッズを売る店で見かけるような代物《しろもの》で、なのにどうした理由からか、長方形の薄いガラスケースに入れて壁にかけてあった。

「コレクター品でございます、それは」

知らぬまにノーマンがすぐ隣に立っていた。ピートは大声で叫びたい衝動をなんとかこらえたものの、一歩脇にどかずにはいられなかった。

「コレクター品？」

「そのとおり」ノーマンはうなずいた。「かなり有名な殺人者が犯行時にかぶっておりました。手に入れるにはひと財産かかりましたが、すばらしい品物ですし、出所も鑑定書なども確かでした」彼がすっと振り向いてピートの顔を覗き込んだ。「完全に合法的かつ公正な取引で入手したものでございますよ、念のため。ほかにもまだご用件がおありで？」

ノーマンの言ったことがすんなり理解できず、ピートは思わず首を振った。そして壁にかかるほかの品々に目をやった。ただの絵ではなかったわけだ。一部の額にはメモ書きや手紙が収められていた。明らかに公的な文書や報告書とみられるものもあるいっぽう、安っぽい便箋になぐり書きしたものもあった。

　やや呆然としながら、ピートは壁を指さした。

「こっちのは……いったい？」

「書簡でございます」ノーマンは嬉々《きき》として答えた。「わたくし自身が受け取ったものや、ほかから買い取ったものです。犯罪記録や事件の関係書類もございます」

　ピートは再びノーマンから離れ、今度は部屋の中央に戻ると、振り返ってあちらこちらへ目を動かした。何を見ているのかがわかってくるうちに、胸の奥で不快感が折り重なり、皮膚から熱が引いていった。

　絵、記念品、書簡。

　死や殺人の遺物。

　世の中には死にまつわる物をむしょうに手に入れたがる者がいることや、その売買専門のオンライン市場がにぎわってもいることは、以前から知ってはいた。だがそうしたコレクションの真っただ中に身を置いたのは初めてだった。ピートを取り巻く部屋がどくんどくんと脈打ち、威嚇してくるような気がした。ひとつには、それが単なる収集ではなく賛美だからだ。これらの品々が陳列されているさまには、畏敬の念が感じられた。

　壁際に立ったままでいるノーマンに目をやった。すでに笑みは消え、いっそう異質な、爬《は》虫類《ちゅうるい》のような顔つきになっていた。ノーマンはもともとピートを家に入れたがらなかったし、さっきまでは早く話を切り上げたがっているのが明らかだった。絵や飾り物に注目されたくなかったのだ。しかし今のノーマンの顔には、自尊心からくる嘲りが浮かんでいた。ピートがコレクションに嫌悪感を抱かざるを得ないことがわかっていて、一部でそれを楽しんでいるのがうかがえる。自分のほうがピートより上だとすら言いたげだ。

完全に合法的かつ公正な取引で入手したものでございますよ、念のため。

ピートはその場でぼうっとしていた。何をすべきかわからず、何かできることがあるかどうかさえ不明だった。そのとき携帯の着信音が鳴った。はっとわれに返り、電話を取り出してノーマンに背を向けると、耳に強く押し当てながら小声で応答した。

「ウィリスだ」

電話はアマンダからだった。

「ピート？　今、どこです？」

「行くと言った場所に来ている」ピートはアマンダの声が切迫しているのに気づいた。「きみはどこだ？」

「ガーホルト・ストリートにある家です。二つめの死体が見つかりました」

「二つめ？」

「ええ。でも今度のはかなり古く――どうやら長いあいだ、隠されていたようです」

ピートは今耳にしたことをなんとか理解しようともがいた。

「その家は最近、売却されてます」アマンダ自身も少々あえいでおり、やはり、その状況を頭の中で処理しきれない様子だ。「新しい所有者が、ガレージにあった箱の中から死体を見つけたんです。彼は昨夜、誰かが息子を誘拐しかけたと通報してました。そして、今あなたが対応しているノーマン・コリンズ——彼がその家の敷地内をうろついていたらしい。所有者が現場を目撃してます。ノーマンは死体がそこにあるのを知っていたんだと思います」

ピートはふと何かがいるのに気づいて振り返った。ノーマンがまたしても、彼特有の不思議な動き方で知らぬまに近づいていた。ピートの真横に立ち、毛穴やうつろな瞳が見えるほど顔を寄せている。空気が脅迫の調べを奏でた。

「ほかにもまだご用件が？　ウィリス警部補」ノーマンが囁いた。

ピートは一歩離れた。心臓が激しく波打っていた。

「ノーマンを連行してください」アマンダが言った。

二十九

警察官が同乗しているんだから、もっと心強く感じてもよさそうなものなのに、とぼくはジェイクの学校の一本裏の通りに停車しながら思った。

朝方やって来た警官二人には、ひどく失望させられた。夜の訪問者やジェイクの誘拐未遂の話を真剣に受け止めてくれなかったからだ。そうした対応は今やがらりと変わっていたが、だからといってなんの慰めにもならなかった。それは、何もかもが現実に起きたことを意味した。つまり、ジェイクが実際に危険にさらされていたということだ。

ダイソン巡査部長が目を上げた。

「着きましたかな?」

「そこの角を曲がったらすぐです」

ダイソンは携帯電話をスーツのズボンのポケットにすべり込ませた。彼は五十代だったが、一部の十代の若者のように、署からここまでずっと黙って携帯画面に見入っていた。

「では、いつもどおりに振る舞ってください。息子さんを引き取って、ほかの保護者と話をするなりなんなり、とにかく普段やってることをやってください。時間をかけて。そのあいだにわたしは、あなたから目を離さないようにしながら、そこに来ている者を観察します」

ぼくはハンドルを軽く叩いた。「ベック警部補は、問題の男はもう捕まったと言ってましたが」

「そうです」ダイソンは肩をすくめた。その仕草からみて、彼がただ命令に従い、型どおりのことをやっているにすぎないのは明らかだった。「ちょっとした用心ですな」

用心。

アマンダ・ベック警部補も警察署でそう言った。ぼくが発見したものを家に来た警察官に見せたあと、事態は急展開した。まもなくノーマン・コリンズが捕まり、昨夜まかり間違えば、ジェイクの身に何が起きていたかを思い知らされた。しかしノーマンの身柄が拘束されているなら、ジェイクは安全なはずだ。

なのになぜ護衛が？

ちょっとした用心。

その言葉は、警察署でもぼくの不安を取り除いてくれなかったし、今もそうだった。いくら有能で力のある警察がバックについていても、ジェイクがぼくのすぐ隣にいるのでないかぎり、安全ではない気がした。このぼくが気を付けてやれる場所にいないかぎり。

学校へ向かって歩くうちに、背後でダイソンの姿がどこかに消えた。自分が警察官にひそかに尾行されているなんて、夢でも見ている気分だ。しかしそれを言うなら、今日という日はずっと何かが狂ったままで、日常から遊離していた。さまざまな出来事が矢継ぎ早に起こり、うちの敷地内で遺体、それも十中八九子どものものであるとみられる遺体を発見したことを、まだきちんと受け止められずにいる。とてもではないが現実だとは思えないのだ。警察署では感情的にならないように供述をすませた。それが清書されたものに、ジェイクを引き取ったあとでサインをしにいく。それから先は何がどうなるのか、見当もつかない。

とにかく普段どおりに振る舞え、とダイソンに言われたものの、この状況ではまったく不可能な指示だった。でも校庭に着くと、だぼんとしたコートのポケットに両手を突っ込み、鉄柵にもたれているカレンの姿が見えた。彼女に話しかけるのが何より普段らしいだろう。

ぼくは校庭に入り、カレンのすぐ横で鉄柵に身をもたせた。

「おっ、現れたわね」カレンが言った。「どう、調子は?」

「狂いっぱなし」

「はははは」と笑ってから、カレンは改めてぼくの顔を見た。「でも実は冗談じゃなかったみたいね、その顔つきからすると。一日じゅう、ツキに見離されてた?」

ぼくはゆっくりと息をした。今日の出来事については、警察からはっきり口止めされたわけではないものの、まだ話さないほうが賢明なように思えた。それより何より、どこから話しはじめればいいのかわからなかった。

「そうとも言える。すごく込み入った二十四時間だった。いつかきちんと話すよ」

「じゃあ楽しみにしてる。ただ、大丈夫ならいいんだけど。だって、気を悪くしないでね、あなた、クソみたいな顔してる」カレンは一瞬、何か考えていた。「やっぱり気を悪くしたわよね、でしょ? ごめんなさい。わたしっていつも、言ってはいけないことを言っちゃうの。悪い癖」

「そんなことないよ。ただ、昨日の夜はあまり眠れなかったんだ」

「息子さんの空想の友だちのせい?」

ぼくは声を上げて笑ってしまった。

「それ、きみが思ってるより真相に近いよ」

床の男の子。錆《さ》びついたような色の骨や、眼窩《がんか》が空洞で、てっぺんにひびの入った頭蓋骨が頭をよぎった。ジェイクが見たはずもないのに、なぜだか描いていた蝶の美しい色。ぼくはジェイクを今すぐ連れ戻したい反面、その先のことを考えると少々おじけづいていた。そう、ぼくはジェイクが怖かった。感受性が強く、夢遊病の気があり、空想の友だちのいる、ぼくの息子が。ジェイクがそこにいない誰かと話す様子が。そしてその誰かは、ジェイクに恐ろしい文句を教え、ジェイクをぞっとさせようとした。

ぼくもぞっとさせられた。

扉が開いた。

ミセス・シェリーが現れ、保護者のほうを見ながら、後ろにいる子どもたちの名前を肩越しに呼びはじめた。その目が一瞬、カレンとぼくのほうに向けられた。

「アダム」と呼ぶと、ミセス・シェリーはすぐさま別の男の子へ視線を移した。

「あーらあら」カレンが言った。「どうやらまたお仕置きされるみたいね」

「ここまで来たら、もう何があっても驚かないよ」

「自分が子どもに戻ったみたいに感じない？　教師にあの口調で話してこられると、ときどき」

ぼくはうなずいた。ただ今日の気分では、それを我慢できるかどうかわからなかった。

「じゃあ、気を付けてね」アダムがやって来たのを見てカレンは言った。

「うん」

二人が去るのを見送ったあと、ぼくはほかの子どもたちがみな解放されるのを待った。少なくともダイソンには、〝予防措置〟を講じる時間がたっぷりできたわけだ——と考えたとたん、ぼくは校庭に残る保護者を眺め回していた。でもそんなことをしても意味がなかった。何人かの顔はすでに知っていたものの、ここに来て日が浅いので、ほんのひと握りとしか面識がない。向こうにしてみれば、ぼくのほうこそ怪しげな人物と言えた。

残るはジェイクだけとなり、またしても地面を見つめながら現れた。その姿があまりにも弱々しげだったので、ぼくはジェイクを救い出したい、ただ抱き上げて安全な場所へ連れて行きたい、という思いに駆られた。ジェイクのことが急に愛《いと》しくてたまらなくなった。ひょっとしたらジェイクは、普通でいるには、場に適応して受け入れられるには、あまりにも脆すぎるのかもしれない。しかし反面、いろいろなことがあったあとでは、だからどうだと居直る気持ちもあった。

「また何か問題でも？」ぼくは言った。

「残念ながらそうです」ミセス・シェリーは悲しげに微笑んだ。「ジェイクは今日は赤信号に引き上げられました。校長先生のところに行かなくてはなりませんでした。そうですね、ジェイク？」

ジェイクが哀れな顔でうなずいた。

「何があったんですか？」

「ジェイクがクラスの男の子をなぐりました」

「なんと」

「オーウェンが先に手を出したんだ」ジェイクは今にも泣き出しそうだった。「あいつがぼくの〈スペシャル・パケット〉を取ろうとしたんだ。ぼくはなぐるつもりじゃなかった」

「なるほど。でも先生には」ミセス・シェリーは腕を組み、ぼくをきっと睨んだ。「そもそもあれが、あなたぐらいの歳の子が学校に持ち込むのにふさわしい物だとは、あまり思えませんけどね」

ぼくはどう言えばいいのかわからなかった。社会のしきたりからすれば、大人の側に立ち、人をなぐるのは悪いことで、〈スペシャル・パケット〉については先生の言ったことが正しいと、ジェイクに説教すべきだった。しかしできなかった。不意に、何かもが笑いたくなるほどちっぽけに思えてきた。ばかげた信号機も、校長先生の脅威も。どこかのチンケなクソガキがジェイクにちょっかいを出し、おそらくそれに値する報いを得たからといって、ジェイクを叱るなんて考えは、特に。

見おろすと、わが息子はおどおどしながら立っていた。ぼくに叱られると思っているのだろう。だけどぼくはほめてやりたかった。よくやった。パパがジェイクの歳の頃には、そんなことをする勇気がなかった。うんと強くなぐったんだろうね。

とはいえ、結局は社会のしきたりが勝った。

「ぼくが言って聞かせます」

「そう願います。すばらしいスタートにはなりませんでしたからね。そうでしょう、ジェイク？」

ミセス・シェリーがジェイクの髪をかき撫でた。とたんに社会のしきたりが吹っ飛んだ。

「息子にさわらないでください」

「なんですって？」

ミセス・シェリーはジェイクに電気が流れたかのように手を引っ込めた。それにはなんとなく満足したものの、考えもしないのに口から言葉が飛び出しただけで、次に何を言おうとしているのか、自分でもはっきりしなかった。

「言ったとおりです。信号機で痛めつけておいて、次には優しいふりをするなんて、許されません。率直に言って、信号機はどの子にとってもひどい仕打ちだと思います。ましてや、今まさに問題を抱えている子にとっては」

「どんな問題をですか？」ミセス・シェリーはうろたえた。「何か問題があるのでしたら、話し合いましょう」

　そこまで対立的になるのは愚かだと思いながらも、息子の肩を持ったことに、ぼくは小さな喜びを感じた。再び目を落とすと、ジェイクが不思議そうにぼくを見あげていた。ぼくのことをどう考えればいいのか、迷っているようだ。ぼくはジェイクに微笑みかけた。ジェイクが自身のために立ち上がったのがうれしかった。外の世界に衝撃を与えたのがうれしかった。

　ぼくはミセス・シェリーに目を戻した。

「ぼくが話して聞かせます。人をなぐるのは悪いことですから。だから、ジェイクとぼくで、いじめに対抗するもっといい方法について、ゆっくり相談することにします」

「お……わかりいただけたようですね」

「ええ。荷物はぜんぶ持ったかい、相棒？」

　ジェイクはうなずいた。

「よし。今夜は家に帰れないと思うからね」

「どうして？」

　床の男の子のせいだよ。

　でもぼくはそれを言わなかった。不思議にも、ジェイクは答えをすでに知っているように思えたからだ。

「おいで」ぼくはそっと言った。

三十

あの子が見つかったとは。

今頃になって。

トニーが見つかったとは。

科学捜査チームがノーマン・コリンズの敷地内に入っていくのを、ピートは車の中から眺めていた。通りで見られる動きは今のところそれだけだった。警察が集まっているにもかかわらず、報道関係者はまだ駆けつけていない。在宅中の近隣住民がいるにしても、表には出てこなかった。捜査員の一人が玄関前の踏み段の上で立ち止まり、両手を腰に当てて伸びをした。

手錠をはめられ、後部席に身を沈めたノーマン・コリンズも、捜査員の動きを見ていた。

「警察にこんなことをする権限はございません」ノーマンがきっぱりと言った。

「黙ってろ、ノーマン」

狭い車内で、この男のにおいを嗅ぐのは避けられないにしろ、彼と会話する気はピートにはなかった。状況がまだ不確かなため、今はとりあえず、盗品を受け取った疑いでノーマンを逮捕していた。この容疑なら、ノーマンのコレクションの性質からして説得力がありそうだったし、同時に家宅捜索を行う権限も得られた。だが当然ながら、警察はもっと別の理由があってノーマンをほしがっていた。そしてピートは、ノーマンに訊きたいことはごまんとあっても、うっかりここで訊いて捜査を危うくするつもりはなかった。尋問は署で行われなければならない。記録の残る完璧な環境の中で。

「何も見つかりはしませんよ」ノーマンが言った。

ピートは無視した。見つかったものはすでにあり、それにノーマンが関係するとみられたからだ。ニールよりもっと古い、別の死体が発見された。ノーマンは、フランク・カーターや彼の犯罪に異常な興味を示していたし、フランクの刑務所内の友人を訪問したり、別の死体が見つかった家にこっそり近づいたりもしている。そこに死体があるのを知っていたに違いない。しかしもっと重大なのは、正式な身元確認はこれからにせよ、その死体がどうやらトニー・スミスのものらしいということだ。ピートはそれについても確信があった。

二十年も経って、ついにきみは見つかったのか。

ほかのことはさておき、この発見にほっと胸をなでおろし、事件がようやく終結した気になってもよさそうなものだった。あの男の子を本当に長いあいだ捜していたのだから。だが安堵は訪れなかった。あの週末ごとの捜索が、遠く離れたところで生垣や林の中をくまなく捜した日々が、脳裏に浮かんできた。そのあいだトニーは、誰も思いもしなかったほど自宅に近い場所に、ずっと横たわっていたのだ。

それは、二十年前にピートが何かを見落としていたことを意味した。

ピートは膝に置いたタブレット端末を見おろした。

くそ、なぜこんなときに飲みたくなるんだ——その仕組みがピートには不思議でたまらなかった。酒というのは通常、辛い現実に向き合う痛みをやわらげるものとされている。ところが、トニーの死体が見つかったうえ、ニール・スペンサーを殺害したと疑われる男を拘束し、後ろに座らせている今この時に、どうしようもなく飲みたい衝動に駆られていた。といっても、飲む口実ならいつもたくさんあった。飲まない真の理由はひとつしかなかったが。あとで飲めばいい。好きなだけ。

もはや観念していた。仕組みがどうであれ、それはごく単純なことだった。戦争においては、使える武器はなんでも使って一個の戦いを勝ち取り、態勢を立て直して次の戦いへ向かう。そしてまた次の戦いへ。また次の戦いへ。そうやって戦い続けていくのだ。

仕組みがどうであれ。

「わたしは何もやっておりませんよ」ノーマンがしつこく言った。

「黙っていろ」

ピートはタブレットをクリックした。もう避けるわけにはいかない。自分が二十年前に何を、そしてなぜ見落としたのか、突きとめる必要がある。それにはまず、トニーの死体が発見された、ガーホルト・ストリートの家から調べるのが順当だ。

画面に現れた情報をざっと読んだ。その家はつい最近まで、アン・シアリングという女性の所有物件だった。彼女はその家を両親から相続したが、何十年もそこには住んでおらず、長いあいだ他人に貸していた。

記録にある賃借人は多数にのぼったが、一九九七年、つまりフランク・カーターが殺人を犯した年以前の入居者は考慮からはずすことにした。一九九七年当時の賃借人はジュリアン・シンプソンという男で、その四年前に入居し、二〇〇八年まで住み続けている。別タブを開いて検索すると、シンプソンはその年にガンで死亡していた。七十歳だった。そのタブを閉じて元の画面に戻った。次に入居したのはドミニク・バーネットで、彼は今年の春頃までそこに住んでいた。

ドミニク・バーネット。

ピートは顔をしかめた。その名前には覚えがあった。さらに検索するうちに、直接担当した事件でもないのに、その詳細が思い出されてきた。バーネットは地下組織の下っ端で、恐喝やドラッグの密売で警察に顔を知られていたが、あくまで小物とみなされていた。この十年は有罪判決を受けていない。といっても足を洗ったわけではなく、他殺死体で発見されたときも、誰一人驚かなかった。回収された凶器——ハンマー——には指紋の一部が付いていたが、データベースにはそれと一致するものがなく、その後の調べでもこれといった容疑者は浮かんでこなかった。それでも一般市民は安心していた。犯人は逮捕されなかったものの、特定の人間を狙った単発的な犯行だと警察が断定したのだ、そこから裏の事情を察することができた。

悪事で生きる者は悪事で死ぬ。

その事件について見聞きした範囲では、ピートも同じように考えていた。だが今やそれに疑問が生じてきた。殺害の要因として最も可能性が高いのはやはりドラッグだが、死体が隠された家に住んでいて、バーネットがそれに気づかなかったとは思えない。とすると、何か違った要因があったのではないか？

ピートは目を上げ、バックミラーでノーマン・コリンズを覗いた。ノーマンはぼんやりと窓から自分の家を見ていた。

考慮すべき男が三人いた。あの家に住んでいたジュリアン・シンプソンとドミニク・バーネット、そしてあそこに何が隠されていたかを知っていたと思われるノーマン・コリンズ。三人をつなぐものは何か？　二十年前に何が起きたのか？　そしてそれ以降には？

ピートは画面にフェザーバンクの地図を呼び出した。ガーホルト・ストリートは、トニーが誘拐された現場とフランクが逃走した方角を結ぶ、自然な道筋の上に位置していた。事件当時は、法医学的証拠からみて、フランクはトニーを自分の車に乗せていたと考えられていた。しかし、警察が自宅に踏み込んだことを、誰かから知らされたとするなら、ガーホルト・ストリートでトニーの死体をおろしてから逃走した可能性もある。そこにはジュリアン・シンプソンが住んでいた。

当時シンプソンが捜査線上に挙がっていなかったことは、特に事件ファイルで確かめなくてもわかった。フランクの友人や知人だと判明した者はすべて、念入りに調査してあった。その中にシンプソンの名前はなかった。

しかし。

シンプソンは当時五十歳前後だったはずで、これはほかと矛盾する目撃証言の内容に一致する。ひょっとして、シンプソンがフランクの共犯者だったのではないか。もしそうなら、二人のあいだには、どんなに希薄であれ、何かしらつながりがあったはずだ。つまり、自分はそれに気づかなかったということになる。

失敗を犯したのだ。

もっと早くにこの男の存在を発見してしかるべきだったのに。

何をしたにせよ、いやむしろ、何をしなかったにせよ、それはやはり自分の過ちだ。自分に責任があるように、ねじ曲げて考えようとする癖があるのはわかっていた。それでも、あのいつもの思いが残った。

価値がない。

役立たず。

ふん、あとで飲めばいいさ。

ピートの携帯電話が鳴った。今度もアマンダからだ。

「ウィリスだ」ピートは応答した。「まだノーマンの家の前にいる。もう少ししたら署に戻る」

「家宅捜索は？」

「実行中だ」

ふとノーマンの家に目をやり、意識を集中させる必要があるのはそっちのほうだったと気づいた。今優先すべきなのはノーマンの関与を突きとめることだ。二十年前に自分が何を見落とし、何を見落とさなかったかを明らかにすることではない。それを分析するのはあとでもいい。

「わかりました」アマンダが言った。「例の家の所有者とその息子が署に来ていて、二人の世話に手を貸してくれる人が必要なんです。今夜の宿泊場所の確保とか、そうしたことをやってくれる人が」

ピートは思わず眉をしかめた。いわば下働きを申しつけられたのであり、それが何を意味するかはピンときた。ノーマン・コリンズを尋問するのはアマンダだということだ。だがそのほうがいいのかもしれない。アマンダのほうが先入観があまりない。ピートの場合、過去にノーマンと関わったことが取り調べに影響する恐れがあった。ピートの疑問の答えはそのうち明らかになるだろうが、それを訊き出すのは別にピートでなくてもよかった。彼はエンジンをかけた。

「今行く」

「所有者の名前はトム・ケネディです。息子はジェイク。まずはノーマンを連行してください。それから二人をどこかの保護施設に入れましょう」

一瞬、ピートは答えに詰まった。ハンドルに置いたほうの手が見るまに震えはじめた。

「ピート？　聞こえてます？」

「ああ。すぐにそっちへ向かう」

電話を切って助手席に放り投げた。だが車は発進させないでエンジンを止め、再びタブレットを取り上げた。これまで過去にばかり捉われ、現在には気が回らないでいた。あの家の現在の所有者のことなど、考えてみもしなかった。

失敗した、またもや。

次々とクリックして報告書を呼び出すあいだ、アマンダの言葉を聞き間違えたのではないかと考えていた。だがその名前はしっかりとそこにあった。

トム・ケネディ。

最後に載っていた。知った名前だった。

三十一

「パパ、警察は見つけたの？」

サインする供述書をアマンダ・ベック警部補が持ってくるのを待って、警察署の一室の中を行ったり来たりしていたぼくは、ジェイクの言葉にはたと立ち止まった。

ジェイクは彼には大きすぎる椅子に、足を少しぶらぶらさせながら座っていた。脇のテーブルにある〈フルートシュート〉には手をつけていない。そのオレンジジュースは、ぼくらがここに着いたあと、ダイソン巡査部長が差し入れてくれた。ぼくにもやがてコーヒーが運ばれてくるという話だったが、それからもう二十分は経つのに、コーヒーもベック警部補もやって来る気配がなかった。そのあいだずっと、ぼくとジェイクはほとんど話さないでいた。ぼくはジェイクに何を言えばいいのかわからず、部屋の中を行き来していたのは、空間だけでなく沈黙を埋めるためでもあった。

パパ、警察は見つけたの？

ぼくはジェイクに歩み寄り、その前でひざまずいた。

「ああ。うちにやって来た男を見つけた」

「ぼくが言ったのはその人のことじゃない」

床の男の子。

一瞬、ぼくはジェイクを睨みつけたが、ジェイクは恐れや心配のかけらもない顔で見つめ返してきた。驚いたことに、ジェイクは周囲の出来事にまったく動じていなかった。まるで何もかも普段と変わらないかのような——隠れんぼをしていた男の子の話でもするかのような顔をしている。でも実はジェイクが訊いたのは、信じられないぐらい長いあいだうちのガレージの床に埋まっていた、そしてジェイクが前もって知っているはずのなかった、人間の遺体のことなのだ。

それは口にしてはならないことだった、ここでは。ぼくは警察に正直に供述したが、すべてを伝えたわけではない。蝶の絵や、ジェイクが床の男の子と話していたことは、伏せていた。なぜそうしたのかは自分でも不明だ。ただ、ぼく自身それをどう解釈していいかわからなかったし、息子を守りたい気持ちもあった。こうした事柄はすべて、七歳の子どもではなく、大人が背負うべき荷物だった。

「いいや、ジェイクが言ったのはその男のことだ。それでいいね？　本気で」

ジェイクは考えていた。

「わかった」

「もう片方についてはあとで話そう」ぼくは立ち上がったが、これではやはり不満が残るだろうし、ジェイクにはもっと知る権利があると思った。「だけど、答えはイエスだ。警察は見つけた」

ぼくが見つけた。

「よかった。ちょっと怖かったんだ、あの子」

「そうだろうね」

「でも、本気で怖がらせようとしてたんじゃないと思う」ジェイクは顔をしかめた。「たぶん、ただ辛くて寂しかっただけなんだよ。それで少し意地悪になってた。けど警察が見つけたんだったら、もう寂しくないよね？　家に帰れるもの。だからきっと、もう意地悪なことはしない」

「みんなジェイクの想像だよ」

「違うよ」

「それについてはあとで話そう。いいね？」

ぼくは会話を切り上げたいときにいつも試みる、いかめしい顔を作ってみせた。ただそれにはなんの威力もなく、たいていは一分もすればどちらかが声を上げる。でも今日のジェイクはうなずいた。そして椅子の上でくるりと向きを変え、周りにはなんの関心もないような顔をして〈フルートシュート〉を飲みはじめた。

ぼくの後ろでドアが開いた。振り向くと、ダイソン巡査部長がコーヒーを二つ持ってドアを支えており、その向こうからベック警部補がずかずかと歩いてきた。彼女はダイソンを通り越し、書類を高々と掲げて振った。ぼくと同じぐらい疲れて見える。やるべきことが数かぎりなくあり、しかもそれをひとつひとつ、自分の手でやろうと決めているふうだった。

「ミスター・ケネディ」ベック警部補は言った。「お待たせして申し訳ありませんでした。あっと……こちらがジェイクですね」

ジェイクは〈フルートシュート〉に気を取られたままで、ベック警部補を無視した。

「ジェイク？」ぼくは促した。「あいさつはしないのかな？」

「ちわ」

ぼくはベック警部補のほうに向き直った。「今日は長い一日だったもので」

「よくわかります。お子さんにとっては奇妙な出来事だったでしょう」ベック警部補は少し照れくさそうに、膝に手をついてジェイクに身を傾けた。子どもにどう話しかければいいのか、よくわからないようだ。「ジェイク、警察署に来たことはある？」

ジェイクは首を振ったが、口では答えなかった。

「そう」ベック警部補は気まずそうに笑い、腰を伸ばした。「最初で最後だといいわね。さて、ミスター・ケネディ。あなたの供述書を持ってきました。ざっと目を通して、内容に間違いがないかどうか確かめてから、サインをしてください。あと、あなたの飲み物はここに」

「どうも」

ダイソンから渡されたコーヒーをすすりながら、ぼくは供述書をテーブルに置いて読んだ。ノーマン・コリンズのこと。ミセス・シアリングがノーマンやドミニク・バーネットについてぼくに語ったこと。昨夜玄関のドア越しにジェイクに囁きかけていた男のこと。そんなことがあって、ノーマンは何を探していたのかとガレージを調べたこと。そしてそこに死体があるのを見つけたこと。

ジェイクをちらっと見ると、〈フルートシュート〉のわずかな残りを、音を立ててすすっていた。ぼくは最後のページにサインをした。

「残念ながら、今夜はご自宅に帰れません」ベック警部補が言った。

「承知しています」

「もしかしたら、明日の夜もだめかもしれません。もちろん、その間の宿泊場所は、こちらで喜んで手配いたします。近くに保護施設があるので」

ペンを持つぼくの手がサインの上でぴたりと止まった。

「どうして保護施設に入る必要があるんですか？」

「必要があるわけじゃありません」ベック警部補はあわてて言った。「ただそこが、警察が利用できる施設だというだけです。でも詳しいことは、同僚のピート・ウィリス警部補を残していきますので、彼から聞いてください。もうすぐ来るはずで、そうしたらわたしはもう、あなたのお邪魔をしないですみます。あ、来ました」

ドアが再び開き、男が入って来た。

「ピート」ベック警部補が言った。「こちらがトム・ケネディさんと、息子のジェイクくんです」

ぼくはその男をじっと見つめた。周囲のあらゆるものが消え失せたかのようになった。あれから長い年月が経っていたが、あまり老けては見えなかった。覚えているよりはるかに引き締まって健康そうだ。とはいえ、大人は子どもほど変化しないもので、ぼくにはそれが彼だとわかった。わかった瞬間、胸が揺さぶられ、埋もれていた記憶が一気に蘇って次々と脳裏をかすめた。

そして彼も、ぼくが誰だかわかっている様子だった。当然だ。あらかじめぼくの名前を聞き、心の準備をしていたはずだ。警察官らしく改まった感じでぼくに近づく彼が、苦りきった表情を浮かべているのに気づいた者は、ぼくのほかにはいなかっただろう。

グラスの割れる音。

母の叫び声。

「ミスター・ケネディ」ぼくの父は言った。

三十二

なんてわけのわからない日なんだ、とジェイクは思った。

まず、すごく疲れていた。それは夜のうちに起きた出来事のせいで、けれど何が起きたのかはもうあまり思い出せなかった。半分眠っていたからだ。ただ、パパがひどいことを書いたのはまだ許せなかった。それに警察が来たときには、ママが死んだことを、パパがなんでもないような口ぶりで言ったので、癇癪《かんしゃく》を起こしてしまった。よくないことだけど、どうにも抑えられなかった。

でも、怒る気持ちは昼間には消えていて、それもまたわけがわからなかった。といっても、朝いちばんにケンカしたときには、そのうち霧が晴れるみたいに収まることがたまにある。ところが教室にいると、今度はなんだか寂しく思えて、パパにぎゅっと抱きしめてもらいたくなった。「ごめんね」とパパに言いたかったし、「パパのほうこそごめん」とパパが言うのを聞きたかった。

すると、何もかもいい方向へ向かうような気がしてきた。

なのにオーウェンがちょっかいを出してきて、なぐってやったら、校長先生に会いに行かされた。会いに行くだけならなんでもなかったけれど、二つのことが気にかかっていた。一つは〈スペシャル・パケット〉が教室に置きっぱなしだったことだ。オーウェンの悪の手にかかっているかもしれず、それを考えると耐えられなかった。

「ジェイク、こっちを向いてくれないかな？」校長先生のミス・ウォレスは、二度もそう繰り返さなければならなかった。ジェイクが校長室の閉じたドアから目を離せないでいたからだ。

二つめは、また問題を起こしたせいで、パパががっかりして怒ってしまうことだ。そうなると、しばらくは何もかもいい方向へ向かいそうになかった。いやこの調子では、永久に、かもしれない。

パパはぼくについてもひどいことを書くんじゃないだろうか。

ジェイクはパパがそうしたがっているような気がした。

教室に戻ると、〈スペシャル・パケット〉には手をつけられなかったみたいだった。ひょっとしたら、もっとしょっちゅう人をなぐったほうがいいのかもしれない。しかもお迎えのとき、パパはジェイクを怒っているふうにはぜんぜん見えなかった。それどころか、ミセス・シェリーに口答えしたのだ！　すごい勇気だ。でも！　もっと大事なのは、パパがジェイクの味方をしてくれたことだ。パパははっきり言わなかったけど、ジェイクにはわかった。パパに抱きしめてもらったわけでもないのに、抱きしめてもらったときと同じぐらい、物事がいい具合になったように思えた。

そして今、ジェイクはパパと警察署にいた。

最初はよかった。とても興味を引かれたし、みんなすごく親切にしてくれた。でもそのうち、もう帰りたくなってきた。するとまた別のことが起きた――新しいお巡《まわ》りさんがやって来て、ますますわけがわからなくなったのだ。パパの様子がおかしかった。パパは、ほかのお巡りさんの前ではなんともなかったのに、今は青くなって怖がっているように見える。パパにとっては、警察が教室で、新しいお巡りさんがミセス・シェリーみたいだ。

よく見ると、新しいお巡りさんも居心地の悪そうな顔をしていた。女のお巡りさんがパパのサインした書類を持って出ていき、その後ろでドアが閉まると、部屋の中がすごくよそよそしい雰囲気になった。

新しいお巡りさんがゆっくりと近づいてきて、ジェイクを見おろした。

「きみがジェイクだね?」新しいお巡りさんが言った。

「はい」この質問は考える必要がないので助かった。「ぼくがジェイクです」

その人は微笑んだけど、何か不思議な笑い方だった。本当はとても優しい顔のようなのに、それを引きつらせて笑っている。少ししてその人が手を差し出してきたので、ジェイクは握手した。礼儀正しくしておいたのだ。大きくて温かい手が、ジェイクの手をそっと握り返した。

「初めまして、ジェイク。わたしのことはピートと呼んでくれ」

「こんにちは、ピート。こちらこそ初めまして。ぼくたち、どうして家に帰れないの？　ほかのお巡りさんがパパにそう言ってたんだけど」

ピートは眉をしかめてジェイクの前にひざまずき、何か秘密でもあるのかというように、ジェイクの顔を覗き込んだ。ジェイクは何も隠していないことを知らせようと、ピートを見つめ返した。何も秘密なんかないよ、お巡りさん。

「ちょっと込み入った事情があってね」ピートは言った。「警察はきみの家の中を調べなきゃいけないんだ」

「床の男の子のせい？」

「ああ」

そう言ってから、ピートははっとパパのほうを向いた。ジェイクは、それは口にしてはいけないことだったのを思い出した。でも正直な話、部屋の中の雰囲気がとっても変だったので、そんなことは頭からするっと抜け出していた。

「ぼくが見つけたもののことは伝えました」パパが言った。

「でも、どうして男の子だとわかったんだ？」

パパはそこに突っ立ったままで、なぜだか身動きできないでいるように見えた。まるで、本当は前か後ろに進みたいのに、体がどうやって動けばいいのかを忘れてしまったみたいだ。

ジェイクは嫌な予感がした。動き方を思い出したら、パパはきっと前へ、それも腕を上げて飛びかかっていくんじゃないかな。

「知りませんでした」パパは言った。「ぼくは、どこかの子、と言ったんです。それを聞き間違えたんでしょう」

「そうなんだよ」ジェイクはあわてて付け加えた。パパに誰かを、それもお巡りさんをなぐってほしくはなかったからだ。パパは今にもそうしそうだった。

ピートはゆっくりと立ち上がった。

「わかった。では、現実問題に取りかかろう。泊まるのはきみたちふたりだけか？」

「はい」パパが答えた。

「ジェイクの母親は……？」

パパはかちんときたように見えた。「妻は昨年、亡くなりました」

「それは気の毒に。ふたりとも、さぞ辛かったことだろう」

「ぼくらはうまくやっています」

「そのようだな」

まったくわけがわからない！　ジェイクは頭をぶるぶる振りたくなった。ピートはパパと目を合わせられなくなったらしい。でもピートはお巡りさんで、だからピートのほうが威張っていてもいいのに。

「宿泊場所は警察のほうで手配できるが、きみがそれを望まない場合もあるだろう。ほかに親族の家とか、泊まりたい場所があるか?」

「いいえ。両親はどちらも死にました」

ピートは一瞬何も言えずにいた。

「そうか。それも気の毒なことだったな」

「いいんです」

そう言って、パパは一歩前に踏み出した。

ジェイクは息を飲んだ。

でもどうやらパパは、なぐりたいと思っただけで、実際になぐるつもりはないようだった。

「もうずいぶん昔のことですから」

「そうか」ピートは深くため息をついた。けれどパパとはまだ目を合わせないで、ただ壁を見つめていた。最初に部屋に入ってきたときに比べて、急に歳を取ったように見えた。「それなら、こちらで確保しよう」

「ええ、助かります」

「それから、身の回りの品が多少必要だろう。もしよければ、わたしが家に付き添っていこう。ふたりの必要な物を取ってくるといい。替えの服とか何やかや」

「付き添いが必要なんですか?」

「ああ。申し訳ないが、犯罪現場なのでね。持ち去った物はすべて記録しておかなければならない」

「わかりました。望ましくはないですけど、ね？」

「そうだな」ピートはやっとパパのほうを見た。「すまない」

パパは肩をすくめたけれど、目がまだぎらぎらしていた。

「仕方ないです。だから、さっさと片づけましょう。ジェイク、どのおもちゃがいるか、考えておかないとだめだよ。いいかい？」

「わかった」

でもジェイクはふたり――パパとピート――の間を見ていた。どっちもまだ動こうとしない。次に何をすればいいのかもわかっていないみたい。これはぼくが何かしないかぎり、誰も何もしないぞ。ジェイクは〈フルートシュート〉のボトルをテーブルにコトンと置いた。

「絵を描く道具だよ、パパ。ぼくがいるのはそれだけ」

三十三

最悪な日々の中での小さな勝利。なんとしてもそれを物にしなきゃだめよ。アマンダは取調室でノーマン・コリンズの向かいに腰をおろした。昨夜は身の凍るような光景を目にし、ニール・スペンサーの発見が間に合わなかった無念を味わった。そのあとだけに、ちょっとした生贄《いけにえ》は大歓迎だった。どうせ手にできるのは、たいていは小さな勝利ぐらいなのだし。

「中断してごめんなさい、ノーマン」アマンダは言った。「では再開します」

「そう願います。こんなことは手早くすませてしまいましょう。そのほうがよろしいでしょう？」

「もちろん」アマンダは笑顔を作った。「手早くすませましょ」

ノーマンは腕を組み、気取った顔でにやりとした。それを見ても、アマンダはもう驚かなかった。ノーマンを初めて目にした瞬間、嫌でたまらなかったというピートの言葉がすっと理解できた。道で出会ったなら、すれ違うのを避けて反対側に渡りたくなるような男だ。そのひどく形式ばった服装は変装じみて見え——りっぱな外見で中身の毒々しさを隠そうとして、隠しきれないでいる。しかもその振る舞い方からみて、自分は別格の存在で、他人より高等だとさえ思い込んでいるのが明らかだった。

取り調べ開始から二十分がすぎるまで、ノーマンはアマンダの質問にすべて答え、彼女を見下すような態度を取り続けていた。そこへステフがドアをノックして顔を覗かせたので、アマンダは小休止を取り、たった今、戻ってきたところだった。彼女は録音機に手を伸ばし、再びスイッチを入れた。

向かいでノーマンがわざとらしくため息をついた。

アマンダは持ち帰った書類に目を落とした。このむかつく野郎の顔からすました笑いをぬぐい去るのは、さぞ楽しいだろう。

だがまずは重要なことからだ。

「ミスター・コリンズ。念のため、これまでに明らかにした点をいくつか、再度確認しておきます。今年の七月、あなたはウィットロー刑務所にいるヴィクター・タイラーと面会しましたね。面会の目的は？」

「わたくしは犯罪に関心がございまして、その種の世界では専門家とみなされております。そうしたことから、ミスター・タイラーに会って、彼の行動について話を聞くことに、興味を引かれたのでございます。警察の方々が長年、彼から話を聞いてこられたのと、きわめて似た形の興味だろうと思っております」

似てるわけないじゃない。

「そのときの会話に、フランク・カーターのことは出てきました？」

「出てきませんでした」

「ヴィクター・タイラーがフランク・カーターの友人であることは知ってました？」

「存じませんでした」

「それは妙ね、専門家とみなされるほどのあなたにしては」

「何もかも知っていると期待されては困りますよ」ノーマンはにやっとした。

絶対に嘘をついている、とアマンダは思ったが、ノーマンとヴィクターの会話は記録されていないので、嘘だと証明する手立てがなかった。

「では、今年の七月三十日日曜日の午後から夕方にかけて、どこにいました？　ニール・スペンサーが誘拐された晩のことですが」

「もうお話ししましたでしょう。その午後はほとんどずっと家にいました。そのあと、タウン・ストリートまで歩いていき、そこにあるレストランで食事しました」

「なんと、そこまではっきりと覚えているとは」

ノーマンは肩をすくめた。「わたくしは習慣で生きている人間です。それは日曜日でございますね。母が存命の頃は一緒に出かけておりました。今は自分だけで食事します」

アマンダはひとりうなずいた。このことはレストランの主人に確かめてあった。つまりノーマンには、ニールが誘拐された時間のアリバイがしっかりあるわけだ。ノーマンの家はまだ捜索中だが、そこにニールが囚《とら》われていた形跡は、これまでのところ見つかっていない。何やらこの地で起きていることにノーマンが深く関与しているのは間違いないとしても、ニールの誘拐に関してはとりあえずシロのようだった。

「ガーホルト・ストリート十三番地」アマンダは言った。

「はい？」

「あなたはそこの家を購入しようとした」

「いかにも。売り出されていましたからね。それがなぜ犯罪に当たるのか、とんとわかりませんが」

「そうは言ってません」

「その家は市場に出されていました。わたくしは今の家にずいぶん長く住んでおりまして、そろそろ巣立ちをしようという気になったのです。いわば独立する、とでも言いましょうか」

「そして購入の申し出が断られても、その敷地内で何かこそこそやっていた」

ノーマンは首を振った。「そのようなことは断じて」

「ミスター・ケネディは、あなたがガレージに押し入ろうとしていたと主張してます」

「その方の完全なる誤りです」

「子どもの遺体が見つかったガレージに」

アマンダはノーマンに称賛を送らずにはいられなかった。ノーマンは発見されたものの存在を知っていたに違いないのに、驚いたふりをするのを忘れなかった。とても自然には見えなかったが、ともかくも演じてみせたのだ。

「それは……たいそう驚きました」

「その言葉はちょっと信じられませんけどね、ノーマン」

「わたくしはそんなものがあるとは存じませんでしたよ」ノーマンはしかめ面をした。「売主とはもう話されたのですか？　そうなさったほうがいいでしょう」

「今は、あなたがあの家にそこまで執着していた理由のほうに関心があります」

「ですから申し上げたでしょう、執着なんかしておりません。ミスター……ケネディでしたかな？　その方の間違いです。わたくしはその方の家の近くへなど行っておりません」

アマンダはノーマンを睨みつけたが、ノーマンも臆せず睨み返してきた。双方の主張の対立。たとえ面通しを実施し、ケネディがノーマンを識別したとしても、それだけで容疑を正当化できるかどうか疑わしい。ガレージに死体があるのをノーマンが知っていたとは、現時点では証明できないからだ。ニール・スペンサーの誘拐に関しても潔白なようだ。ノーマンのコレクションの内容によっては、盗品売買に関わった容疑で身柄拘束できるかもしれないが、それも可能性は低かった。

この気取り屋には、それがわかっているのだ。

あるいは、そう思っていたと言おうか。

アマンダはステフから渡された書類に再び目を落とした。ノーマンが連行されてきたときに採取した指紋の調査結果だ。ニールの件ではまだまだやつの首の根を押さえられそうになかったが、それでも血が沸いてくるのを感じた。アマンダはこうした瞬間のために生きているのだ。このゾクゾクする感覚を、ピートにも味わわせてあげたかった。ピートにはその資格がある。

「ミスター・コリンズ。今年四月四日の火曜日の晩には何をしてたのか、教えてもらえます？」ノーマンは口ごもった。

「なんですと？」

アマンダはなおも書類に目を落としたまま待った。それはノーマンの注意を引きつけた。おそらくノーマンは、ニールが誘拐された日の行動をもっと訊かれるものと予想し、安全地帯を渡っていけると思っていたのだろう。しかし、この新たな日付が彼の足元に横たわる巨大な落とし穴であることを、アマンダは今や知っていた。

「はて、思い出せるかどうか、定かではございませんな」ノーマンは慎重に答えた。

「では手伝いましょう。ホリングベック・ウッドの付近にいたのでは？」

「そのようには考えてもみませんでしたが」

「でも、あなたの指はそこにいたんですよ。残りの体はどうしてました？」

「何をおっしゃって――」

「あなたの指紋が、その夜ドミニク・バーネットの殺害に使われたハンマーから検出されてます」

アマンダは目を上げ、ノーマンの額に脂汗がにじんでいるのを見てほくそ笑んだ。やたら仰々しく偉ぶっていた態度が、あっけなく崩れていた。ノーマンの様子を眺めているのは面白かった。彼は選択肢を検討し、出口を探り、やがて、思ったよりはるかに深刻な事態に陥ったのに気づいたようだった。

「黙秘します」ノーマンは言った。

アマンダは首を振った。それは当然ながら彼の権利だったが、アマンダはこの言葉を聞くたびに、いつも苦々しい気持ちになった。おまえに口を閉じている権利なんかない、と言ってやりたくなる。それに今はノーマンに、自分のしたことの責任を取って、包み隠さず話してもらいたかった。なぜなら、ほかの人間の命が関わっているからだ。

「知ってることはぜんぶ話したほうが身のためよ、ノーマン」アマンダは前腕をテーブルに預け、本心とは裏腹に、さも思いやるような声音で語りかけた。「それに、あなたのためだけじゃない。ニール・スペンサーの誘拐には関与してないと言ったわね。それが本当なら、殺人犯はまだ野放しのままなのよ」

「黙秘します」

「そいつは警察が見つけ出さないかぎり、また子どもを殺すわ。あなたはその人物について、口で言うよりたくさん知ってるんでしょう」

アマンダを見つめるノーマンの顔は蒼白《そうはく》になっていた。一人の男がこんなにも急速に、自信に満ちた気取り屋から自己憐憫《れんびん》の塊に変わる、もしくは成り果てるのを、アマンダはそれまで見たことがなかった。

「黙秘します」ノーマンは弱々しい声で言った。

そして警察に協力するのがいちばんだってことが、よくわかるでしょうよ」

「ノーマン――」

「弁護士を要求します」とっさに立ち上がったアマンダは、もはや怒りを隠そうともしなかった。

「では手配します」

「そうすれば、自分がまずい状況に陥ったってことが、嫌悪も。

「黙秘します」

「何回も繰り返さなくてけっこう」

小さな勝利。

だが、ノーマンをドミニク・バーネット殺害の容疑で正式に逮捕しながら、アマンダは自分の言ったことを考えていた。ノーマンが本当にニールを殺していないのだとすれば、殺人犯はまだ野放し――それはつまり、アマンダが警戒態勢を敷く中で、また小さな男の子が死ぬかもしれないことを意味した。

突如、昨夜空き地で見たニールの姿が脳裏に蘇った。いつもなら抱くはずの高揚感は、あったとしても完全に消え失せていた。

小さな勝利ではとうてい気が収まらなかった。

三十四

ぼくがいないあいだに家宅捜索は規模が増していた。家に到着すると、車二台とバン一台が外に停まっており、私道に張られた立ち入り禁止テープの向こうで、警察官や科学捜査員が動き回っているのが見えた。捜索の中心はガレージのようだが、歩道に警官が二人立ち、敷地全体を警護している。玄関のドアも開きっぱなしで——自宅に戻ったときに目にする光景としては違和感があり、何か侵害されたような、どこか間違っているような気分になった。

ぼくは警察車両の後ろに車を停めた。すると父の車がぼくの車を追い越し、すぐ前で停まった。

父じゃない、とぼくは自分に注意した。

ピート・ウィリス警部補だ。

彼をそれ以外の者として見る必要はないじゃないか。それに彼のほうにも、ひざまずいてジェイクと目を合わせたときを除けば、警察官以外の者として見てもらいたい様子はなかった。これからのことを考えると、そうした前提は望むところだった。

衝撃はやや収まったとはいえ、地震が起きてから叫び声が上がるまでには、数拍の間が空くのと同じなのだろう。警察署で振り返った父にじっと見つめられたときの感情は、まだ消え去ってはいなかった。思いはすぐさま、最後に父を見た、そして自分の卑小さと力のなさを痛感した、はるか昔のあの日へと飛んだ。あの場にいるような錯覚が起きた。恐れと不安。父に気づかれないよう、自分を小さく小さくしてしまいたい気持ち。でもやがて怒りが湧いてきた。彼にはぼくの息子に話しかける権利なんかない。強い憤り。彼がぼくの生活に、それもぼくに権力を振るえる立場で関わってきたことが、あまりにも不当で耐えがたく感じられた。

「パパ、大丈夫?」

「大丈夫だよ、相棒」

ぼくは目の前の車を睨みつけていた。その運転席にいる男を。

彼の名前はピート・ウィリス警部補だ、とぼくは自分に言い聞かせた。彼はぼくにとってなんの意味もない。

まったくなんの意味も。

ぼくが意味を持たせないかぎり。

「よし」ぼくは言った。「さっさと終わらせてしまおう」

彼は規制線の手前でぼくらを迎えると、そこにいた捜査員に身分証を見せ、何も言わずにぼくらを家に導いた。再び憤りを感じた。ここはぼくの家だというのに、そこに足を踏み入れるのに彼の許しがいるとは。彼のあとに従って中に入るのは、なんとも屈辱的だった。これではまるで、言われたとおりに行動しなければならない、子どもみたいではないか。そして、そうしたことに彼がまるで無頓着なようなのが、いっそう怒りをかき立てた。

彼はクリップボードとペンを手にしていた。

「どれが家人の所有物で、どれが引っ越す前からある物か、区別しておく必要がある」

「どれもこれもぼくの所有物です」ぼくは言った。「ミセス・シアリングはどの部屋も、ともかくも空っぽにしてましたから」

「ではそっちに確かめる。気にしないでくれ」

「気になんかしていません」

ジェイクとぼくは部屋から部屋へ歩き回って、必要最低限のものを集めた。洗面道具。ジェイクとぼくの着替え。ジェイクの部屋からはおもちゃをいくつか。そのたび持ち出してもいいかとたずねなければならないのが頭にきたが、父はただうなずいてメモするだけなので、ぼくはしまいに訊くのをやめてしまった。それで困ったとしても、彼は何も言わなかった。それどころか、ぼくのほうをぜんぜん見ないのだ。いったい何を考え、どう感じているのだろう、とぼくは気になってきた。でもその気持ちを抑えつけた。ぼくには関係のないことだった。

最後に、一階のぼくの仕事部屋に入った。

「ノートパソコンが必要――」とぼくが言いかけたとき、ジェイクが割り込んだ。

「パパはガレージで誰を見つけたの？　ニール・スペンサー？」

　父は困ったような顔をした。

「いや。遺体はもっと古かった」

「誰のだったの？」

「いいかい、これはふたりだけの秘密だよ。それは別の男の子のものだと思う。ずっと昔にいなくなった子のね」

「どれぐらい昔？」

「二十年前」

「うわあ」ジェイクは口をつぐみ、その時間の長さを推し量ろうとした。

「そうなんだ。そしてわたしは、その子のだったらいいなと思っている。なぜって、わたしはそのときからずっと、その子を捜してきたからね」

　ジェイクはそれが一種の偉業であるかのように目を見はった。ぼくは気にくわなかった。ジェイクにこの男に興味を持ってほしくなかった。ましてや感心するなんて。

「ぼくだったら、今までにあきらめてたな」

　父は悲しげに微笑んだ。

「わたしにはずっとそのことが大事だったんだ。誰だってわが家に帰るのが当然だろ。そう思わないかい？」

「これを持ち出してもいいですか、ウィリス警部補？」ぼくはふたりの会話を終わらせたくて、パソコンのケーブルを引き抜きはじめた。「仕事にいるんです」

「ああ」彼はぼくにもジェイクにも背を向けた。「もちろん、かまわない」


保護施設というのは単なるフラットで、タウン・ストリートの一方の端にある新聞屋の二階にあった。通りからはそんなふうには見えず、ウィリス警部補に連れられて中に入ると、そのイメージはさらに薄れた。

玄関から階段を上がった先に廊下が延び、それに面してドアが四つあった。居間、バスルーム、キッチン、シングルベッドが二つある寝室。そのいずれにも最小限のものが備えつけられていた。そこが格安の貸し部屋ではなく、警察の利用施設であることを示すものは、外壁にさりげなく設置された防犯カメラと、内部の各所にある非常ボタン、そして玄関の内側に多数取りつけられた差し錠だけだった。

「申し訳ないが、ふたりでひと部屋だ」

戸棚にあったシーツと毛布を持って、ウィリスが寝室に入ってきた。ぼくはそこで、荷物からふたりの着替えを取り出し、古い木製のたんすの上に積み重ねていた。白く積もった埃は前もって払っておいた。このフラットは長く掃除されていないのか、空気も埃っぽかった。

「それはかまいません」

「狭いのは承知している。ここはたまに証人をかくまうのに使うんだが、ほとんどは女性と子どもだ」彼は何か言いかけたように見えたが、すぐに首を振った。「そしてたいていは同じ部屋で寝たがる」

「家庭内暴力の被害者、でしょう」

父は答えなかったが、ふたりのあいだの緊張感がいちだんと高まった。どうやらぼくの皮肉が伝わったようだ。ふたりの声にならない声がどんどん大きくなっていった。沈黙の中ではときにそうしたことが起こる。

「かまいません」ぼくは繰り返した。「ぼくらはどれぐらいここに?」

「せいぜい一日か二日だろう。そこまでもいかないかもしれない。ただ、これは大事件の可能性がある。警察としては、何一つ見落としがないよう、徹底して調べなければならないんだ」

「あなたの逮捕した男がニール・スペンサーを殺したんだと思いますか?」

「あるいは。さっき言ったように、あの家から見つかった遺体は、同様の犯罪の犠牲者だと思う。フランク・カーター、というのは昔の殺人犯だが、そいつにはある種の共犯者がいたという説がずっとあった。ノーマン・コリンズは、正式には一度も容疑者にされなかったが、事件にかなり強い関心を抱いていた。わたしは彼が直接関与したとは思っていなかったのだが、しかし……」

「しかし?」

「わたしはその点で間違っていたのかもしれない」

「ええ、たぶんそうでしょう」

父は何も言わなかった。また彼に苦痛を与えたかもしれないと思うと、ぞくっとするような興奮を覚えたが、それは小さなものにとどまり、あっけなくしぼんだ。彼があまりにも打ちのめされ、苦しんでいるように見えたからだ。ひょっとしたら彼は彼なりに、今のぼくと同じぐらい無力さを感じているのかもしれなかった。

「そうだな」

ふたりが居間に戻ると、ジェイクが床にひざまずいて絵を描いていた。そこには小ぶりのソファと椅子、キャスターつきの小さなテーブルが一つずつあった。木製のチェストの上には、背面で何本ものケーブルが絡み合う、古いテレビがどっしりのっている。部屋全体が冷たく殺伐として感じられた。ぼくらの家——本当のわが家——で何があったのかは考えないようにした。どんな問題を生み出していたにせよ、ここに比べれば楽園のように思えた。

でもなんとかがまんできるだろう。ほんの短いあいだだし。

これがすめば、ピート・ウィリスも再びぼくの生活から消える。

「では、わたしはもう退散しよう」彼は言った。「ジェイク、会えてうれしかったよ」

「ぼくも会えてうれしかったよ、ピート」ジェイクは自分の絵から目を上げずに言った。

「こんな快適なフラットを使わせてくれてどうもありがとう」

ウィリスは一瞬言葉に詰まった。「どういたしまして」

廊下に出ると、ぼくは居間のドアを閉めた。そこには窓が一つあったが、外は暮れはじめていて、射し込む光は弱かった。ウィリスは去りがたいらしく、しばらくは薄暗がりの中で、ふたりしてただ突っ立っていた。彼の顔は影で覆われていた。

「必要な物はぜんぶ整ったか？」

「と思います」

「ジェイクはいい子のようだな」

「ええ。いい子です」

「創造力がある。おまえと同じで」

それには答えなかった。ふたりのあいだの沈黙がきりきりと肌を刺すように感じられた。言わなければよかった、とウィリスが後悔しているのが、薄明かりの中でも見て取れた。やがて彼自身が説明した。

「あの家で、おまえの書いた本を見たんだ」

「それまで知らなかったんですか？」

彼は首を振った。

「関心を持っていたのかもしれないと、思いかけたところでした。ぼくのことを調べたりしていたのかと」

「おまえはわたしのことを調べたか？」

「いいえ、でもそれとこれとは違うでしょう」

そう言うなり、ぼくは自分を憎悪した。またしても、ふたりの立場を認めてしまったからだ。捜すのも心配するのも気にかけるのも、彼の務めであってぼくのではない、と言っているかのようだった。それが本当だと思ってほしくなかった。彼に務めなどない。彼はぼくにとってなんでもないのだから。

「ずいぶん昔に、わたしはおまえの人生から身を引くのがいちばんだと考えた。おまえの母親とわたしのふたりで、そう判断したんだ」

「そういうやり方もありますね」

「ああ。それがわたしのやり方だった。そしてわたしは、決めたことをずっと守ってきた。必ずしも楽な方法ではなかった。しょっちゅう悩んだ。でもそれがいちばんいいと……」

言葉が途切れ、彼は急に弱々しくなったように見えた。

自分を憐《あわ》れむのは、ぼくのいないところでやってくれ。

でもぼくはそれを口にしなかった。過去のことはどうあれ、彼はその後、前に進んだようだ。もうアルコール依存症のようには思えないし、それらしいにおいもしない。体つきも引き締まって見える。疲れてはいても、穏やかな雰囲気を漂わせていた。ぼくは再度、この男とは見知らぬ他人同士なのだと自分に言い聞かせた。ふたりは父と息子ではない。敵同士でもない。

なんでもない。

彼は窓に目を向け、暮れなずむ陽を眺めていた。

「サリーには――おまえの母親のことだが、何があったんだ?」

グラスの割れる音。

母の叫び声。

ぼくはその後にあったさまざまなことを思った。母はシングルマザーとして多くの困難にぶつかりながらも、ぼくに精一杯のことをしてくれた。母が亡くなったときには、辛いと同時に、何か屈辱を感じた。レベッカと同じく、あまりにも早すぎる死で、母にしろぼくにしろ、そんな喪失が訪れて当然な時期にはまだ遠かった。

「亡くなりました」

彼は黙った。一瞬、心を砕かれたかのように見えたが、すぐに落ち着きを取り戻した。

「いつだ?」

「あなたには関係ない」

ぼくは自分の声に怒りが混じっているのに驚いた。しかし父のほうは、どうやら驚きはしなかったらしい。その場でぼくの言葉による一撃にじっと耐えていた。

「そうだな」彼は小さな声で言った。「関係ないな」

そして玄関に向かって階段を下りはじめた。ぼくはそれを見送った。彼が階段の中ほどに達したとき、ぼくは再び彼にだけ聞こえるぐらいの声で言った。

「最後の夜のことは覚えている。あなたがいなくなる前の夜だ。あなたがぼくと最後に会った夜。あなたはへべれけに酔っ払っていた。真っ赤な顔をしていた。そして何をしたか。あなたは母にグラスを投げつけた。母は叫び声を上げた」

彼ははたと足を止め、階段の途中で身じろぎもしなくなった。

「ぼくは何もかも覚えてるんだぞ。それで母のことをたずねるなんて、どういう厚かましさだ？」

答えは返ってこなかった。

やがて彼は残りの階段を静かに下りていった。あとに残されたぼくには、嫌悪と怒りで激しく波打つ胸の鼓動だけが聞こえていた。

三十五

保護施設を出たピートは、車に乗り込むと、すいている道路を猛スピードで走って家に直行した。キッチンの戸棚に絶え間なく呼びかけられ、もはやそれに降伏するつもりでいた。

そう決心したあとは、飲みたい衝動がますます強くなり、いかに早くたどり着けるかに全生命がかかっているように思えた。

家に着くとドアに鍵をかけ、カーテンを引いた。家の中はひっそりしていて、その空虚さは、自分が帰ってきてもまったく変わらないように感じられた。つまるところ、自分の存在によって付け加わるものなど何ひとつないのだ。ピートは居間の質素な家具や調度品を見回した。ここと同じく、家じゅうがどこもかしこも禁欲的で、きれいに片づいていた。何年ものあいだ空の家に住んでいたようなものだ。生の残滓《ざんし》をかろうじて生き、実のある生活を忌避する暮らしは、清潔で整然としているからといって、その惨めさが薄れるものではなかった。

おまえは空っぽなんだ、無意味なんだ。

おまえには価値がないんだ。

その声は勝利に歓喜していた。ピートはその場でゆっくりと呼吸した。心臓が波打っていた。といっても、ここまで至ったことは何度もあったし、こんなのは〝声〟のいつものやり方だった。飲みたい気持ちをどうにも抑えがたくなると、何もかもがそれを増長した。どんな出来事もどんな言葉も、いいものも悪いものも、ともすれば曲解され、ていのいい口実にされた。

しかしそれはすべて偽りだった。

これは前にも通った道だ。

今度も通過できる。

衝動は一瞬鎮まったが、彼の試みた策略に気づくと、再び頭の中で咆哮《ほうこう》しはじめた。彼は衝動に降伏したと信じ込ませ、家に着くまでその操縦に身を任せていたが、今は操縦桿《かん》を取り戻そうとしていた。

胸の中で耐えがたい痛みが渦巻いた。

これは前にも通った道だ。

今度も通過できる。

テーブル。ボトルと写真。

それに今夜はグラスを追加し、一瞬ためらったあと、ボトルを開けてウォッカをツーフィンガー注いだ。いいではないか。どうせ飲むか飲まないかの、二つに一つだ。もはや問題は、道をどれだけ進むかではなく、道の終わりまで進むかどうかなのだ。

携帯電話が鳴った。見るとアマンダからのテキストメッセージで、ノーマン・コリンズの尋問の様子を知らせていた。ノーマンをドミニク・バーネット殺害の容疑で逮捕したらしい。だがニール・スペンサーに関する状況はいっそう霧に包まれ、そしてノーマンは黙秘を決めたようだった。

「あなたの逮捕した男がニール・スペンサーを殺したんだと思いますか？」とさっきトムに

訊かれた。

「あるいは」とピートは答えた。あの男がなんらかの形で関与しているのは明らかだった。しかし、ニールを誘拐したのがノーマンではないとするなら、本当の殺人犯がまだそのあたりをうろついているということだ。それを思うと、ノーマンを逮捕したあとの安堵感はあとかたもなく消えていった。二十年前、署の待合室にアランとミランダがいるのを見て、悪夢が終わっていないことに気づいたときと同様に。

ただし、この件からはもはや手を引いたほうがよさそうに思えた。トムは長く疎遠だったとはいえ自分の息子だ、利害衝突の恐れがある。明日にでもアマンダに話して捜査を降りたほうがいい。そうすれば、この精神的な圧迫から解放され、また違った安堵感が得られるだろう。とはいえ、ここまで深く引きずり込まれた――再びフランク・カーターと対面するよう強いられ、昨夜は空き地でニール・スペンサーの死体を見せられた――からには、最後まで見届けたいという気持ちもあった。どんなに大きな痛手を負うことになろうとも。

ピートは電話を脇に置き、グラスを見つめながら、何十年ぶりかでトムを見た気持ちを分析してみた。再会によって心の底まで揺さぶられたはずだったが、それでも自分が妙に落ち着いている気がした。誰かの父親であるという感覚は、長年のあいだにすでに失われていた。まるで、学校で習ったものの、生活にはなんの関係もなくなった知識のように。サリーのことは、思い出してもその痛みにぎりぎり耐えられたが、トムに関する失敗は決定的で、そのことはできるだけ考えないようにしてきた。息子の人生には関わらないほうがいいと思っていた。トムはどんな人間になったのだろう、とふと想像することはあっても、すぐさまその考えをどこかへ押しやっていた。とても熱すぎて、それには触れられなかった。

だが今や知ってしまった。

父親面をする権利などなかったが、午後に会った男を評価しないではいられなかった。作家。なるほどと思えた。トムは小さい頃から創造力が豊かだった。いつもピートには理解できない物語を作ったり、込み入った筋書きをぬいぐるみに演じさせたりしていた。ジェイクは同じ歳の頃のトムによく似ている。感受性が鋭く、頭のよく回る子ども。わずかに聞いたことから考えて、トムは明らかに、困難や悲劇に耐えながら人生を歩んできたようだ。それでもジェイクをひとりできちんと養っていた。トムがりっぱな人間に育ったことは間違いない。

価値のない人間などではなかった。役立たずでも落伍者《らくごしゃ》でもなかった。

そのことがありがたかった。

ピートは指の先でグラスの縁をなぞった。自分が味わわせてしまった悲惨な子ども時代を、トムはうまく乗り越えていた。あれ以上トムの人生を害する前に、身を引いておいてよかった。すでに害していたのは明らかなのだから。これだけの時を経ても、自分のことは忘れられていなかったではないか。ずっと消えない父親像を残すほど、ひどい衝撃を与えていたのだ。

最後の夜のことは覚えている。

そう言ったトムの憎悪に染まった顔が、まだ目の前にちらついていた。ピートはグラスを持ち上げた。そしてまた下に置いた。しかし、何かが違っていないだろうか？　自分は憎悪に値する、それはわかりすぎるほどわかっている。だが憎悪にはいわれがあってしかるべきだ。サリーとトムが去っていった頃、ピートはほとんど常に酔っ払い、夜と昼の区別がつかないほどだった。それでも、あの夜については鮮明に覚えていた。トムが言ったことは起こりようがなかった。

でも、だからといって、何がどう変わるだろう？

　たぶん何も変わりはしない。トムの記憶が実際には誤りなのだとしても、自分は無能だというピートの思いと同様、それはトムにとってはおそらく真実なのだ。そして結局のところ、そうしたたぐいの真実こそが、最も重要な意味を持つ。

ピートは彼とサリーの写真を見つめた。トムがまだお腹に入る前の写真だが、この若い男の表情に、もうすぐ父親になる予感を探そうとすれば探せた。太陽の眩しさに細めた目。今にも消えていきそうな弱々しい笑み。その写真の男は、手ひどい失敗を犯して何もかも失うことになるのを、すでに知っているかのようだ。

サリーのほうは、相変わらず幸せそうに見えた。

サリーを失ってからすでに長い年月が経ったが、彼女がどこかで生きて、満ち足りた、愛にあふれる暮らしを送っているという幻想を、ピートはずっと抱いていた。自分が失った分、サリーとトムは何かを得たのだと。惨めな考え方ではあるものの、ずっとそう信じてきた。だが今や真実を知ってしまった。何も得なかったのだ。サリーは死んでいた。

何もかもが終わったように感じられた。

ピートは再びグラスを持ち上げ、だが今度はそのまま手を止め、中のつややかな液体が揺れて折り重なるのを眺めた。その液体はなんの罪もないように見えた、罪を作るまでは。まるで水のようだった、そこに隠れるもやもやとしたものに気づくまでは。

前にも通った道だ。無事に切り抜けられる。

だが切り抜けてなんになる?

ピートは部屋を見回し、再び自分の存在の重みをはかった。まるで虚しかった。空気でできた男。なんの重要性もない生。過去から救い出せる善きものもなければ、未来に残すに値するものもない。

いや、本当にそうだと言えるのか？　ニール・スペンサーの殺害犯は、まだ人々のあいだにひそんでいるかもしれないのだ。仮にその殺人が自分の過去の失敗に由来するのであれば、自分には誤りを正す責任がある。それによって何かがはね返ってくるとしても。好むと好まざるとにかかわらず、悪夢の中に再び引きずり込まれてしまった。たとえ自分が破滅することになろうと、最後までやり通す必要があるのではないか。利害衝突が懸念される立場にあるのは確かだが、慎重に振る舞えば、見抜かれないですむかもしれない。トムにしても、ふたりの遠い過去を、他人に知られたいとは思わないはずだ。

しらふでいる理由がひとつできた。

そしてもうひとつ――

こんな快適なフラットを使わせてくれてどうもありがとう。

ジェイクがさっき言った言葉を思い出し、ピートは微笑んだ。あのフラットにはそぐわなかったが、つい頬がゆるんだ。愉快な子だ。好感が持てる。創造的だし、個性がある。向き合わなければならないことも、きっとたくさん抱えているだろうに。あの頃のトムのように。

しばらくは、そのままジェイクのことを考え続けた。ジェイクと座って話をしている自分が浮かんできた。ジェイクと遊んでいる自分が。ひょっとして、幼い頃のトムと遊んでいたなら――そして、そうすべきだった――そんなふうだったのではあるまいか。もちろん、ばかげた想像だった。空想以外の何ものでもない。あのふたりと関わるのはせいぜいこの二、三日だけで、それがすぎれば、二度と会うことはないだろう。

それでも、飲まないことに決めた。

今夜のところは。

グラスを投げ捨てるのはもちろん簡単だった。それはいつだって簡単にできた。だがピートは立ち上がってキッチンに行き、シンクでゆっくりと中身をこぼした。液体が排水口へ伝い落ちるのを眺めながら、飲みたい衝動を感じるいっぽうで、再びジェイクのことを考えた。長年抱きもしなかった感情が湧き上がってきた。なんの根拠もなかった。道理もなかった。それでも、そこにはしっかりとあった。

希望が。

第四部

三十六

翌朝ジェイクを学校に送っていくときにも、彼が新しい環境にすんなりと馴染《なじ》んだことに、ぼくはまだひそかに驚いていた。前の晩は保護施設で、ジェイクは文句も言わずに早々と眠った。残されたぼくは、居間でパソコンを抱えて考え込んでいた。ようやく寝室に行ってジェイクを見おろすと、その寝顔は実に穏やかで、新しい家よりここのほうが落ち着くのかと疑うほどだった。ジェイクがどんな夢を見ているのかが気になった。

といっても、それはしょっちゅう思うことだったけど。

ぼくはと言えば、あんなに疲れていたのに、慣れない環境のせいでいつにも増して眠れなかった。ジェイクが朝方からいい子にして、手を焼かせないでいるのは救いだ。ジェイクはもしかしたら、この状況を一種の冒険のように考えているのかもしれない。理由はどうあれ、ありがたい。もし困ったことでもされたら、疲れて神経の高ぶったぼくには耐えられないだろう。

ぼくらは学校の近くで車を降り、歩いて校庭へ向かった。

「大丈夫かい、相棒?」

「ぼくは平気だよ、パパ」

「ならいいんだ。じゃ、行っておいで」ぼくはジェイクに水筒と通学かばんを渡した。「愛してるよ」

「ぼくも愛してる」

ジェイクはかばんをぶらぶら振りながら、正面の扉まで歩いていった。そこではミセス・シェリーが待っていた。そういえば、ジェイクに話して聞かせるという約束をぼくは実行していなかった。今日はジェイクがあまり問題に巻き込まれないよう、少なくとも誰かをなぐったりしないよう、願うよりほかない。

「まだクソみたいな顔してる」

校門を出ようとすると、カレンがぼくの横にすっと近づいてきた。暖かい朝なのに、やはりだぶだぶのコートを着ている。

「昨日はそう言ったあと、ぼくが気を悪くしたんじゃないかと心配してたのに」

「ええ。でも、しなかったんでしょ?」カレンは肩をすくめた。「一晩寝て考えて、たぶん大丈夫だったんだと思ったの」

「なら、ぼくよりはるかにたくさん睡眠を取ったんだね」

「見たかぎり、そうみたいね」カレンは両手をポケットに突っ込んだ。「これからどうするの？　コーヒーでも飲みに行かない？　それとも走って帰って、どこかで疲れた顔をしている必要があるの？」

ぼくはためらった。やることはなかった。父には仕事でパソコンがいると言ったものの、こんな状況で何かをやり遂げられる可能性はゼロに近い。今日はおそらく、大洋の真ん中で陸地らしきものが現れるのを、ひたすら期待する日になるだろう。つまり時間をつぶすだけ。ならば、コーヒーを飲みに行ったほうがましじゃないか。

「行こう」ぼくは答えた。「いい気分転換になりそうだ」

大通りまで出ると、カレンの案内に従って角の小さな店と郵便局を通り越し、〈ハッピー・ピッグ〉というカフェテリアに着いた。表のウィンドーの絵は牧草地の風景、店内も田舎風で、木のテーブルがところ狭しと並んでいる。農家の厨房《ちゅうぼう》といった雰囲気だ。

「ちょっとわざとらしい感じだけど」カレンがドアを押し開けると、チリンチリンとベルが鳴った。「コーヒーはまあまあいける」

「カフェインが入っていれば、なんだっていいよ」

確かにいい香りがした。ぼくたちはしばらく、少々ぎこちない感じでカウンターに並んで立ち、何もしゃべらずに待っていた。それから注文した飲み物を受け取り、テーブルに運んで座った。カレンがコートを振り落とすようにして脱いだ。コートの下は白いブラウスとブルーのジーンズで、よろいをまとっていない彼女がずいぶんスリムなのにぼくは驚いた。よろい？　でもそれは本当のように思えた。カレンは両手を頭の後ろにやり、髪をまとめてゆるいポニーテールにした。手首にはめた数本の木のリングがわずかに音を立てた。

「それで」カレンが言った。「おたくではいったい何が起きているの？」

「長い話なんだ。どれだけ知りたい？」

「そりゃもう、ぜんぶ」

ぼくは考えた。作家として常日頃から信条としているのは、ストーリーは書き終わるまでしゃべらないということだ。しゃべってしまうと、書きたい衝動が弱まる。ある容量までたまったストーリーというのは、ひたすら吐き出されるのを必要としていて、語れば語るほど、その圧力が減っていく感じがする。

それが頭にあったので、ぼくはすべて話すことに決めた。

少なくとも、すべてに近いところまで。

カレンはガレージのがらくたやノーマン・コリンズだと判明した男の訪問のことはすでに知っていたが、ジェイクが夜中に誘拐されそうになったと聞くと両眉を上げた。ぼくはさらに、ミセス・シアリングから訊き出したことや、昨日次々と起きた出来事、死体の発見、保護施設の様子などを話した。

そして最後に父のことを。

それまではいくぶん不真面目《ふまじめ》な感じで、皮肉を言ってふざけたり、冗談で話を流したりしがちだったカレンが、ぼくが説明を終える頃にはすっかり青ざめ、深刻な顔つきになっていた。

「ひっどい」カレンは小声で言った。「警察はメディアにはまだ詳細を公表していない——ただ、どこかの敷地で死体が見つかったとしか。それがあなたのところだったなんて、思いもしなかった」

「手の内を明かさないようにしてるんだと思う。ぼくが知ったかぎりでは、それはトニー・スミスという子どもの死体だと考えられている。フランク・カーターの犠牲者の一人だ」

「両親が気の毒ね」カレンは首を振った。「だって二十年よ。といっても、それだけ経っていれば、もう覚悟はできてたんでしょうけどね。むしろ、ようやくなんらかの形で終わりを迎えて、ほっとしているのかもしれない」

ぼくは父の言葉を思い出した。

「誰だってわが家に帰るのが当然だ」

カレンが少し目をそらした。もっと訊きたいことがあるのに、訊いていいかどうか迷っているふうだった。

「その、逮捕された男」

「ノーマン・コリンズ」

「そう、ノーマン・コリンズ。彼はどうやって死体のことを知ったの？」

「さあね。どうやらその事件に、ずっと関心は持っていたらしい」ぼくはコーヒーをすすった。「父はそいつが、もとからフランク・カーターの共犯者だったんじゃないかと考えてるみたいだ」

「そしてそいつがニール・スペンサーも殺したと？」

「さあ」

「そうだったらいいのに……いや」カレンは言い直した。「つまり、そんな言い方はひどいとわかってるけど、そうだとしたら、そいつはとりあえず逮捕されたわけでしょ。それにしても、もしあなたが目を覚まさなかったら……」

「ああ。そのことは考えたくもない」

「ほんとに、身震いがするわ」

確かに身震いがする――でももちろん、考えたくないからといって、考えるのをやめられるわけではなかった。

「昨日の夜、彼について調べてみた。フランク・カーターのほうだ。ちょっと気味が悪かったけど、知っておく必要があると思ったんだ。囁き男と呼ばれていた。詳細を読むと、もうおぞましいとしか言えない部分もあった」

カレンはうなずいた。『きちんとドアを閉めとかないと、囁く声が聞こえるよ』。あなたから訊かれたあと、アダムにたずねてみたの。子どもたちの一部で広まっている文句みたいね。もちろん、アダムはフランク・カーターのことなんか知りもしないんだけど、思うに、もともとはその事件を指していたに違いない。それがずっと伝えられてきた」

「怪物が来るぞっていう警告か」

「ええ。ただし、この怪物は実在した」

ぼくはその文句について考えてみた。アダムは聞いたことはあっても意味は理解していなかった。おそらくそんな形でフェザーバンク以外にも伝わっていったのだろう。この種のものが子どものあいだで広まることはよくある。たぶん前の学校の子が唱えていて、ジェイクはそれを聞いたのだ。

そうした経緯しか考えられない。あの女の子が教えたんじゃない、なぜって女の子は実在しないのだから。

それでも、蝶のことは説明がつかなかった。床の男の子のことも。

カレンはぼくの考えていることを読み取ったようだった。

「ジェイクはどう？　この状況にうまく対処できてる？」

「できてる、と思う」ぼくは力なく肩をすくめた。「わからない。ジェイクとぼくは……ぼくらは、お互いうまく話せないことがときどきあるんだ。あの子は扱いが楽じゃない」

「扱いが楽な子なんて、どこにもいないわ」

「そしてぼくは、扱いの楽な男じゃない」

「扱いの楽な男もいない。それはともかく、あなた自身はどうなの？　今さらお父さんと再会するなんて、さぞ奇妙な気分だったでしょうね。本当にこれまで、まったく接触がなかったわけ？」

「まったく。いろんな問題が手に負えなくなって、母はぼくを連れて父のもとを去ったんだ。以来、ずっと父には会っていなかった」

「手に負えなくなった？」

「飲酒。それと暴力……」

　しかしそこで言葉に詰まった。そう説明しておくほうが、細かな事情を話すより簡単だった。でも本当のことを言えば、最後の夜は別として、父が母やぼくに暴力を振るった記憶はないのだ。酒は確かに飲んでいた。ただ、当時のぼくはよく事情がわかっていなかった。ぼくが知っていたのは、父が常に腹を立てていたことや、何日間も姿を消したこと、うちにはお金がほとんどなかったこと、父と母が激しい言い争いをしていたこと。そして思い出すのは、父がいつも敵意や憎悪をまき散らしていたこと――威嚇するような雰囲気が家じゅうに漂い、いつ悪いことが起きても不思議ではないように思えた。ぼくは絶えずびくびくしていを抱いていてもよさそうなものだった。とはいえ、実際に暴力を振るわれていたのなら、もっとすさまじい恐怖を抱いていてもよさそうなものだった。

「大変だったのね」カレンが言った。

ぼくは、今度は少々ばつの悪い思いをしながら肩をすくめた。

「ありがとう。でも確かに、父と再会したのは奇妙な気分だった。父のことはもちろん覚えていたけど、以前とは別人みたいに感じた。もう酒を飲んでいるようには見えなかったし。物腰がまるで違った。もっと穏やかになっていた」

「人は変わるのね」

「ああ変わる。けっこうなことだ。ぼくたちはどちらも、前とはまったく別の人間になった。ぼくはもう子どもではない。彼も、もうぼくの父親というわけではない。それでいっこうにかまわない」

「わからないな、言葉どおりに受け取っていいものやら」

「でも、現実はそうだ」

「なるほど」カレンはコーヒーを飲み干すと、コートに身をすべり込ませた。「さてと。後ろ髪を引かれる思いだけど、残念ながらもう行かなくちゃ」

「どこかで疲れた顔をする必要があるわけ？」

「いいえ。わたしはよく眠ったのよ、忘れてない？」

「そうだった」ぼくはコーヒーの残りをぐるぐる回した。カレンはこれからどこに行くのか、言いたくなさそうだった。ふとぼくは、カレンについてほとんど何も知らないのに気づいた。「そういえば、話題はずっとぼくのことばかりだったね。気づいてた？　なんだか不公平な気がするな」

「それは、あなたのほうがわたしよりはるかに興味深いからよ、特に今は。もしかしたら、これで本が一冊書けるかもね」

「かも」

「へへ、ごめん。グーグルで調べた」カレンは一瞬、恥ずかしそうにした。「わたし、調べ物は得意なの。誰にも言わないでね」

「秘密にしておくよ」

「安心した」と言ってから、カレンはほかにも言いたいことがあるかのように動きを止めた。でもすぐに首を振ったので、どうやら考え直したようだった。「あとでまた会えるわね？」

「きっと。じゃあ気を付けて」

カレンが去ると、ぼくはコーヒーの残りを飲みながら、彼女はさっき何を言おうとしたのだろうと思った。ぼくをグーグルで調べたということも頭に引っかかっていた。それは何を意味するのだろう？

そう聞いてけっこういい気分がしたのは、よくないことだろうか？

三十七

「もう、おすみですか?」

男は一瞬、自分がどこにいるのかを忘れ、何を訊かれたのかもわからないまま首を振った。それでも店員が微笑みながら待ち続けているので、テーブルを見おろし、コーヒーを飲み終えていたことを知った。

「あ、はい」男はテーブルから身を引いた。「すみません、ぼんやりしてて」

店員はもう一度微笑み、空になった男のカップを取り上げた。

「何かほかにお持ちしましょうか?」

「もう少ししてからにします」

何も注文する気はなかった。だが、たとえ席は半分しか埋まっていなくても、礼儀やルールは守っておいたほうが身のためだ。歓迎できないほど長居をした客として、顔を覚えられたくはない。いや、どんな形でも覚えられたくなかった。

人の記憶に残らないようにするのは得意だった。といっても、実は周囲の人間がそれを容易にしていた。その多くは、存在のざわめきの中に埋没し、自分を取り巻く世界を忘れ、ただ夢遊病者のように生をさまよっている。携帯電話に魂を奪われているのだ。他人が近くを通っても無視する。自己中心的で、冷淡で、周りで起きていることにはほとんど注意を払わない。だから特に目立ったことをしないかぎり、夢のようにさっとその脳裏から消え去ることができた。

男は二つ向こうのテーブルに座るトム・ケネディに目をやった。

こちらに背を向けているので、女がいなくなった今は、見たければいくらでも見られた。女がケネディの向かいに座っていたときは、コーヒーをすすりながら携帯を眺めるふりをし、店内の風景から浮き上がらないように努めていた。だが耳はもちろん、二人の会話に傾けたままだった。普通にしていると、周囲の会話が混じり合ってがやがやとしか聞こえない。だが焦点を絞れば、二人の声だけを楽に聞き取れた。必要なのは集中力で、ラジオのつまみを少しずつ動かすと、ザーザーという音がふと消え、明瞭な音声が飛び込んでくるのと似ていた。

自分の考えは正しかった、と男は思った。

ぼくらは、お互いうまく話せないことがときどきあるんだ。

あの子は扱いが楽じゃない。

自分が世話をすれば、ジェイクは間違いなく健やかに育つ。あの子にふさわしい家庭を与え、あの子が必要としている愛と思いやりをそそいでやるのだ。そうすれば自分も癒され、全《まった》き人間になったように感じられるだろう。

そして、もしそうならなかったら……

時間には感覚を鈍らせる作用があった。男はニール・スペンサーにしたことを考えても、もうそれほど苦痛を感じなかった。あのとき襲ってきた震えはとうの昔に引き、今ではさまざまな記憶にもっと冷静に対処できるようになっていた。思い返すと愉快にさえ感じた。なぜなら、あの子はあんなふうにされて当然だったからだ。そうだろう？　それに、そのときまでの二か月間、静謐《せいひつ》と幸福の瞬間が何度となく訪れ、何もかも良好に思えたのも本当なら、決着をつけた直後に、正義と平穏を感じたこともまた真実で、それはそれなりに心を慰めてくれた。

いや、だめだ。

今度はそんなふうにはならない。

トム・ケネディが立ち上がってドアのほうへ向かいはじめた。男は携帯を見おろし、ケネディが通りすぎるあいだ、意味もなく画面をタップし続けた。

それからしばらくそこに残り、ほかに耳にしたことについて考えた。ノーマン・コリンズというのは何者だろう？　まったく覚えのない名前だ。どうやら犯罪者らしいが、そのコリンズとやらがなぜ逮捕されたのか見当もつかない。とはいえ、自分にとっては好都合だ。警察の目がそっちにそれる。ケネディも気をゆるめるかもしれない。つまり、あとはタイミングさえ選べば、何もかもうまくいくというわけだ。

男は立ち上がった。

騒ぎが大きければ大きいほど、忍び入りやすくなる。

三十八

わたしはきみを、もうずいぶん長いあいだ捜し続けていたんだよ。

ピートは車を降りて病院に入ると、エレベーターに乗り、市の病理学部門の本拠のある地下へ向かった。エレベーターの壁の一面は鏡張りになっていたが、そこに映る姿はまずまずだった。落ち着いてすらみえた。たとえ内側は粉々に壊れていても、外見はきれいに包まれた贈り物のようで、揺すらないかぎり音はしないのだった。

ここに来るのがこれほど恐ろしく感じられたことは今までなかった。

ピートは二十年間、トニー・スミスを捜し続けてきた。ある面、トニーが見つからないことが自分を支えてきた――それが目的意識をもたらし、継続の根拠となっていた――のではないかとも思えた。そうした考えは頭の奥にずっと閉じ込めてあったが。いずれにせよトニーの件は、いくら考えないように努めても、ピートの中では終わることがなかった。

だからそれが終わった今、ピートには終わりを見届けに来る必要があった。

いつものことながら、解剖室に入るのは嫌でたまらなかった。消毒薬では消しきれない不快なにおいがする。強烈な照明や磨かれた金属はまだらな死体を際立たせるばかりだ。ここでは死が具体的なものとして感じられる。むき出しで散文的になり果てている。この部屋で重要なのは重さや角度、クリップボードに走り書きされた化学や生物学上の情報。どれもこれも冷ややかでよそよそしい。ピートはここに来るたび、人間の生の最も大事な部分――感情、個性、経験――は、欠けているときにこそ、かえってその存在が実感されるように思うのだった。

病理医のクリス・デイルが、部屋の奥に置かれた車輪付きの寝台へピートを案内した。デイルのあとについて行くあいだ、ピートはめまいを感じ、後ろを向いて逃げ出したい気持ちを抑えていなければならなかった。

「これがわれわれの少年だ」

デイルが静かに言った。彼は相手が警察官だと横柄で冷淡な態度を取ることで、署ではよく知られている。ただそのぶん遺体には敬意を払い、常にそれを患者と呼んだ。

われわれの少年。

その言い方は、遺体が今やデイルの保護のもとにあることをはっきり示していた。遺体はもはや屈辱にさらされることはない、きちんと扱われる、と言いたいわけだ。

われわれの、少年だよ。

骨は小さな子どもをかたどるように並べられていたが、時間の経過により多くが分離しており、肉片はかけらも残っていなかった。ピートは長年のあいだに白骨死体をいくつも見てきた。死亡直後の人間の形をとどめた犠牲者より、ある意味で見るのが楽だとも言える。日常の体験からあまりにもかけ離れているため、さほど感情をまじえずに眺めることができる。しかし、不気味な静けさが漂うとともに、そこにある現実はいつも胸をえぐった。人が死ぬと、程なく、残るのは物体だけになる。白骨は、落ちたまま捨ておかれた持ち物程度のものでしかない。

「本格的な検死は」ディルは言った。「今後に行われる予定だ。さしあたって言えるのは、これは男の子の遺体で、その子は死亡時に六歳前後だったということ。死因は今のところ見当もつかないし、今後も判明しない可能性があるが、死亡してからいくらか時間が経過している」

「二十年？」

「あるいは」ピートが何を言わんとしているのかは察したようで、ディルはややためらったあと、そばにあるもう一つの寝台を指さした。「こっちのも見てくれ。発見現場から回収されたものだ。当然ながら、段ボール箱——遺体は損傷を避けるために、その中に入れたまま運ばれてきた。衣服は白骨の下にあった」

ピートは一歩近づいた。ディルとそのチームは古びて蜘蛛《くも》の巣で覆われた衣服を慎重に、きれいにたたまれた状態のまま取り出していた。特に広げなくても、なんであるかはすぐにわかった。

青いジョギングパンツと小さな黒のポロシャツ。

ピートは再び遺体を振り返って眺めた。この事件は二十年間ずっとピートの心をつかんで離さなかったが、トニーと実際に対面したのはこれが初めてだった。今までは、永遠に変わることのない、小さな男の子の写真しかなかった。ほんの少し事情が異なっていれば、今日どこかの道で二十六歳のトニー・スミスと、名前も知らずにすれ違っていたかもしれない。今ピートが見おろす小さなばらばらの骨格は、かつて一人の人間を、そして彼が持って生まれたあらゆる可能性を保持していた。

ああ、やつらの希望、やつらの夢、なのにおれはいったいなんてことを。

蘇ってきたフランク・カーターの言葉を頭から追い出し、しばらく黙したままで遺体を眺め、この瞬間の重大さを受け入れようとした。ところが、そこにはなんの重大性もないことに気づいた。それは、寝台に置かれた骸骨に、トニー自身がいるわけではないのと同じだった。ピートはあまりにも長いあいだ、この行方不明の少年を巡る軌道に捉えられていた。彼の生活のすべてが、少年の居場所を突きとめることを中心に回っていた。その引力の中心がなくなったというのに、彼の軌道はまだ変わっていない気がした。

「箱の中にはこんなものもあった」デイルが言った。

ピートが振り向くと、病理医がポケットに手を突っ込み、トニー・スミスが入っていた段ボール箱の上に身を乗り出していた。ピートはデイルに近づき、彼の目線をたどった。蜘蛛の巣に蝶が一匹引っかかっていた。死んでいるのは明らかだったが、翅《はね》の色彩はくっきりと鮮やかだった。

「コープスモス」ピートは言った。

病理医は驚いた顔でピートを見た。

「蝶類の愛好家だったとは知らなかったよ、刑事さん」

「一度、ドキュメンタリーを見たんだ」ピートは肩をすくめた。テレビを見たり本を読んだりするのは、単なる暇つぶしだとばかり思っていたが、それでいくらかでも知識が蓄えられていたとは、自分でも少々意外だった。「つぶさなきゃならない夜の時間がたっぷりあるのでね」

「そっちはわかる」

ピートは記憶を探って詳細を思い出そうとした。この蝶はイギリス国内に生息しているものの、かなり稀少《きしょう》な種であるらしい。ピートが観た番組は、それをひと目見ようと野原や生垣のあいだを這い回る、変わり者の集団を取材していた。番組の最後で彼らはようやく一匹を見つけた。コープスモスは死肉に引きつけられるという。ピート自身は一度も見た経験がなかった。だがその番組で知って以来、週末に捜索に行くと、田舎道や生垣を見渡しては思ったものだ。ここにコープスモスがいれば、正しい場所を捜しているしるしかもしれないと。

ポケットの中で電話が鳴った。取り出すと、アマンダからテキストメッセージが届いていた。ピートはさっと目を走らせた。事件の最新情報だ。ノーマンはひと晩留置されたあと、どうやら「黙秘」の姿勢を見直し、何かしゃべるつもりになったらしい。アマンダはピートにできるだけ早く署に戻るよう求めていた。

ピートは電話を収めたものの、まだその場を去りがたかった。目の前の段ボール箱をじっと見つめた。箱には茶色いガムテープが何層も重ねて貼られていた。長年のあいだに何度も開閉されたのは間違いない。指紋採取の望みをかけて箱は鑑識に回されるだろう。その表面を眺めながら、そこに触れたいくつもの手を思い浮かべた。その指先が、骨を包む皮膚と化した段ボール箱に押しつけられるのを。

コレクターの珍重品。

ピートはふと考えた。そうした人々は、心臓の音が聞こえてくるような気がしたのだろうか。それとも、心臓の音がしないことに喜悦を感じたのだろうか。

三十九

取調室で、アマンダとピートの向かいに座るノーマン・コリンズの弁護士が重々しくため息をついた。

「依頼人はドミニク・バーネットの殺害については認める所存ですが」弁護士は言った。「ニール・スペンサーの誘拐及び殺害への関与は断固として否定しております」

アマンダは弁護士を睨みつけながら次の言葉を待った。

「しかしながら依頼人は、昨日ガーホルト・ストリートで発見された遺体に関しては、知るかぎりのことをすべて正直に述べるつもりでおります。依頼人は、警察が自分のために人材を投入することで、新たな子どもを危険にさらす恐れが生じるのを望んでおりませんし、また自分の述べることが、真の殺人犯の所在を突きとめるのに役立つのではないかと考えております」

「それは大変ありがたいです」

たわごと言ってんじゃないわ、と思いながらも、アマンダは形だけ微笑んでおいた。デスクの向こうで口を閉ざしたまま座るノーマンは、すっかり萎縮し、傷心したかのように見えた。監禁に耐えられる体質ではなかったのだろう。ひと晩抑留されただけで、昨日ここで見せた気取った態度は消え失せていた。ノーマンがようやく自白すると聞いても、アマンダは少しもうれしくなかった。命を救いたいというより、むしろ利己的な動機からそう言っているのが明白だった。良心のかけらもない。所詮、考える時間をたっぷり与えられ、警察にしゃべったほうが――ノーマンの側からの話をしたほうが――最終的には自分のためになると気づいたにすぎない。警察に協力して役立ったと思わせ、心証を良くしようという魂胆だろう。

でも今は嫌悪を露わにすべきではなかった。実際に役立つ可能性もなくはないのだから。

アマンダは椅子の背にもたれた。「では——話してください、ノーマン」

「どこからはじめればよろしいのでしょうかね」

「あの家にトニー・スミスの遺体があることは知ってたんでしょ？　そこからはじめて」

ノーマンはしばらく、黙ったまま目の前のデスクを見つめ、気持ちを落ち着かせようとしていた。アマンダが隣に目をやると、ピートがノーマンとまったく同じことをしていた。アマンダはピートのことが心配だった。ピートはこれまで以上に沈んだ顔をしており、署に戻って以来、アマンダにほとんど話しかけなかった。何かが喉元まで出かかっているのに、なぜだか言わずにこらえているように見える。ピートにとってこの取り調べが辛いものになることは、アマンダも承知していた。ピートは長年捜していたトニー・スミスのものとみられる遺体を見たあと、まっすぐここに戻り、その昔に何があったかを聞こうとしているのだ。すでに年月が経っているので、うわべでは動じないかもしれないが、彼の内部で古傷がざっくり口を開けるのを、アマンダは想像したくなかった。

「あなたがたがわたくしの興味についてどう考えているのかは、わかっております」ノーマンが力のない声で言った。

アマンダはノーマンに注意を戻した。

「そしてそれを、多くの人がどう思っているのかも知っております。それでも、わたくしがこの分野で非常に敬意を示されている事実は変わりません。わたくしは長年をかけて、コレクターとしての名声を獲得したのです」

コレクター。

ノーマンの言い方はいかにも害のない、それどころか何かりっぱな感じにさえ聞こえたが、アマンダはノーマンのコレクションについての報告をすでに見ていた。彼が長年かけて手に入れた品物に、いったいどんな部類の人間が引かれるというのだ？　アマンダにはノーマンやその同類が、インターネットの暗部でこそこそ走り回るねずみのように思えた。社会をつなぐケーブルをかじって取引を行い企画を組む。今ノーマンが目線を上げたなら、アマンダの顔に浮かんだ嫌悪の表情が見えたに違いなかった。

「わたくしの興味は実のところ、ほかの方々の持つ興味となんら変わるものではございません」ノーマンは弁解するように言った。「わたくしはずいぶん前に、自分の趣味がやや特殊と見られており、ごく一部では忌み嫌われているのを知りました。しかし、同じ趣味を持つ方々はいるのでございます。その中で、わたくしは長い年月をかけて信頼を獲得し、おかげでとりわけ重要な品々にも接することができるようになりました」

「一級のディーラーだと？」

「一級の品々を扱う一級のディーラーでございます」ノーマンは唇を舐《な》めた。「また、この種の取引にはよく見られるように、ネット上に意見交換のできる場がいくつかありまして、一部は非公開でございます。わたくしが囁き男に寄せる関心は、その非公開の場においてよく知られておりました。そして数年前のこと、ある……経験ができるかもしれないと教えられたのです。もちろん、対価を払う意思があればですが」

「その経験、というのは？」

ノーマンはアマンダを睨み返してから、ごく普通のことだと言わんばかりに、さらりと答えた。

「トニー・スミスと一緒にすごすことでございますよ、もちろん」

一瞬、沈黙が漂った。

「どうやって？」アマンダは訊いた。

「まずは、刑務所にいるヴィクター・タイラーと面会するように言われました。すべてはタイラーを通じて進められていたのです。フランク・カーターはそれを知ってはいても、直接関わることには興味がないようでした。手順としては、面会にやって来た希望者をタイラーが念入りに審査します。うれしいことに、わたくしはその特別な試験に合格いたしました。次に、入金通知がタイラーの妻のもとに届くと、ある住所を訪ねるよう指示されました」ノーマンが顔をゆがめた。「それがジュリアン・シンプソンの住所だったのには、驚きませんでしたがね」

「なぜ？」

「不快な男なのです。自身の衛生を保つ観念に欠けておりまして」ノーマンは頭をこつこつと叩いた。「ここがまるでお留守。周囲はよくからかっておりましたが、実はみな怖がっていたのです。あの家も怖がられていました。見た目が少々奇妙でございましょう？　昔は子どもらがよく、あの家の庭に入ってみろと、けしかけ合っていたものです。あそこで写真を撮り合うのです。あそこはもっと以前にも——つまりわたくしが子どもの頃のことでございますが——近所で恐怖の家と呼ばれておりました」

アマンダはピートを再び盗み見た。その顔からは何も読み取れなかったが、ピートが何を考えているかは想像できた。ジュリアン・シンプソンの名前は二十年前の事件当時、捜査線上に一度も挙がっていなかった。警察はその男についても、男の住む恐ろしい外観の家についても、何もつかんでいなかったのだ。それはもっともだった。シンプソンのような人物はどこの地域社会にもいる。子どもたちが何か噂をしていても、それにはっきりした理由があるとはかぎらず、ましてや大人が真面目に取り上げるだけの根拠は、まずないと言っていい。

それでも、ピートはきっとそのことで自身を責めるのだろう。

「それから？」アマンダはノーマンを促した。

「わたくしはガーホルト・ストリートにある家に行きました。そこでシンプソンにも金を払ったあと、一階の部屋でしばらく待たされました。やがてシンプソンが封をした段ボール箱を抱えて戻ってきました。シンプソンが慎重に箱を開けました。するとそこに……彼がいたのです」

「正確に言ってくれますか、ノーマン？」

「トニー・スミスが」

アマンダはなかなかその先をたずねる気になれなかった。

「それで、トニー・スミスの遺体と何をしたんです？」

「何をしたですって？」ノーマンは心底ショックを受けたように訊き返した。「何もしてやしませんよ。わたくしは怪物じゃありません——あいつらと一緒にしないでください。それに、わたくしは公開品を損傷する気にはなれなかったでしょうね、たとえそれが許されていたとしても。いいえ、何もしておりません。ただそこに立っていただけです。敬意を捧げておりました。そこに漂う空気を深く吸い込んでおりました。あなたがたには理解が困難かもしれませんが、それはわたくしにとって、人生で最も力のみなぎる時間でした」

恐れ入った、とアマンダは思った。

ノーマンはまるで失った恋人でも思い出しているかのように見えた。

ノーマンの答えは、アマンダがあれこれ想像していたよりはるかに陳腐で、同時にはるかに身の毛のよだつものだった。殺害された男の子の死体とともに時間をすごすことが、ノーマンにとってはどうやら宗教体験に近い行為だったわけだ。足元の箱に収まる哀れな遺体との特殊な結びつきを信じて、そこにひとりたたずむノーマン。その姿を想像すると、尋常でない恐ろしさが込み上げてきた。

アマンダの横で、ピートがゆっくりと前に身を乗り出した。

「さっき、『あいつらと一緒にしないでください』と言ったな」

ノーマンの話の衝撃がどれほどであれ、ピートは疲れきった声を出していた。魂の底の底までくたびれ果てたようだ、とアマンダは思った。

「あいつらとは誰のことなんだ、ノーマン？　そしてそいつらは何をしたんだ？」

ノーマンは息を飲み込んだ。

「それはドミニク・バーネットが引き継いだあとのことでございます——シンプソンが死んだあとの。二人は友人だったのだと思いますが、バーネットはシンプソンほどの敬意を持ち合わせておりませんでした。バーネットが管理するようになってから、状況がどんどん悪化していきました」

「だからバーネットを殺害したと？」アマンダは訊いた。

「公開品を保護するためにです！　それにバーネットはもう、わたくしが近づくのを許そうとしませんでした——あの日を最後に。誰かがトニーを守ってやる必要があったのです」

「あいつら、について聞かせてくれないか、ノーマン」ピートが苛立《いらだ》ちを抑えながらたずねた。

「バーネットが引き継いだあとのことでした」ノーマンはためらいがちに言った。「わたくしは十年あまりのあいだに数回、あそこを訪れましたが、どの回もわたくしがやったことは同じでした。敬意を捧げていたのでございます。そしていつも、トニーとふたりきりになるのを望んでおりました。ところがバーネットが引き継ぐと、わたくしをほかの連中と一緒くたにしはじめました。そしてほかの連中は、わたくしのような敬意は示しませんでした」

「ほかの連中は何をしたんだ？」

「わたくしは何も見ませんでしたよ。わたくしは帰ったのです――嫌悪を感じてなりませんでしたから。なのにバーネットは返金を拒否しました。わたくしを嘲笑《あざわら》いさえしました。でもわたくしに何ができたでしょう？」

「どうしてそんなに嫌悪を感じたんだ？」ピートが訊いた。

「最後の訪問となった夜のことです。そこにはほかにも五、六人が来ておりました。誰もがその状況に酔っていました。いろんな種類の人間がおり――驚きますよ、正直な話――何人かはかなり遠方からやって来た様子でした。みな見知らぬ者同士でしたが、わたくしとは明らかに異なる理由で来た者も交じっているように思えました」ノーマンは息を飲み込んだ。「バーネットはその部屋にマットレスを置いておりました。赤い電球も取りつけておりました。それは……」

「性交が目的？」アマンダは言葉を助けてやった。

「ええ。そうだと思われます」ノーマンは理解を超えているとでも言いたげに首を振り、テーブルに目を落とした。「死体とではありません――お互いとです。それでも充分に厭《いと》わしい。そんな場に加わることはとてもできませんでした」

「それで帰ったわけですね？」

「ええ。以前はあそこに行くと、まるで教会に入ったような気がしたものです。あの静寂、あの美しさ。神の存在を感じました。なのにそのときは、嫌らしい照明があって、あの連中がいて……」

　ノーマンは再び言葉に詰まった。

「ノーマン？」

　ようやく彼は目を上げた。

「それは地獄に立っているようでした」

「ノーマンが言ったこと、信じます？」アマンダが訊いた。

　ふたりは捜査対策室に戻っていた。ピートはデスクに身を乗り出し、監視カメラのビデオから切り取った写真をじっと見つめている。長年のあいだに刑務所でヴィクター・タイラーと面会した者の写真だ。アマンダも写真に目をやった。男もいれば女もいた。若いのもいれば年寄りも。

いろんな種類の人間がおり――とノーマンは言っていた。驚きますよ、正直な話。

「ニール・スペンサーを殺していないというのは信じる」ピートは写真の上で手を振った。

「しかし、こっちの連中のことは……」

どうにも信じがたいといった表情でピートは黙り込んだ。信じられないのはアマンダも同じだ。アマンダは警察官になって以来、身の毛もよだつような場面を数多く目撃してきた。人がどこまでも残酷になれるという事実には、もはや衝撃を感じなくなった。また犯罪現場や事故現場に立っていると、死体をひと目見ようと群衆が集まったり、通りがかりの車がスピードをゆるめたりするのをよく見かけた。死が人を引きつけるのは理解できる。しかし、ノーマンの話はまるで理解不能だった。

「フランク・カーターがなぜ囁き男と呼ばれるようになったか、知っているか？」ピートが静かに言った。

「ロジャー・ヒルの一件から」

「そのとおり」ピートはゆっくりとうなずいた。「ロジャーはフランクの最初の犠牲者だ。そこの家は当時修繕中で、ロジャーは誘拐される前に、窓の外で誰かが囁くのが聞こえた、と両親に話していた。そしてそこに足場を設置した会社の経営者が、フランクだった。それで、われわれはフランクに目をつけはじめたのだ」

「犠牲者を手なずけていた」

「ああ。フランクはその家ではそれができた。しかし奇妙なことに、ほかの男の子たちの親もみな、子どもが囁き声を聞いたと主張した。フランクと特に関わりはなかったのに、みんな聞いていた」

「実際に聞いたのかもしれません」

「かもしれない。でもひょっとしたら、新聞がすでにあの呼び名を使っていたので、それが頭に植えつけられていただけかもしれない。本当のところなど誰にわかる？　ともかく、呼び名は定着した。囁き男。わたしはその名前がずっと嫌でたまらなかった」

アマンダはピートが続けるのを待った。

「なぜなら、やつのことは忘れられてほしかったからだ。やつにそんな称号を持たせたくなかった。しかし今思うと、ぴったりな名前だ。やつはずっと囁き続けていたんだからな。それをこいつら――ここにいる連中は聞き続けてきた」ピートは写真を手で広げた。「そしておそらくこの中の一人は、ほかの者よりもっと注意深く耳を傾けていたのだろう」

アマンダは再び写真を見つめた。ピートの言うことは正しかった。ノーマンの話から考えて、ここに写っている者の多くはけっこうな悪人だ。そのうちの一人が、フランクの囁きに導かれて悪の道をさらに突き進んだ、と考えてもなんの無理もない。ほかの連中はせいぜいが性悪な追従者にすぎないが、その一人はもっと凶悪だ。

フランクの弟子。

この連中の中からニール・スペンサーの殺害者が見つかるだろう、とアマンダは思った。

四十

その夜、保護施設でジェイクが眠りについたあと、ぼくは白ワインの入ったグラスとパソコンを手に居間で腰をおろした。

この数日間の出来事を飲み込むのにまだ苦労していたとはいえ、何か書かなければいけないという意識があった。今の状況では不可能にも思えたが、貯《たくわ》えがいつまでもあるわけではない。それより何より、とにかく何かに取り組んでいることが大事だ、という思いに駆られていた。周囲で起きている事柄から目をそらすためだけではなく、それがいつものやり方だったからだ。そうしてこそ、ぼくだと言えた。その姿勢を取り戻さなければならなかった。

レベッカへ。

そのあとに書いたことはすべて削除し、彼女の名前だけを見つめた。先日頭にあったのは、ぼくの気持ちを書き留めることからはじめて、やがて霧の中から物語らしきものが現れるのに賭ける、という方法だ。だが自分の気持ちをはっきりつかむのは難しく、ましてや、それを言葉のように簡素なものに置き換えるのはとうてい無理だった。

ふと、今朝カフェテリアでカレンが言っていたことが頭をよぎった。「もしかしたら、これで本が一冊書けるかもね」カレンはウェブでぼくを調べていた。それをどう感じたのか、今わかった。一瞬、胸が高鳴ったからだ。カレンはぼくに興味を抱いている。ぼくはカレンに惹《ひ》かれているのか？　答えはイエスだった。ただ、それが許されるかどうかについては自信がなかった。画面の上の名前に目をやった。胸の高鳴りは消え去り、罪の意識が取って代わった。

レベッカへ。

ぼくは急いで打ち込んだ。

きみの考えていることが、ぼくには手に取るようにわかる。なぜなら、きみはいつだって、ぼくよりはるかに実際的だったからだ。きみは、ぼくが自分の人生を生きるよう望んでいるのだろう。ぼくに幸せになってほしいと願っているのだろう。きみはもちろん悲しくなるだろうけど、それでも、人生はそんなふうに回っていくものよ、と言ったりするのだろう。それどころか、クソくだらないことを考えるのはやめなさい、なんて言いそうだ。

ただ困ったことに、ぼくはまだ、きみを行かせる心の準備ができていないらしい。

ぼくが幸せになってはいけないと思っているのは、ぼく自身なのかもしれない。ぼくにはそんな資格が――

ドアのベルが鳴った。

ぼくはパソコンを閉じ、また鳴ってジェイクが起きないよう祈りながら一階へ下りた。ドアの手前でそっと目をこすり、まだ涙は出ていなかったのを幸いに思った。ドアを開けるとますますそう思った。そこに父が立っていた。

「ウィリス警部補」ぼくは言った。

彼はこくりとうなずいた。「入ってもいいか？」

「ジェイクが眠ってます」

「そうだとは思った。だが手間は取らせない。それに声を落として話す、約束する。ただ、状況が今どうなっているかを伝えておきたかったんだ」

彼を中に入れるのは半分気が進まなかったが、そんな考えはいかにも子どもっぽかった。それにどっちにしろ彼はただの警察官であり、この騒ぎが無事収まれば二度と会わなくてすむ相手だ。彼がずいぶん打ちひしがれて見え、恭《うやうや》しいとさえ言える態度を取っていたことも手伝った。今はぼくのほうが優位な立場にあるように思えたのだ。ぼくはドアをさらに広く開けた。

「どうぞ」

彼はぼくのあとに従い、階段をのぼって居間に入った。

「家宅捜索はもうすぐ終わりそうだ。おまえとジェイクは明日の朝には戻れるだろう」

「それはありがたい。ノーマン・コリンズはどうなりました?」

「ドミニク・バーネット殺害の罪で起訴した。やつは、あの家にあった遺体がトニー・スミスのものであることを認めた。フランク・カーターの犠牲者の一人で、われわれの見つけられなかった少年だ。ノーマンはそのことをずっと知っていたんだ」

「どうやって?」

「それは長い話になる。詳細は、今は取りあえず関係ない」

「関係ない? じゃあニール・スペンサーについては? それにジェイクの誘拐未遂については?」

「捜査中だ」

「それはなんとも心強いですね」ぼくはワイングラスを取り上げて一口すすった。「あっと、すみません——なんてマナーが悪いんだ、ぼくってやつは。一杯飲みますか?」

「わたしは飲まない」

「昔は飲んでたでしょう」

「だから今は飲まないんだ。ちゃんと制御できる人間もいれば、そうでない人間もいる。そのことに気づくのに少々時間がかかった。どうやらおまえはできるようだな」

「ええ」

彼はため息をついた。「それに、長年のあいだにいろいろな出来事があって、ずいぶん辛かったことだろう。でもおまえはなんでもうまくこなせると見える。いいことだ。そうと知ってうれしいよ」

ぼくは反論したかった。そもそも彼にぼくを判断する権利があるのか。それに今の言葉。彼は完全に誤解していた――ぼくは何もうまくできないし、人生をまったく操れないでいる。しかし、父の前ではどんな弱みも見せるわけにはいかないので黙っておいた。

「それはともかく、ああ、昔は飲んでいた。それには理由がたくさんあった――理由だ、口実ではなく。あの頃はさまざまなことと闘っていたんだ」

「たとえば、良き夫であることとか」

「そうだ」

「父親であることとか」

「それもだ。父親としての責任と闘っていた。父親であるにはどうすればいいのか、わたしにはまったくわからなかった。父親になりたいと心から思ったこともなかった。それに、赤ん坊の頃のおまえは扱いがとても難しかった――少し大きくなると、うんと楽になったがね。おまえは昔から創造性が豊かだった。あの頃もよく物語を作っていた」

ぼくにはその覚えはなかった。

「物語を？」

「ああ。感受性が強くて。ジェイクはおまえによく似ている」

「ジェイクは感受性が強すぎるように思います」

父は首を振った。「すぎる、なんてことは、どんな場合にも言えないものだ」

「言えます。もしそれで人生が困難になるなら」ぼくは友だちにできなかった、あるいはぼくを友だちにしてくれなかったやつらのことを考えた。「それに、あなたにわかるはずがない。そばにいなかったのだから」

「ああ、いなかった。そして前にも言ったように、それがいちばんよかったんだ」

「その点では、ぼくたちは意見が一致していますね」

そこでもはや話が尽きた感じだった。彼は背を向けて去ろうとしたが、ふとためらい、また振り返った。

「昨日の夜の話を考えてみたんだが――わたしが家を出ていく前に、母さんにグラスを投げつけたのを、おまえは見たと言っていたな」

「それが何か？」

「おまえは見ていない。見たはずがない。あの夜、おまえは家にいなかったんだ。学校の友だちの家に泊まっていた」

ぼくは何か言おうとして、はっと口をつぐんだ。今度はぼくがためらう番だった。最初は父が嘘をついているのだと思った――そうに違いない。だって、あの夜のことははっきりと覚えているのだから。ぼくには友だちなんかいなかったし。しかし、あの頃も本当にいなかったのだろうか？　それに、昔は別として、今の父が嘘をつくようには思えない。むしろその態度から見て、ぼくがどんなに認めたくなくても、父は自分の誤りを隠さない良心的な人間になったようだ。たぶん、長年そうしてこなくてはならなかったのだろう。

ぼくは記憶を呼び戻してみた。

グラスが割れる音。

父が怒鳴る声。

母が叫ぶ声。

こんなにもはっきりと頭の中に描けるのに、ぼくが間違っているなんてことがあるだろうか？　子どもの頃の記憶で、これほど鮮やかなものはほかに思いつかない。それとも鮮やかすぎる？　蘇ってくるのは記憶というより、感情なのだろうか？　ぼくがどう感じたかを足し合わせたものであって、現実に起きた特定の出来事ではなかった？

「といっても、おおよそはそんなふうだった」父が静かに言った。「今もって恥ずかしいことだが、わたしはグラスを投げた。サリーに向かってではない。わたしは愚かにも、グラスに対して腹を立てていたのだから。ただ、サリーのすぐ近くに当たった」

「ぼくは見たのを覚えている」

「それはどうだろう。サリーがおまえに話したのかもしれない」

「母があなたを悪く言ったことは一度もなかった」ぼくは首を振った。「わかるでしょう？

あんなにいろんなことがあったというのに」

　彼は悲しげに微笑んだ。きっと、それが信じられるがゆえに、失ったものの大きさを改めて感じたのだろう。

「ではなぜかな。ただ、話したかったことがほかにもある。今さら言うだけの価値がどれほどあるかわからないが。たぶんあまりない、けれども話しておく。わたしがおまえと会ったのは、あのときが最後だと言ったな。それも違うんだ」

　ぼくは、今ここで会っているという身振りをした。「それは見てのとおり……」

「いや、あの当時に、という意味だ。おまえの母親は私を家から追い出した。いちばんいい方法を取ったのだ。わたしはそれを尊重した。正直なところ、ほっとしたとも言える――少なくとも、自分には当然の報いだと思っていた。しかしサリーはその後も、おまえとどこかに引っ越してしまうまでは、わたしをよく家の中に入れてくれたんだ。しらふのときにはね。おまえが混乱したりまごついたりするのは、サリーが望まなかったし、わたしも望まなかった。だから、わたしが家に入るのはいつも、おまえが寝たあとだった。わたしはおまえが眠っているあいだに寝室に行き、おまえを抱きしめた。おまえは一度も目を覚まさなかった。まったく気づかなかった。でも、わたしはそうしていたんだ」

　ぼくはその場に突っ立ったまま、何も言葉が出せなかった。

　今度も父が嘘をついているとは思えず、その言葉にぼくは激しく揺さぶられていた。ミスター・ナイトのことが思い出された。ぼくが子どもの頃にいた空想上の友だち。夜中によく、姿の見えない男の人が寝室に入ってきて、眠っているぼくを抱きしめてくれた。しかもさらに困ったことに、それでどんなに慰められたかを、ぼくは覚えていた。怖いと感じるようなものではなかったことも。そして、ミスター・ナイトがぼくの人生から消えたとき、しばらくは何かを奪われたような気がしていたことも。それはまるで、ぼく自身の大事な一部が失われてしまったかのようだった。

「弁解しているのではない。ただ、いろいろと複雑な事情があったということを、おまえに知っておいてもらいたかったんだ。わたしが複雑な立場だったということを。すまない」

「わかった」

今度こそ本当に、何も話すことがなくなっていた。

彼は階段を下りはじめた。まだ動揺のおさまらないぼくは、ただそれを見送ることしかできなかった。

四十一

翌朝はジェイクに普段より早めに支度をさせ、学校に連れていく前に自宅に戻れるようにした。父はすでに外に来て、車の中で待っていた。ぼくらが近づくと、車の窓が下りた。

「やあ」父が言った。

「おはようございます、ピート」ジェイクが真面目な口調で言った。「ご機嫌いかがですか？」

父の顔がわずかに輝いた。ぼくの息子がときどき、その気になればやってみせる、かしこまったしゃべり方が面白かったようだ。父も丁寧なあいさつを返した。

「とても元気だ、ありがとう。きみはどうですか、ジェイク？」

「ぼくも元気です。ここに泊まるのは興味深い経験でしたが、今は家に帰るのが楽しみです」

「よくわかる」

「でも、そのあと学校に行くのは楽しみではありません」

「それもよくわかる。しかし学校はとても大事だ」

「はい。聞くところによると、そうらしいですね」

父は声を出して笑いかけたが、ぼくのほうをちらりと見てやめた。たぶん、そうしたジェイクとのやり取りが、ぼくを不愉快にさせるのではないかと心配したのだろう。確かに警察署で最初会ったときには、ふたりが話すのが嫌でたまらなかった。しかし不思議にも、今はそれほどでもなくなっていた。人がぼくの息子に感心するのはうれしい。誇らしく感じる。そんなのはもちろんばかげた感情だ——息子は自身の資質を備えた一個の人間であって、ぼくが作り上げたものではないのだから。でもいつもそんな気持ちになったし、感心したのが父となると、その思いが普段より多少強かった。なぜかはよくわからない。父親としての出来を見せつけたかった？　それとも、父を感心させたいと無意識のうちに望んでいた？　どちらにしても、その裏にある自分の心理がぼくには気に入らなかった。

「それじゃ、また向こうで」ぼくは自分の車のほうへ向かった。「おいで、ジェイク」

家までは長い距離ではなかったが、朝のラッシュのせいで時間がかかった。後部席にいたジェイクは、そのあいだほとんどずっと、意味なく助手席を蹴りながら口笛を吹いていた。

ぼくはときたまバックミラーを覗き、ジェイクが横を向いて細目で窓の外を眺めるのを見た。それはよく目にする姿で、外に広がる世界に困惑を感じながらも、うっすら興味を引かれる、といったふうだった。

「パパはどうしてピートが好きじゃないの？」

「ウィリス警部補のことだね」ぼくは角を曲がり、自宅のある通りに入った。「好きじゃないというのは当てはまらない。あの人のことは知らない。あの人は警察官で、友だちじゃない」

「でも、友だちみたいにしてくれるよ。ぼくは好きだな」

「ジェイクもあの人のことは知らないだろ」

「でも、パパがあの人のことを知らないのに好きじゃないんだったら、代わりにぼくが知らないのに好きになったって、おかしくないでしょ？」

　ぼくはあまりにも疲れていて、そんなひねくった議論にはついていけなかった。

「好きじゃないわけじゃないんだ」

　ジェイクは言葉を返さなかったし、ぼくもその問題についてはそれ以上、言い争いたくなかった。それにしても、子どもというのは雰囲気をよく読んでいるものだ。しかもジェイクは人一倍感受性が強い。ぼくが嘘をついていることなど、お見通しだったのだろう。

といっても本当に嘘なのか？　昨夜の会話がまだ頭にあり、そのせいか、ぼくは前よりすんなりと父に共感できる——ぼくと同じく、父親であることに困難を感じた男として見られるようになっていた。ともかく、ぼくがもう子どもではないのと同様、父ももう、ぼくの記憶にある男ではなかった。

　時がすぎ、嫌いだった人間が変われば、それは新しい人間に入れ替わるものなのだろうか？　ピートはもはや、前とは別の人間だった。

　ぼくは彼が好きではなかった。でも本当のところは、彼のことをまったく知らなかったのだ。

　ぼくらが家に着いたときには、もう警察の動きは見られず、立ち入り禁止のテープさえ取り払われていた。報道記者も心配していたほどたくさんはいなくて、数人が雑談しているだけだった。ぼくが私道で車を停めても、記者はあまり関心を見せなかった。ただ、ジェイクは興味津々になっていた。

「ぼくたち、テレビに映るのかな?」ジェイクが興奮して言った。

「それは絶対にない」

「なーんだ」

ぼくの車のあとをずっと追いかけていたピートが、後ろで斜めに車を停め、すばやく外に出た。記者が一斉に彼に近づいた。ぼくは後ろを向いて、彼が記者に話すのを見ようとした。

「何がはじまったの、パパ?」

「ちょっと待って」

ジェイクも首をよじって後ろを見ようとしていた。

「あれって――?」ジェイクが言った。

「くっそう」

そのあとしばらく、車の中には沈黙が垂れ込めていた。ぼくは父を取り囲んだ数人の記者をじっと見つめた。父が礼儀正しく微笑み、ときになだめるように肩をすくめながら説明するのに対して、記者の何人かがうなずいているのがぼんやりとわかった。でもぼくの注意は一人の記者に集中したままだった。

「パパが使っちゃいけない言葉を使った」

ジェイクが愕然《がくぜん》とした声で言った。

「ああ、認める」ぼくは前に向き直った。メモ帳を手に記者の間に立つカレンの姿が視界から消えた。「そしてさっきの質問の答えも、そのとおり。後ろにいるのは、アダムのお母さんだ」

＊

「ピート、ぼくたちテレビに映るの？」ジェイクが訊いた。

ぼくはふたりのあとから家に入ると、ドアを閉めてチェーンをかけた。

「さっきも言っただろう、ジェイク。映らないってば」

「ピートにも訊いてみてるだけだよ」

「いや、映らない。パパが言ったとおりだ。わたしはさっき、そのことを外の人たちに話していたんだ。あの人たちは記者で、だからここで起きたことに興味を持っている。でも、きみたちふたりはなんの関係もないと、念を押しておいた」

「少しはあるよ」ジェイクが言った。

「ああ、少しはね。でもたいした関係じゃない。もしきみたちが、もっと何かを知っているとか、深く関わっていたというなら、話が違ってくるが」

ぼくはあわててジェイクに視線を送り、床の男の子について今は話すときじゃない、と表情で示しているのが伝わるよう願った。ジェイクはぼくをちらりと見てうなずいたが、その話題から簡単に離れようとはしなかった。

「あの子を見つけたのはパパだよ」

「そうだ」ピートは言った。「でもそれは記者には公表していない。あの人たちには、ふたりは事件とは無関係ということにしてある。今はそうしておくのがいちばんだと思う」

「わかった」ジェイクはがっかりしたような声を出した。「家の中を回って、何か物が動かされたりしてないか、見てきてもいい？」

「どうぞどうぞ」

ジェイクは二階に上がっていった。ピートとぼくは玄関のそばで待っていた。

「さっき言ったのは本当だ」ややあってピートが口を開いた。「おまえたちは心配しなくてもいい。メディアも審理に悪影響を及ぼすのは望まないはずだ。もちろん、記者と話すなとは言えない。だが記者はここで死体が見つかったことしか知らない。だから、おまえたちにはそれほど興味を持たないと思う。それに彼らも、ジェイクのことは慎重に扱うだろう」

ぼくはうなずいたが、気分は最悪だった。メディアが公式に知っているのはそれだけだとしても、ぼくは前日、すべてをたどるのが難しいほどカレンにさまざまなことを話してしまった。カレンは夜の訪問者がジェイクを誘拐しようとしたことを知っている。ぼくが死体を見つけたことも。ピートがぼくの父親で、しかも暴力を振るっていたことも。そのほかにも、今はもう思い出せないことまで、ぼくはべらべらとしゃべったに違いなかった。

「わたし、調べ物は得意なの」とカレンは言っていた。

あのときは単に友だちと会話しているつもりでいた。くそいまいましい記者に何もかもぶちまけているとは、まさか考えもしなかった。

心が痛かった。

どうして一言言ってくれなかったのか。純粋にぼくに興味を持ってくれたのだと思っていたのに、今ではそれも疑わしい。確かに、ぼくが事件と関係していることをカレンが知っていたとは思えない。しかしいっぽうで彼女は、すべてを話してもいい相手ではないことを会話中にほのめかしもしなかった。

父が眉をひそめた。「具合でも悪いのか？」

「いや、大丈夫です」

とは答えたものの、あの会話がどんな害をもたらすか、あとでよく考えてみなければならないと思った。それまでは、父に打ち明けることなどとてもできない。

「ぼくらはここにいても安全なんですか？」ぼくは訊いた。

「ああ。ノーマン・コリンズはしばらく釈放されないし、釈放されたとしても、もはやここには興味を引くものがない。ほかの輩《やから》にとってもだ」

「ほかの輩？」

父は口ごもった。

「この家は常に興味の的だった。ノーマンが言うには、近所では恐怖の家と呼ばれていたらしい。子どもたちは、この家のそばに近寄ってみろと、互いにけしかけ合っていたそうだ。写真を撮ってこいとか言って」

「恐怖の家、ね。その言葉はもう聞き飽きましたよ」

「いずれにしても、子どもが騒いでいたにすぎない。トニー・スミスの遺体はすでに回収した。そしてノーマンが興味を持っていたのは遺体だけだ。おまえでもなく、ジェイクでもなく」

ぼくでもなく、ジェイクでもなく。しかしぼくは、玄関にいるジェイクに男が郵便受けから話しかけていたあの夜の場面を、しじゅう思い返していた。聞いた言葉をそっくりそのまま思い出せはしなかったが、男がドアを開けるよう説得していたのははっきり覚えていたし、男の興味がガレージの鍵にしかなかったとはとうてい思えなかった。

「ニール・スペンサーについてはどうなったんです？　ノーマンはニール殺害の件でも起訴されたんですか？」

「いや。だが容疑者は数人挙がっている。今はそれを絞り込んでいるところだ。それに本当のところ、わたしが安全だと思わなかったら、おまえたちがここに戻るのを許したりはしない」

「許可されなくても、ぼくは戻ろうと思えば戻れた」

「そうだな」彼は顔をそむけた。「だがその場合、わたしは間違いなく議論していただろう。特に、ジェイクがここに住んでいるとあってはね。ニール・スペンサーの誘拐は成り行きまかせの犯行だった。ニールはひとりきりで歩いていたんだ。犯人は人目を避けている。当然、ジェイクからは目を離さないほうがいいだろう。しかし、おまえやジェイクが危険な状況にあると考える理由は何もない」

　確信を持ってそう言っているのだろうか？　ぼくにはよくわからなかった。今日の彼は心が読み取りにくい。疲れ果てて見える。最初に会ったときには実に壮健そうだったのに、今は年齢が表れていた。

「疲れているみたいですね」

　彼はうなずいた。

「疲れている。しかも、楽しみではないことをやらなければならない」

「何を？」

「何をかは問題ではない」彼はきっぱり言った。「問題は、果たさなければならないということだ」

　きっとこの事件にまつわる何もかもが彼を消耗させているのだろう。彼の表情や物腰からそれが見て取れた。問題は、果たさなければならないということだ。今目の前にいるのは、重荷を背負いすぎ、その荷の扱いに苦闘している一人の男だった。その姿に、ぼくがよく思い描く自分の姿が重なった。

「母は」ぼくは唐突に言った。

彼はぼくのほうに目を戻し、何も訊かずに続きを待った。

「母は亡くなりました」

「それは前にも聞いた」

「何があったのか、知りたがってましたね。母は辛い人生を送っていた。でもすばらしい人だった。あれ以上の親は望めなかったでしょう。ガンでした。あの母にはふさわしくない運命だったけど、苦しみもしませんでした。あっというまのことだったんです」

それは嘘だった。実際には、長いあいだ苦しみに苦しんだ末に亡くなった。なのにどうしてそう言わなかったのか、ぼくにはわからなかった。彼の気持ちを軽くしたり、痛みや罪悪感をやわらげたりする義務などないというのに。それでも、彼の重荷がほんの少しだけ減ったのを見て、喜ぶ自分がいた。

「いつだ?」

「五年前」

「なら、ジェイクとは会えたんだな?」

「ええ。ジェイクは覚えていないけど、会ってます」

「それはよかった。不幸中の幸いだ」

しばらく沈黙が続いた。そこへジェイクが二階から下りてきたので、ぼくたちは同時に、互いからわずかに身をそむけた。ふたりの間の緊張がぷっつりと切れたかのようだった。

「何もかもそのままだったよ、パパ」ジェイクの声は何か勘ぐっているように聞こえた。

「われわれは、物が置いてあるところを注意しながら調べるのがうまいんだ」ピートが言った。「あとで、自分たちで掃除をするのも」

「ごりっぱ」

ジェイクは身を翻して居間に入っていった。

ピートは首を振った。「個性的だね、あの子は」

「ええ、そうなんです」

「進展があったらまた連絡する。だがそれまでに何か必要が生じたら――その、つまり、どんなことでもだ――これに連絡先が書いてある」

「ありがとう」

ほんの少しうつむきかげんで私道を歩いていく父を見送りながら、ぼくは受け取った名刺を手の中で裏返した。父が車に乗り込むとき、車の向こうに集まった記者を父越しに見た。記者の大半はすでに引き払っていた。ぼくは残った記者の顔にさっと目を走らせ、カレンを探した。

しかし、彼女はもういなくなっていた。

四十二

これで最後だ。ピートは自分に言った。そのことを忘れるな。

刑務所の白く輝く面会室に座り、怪物が現れるのを待つあいだ、ピートはそればかり考えていた。ここには長年のあいだに何度となく足を運んだが、毎回心をかき乱された。だが今日を最後に、ここに再びやって来る理由はなくなる。トニー・スミス――これまでの訪問では、いつもそれが焦点だった――はすでに発見された。現在捜索中の男についてフランクが話すのを拒否したら、この部屋からさっさと出ていき、振り返るまい。ピートはそう心に決めていた。そのあとは、フランクとの対面後に襲ってくる、あの虫が這い回るような感覚に、もう二度と悩まされなくてもいいのだ。

これで最後だ。

だがそう考えても、たいして救いにはならなかった。静まり返った部屋の空気は悪い予兆や脅威に満ち、奥の閉ざされた扉は威嚇するかのように振動音を響かせる。フランクも、これがおそらく最後の面会になることは承知のはずだ。それなりに何か仕掛けてくるに違いない。これまでは、フランクと対面するのが怖いといっても、それは心理や感情のうえでの話だった。身体に危害を加えられる恐れを抱いたことは一度もない。だが今は、部屋を仕切る幅の広いデスクや、やつがはめてくるであろう頑丈な枷《かせ》が、実にありがたく感じられた。ジムに足しげく通ったのも、無意識のうちに万一に備えていたのではないかとさえ思われた。

扉を解錠する音がし、ピートの心臓が大きく跳ねた。

平静に構えていろ。

毎度おなじみの情景が繰り返された。看守がまず入ってくる。フランクがもったいぶる。ピートは持ってきた封筒に意識を集中させることで自分を落ち着かせた。デスクに置いたその封筒を見つめたままで待ち、男の巨体がついに近づき、向かいでどさりと腰をおろしたときにも、目を動かさなかった。最後だけは形勢を逆転させてやろう——フランクに待たせる。口も開かなかった。やがて看守が退室し、扉の閉まる音がした。そのときになって、ピートはようやく目を上げた。

フランクも封筒を見つめていた。顔に好奇心が浮かんでいる。

「おれに手紙でも書いてくれたのかい、ピーター?」

ピートは答えなかった。

「おれも、おまえに書こうかなと思うことがよくある」フランクが目を上げてにやりとした。

「書いてほしいか?」

ピートは身震いがしてくるのを抑えた。フランクがピートの自宅の住所を知る可能性はほとんどないが、警察署宛ての手紙が転送されてくるのを想像するだけでも耐えがたかった。

ピートはまたしても答えなかった。

フランクは不満げに首を振った。

「おれは前回、教えておいたんだぞ、ピーター。そこがおまえの困ったところだ。わかるか？　おれはこんなにも一生懸命になっておまえに話している。これまで長きにわたって、おまえに何か知らせてやろう、協力してやろうと努めてきた。なのにときどき、おまえはおれの言うことに、まるで耳を傾けていないように思える」

「それは常にはじまるところで終わる」ピートは言った。「その言葉なら、もう意味がわかった」

「ニール・スペンサーにとっては、ちょっとばかし遅すぎたが」

「わたしが興味あるのは、おまえがそれをどうやって知ったかだ、フランク」

「さっきも言ったが、おまえがだめなのはそこだ」フランクは椅子にもたれた。重みで椅子がぎしぎしと鳴った。「まったく聞いちゃいない。正直な話、おれがどこぞのくそガキのことなんか、気にかけると思うか？　そのことを言ったんじゃない」

「違ったのか？」

「まるっきり」フランクが突如、興が乗ったように再び前に乗り出してきた。ピートは身を引きたくなる衝動をこらえた。「おい、話は変わるが、おまえは、世間がおれを忘れきったと言ってたな？」

ピートは思い返してうなずいた。「おまえは、それは嘘だと言った」

「いかにも。はん！　あの話はもう聞いたんだろ？　おまえは間違ってた。外ではおまえの知りもしなかった連中が、ずっとこのおれに関心を寄せていたんだからな」

フランクの目がきらめいていた。長年のあいだ、さぞいい気分だっただろう。トニー・スミスの遺体のある家を一種の寺院代わりに訪れる、ノーマンのようなファンがいて。しかも、それをピートには隠していた――ピートがトニーを休みなく捜し続けるいっぽうで、そうした連中が楽々とその居所を知るのを、傍《はた》から眺めて楽しんでいたに違いない。

「ああ、連中のことは聞いたよ。わたしが間違っていた。やつらの行動は、おまえの自尊心を大いに満足させたに違いない。なあ、囁き男」ピートは顔をしかめた。「おまえの伝説は今も生きている」

フランクはにたにた笑った。「いろんな面でな」

「では、ほかのやつらに話を移そう」

フランクは何も言わなかったが、封筒に目を落として笑みを大きくした。ニールの殺害者について語らせようと小細工をしても、フランクはまず引っかからないだろう。何かを知りたければ、こちらが言外の意味を汲み取るしかない。それには、この男にしゃべらせておくことだ。話題によってはわざとぼかすかもしれないが、あの家への訪問者についてなら、喜んで話すに違いない。ともかくも、すでに秘密ではなくなったのだし。

「まず」ピートは言った。「なぜヴィクター・タイラーを？」

「ヴィックか、あれは善良な男だ」

「それはまた興味深い形容の仕方だな。だがわたしが訊きたかったのは、あれこれの交渉になぜ仲介者を置いたかだ」

「簡単に近づけるようにしては、あまりためにならない。そうだろう、ピーター？」フランクは首を振った。「誰もが神を見られるなら、わざわざ教会に行くやつが何人いる？　ある程度、距離を保っておいたほうがいいんだ。もちろん、連中にとってもだ。そのほうが安全と言える。これまでおれと面会した者については、もう調べたと思うが？」

「面会したのはわたしだけだ」

「なんとも光栄なことじゃないか、なあ？」フランクは声を立てて笑った。

「金についてはどうなんだ？」

「どうって、どういうことだ？」

「タイラーは金を受け取っていた――あるいは、少なくともやつの妻は。ジュリアン・シンプソンもだし、彼のあとはドミニク・バーネットが。しかし、おまえは受け取っていない」

「おれがどうして金のことなんか気にするんだ？」フランクは侮辱されたような顔をした。

「今の生活の中で、おれにないのは自由だけだ。ヴィックは――さっきも言ったように善良だ、きちんとしている。ジュリアンもおれには良くしてくれた。やつらがその報奨を得るのはきわめて妥当な話だ。バーネットは会ったことがないし、どうでもいい。それより、あそこを訪れた連中が、そのために金を払ってくれたのはうれしいね。まあ、払って当然と言えば当然だが。おれにはその価値がある。だろ？」

「いや」

フランクはまた声を立てて笑った。「ひょっとして、おまえが連中を全員逮捕したら、みんなここでおれと一緒になるわけだ。それこそやつらには、本物のスリルってもんじゃないか？　きっと喜ぶぞ」

おまえほどは喜ばないだろう。

ピートは封筒を持ち上げ、中に入れてきた写真を取り出した。長年のあいだにタイラーが受け入れた面会者の画像を、監視カメラのビデオから切り取った写真が、ちょっとした束になっていた。そのいちばん上にあるノーマン・コリンズの写真を、デスクの上でフランクに向けてそっとすべらせた。

「この男が誰だかわかるか？」

フランクは写真をほとんど見なかった。

「いいや」

二枚目の写真。「この男はどうだ？」

「おれはこんなやつらは一人も知らないぞ、ピーター」フランクは白目をむいた。「いったい何回言わせたら気がすむんだ？　おまえはぜんぜん聞いていない。こいつらが誰だか知りたけりゃ、ヴィックのところへ行って訊け」

「そうしよう」

実はすでにアマンダが、一時間前にタイラーを取り調べていた。フランクが自分の置かれた状況をすこぶる楽しんでいるのに対し、友人のタイラーにはそんな様子はほとんど見られなかったという。タイラーは腹を立て、協力を拒否した。もっともだろう、妻も絡んでいるのだとすれば。だがいくら黙秘しても、彼も妻も助かりはしない。それは面会者についても言えることだった。警察はすでに面会者――その中にニール・スペンサーの殺害者がいるに違いないとピートは思っていた――の身元を割り出し、次々と捜し出しては事情聴取していた。

ただし例外が一人いた。

ピートはまた別の写真をデスクの上ですべらせた。それに写っているのは若い男で、おそらく二十代か三十代前半。身長も体格も平均並みで、黒縁の眼鏡をかけ、茶色い髪を肩まで伸ばしている。タイラーには何度も面会しており、最近ではニール・スペンサーが殺害される前の週に訪れていた。

「この男はどうだ？」

フランクは写真には目をやらず、ピートを見てにやっとした。

「おまえが知りたいのはこいつだな、そうだろ?」

ピートは答えなかった。

「なんてわかりやすいやつなんだ、ピーター。あまりにも見えすいている。最初の二枚で気をゆるめさせておいて、それから本命の一枚を突きつけ、反応をうかがおうってわけだ。こいつが容疑者だな? 少なくとも、おまえはそう思っているんだろ?」

「おまえの頭の良さにはまいるよ、フランク。この男に見覚えがあるか?」

フランクはしばらくピートを見つめ返していた。だがそうしながらも、枷をはめられた両手を伸ばし、写真を自分のほうへ引き寄せた。両手だけが別に操作されているような、うす気味悪い動きだ。頭は動かない。表情も変わらない。

やがてフランクは目を落とし、写真を見つめた。

「ほう」彼は静かに言った。

目の前の写真をつぶさに眺める男の分厚い胸が、ゆっくりした呼吸とともに上下するのを、ピートはただ見守っていた。

「この男について教えろ、ピーター」

「おまえが知っていることのほうに興味がある」

ピートはじっと待った。やがてフランクが目を上げ、その丸々と肥えた指で写真をそっとはじいた。

「この男はほかの連中より、ちょっとばかし賢い。だろ？　面会するときには偽名を使って、それを裏付ける書類まで用意してあった。書類を調べると、本物ではなかった」

そのとおりだった。男が面会時に申告した身元によると、名前はリアム・アダムズ。年齢は二十九歳で、フェザーバンクから五十キロの場所に、両親とともに住んでいるということだった。だが、警官がその朝いちばんにそこへ行ってみると、リアムの両親は呆然となり、やがてその顔が恐怖で青ざめた。

彼らの息子は十年前に亡くなっていた。

「それで？」

「別の身元を手に入れるのがどんなに簡単か知っているか、ピーター？　おまえが想像するよりはるかに容易だ。しかもさっき言ったように賢い、こいつはな。今日び、誰かにメッセージを送りたかったら、そうならざるを得ないがね。だろ？　まさにこの――」フランクが声を落とした。「――こいつは面倒見のいい男だ」

「その男についてもっと教えてくれ、フランク」

だがフランクは答えず、再び写真に目を落としてしげしげと眺めた。よく噂で聞いていた人物を前にして、ついに対面したのを奇妙に感じているような顔つきだ。だがやがて鼻を大きく鳴らし、写真をピートのほうへ突き返した。急に関心が冷めたらしい。

「おれが知っていることはすべて話した」

「そうは思えない」

「繰り返すが、おまえはいつだってそこがだめなんだ」

フランクはピートに向かってにやりとしたが、今やその目がうつろになっていた。

「おまえがちゃんと聞いていないだけだよ、ピーター」


ピートは苛立ちを抑えながらアマンダの待つ車に戻った。助手席に乗り込み、音を立ててドアを閉めた拍子に、手にあった写真が落ちて足元に散らばった。

「くそっ」

ピートはかがんで写真を拾い集めた。といっても重要なのは一枚だけだった。ほかの写真は封筒に押し込み、その一枚を膝にのせた。死んだ十代の少年の名をかたった男。黒縁眼鏡や茶色い髪は変装の可能性が高いし、でなければ、今はすでに変わっているだろう。年齢は何歳と言ってもほとんど当てはまりそうだった。誰だと言ってもほとんど当てはまりそうだった。

「どうやら」アマンダが言った。「フランクは口が重かったみたいですね？」

「いつもの魅力あふれるフランクだったよ」

ピートは自分に腹立ちを感じ、思わず片手で髪をかき乱した。これで最後。ああそうだ、そしてそれを乗り越えた。だがいつものごとく、彼とのやり取りからは何も得られないままで帰ってきた。たとえフランクが何か知っていたのだとしても。

「くそったれめ」ピートは言った。

「報告を」アマンダが言った。

ピートは気を鎮めてから、フランクとの会話の詳細を伝えた。ピートがフランクの言うことを聞いていないというのは、まったくの言いがかりだ。当然ながら、いつも耳を傾けていた。フランクと交わした一言一言はピートに浸透した。その言葉は、汗とは正反対に、吸収されて内部を冷たくじっとりとさせた。

ピートが語り終えると、アマンダはしばらく考え込んでいた。

「フランクはこの男が誰だか知ってるのかしら？」

「さあ、わからない」ピートは写真を見おろした。「知ってるのかもしれない。少なくとも、この男について何かを知っているのは確かだ。いやもしかしたら、何も知らないのに、わたしがもがくのを見て楽しんでいただけかもしれない。やつのくそみたいな言葉に、いちいち意味を見つけようとするわたしを」

「今日はいつもよりたくさん、くそが付きますね、ピート」

「腹が立っているんだ」

おまえがちゃんと聞いていないだけだよ。

「もう一度よく思い出してみましょう」アマンダが忍耐強く言った。「今回のではなく、前回の面会について。ちゃんと聞いていないというのは、前回の言葉について言ったんですよね？」

ピートはためらいながらも思い起こしてみた。

「それは常にはじまるところで終わる」ピートは言った。「それは空き地ではじまった、だから、ニール・スペンサーが戻されるのは空き地でしかなかった。ただフランクは、そのことを言ったんじゃないと言った」

「ではなんのことを？」

「知るか」ピートは降参するように両手を上げたかった。「それから、トニー・スミスが出てきた夢について話した。でもあれは本当に見たのではない。わたしを嘲笑うために、やつがでっち上げただけだ」

アマンダが一瞬沈黙した。

「でも、もしそうなら、その作り話には意味があるはずです。それに、あなたは自分で言っていたじゃありませんか――だからフランクを訪れるんだって。あなたはいつも、フランクが思わず何かを洩らすのを期待していた」

ピートは抗議しかけたが、アマンダの言うことは正しかった。確かに、本当の夢ではないとしたら、フランクはあれを自分ででっち上げ、あたかも本当に見たように話そうと決めたわけだ。その間隙《かんげき》から、真実が洩れ出していた可能性はある。

その夢をピートはざっと思い起こしてみた。

「やつは、それがトニー・スミスかどうかよくわからないでいた」

「夢の中で?」

「ああ」ピートはうなずいた。「男の子のシャツは頭までめくり上げられていて、だからやつには顔がよく見えなかったんだ。やつは、それが自分の好みだと言った」

「ニール・スペンサーとそっくりの姿」

「そうだ」

「その件はこれまで一度も公表してません」アマンダは苛立ったように首を振った。「それにフランクはサディストです。なのに虐待相手の顔を見たくないなんて、なぜ?」

ピートにはその答えがわからなかった。フランクは動機について語るのをいつも拒否していた。ただ、殺人に性的要素は一度も見られなかったものの、子どもたちはさんざん痛めつけられており、アマンダの言うとおり、フランクに加虐趣味があるのは間違いなかった。なぜ顔を覆ったかについては、無数の解釈が可能だろう。五人の犯罪心理分析官にたずねたら——実際、事件当時たずねてみた——五つの異なる答えが返ってくる。被害者を物理的に扱いやすくするため。声を抑えるため。被害者の方向感覚を奪うため。被害者を脅すため。被害者から見られないようにするため。被害者を見ないようにするため。犯罪心理分析がひどいでたらめである根拠の一つは、行為はまったく同じでも、犯罪者が異なれば大幅に異なる理由が常に――

何か引っかかりを感じた。

「小さなガキというのはみな同じだ」ピートは呟くように言った。

「え？」

「フランクがそう言ったんだ」ピートは顔をしかめた。「ともかく、そういった意味のことを。夢の中の子どもは誰だったかについて話していたときだった。『ああした小さなガキってのは、どれもこれもみな同じようなもんだからな。そのどいつでもよかった』」

「それから？」

しかしピートは再び口をつぐみ、その言葉の裏の意味を探ろうとした。急に何かつかめそうな気がしてきたのだ。フランクは痛めつけている相手が誰であろうとかまわなかったのか。しかも被害者の顔を見たいとはまったく思わなかった。

だがなぜだ？

自分が被害者を見ないようにする。

それはひょっとして、代わりにほかの誰かを想像したかったからではないのか？　ピートはもう一度写真――誰だと言ってもほとんど当てはまりそうな男――を見おろし、フランクの顔に奇妙な表情が現れたのを思い起こした。フランクは不本意ながら、写真の男に好奇心を抱いたのだ。長いあいだ興味を持ってはいたものの、これまで見たことのなかった人物を、今ようやく目にしたという感じだった。ふと別のことが頭に浮かんだ。ピートは長年、トムについて考えないように努めてきたが、それでも会ったときには、トムをしげしげと見つめないではいられなかった。たとえ少年の頃の面影はあっても、そこにいる男は、自分の覚えている小さな男の子とはまるで違っていた。

子どもは大きく変わるからだ。

おれが知っていることはすべて話した。

さらに別の子どものことが浮かんできた。別の男の子——背が低く、栄養不良で、脅えきっていた——ピートがフランクの家の増築部屋のドアを開けたとき、母親の後ろに隠れていた男の子。

今では二十代後半になっているであろう男の子。

おれの家族をここに連れてこい。

あのあまと、いけすかないガキだ。

ピートは目を上げてアマンダを見た。ついに謎が解けた。

「わたしがちゃんと聞いていなかったのはそれだ」

四十三

あとわずかで正午というとき、玄関のドアを叩く音がした。

ぼくはパソコンから目を上げた。朝ジェイクを学校に送り届けたあと真っ先にやったのは、カレンをグーグルで検索することだった。簡単に見つかった。カレン・ショーの署名の入った地元新聞のオンライン記事が何百もあり、中にはニール・スペンサーの誘拐や殺害の記事も含まれていた。そのひとつひとつを読むにつれ、胃がひりひりしてきた。このあとカレンが何を書くか——昨日カフェテリアで打ち明けた内情の数々——が心配だっただけでなく、何か裏切られたような気がしたからだ。純粋にぼくに興味を持ってくれたのだと思い、いい気分になっていたのに、今はある意味でだまされた自分が滑稽に思われた。

またノックの音が聞こえた。小さくためらいがちな音。ノックに気づいてほしいような、ほしくないような。外に立つ者は誰にせよ、まだ心が決まらないでいるらしい。そしてぼくにはそれが誰だかわかった。ぼくはパソコンを脇にやり、ドアに向かった。

カレンが玄関前の踏み段に立っていた。

ぼくは壁に寄りかかって腕を組んだ。

「その下に隠しマイクでも仕込んであるの？」

例のだぼんとしたコートをぼくが顎で示すと、カレンは顔をしかめた。

「ちょっと入ってもいい？」

「何をしに？」

「ただ……説明がしたくて。時間は取らせないから」

「その必要はない」

「わたしはあると思う」

カレンは罪を悔いているように――恥じているようにさえ――見えた。だがぼくには母の言葉が浮かんできた。釈明や謝罪はほとんど常にそれをする本人のためになされる。自分の気持ちを楽にするのに付き合わせるな、と言いたい衝動に駆られた。でもカレンが見るからに弱々しげで、これまで会ったときの印象とあまりにもかけ離れていたので、言葉が出てこなくなった。こうして訪ねてくるのが、カレンにとっては本当に重大なことだったのだろう。

ぼくは壁から身を起こした。

「わかった」

ぼくたちは居間に入った。居間を見られるのは少し恥ずかしい気もした。ソファに置いたパソコンの横には朝食の皿が放ってあったし、床にはジェイクのペンや絵が散らばっていた。でも、その散らかりようを詫びるつもりはなかった。カレンがどう感じようとかまわなかった。これがその朝より前だったら、きっと気にしていただろう。それは否定しても意味がない。ばかばかしいが本当のことだ。

カレンは居間の奥で立ち止まった。まだコートを着たままだ。身の置き場に困っているらしい。

「何か飲む？」

カレンは首を振った。「今朝のことが説明したかっただけなの。どう思われたかはわかってる」

「ぼくはどう思ったのかよくわからない。というか、どう考えたらいいのか」

「ごめんなさい。言っておくべきだった」

「そうだね」

「言いかけたのよ。信じてもらえないかもしれないけど、昨日の朝はほんとに自分に腹が立ってた。カフェテリアにいるあいだ、つまりあなたがいろんな話をするあいだ、ずうっと」

「それでも、ぼくに話を続けさせた」

「それはいわば、あなたが止めるきっかけをくれなかったからよ」カレンはあえて、にやりと笑ってみせた。一瞬、いつもの見慣れたカレンが垣間《かいま》見えた。「率直に言って、あなたは胸にたまったものを吐き出す必要があるように見えたし、その面で役に立てればうれしいと思った。ジャーナリストとしては聞くのが辛かったけど」

「本当に？」

「そうよ。だって、聞いた話を一切利用できないんだもの」

「利用できたと思うけど」

「そりゃ、正式にオフレコになってたわけじゃない、という意味では、使えたかもしれない。でもそれでは、あなたやジェイクに対してフェアじゃないでしょ。あなたたちにそんな仕打ちをするつもりはない。職業上の倫理というより、個人的な倫理の問題よ」

「なるほど」

「わたしっていつもこんなふうなのよ、ぶっちゃけた話」カレンは苦笑いした。「ここに引っ越してきて初めて出会った地域最大の事件で、どの主要紙も持ってない情報を手に入れた。なのにそれを書けない」

ぼくは黙っていた。確かに、カレンはぼくの話を利用していなかった——少なくとも今のところは。カレンの最新記事は今朝投稿されていたが、ほかのニュース媒体の記事と同じく、ごく基本的な情報を伝えているにすぎなかった。ぼくがカレンに話したことは、それまでの発表をはるかに超える内容だ。カレンにとっては特ダネに違いない。誘惑は強かっただろう。それでも、これまで何一つ暴露していない。そんな仕打ちをするつもりはないというカレンの言葉を信じるか？　信じよう。

「ほかの記者とは話した？」カレンが訊いた。

「いや」記者はここで遺体が見つかったことしか知らない、とぼくは父の言ったことを繰り返しそうになったが、この場では虚しい嘘のように響きかねなかった。「残っていた記者も早々と退散したよ。家に電話が数本かかってきたけど、無視した」

「苛立つでしょ」

「どっちにしろ、ぼくは電話に出ないんだ」

「そう、わたしも電話はあまり好きじゃない」

「というより、ぼくには誰も電話をかけてこない」

必ずしも冗談ではなかったが、カレンはにっこりした。まあいいか、とぼくは思った。話しているうちに、ふたりとも最初より声が静まり、居間に漂っていた緊張感が消えていた。それでほっとしている自分に気づき、ぼくは驚いた。

「これからも近づいてこようとするかな？」

「それは成り行きによるな。経験から言うと、もしどうしても放っておかないようだったら、記者の一人に話してみるのも手かもしれない」カレンは片手を上げて制した。「わたしじゃなくていいの。なーんて言うのは、ほんとはものすごく辛いんだけど、わたしじゃないほうがいい、とたぶんどこかで思ってる」

「どうして？」

「だってわたしたちは友だちだもの、トム。客観性を保つのが難しくなる。さっきも言ったように、昨日はずっと自分に腹を立ててた。何かを嗅ぎつけたからコーヒーに誘ったわけじゃないのは、わかってもらえるわよね？　本当にびっくりした、あんな話が出るなんて。前もって知るなんて、わたしにできたはずないでしょう？　けど言いたいのは、いったん話してしまえば記者の関心が薄れるってこと。ただし、状況を見てからね」

ぼくはカレンの言ったことを考えてみた。

「でも、きみと話すのはかまわないんだろ？」

「そりゃ、かまわないわ。それにどう？　いろんなことは抜きにして、また何かの折にコーヒーを飲みに行くってのも、いいんじゃない？」

「きみの弱みが握れるかもしれない」

カレンは微笑んだ。「そうね。かもしれない」

ならば、とぼくは思った。

「今ここで飲んでいくわけにはいかないの？」

「残念ながら無理——さっき断ったのは、なにも体裁を保とうとしたわけじゃない。本当に戻らなきゃいけないの」カレンはドアのほうへ行きかけたが、ふと何か思いついたようだった。「今夜は？　アダムはたぶん母が見てくれる。だから、どこかで一杯やらない？」

母が見てくれる。

夫やパートナーではなく。

ぼくはカレンがシングルだと思い込んでいたが、それが今はっきりしたのは、カレンの故意なのか偶然なのか。いずれにしても、行くと答えたい気持ちは大きかった。女性と飲みに出かけるなんて、信じられない。最後にそんなことをしたのはいつのことだろう。でもそれより何より、とりわけカレンと飲みに行きたい気持ちが強いのにぼくは気づいた。今朝あんなにも心が痛く、そして自分が愚かしく思えたのには、明らかな理由があったことにも。

ただ当然ながら、行くのは不可能だった。

「ぼくはたぶん、ジェイクを見てくれる人がなかなか見つからないと思う」

「そっか、了解。ちょっと待って」カレンはコートの中を探って名刺を出した。「わたしの連絡先とかはまだ知らせてなかったわよね。これにぜんぶ書いてあるから。もし、ほしければだけど」

うん、ほしいよ。

「ありがとう」ぼくは名刺を受け取った。「ぼくのはないんだ」

「そんなのどうってことない。テキストメッセージを送ってくれれば、電話番号はわかるから」

「そうだったね。どうってことないね」

カレンはドアのところで立ち止まった。

「ジェイクは今日はどう？」

「奇跡的にも元気だ。どうしてそうなのか、さっぱりわからない」

「わたしはわかるな。前にも言ったように、あなたは自分に対して厳しすぎるのよ」

そう言ってカレンは小道へ向かっていった。ぼくはしばらく見送ったあと、手の中の名刺に目をやった。考えてみれば、今日受け取った名刺はこれで二枚目だ。どちらもそれぞれ複雑な事情が絡んでいる。ああしかし、カレンと飲みに行けたらきっと楽しいだろう。それは誰もが普通にやっていることのように思えたし、ぼくにも実際やれそうな気がしてきた。

居間に戻ると、携帯電話を取り出して状況をよく考えてみた。

ためらいがあった。自信がなかった。

テキストメッセージを送ってくれれば、電話番号はわかるから。

ようやくのことで最初にメッセージを送ったのは、そちらへではなかった。

四十四

警察署では捜査対策室の動きがにわかに活発になっていた。これまでの仕事を続ける捜査員が大半だったものの、一部がフランク・カーターの息子、フランシスの居場所を突きとめるという、事件解決の鍵ともなる作業に取りかかったため、その刺激で全体が活気づいたのだ。部屋の中のエネルギーが刷新されたのがはっきりと見て取れた。この二か月間、どうどう巡りや、手がかりの追跡が成果なく終わることが続いていただけに、みんな新たな道が開けたように感じていた。

でもこれが必ずしも何かにつながるとは限らないのだ、とアマンダは自分に言い聞かせた。いつだって期待はあまり高く持たないでおくのがいちばんだった。

とはいえ、期待を高めないでいるのは、いつだって難しかった。

「該当せず」ピートが言った。

彼はデスクの、アマンダと彼のあいだに積まれた書類に、また一枚を重ねた。

「該当せず」アマンダも応答するように言い、書類の山に自分の一枚を重ねた。

フランク・カーターに有罪判決が下ったあと、フランシスと母親は住居を移すとともに、事件の汚名が及ばないよう、新しい身元――母子を覆っていた怪物の影から脱して、真新しい生活をはじめる機会――を与えられた。ジェーン・カーターはジェーン・パーカーに、フランシスはデイヴィッドに名が変わった。以後、母子の姿は消えたも同然となった。新たな名前はごくありふれた、特徴のない名前だ。だからこそ選ばれたのだろう。今アマンダとピートが取り組んでいるのは、国内に在住する何千人ものデイヴィッド・パーカーの中から、目当ての一人を見つけ出すという難作業だった。

次の一枚。このデイヴィッド・パーカーは四十五歳。探す相手は二十七歳のはずだ。

「該当せず」アマンダは言った。

そんなふうに作業が続けられた。

アマンダもピートもほとんど黙したまま、その名前の人物を次々と調べていった。ピートは目の前の書類に没頭していた。そうやって集中することで気をまぎらわせているのだろう。フランク・カーターとの会話がこれまでと同様、ピートを強く揺さぶったのは間違いないが、今回はさらに別な緊張が加わっていた。ピートはフランクの息子と会ったことがある。まだ幼い子どもだったフランシスを、言ってみればピートが助け出したわけだ。ピートのことがわかりかけてきたアマンダには、彼が頭の中でどんな考えを巡らせているかが容易に想像できた。彼はきっと、自分に厳しい問いを突きつけているのだ。あのときの自分の行動がなんらかの種を植え、そこからこの新たな恐怖が育ったのだとしたら？　良かれと思ってしたことにもかかわらず、そのせいで今回の事件が起きたのだとしたら？

「フランシスが関与しているとは、まだ断定できませんよね」アマンダは言った。

「該当せず」

ピートはまた一枚を山の上に重ねた。

自分が何を言っても、ピートを自責の念から救い出せないのはわかっていた。アマンダは苛立ちのあまり、ひとりため息をついた。しかしアマンダの言ったのは本当だ。確かにフランシス・カーターは悲惨な育てられ方をしたが、幼少時に苛酷な虐待を受けた者が、その後立ち直ってりっぱな大人になった例を、アマンダはたくさん見てきた。地獄から這い出す道は人の数だけあり、そして大多数はそれをのぼっていく。

それに、今や二十年前の事件についても詳しくなったアマンダは、ピートがしたことに何も間違いはなかったのをよく知っていた。ピートは捜査の常套《じょうとう》はすべて試みていたし、しかもジェーン・カーターを粘り強く追い続けた。直感に従ってフランク・カーターに焦点を絞り、最後にはそいつを仕留めた。トニー・スミスを救うのには間に合わなかったが、誰をも救うのは不可能だ。そのときには気づきもしなかった誤りというのは常に発生する。

ニール・スペンサーの件を思うと、アマンダ自身もその考えにすがりつく必要があった。自分が見落とした――気づく余地もなかった――事柄の重みで溺れることがあるなど、考えたくない。

アマンダは再び手元に注意を戻し、あまたのデイヴィッド・パーカーを一人一人しっかり確かめていった。

「該当せず」

書類の山がどんどん高くなっていった。

「該当せず」

互いに応答し合うようなパターンが出来上がっていた。該当せず。該当せず。該当せず。アマンダはピートの応答なしに三回続けてそう言ったとき、彼がやけに長く黙り込んでいたのに初めて気づいた。ひょっとして、と期待しながら目を上げてピートを見た。するとピートはなんと、デスクの書類をほったらかし、携帯電話を両手で抱えて画面に見入っていた。

「何か?」アマンダは訊いた。

「なんでもない」

いや、なんでもなくない。それどころか、アマンダは自分の目が信じられなかった。ピートが微笑んでいるように見えたのだ。そんなことがあり得るだろうか? ごくわずかに頬をゆるませた程度の笑みだったが、それっぽちの笑みでさえ、これまで一度も見せたことがなかった。ピートはいつも、いかめしい、深刻そうな顔をしていた——あまりにも暗くて、まるであるじが電気をつけるのを頑固に拒んでいる家のようだった。ところが今、その家のひと部屋に明かりが灯っていた。テキストメッセージね。もしかして女性からの? あるいは男性からってことも、もちろん考えられる。結局のところ、ピートの個人生活については何も知らないのだ。それはともかく、ピートの顔に浮かんだめずらしい表情を眺めているのは快かった。張りつめた状態が続く中での、ありがたい小休止。でもだからこそ、ピートのことが気遣われた。

この新たな光をぜひとも消さないでほしい。

「何なんですか?」今度は少しからかうように訊いてみた。

「どっかの誰かが、今夜何やらする暇があるかとたずねてきただけだ」と言って電話をデスクに置いたピートの顔から、微笑みが消えた。「当然ながら、暇はない」

「ばかなことを言わないで」

ピートがアマンダをしげしげと見つめた。

「今のは本気の発言です。この事件の責任者はわたしであって、あなたじゃありません。わたしは必要のあるかぎり、いくらでも居残るつもりでいますが、いいですか、あなたは定時になったら帰るのです」

「それはない」

「あります。そして家に着いたら、なんでも好きなことをしてください。何か進展があったら、わたしから連絡を入れます」

「でも行くのはわたしでなければ」

「あなたではだめ。たとえ目当てのデイヴィッド・パーカーが見つかったとしても、彼がどんなふうに関与したのか、いや関与したかどうかさえ、わかってないんです。ちょっと話をする程度のことしかできないでしょう。それに、彼のためにもあなたのためにも、無関係な者が対応したほうがいい。この件があなたにとって、どれほど大きな意味を持つかはわかってます。でも、過去に生きることはできないんですよ、ピート。ほかのことも大事」アマンダは電話を顎で示した。「ときには、一日の終わりに肩の荷をおろさなくちゃ。ね？」

ピートはしばらく口を閉ざしていた。また反論してくるだろう、とアマンダは思っていたが、彼はやがてうなずいた。

「過去に生きることはできない」ピートはアマンダの言葉を繰り返した。「きみは正しい。

きみが自分で思っている以上に正しい」

「あら、自分が正しいのはよくわかってますよ。わたしの言うことを信じて」

ピートは微笑んだ。「了解、それじゃあ」


そう言ってピートは電話を再び取り上げ、少々ぎこちない手つきで返信を打ちはじめた。テキストメッセージを受け取る機会があまりなく、返信を送るのにも慣れていないかのようだ。それとも、その返信には特に緊張するのか。いずれにしても、アマンダはそんなピートの姿に満足した。彼の顔にはさっきのわずかな笑みが戻っており、見ていてうれしくなった。微笑むことができるのだとわかって。

生気が蘇った、とアマンダはピートを眺めながら思った。新たな光はそれだったのだ。

そこには、いろいろなことをくぐり抜けた末に、ようやく何かを楽しみにするようになった男がいた。

四十五

父には夕方七時に来るよう頼んであった。すると父が七時きっかりに現れたので、もしや早めに来て、時間になるまで外で待っていたのではないかとぼくは想像してしまった。ひょっとしたら、ぼくに敬意を表してくれたのかもしれない——ぼくやジェイクの生活に割り込むのを許されたのだから、ぼくの出した条件にはきっちり従わなければならないと。でも実際には、父は相手が誰であろうと同じように振る舞うのだろう。規律を大事にする人間なのだ。

　父はスーツのズボンにワイシャツという、いかにも職場から直行したような堅い服装をしていた。でもさっぱりして見えたし、髪がやや湿っていたので、シャワーと着替えをすませてきたのは明らかだった。アルコールのにおいもしなかった。父がぼくのあとについて家の中に入ったとき、ぼくは無意識のうちにチェックしていた。もし飲酒の習慣から抜け出していないとしたら、この時間にはもう飲んでいるはずで、何もかも中止にするのは今からでも遅くなかった。

　ジェイクは居間の床にひざまずき、うずくまるようにして絵を描いていた。

「ピートが来たよ」ぼくはジェイクに声をかけた。

「ハイ、ピート」

「せめて顔を上げるふりぐらい、してくれないかな?」

　ジェイクはため息をついたものの、使っていたペンにキャップをした。指がインクだらけだ。

「ハイ、ピート」ジェイクはもう一度言った。

　父は微笑んだ。

「こんばんは、ジェイク。今夜はちょっとだけ、きみの世話をさせてもらえるそうで、どうもありがとう」

「どういたしまして」

「ぼくらはふたりとも感謝しています。せいぜい二時間ぐらいの予定です」

「必要なだけゆっくりしてきてかまわない。本を持ってきた」

ぼくは父の手にある分厚いペーパーバックをちらりと見た。一部が隠れていて題名は読めないが、表紙にウィンストン・チャーチルの白黒写真がある。価値も重みもずっしりとある学術書のたぐいで、ぼくなら読み通すのに苦労しそうだ。ぼくは少々自分が恥ずかしく思えた。父は肉体面でも精神面でも自分を作り変え、こんなにも穏やかで感じのいい人間になっていた。それに比べて、ぼくは自分がやや未熟なように感じないではいられなかった。

ばからしい考えだったが。

おまえは自分に厳しすぎるんだ。

父が本をソファに置いた。

「家の中を見せてもらえるかな？」

「前にも入ったことはあるでしょう」

「役割が違っていたからな」父は言った。「ここはおまえのうちだ。できれば直接、説明が聞きたい」

「わかりました。ジェイク、ふたりでちょっと二階に上がってくるよ」

「うん、わかった」

ジェイクはすでに絵に戻っていた。ぼくは先に立って父を二階に連れていき、バスルームとジェイクの寝室を見せた。

「いつもならジェイクは風呂に入りますが、今夜はそれは抜きにしてください。あと三十分ぐらいで、ジェイクはベッドに入ります。パジャマは掛け布団の上にあります。ジェイクの本はそこに。いつも電気を消す前に、ふたりで一章を読むんです。今はそれを半分ぐらいまで読んだところです」

父は本を見おろし、とまどったような顔をした。

「『三の力』?」

「ええ、ダイアナ・ウィン・ジョーンズの。おそらくジェイクにはちょっと古臭いんだろうけど、あの子は気に入ってます」

「それはよかった」

「さっきも言ったように、長くは留守にしませんから」

「何か楽しみなことでも?」

ぼくは一瞬、言葉に詰まった。

「友だちと一杯やるだけです」

それより詳しい説明はしたくなかった。ひとつには、デートと受け取られかねないものに出かけるのを白状するなんて、妙に十代のガキじみた気がしたからだ。もちろん、成長過程のそうした気恥ずかしい時期を、ぼくたちは一足飛びにしたのだから、少々不慣れな感じがするのも当然だった。その種のことを話すときの、あるいははっきり話さないための、特別な言い回しを生み出す機会が、ぼくたちにはまったくなかった。

「きっと楽しい時間になるだろう」父は言った。

「ええ」

きっとそうなる、とぼくも思った。するとそのとたん、また別の十代の感覚に襲われた。へその下のあたりで蝶が飛び回っていた。いや、これはデートではない。そんなふうに思って出かけるのはまずいぞ。きっと失望を味わう。それにカレンもぼくも家に子どもがいるんだ、何も起こりようがない。いったいみんな、どうやってやりくりしているんだろう? さっぱり見当がつかない。こんなにも長いあいだデートしていないとは、ぼくはやっぱり十代のガキも同然か。

蝶。

ふと、父を迎え入れたあとに玄関の鍵をかけなかったのを思い出した。ばかばかしいと思い直したものの、高ぶりはたちまち消え、代わって小さな恐怖が駆け抜けた。

「そろそろ」ぼくは言った。「下に戻りましょうか」

四十六

パパとピートが二階で動き回るにつれ、天井がぎしぎし音を立てた。ジェイクはふたりがしゃべっているのはわかったけれど、内容は聞き取れなかった。でも自分について話しているのは間違いない。何かこまごましたことを伝えているのだろう——どうやって寝かしつけるかとか。それならいい。ジェイクはできるだけ早くベッドに入りたかった。

この日が早く終わってほしくてたまらなかったからだ。

ベッドに入れば眠れる。すると、何もかも洗い流されたように消える。

ケンカをしたことも、不安になったことも、なんでも。

何かに脅えたり腹を立てたりしていると、眠れない気がすることもある。でも、眠りはいつのまにかやって来て、朝に目を覚ますとそうした気持ちは消えている。まるで夜のうちに嵐がすぎていったみたいに。でなければ、大きな手術の前に眠らされたときのように。そんなことがときどき起きると、パパが言っていた。お医者さんに眠らされると、そのあいだにどんな恐ろしいことをされているかは知らないままで、目が覚めたら気分が良くなっているらしい。

今ジェイクが願っているのは、怖い気持ちが消えてなくなることだった。

といっても、怖いというのはぴったりな言葉じゃない。怖いと感じるときには、何が怖いのかがちゃんとわかっている——たとえば、叱られることとか。でも今の気持ちは、どっちかというと、舞い降りる場所がどこにもない鳥のようだ。今朝からずっと、何か悪いことが起きるような気がしていた。何が起きるのかはわからない。ただひとつはっきり言えるのは、今夜はパパに出かけてほしくないということだ。

怖い気持ちは現実ではないから、眠るのは早ければ早いほどよかった。そのときは怖い——のかなんなのか、その気持ちをどう呼ぶにしても——だろうけど、朝になって目が覚めると、きっとパパも家に帰っていて、何もかも普通どおりになっている。

「いいえ、ジェイクが怖がるのは正解よ」

ジェイクは飛び上がるほど驚いた。

あの女の子がジェイクの横で、両足を前に投げ出して座っていた。学校がはじまった日以来、ずっと見かけなかったのに、膝のすり傷はまだ赤くて痛々しい。髪は相変わらず片方になびいている。その顔つきからして、今日も遊ぶ気分ではなさそうで——何かがおかしいことにも気づいているみたいだ。しかもジェイクよりも怖がっているように見える。

「パパは出かけるべきじゃない」女の子は言った。

ジェイクは描いている絵に目を戻した。怖い気持ちと同じで、女の子も現実ではないことを、ジェイクは知っていた。たとえ本当にいるように見えても。本当にいてほしいとどんなに願っていても。

「悪いことなんか何も起きないよ」ジェイクはぼそっと言った。

「いいえ、起きる。ジェイクにはわかってるんでしょ」

ジェイクは首を振った。パパのお出かけについては、聞きわけをよくして、一人前に振る舞うことが大事だった。ジェイクがお利口でいるのを、パパはあてにしていたからだ。だからジェイクは知らんぷりして絵を描き続けた。本当はそこに女の子なんかいないんだとでもいうように。いやもちろん、本当にいないのだけれど。

それでも、ジェイクには女の子が苛立っているのが感じ取れた。

「パパに彼女と会ってもらいたくないんでしょ」

ジェイクは絵を描き続けた。

「ママの代わりができるのが嫌なんでしょ、違う？」

描く手が止まった。

違わない。そんなのはもちろん嫌だ。それにそんなことはぜったいに起きない、よね？けど今夜のことを話すとき、パパが少し妙なそぶりを見せたのは本当だ。そのときの気持ちにも、うまい言葉が見つけられない。ただ、何もかもがみな少しずつ嚙み合わなくなった感じで、自分には聞かされていないことがあるような気がした。でも、誰かがママの代わりになるなんてあり得ない。パパもそんなことは望んでいないはずだ。

ふと、パパが書いていたことが思い出された。

いいや、それについてはパパと話し合ったじゃないか。本の中のお話と一緒で、本当のことじゃなかったんだって。それに、パパはこのところずっと悲しそうだったから、出かけるのが助けになるかもしれない。そこが大切なところだ。パパにはパパらしくさせてあげなきゃいけない。そうすればきっと、ぼくの前でもまた元気な姿を見せてくれるよ。

ぼくは勇気を出さなくちゃ。

女の子がジェイクの肩に頭を預けてきた。ジェイクは女の子のこわばった髪が首に当たるのを感じた。

「なんだかとっても怖いの」女の子がそっと言った。「パパを行かせないで、ジェイク」

そして何か別のことを言いかけたけど、そのとき階段からどすどすと足音が聞こえてきて、女の子はいなくなってしまった。

四十七

ぼくと父が一階に下りると、ジェイクはまだペンを手にしたまま、床で絵の横に座っていた。でも絵は描かずに、宙をじっと見つめている。その顔は今にも泣き出しそうだ。ぼくはジェイクに駆け寄ってそばで身をかがめた。

「大丈夫かい、相棒？」

　ジェイクはうなずいたが、ぼくには大丈夫には思えなかった。

「どうかしたの？」

「なんでもない」

「ふうむ」ぼくは顔をしかめた。「その言葉は信用できないな。今夜のことが心配？」

　ジェイクは口ごもった。

「たぶん、少しだけ」

「それはよくわかる。でもきっと平気だよ。正直に言うと、たまにはパパ以外の人とすごすのを、ジェイクは心待ちにしてたんじゃないかと思ってた」

　するとジェイクがぼくを睨みつけた。見かけはいつもの小さくはかなげなジェイクだったが、その顔には、これまで見たこともないような大人びた表情が浮かんでいた。

「パパと一緒にいるのを、ぼくが嫌がってるとでも思ってるの？」

「そんな。ジェイク、ほらおいで」

　ぼくはジェイクが膝に座れるように向きを変えた。ジェイクは膝にのり、小さな体をぼくに預けてきた。

「そんなことはぜんぜん思ってないよ。そういう意味で言ったんじゃない」

　でも本当はそうだった。少なくとも、それに近い意味で言っていた。レベッカが死んで以来、ジェイクと気持ちを通い合わせることができないのが、ぼくのいちばん大きな悩みだった。まるで他人同士のようなジェイクとぼく。そして心のどこかで、ジェイクはぼくや、ぼくの不器用な父親ぶりから解放されたときのほうが、気が楽なのではないかと疑っていた――ぼくを振り返りもせずに校舎に入っていくとき、ジェイクはいつもそう感じているのではないかと。

まさかジェイクも、ぼくについて同じように考えていたのだろうか？　ひょっとしたら、今夜出かけるのは、ジェイクと一緒にいたくないからだと思ったのかもしれない。567クラブに入会させたのも、ジェイクを追い払いたいためだと解釈したのだろうか。確かにぼくには自分の時間と空間が必要だった。でもそれは、追い払いたいといった気持ちとはまるで違っていた。

なんて悲しいことだろう。ぼくらは同じ思いを抱えていたわけだ。ふたりとも、同じレールの真ん中で落ち合おうとしながら、なぜだかいつもレールからそれてしまい、相手を見失っていたのだ。

「それに、パパもジェイクと一緒にいたいと思ってるんだよ。長くは留守にしない、約束する」

ジェイクはぼくをつかむ手にわずかに力をこめた。

「行かなきゃならないの？」

ぼくは深く息を吸った。

答えはたぶん、ノーだった。行かなくてもよかったし、ジェイクがあまりに動揺するようなら、それでも出かけようとまでは思わなかった。

「行かなきゃならないわけじゃない。でもきっと心配はないよ。すぐにベッドに入って、ぐっすり眠って、目が覚めたときには、パパはもう家に戻っている」

ジェイクは黙ってぼくが言ったことを考えていた。しかしそのあいだに、ジェイクの心配がぼくにも忍び込んできた。懸念。ほとんど恐怖のような――不意に、何か悪いことが起きるのではないかという不安に襲われた。ばかげた考えだし、そう考える根拠もなかった。それでも、やはり家にとどまろうと思い直し、そう言おうとしたとき、ジェイクがうなずいた。

「わかったよ」

「そう。よかった。愛してるよ、ジェイク」

「ぼくも愛してるよ、パパ」

ジェイクはぼくの腕の中から抜け出していった。ぼくは立ち上がり、ドアロでずっと待っていた父のほうへ近づいた。

「ジェイクは大丈夫か？」

「ええ。そのうち落ち着きます。でも何か問題が起きたら、ぼくの携帯電話の番号は知ってますね」

「ああ。でもきっと心配ない。ただ慣れてないだけだろう」父は少し大きな声で言った。「ちゃんと仲良くやれるよな、ジェイク。いい子にしていてくれるだろう?」

また絵を描きはじめていたジェイクは、うなずいてそれに返事した。うずくまって夢中でペンを動かすジェイクを見ているうちに、ぼくはジェイクに対する愛情がとめどなくあふれてくるのを感じた。でもそれが出かける決心を固めさせた。ふたりはまた同じレールに乗れるだろう、ジェイクとぼくは。きっと何もかもよくなっていく。ぼくはジェイクと一緒にいたいし、ジェイクはぼくと一緒にいたいのだから、そのふたつの気持ちをどうにか結び合わせる方法が、ふたりのあいだで見つかるに違いない。

「二時間」ぼくは父に再び言った。「それ以上は留守にしません」

四十八

「もうすぐ着きますよ」ダイソン巡査部長が言った。

「ええ」アマンダは返事した。

ダイソンをたとえ一時間でも携帯電話から引き離せるよう、運転は彼に任せてあった。ふたりが向かっているのは、フェザーバンクから八十キロの距離にある大学の、広大な敷地の一辺に接する地区だった。角を曲がると、見るからに学生街とわかる一画に入った。狭い通りにひしめき合う家々はみな赤いレンガ造りで、高さはどれも三階か四階建て以上だ。一つの建物に五、六人のグループで住んでいるところもあれば、一部屋ずつ別々に貸し出されているところもある。見知らぬ者同士が集まり、互いに見知らぬまま住んでいるわけだ。雑多な人々からなる一・五キロ四方の区画。姿を消すには容易で安上がりな場所だった。

そしてここを、デイヴィッド・パーカーは自分の住みかに選んでいた。

このデイヴィッド・パーカーが元フランシス・カーターであることは間違いなかった――年齢も一致するし、体格もヴィクター・タイラーを刑務所に訪ねた人物とよく似ている。その男が見つかったのは、ピートが署を出る一時間前だった。アマンダは、ピートが誰かとの約束を撤回して、自分も行くと言い出すのではないかと心配した。そうしたがっているのが素振りからわかった。しかしピートは、男を訪ねるために地元警察に連絡するアマンダを黙って見守り、退署時間が来ると不平も言わずに帰っていった――アマンダの幸運を祈り、何か進展があったら連絡してくれと頼んだだけで。定時に帰る決心を先に固めておいて、ほっとさえしたのではないだろうか。

アマンダもほっとできれば幸いだったのだが、今は内心、一緒にいるのがピートならよかったのにと思っていた。というのも、署で話した見通し――フランシス・カーターが事件に関与している明らかな証拠はなく、今回は手はじめとして、型どおりの訪問をするにとどまるだろう――は今も変わらないものの、アマンダはずっと嫌な予感に苛《さいな》まれていたからだ。

胃の底のあたりで半ば恐怖、半ば興奮じみたものがうごめいている。それは何かが近づきつつあるという知らせだった。何かが起こる、だから警戒して、それが起きたときに備えておかなくてはならないという。

車が急な坂を下りはじめた。ここではどの家も手前の家より低くなっており、暮れはじめた空を背景に、家々の屋根がのこぎり状の黒いシルエットを描いていた。デイヴィッド・パーカーことフランシス・カーターが借りているのは、大きなシェアハウスの地下にある、ワン・ベッドルームのフラットだった。

そこに監禁？

しっくりする部分としない部分があった。デイヴィッドが誘拐犯だとするなら、きっとプライバシーを守るために孤立した場所を選んだだろう。しかしそこに二か月間も、誰にも見られることなく、音を聞かれることもなく、子どもを隠しておけただろうか？　それとも、ニールは別の場所に閉じ込められていたのだろうか？

車がスピードを落とした。

もうすぐわかる。

周囲の色を漂白するかのような街灯の下に車を停め、アマンダとダイソンは外に出た。シェアハウスは四階建てで、両脇の住宅の間に割り込むようにして立っていた。正面玄関の明かりはついていない。手前の低いレンガの壁に錆《さ》びついた鉄の門があった。アマンダはそれをそっと開け、通路に足を踏み入れた。左手の小さな庭は草ぼうぼうだ。荒れすぎていて、もう誰も手入れをしないのだろう。庭の向こうに急な階段があり、それが正面玄関に通じていた。だが庭のすぐ近くにも、地下へ向かう別の階段があった。いちばん下の空間は人一人がやっと立てるぐらいの広さだ。上から覗くと窓が一つ見えた。ドアはおそらく正面玄関の真下にあると思われたが、視界から隠れていた。

階段を下るにつれ、左手の庭がせり上がっていき、やがて周囲はレンガの壁だけとなった。空気がさっきより冷たい。墓の中へ下りていくような感じだ。窓は正方形で、汚れで黒ずみ、隅には蜘蛛《くも》の巣ができていた。暗がりの中で、フラットのドアがかろうじて見えた。

アマンダはドアを強く叩きながら呼びかけた。

「ミスター・パーカー？　デイヴィッド・パーカー？」

返事はなかった。

数秒待って、再びノックした。

「デイヴィッド？　いますか？」

やはり応答はなく、しんとしたままだ。アマンダの横で、ダイソンが目を両手で囲って窓の中を覗こうとした。

「何も見えませんな」ダイソンは汚い窓ガラスから身を離した。「どうします？」

アマンダがドアのノブを回してみると、驚いたことにきしみながら回った。ドアがわずかに開いた。たちまち、強烈なカビ臭の混じった、どんよりした空気が洩れ出してきた。

「物騒ですな、こうした界隈《かいわい》で鍵を開けっぱなしにしておくとは」ダイソンが言った。

ドアから少し離れていたダイソンには、アマンダが嗅いだにおいが届かなかったようだ。

まったく物騒だわ、とアマンダはおそらくダイソンとは違う意味で思った。フラットの中は真っ暗で、胃の底がざわざわする感覚が強まった。その感覚は、そこに何か危険なものが待ち受けていることを教えていた。

「油断しないように」アマンダはダイソンに言った。

そして懐中電灯を取り出し、慎重に中に足を踏み入れた。一方の手でコートの袖を鼻と口に押し当て、もう一方に持った懐中電灯で室内をゆっくり照らした。埃がひどく、懐中電灯の光の中で塵《ちり》が渦を巻いて見える。光を動かすにつれ、生活の残骸が瞬間瞬間に浮かび上がった。ぼろぼろに傷んだ灰色の家具。ごわごわしたカーペット。あちこちに放置された、くしゃくしゃに丸められた古びた衣類。傾きかけた木製のテーブル。その上に散乱する書類。壁や天井はカビだらけだ。右手の壁沿いに台所があった。そこの汚れた皿やカップを次々に照らすと、何やら動く物の大きな影がいくつかよぎったが、すぐに姿をくらました。

「フランシス？」と呼びかけてみた。

だが、フラットに誰も住んでいないのは明らかだった。そこはすでに見捨てられていた。住人はここから出てドアを閉めると、鍵もかけないで去り、二度と戻ってこなかったのだ。

アマンダは脇のスイッチを何度か押してみた。照明はつかなかった。部屋代は一年分を前払いしていたが、電気はそうしなかったらしい。

ダイソンがアマンダの横に来て立ち止まった。

「こりゃひどい」

「ここで待ってて」アマンダは言った。

部屋に散乱するがらくたを踏まないよう、慎重な足取りで前に進んだ。奥にドアが二つあった。一つを開けると、そこはバスルームだった。懐中電灯を前後に動かすうちに、吐き気が喉の奥までせり上がってきた。居間よりもっとひどいにおいだ。奥のシンクには、どろっとした汚水が中ほどまでたまっている。床では濡れたタオルがいくつかとぐろを巻き、その表面はところどころ腐敗していた。

そのドアを閉め、もう一つのドアに近づいた。ここは寝室のはずだ。何が見つかっても動じないよう、心の準備をしてからドアを開け、中を照らした。

「何かありましたかな？」

アマンダは問いかけを無視し、慎重に敷居をまたいだ。

ここも埃っぽかった。だがほかの部屋と違い、ほったらかしにされていた気配はない。カーペットは柔らかく、ほかの調度品より新しく見える。家具は一つもないが、置かれた跡がカーペットにくっきり残っていた。大きな長方形のへこみはチェストがあった場所か。正方形のへこみが一つだけあるのは、何だかまったく不明だ。小さな正方形のへこみが四つぽつぽつとついているのは、壁際に置かれていた長テーブルの脚の跡だろう。四つのへこみはかなり深く、テーブルには物がたくさん積まれていたことをうかがわせた。ただ、ベッドの跡だとはっきりわかるものはなかった。

そのとき、アマンダは何かに気づき、懐中電灯をさっと奥の壁に向け直した。フラットのほかの壁と違い、そこは比較的最近ペンキが塗られたらしく、しかもさらに補修されていた。床に近いあたりに、入念に絵が描き加えてあったのだ。まるで床から生えているかのような先の尖った細長い葉、そのあちらこちらから顔を覗かせる幼稚な印象の花、上を飛び交う蜂や蝶。

フランク・カーター宅の増築部屋の内部を撮った写真が思い出された。

なんてこと。

懐中電灯の光をゆっくりと上へ向けた。

天井の近くで、怒った顔をした太陽が黒い目でアマンダを睨み返した。

四十九

きみのパパも、子どもの頃にこうした本が好きだったんだよ。

ピートはジェイクのベッドの脇にひざまずいて本を取り上げたとき、あやうくそう言いかけた。寝室の照明があまりにも柔らかで、毛布にくるまって横たわるジェイクがあまりにも小さくて、ピートは一瞬、異なる時に連れ戻されていた。トムが小さかった頃に本を読んでやったのが思い出された。ダイアナ・ウィン・ジョーンズの本はトムのお気に入りの一つだった。

『三の力』。内容は思い出せなかったが、表紙はすぐにそれとわかり、持つ手の指先がちりちりと疼《うず》いた。表紙の角がすりへっている。背表紙も傷みが激しく、しわが寄って題名が読めないほどだ。ずっと昔にわたしが読んでやった本そのものだろうか？　きっとそうだ。トムはそれをずっと持ち続け、今度は自分の息子に読んでやっているのだ。時を経て父から息子へ、物語だけでなく、書かれた本自体も受け継がれていた。

ピートはそのことに驚きを感じた。

きみのパパも、子どもの頃にこうした本が好きだったんだよ。

だがそれを言うのは思いとどまった。ジェイクはピートとの関係を知らなかったし、ピートはそれを明かす立場にはなく、今後も永久にその立場には立てないからだ。それでいい。長年のあいだに自分は変わり、もうトムの覚えているひどい男ではなくなったと主張したいなら、本を読んでやったことだけを得意がって言ったりなどできない。

あの男が消え失せたのだとしたら、いい部分も悪い部分もそっくり消えたのでなければ。

代わってここにいるのは、まったく別の男。

「じゃあ、読もうか」

寝室の光はピートの声を優しく穏やかにした。

「どこからはじめればいいのかな？」

そのあとピートは一階で腰をおろし、持ってきた本には手を付けずに、ただぼんやりしていた。二階で感じた温かみがまだほんのり残っており、もうしばらくはそれを味わっていたかった。

ピートは長らく、気をそらすことにばかり没頭してきた。読書も料理もテレビも、その手段――たいていは儀式――だった。心が危険な方向を見つめないよう、パチンと指を鳴らし、ほかへ気を引きつけるわけだ。でも今はその必要を感じなかった。いつもはうるさくつきまとってくる〝声〟が沈黙している。飲みたい衝動も今夜は燃え上がらなかった。まだどこかにあるのは感じられたが、それはろうそくが消されたあとに残る、わずかな煙のようなもので、その炎や輝きはもうなくなっていた。

ジェイクに本を読んでやるのは本当に楽しかった。ジェイクはおとなしく耳を傾け、二、三ページ進むと、今度は自分が代わって読もうとした。ところどころで詰まったが、その語《ご》彙《い》力の高さは驚くばかりだった。あの部屋ではいつも、ああした平和な時間が流れているのだろう。ピートはトムの幼少期を台無しにしてしまったが、トムは自分の息子にそれを繰り返したりはしなかったのだ。

十五分後に様子を見に上がると、ジェイクはもうぐっすり眠っていた。ピートはしばらくその場に立ち、その安らかさに感慨を覚えながら寝顔を見つめていた。

これが、おまえが酒で失ったものだ。

これまで何度となく、サリーの写真を眺めては失った生活に思いを巡らせ、自分にそう言ってきた。たいていはそれで充分だったが、そうでないときもあり、特にここ数か月は今まで以上に厳しい試練が続いていた。でもなんとか抵抗しきった。今ジェイクを見おろしていると、そのことがとてつもなくありがたく思えた。飛んでくるとは知らなかった銃弾から、なんとか身をかわして逃れた気分だ。そこには不確かながらも、ともかく未来があった。

これが、酒をやめたことで得たものだ。

そう考えるのは、はるかに心地よかった。その二つのあいだには、後悔と安心、あるいは、薄墨色の灰であふれる冷たい炉床と赤々と燃えさかる火ほどの違いがあった。これは失っていない。まだ完全に見出《みいだ》したわけでもないかもしれない。でもとにかく、失ってはいない。

階下に戻ると、本を少し読んでみたものの、捜査のことがどうしても気になった。連絡が入っていないか、何度も電話を確認した。連絡はなかった。アマンダはもう現地に着いているはずで、フランシス・カーターを拘束したか、あるいは尋問していてもいい頃だった。ピートはそうであるように願った。忙しくて連絡する暇がないのなら、捜査が順調で忙しいように。

フランシス・カーター。

ピートはあの男の子のことをはっきり覚えていた。といっても、今は当然ながらまったくの別人で、あの男の子から形作られながらも、それとはまぎれもなく異なる大人の男だが。二十年前にフランシスと話をしたのは、ほんの数回にすぎなかった。取り調べの大半は、専門訓練を受けた警察官の手で、慎重に進める必要があったからだ。フランシスは小柄で青白く、どこか病んだ感じがした。目を半ば閉じてテーブルを見つめたまま、どんな質問にもせいぜい一言しか答えなかった。あの父親との暮らしで大きなトラウマを負ったのは一目瞭然だった。ずっと地獄の中にいた脆くて傷つきやすい子ども。

フランク・カーターの言葉が蘇ってきた。

シャツが頭までめくれてて、顔がちゃんと見えない。おれ好みだがね。

フランクにとって、小さな子どもはみな同じようなものだった。誰でもよかった。それにフランクは子どもの顔を見たくなかった。だがなぜ？　ひょっとして、自分の息子を責め苛んでいると想像したかったからか？　フランクはフランシスを憎んでいたが、息子を虐待すると足がつきやすい。だからその憎しみを、代わりによその男の子に向かって吐き出すしかなかった？

ピートは一瞬凍りついたようになった。

もしそうなら、息子のほうはそれを知ってどんな気持ちになっただろう？　自分には生きる価値がない、自分も死んで当然だ、と思ったのではないか。自分の代わりに命が失われたことへの罪の意識。どうにかして償いたいという願い。自分のような子どもを救いたい衝動。そうすれば、ともかくも自分を癒す第一歩になる。

こいつは面倒見のいい男だ。

フランクはピートが見せた写真の男のことをそう言った。

ピートに向かってにやりとした。

おまえがちゃんと聞いていないだけだよ、ピーター。

ニール・スペンサーは二か月間囚《とら》われていたが、そのあいだずっと世話をされていた。誰かがニールの面倒を見ていたのだ。ところが何かまずいことが起き、そのためニールは殺され、誘拐されたのと同じ場所に捨てられた。ピートは空き地でニールの死体が見つかったとき、もういらなくなったから返したみたいだと思った。今はまた別の考えが浮かんできた。

むしろ実験に失敗したのではないか。

そのとき、二階でジェイクが叫びはじめた。

五十

ぼくはカレンと、うちの数本向こうの通りにあるパブで待ち合わせていた。そこは地元のパブで、その名もずばり〈ザ・フェザーバンク〉。学校からも遠くないそのパブに着くなり、ぼくは少々緊張してきた。暖かな晩で、通りに面したビアガーデンは満席、大きな窓から見える店内も客でごった返していた。ジェイクの初登校日に校庭に足を踏み入れたときと同じく、自分だけが浮いた存在のように感じながら中に入った。

カレンがカウンターにいるのを見つけると、熱い体や笑い声にもまれながらも、なんとか人をかき分けて近づいた。今夜はだぼだぼのコートはどこにもなさそうで、ジーンズに白いシャツという格好だった。ぼくはますます緊張しながら、その横に立った。

「待たせた？」ざわめきに対抗して声を張り上げた。

「ううん」カレンはぼくに微笑みかけ、身を寄せてきた。「わたしも今来たところ。何が飲みたい？」

ぼくは手近なビアサーバーをざっと眺めて適当なのを選んだ。カレンは二人分を払い、パイントグラスを一つぼくによこすと、カウンターからすっと離れ、自分について来るよう顎で示した。人込みをすり抜け、さらに奥へと進むカレンを追いながら、ぼくは今夜のことをまったく誤解していたのではないかと思いはじめた。ひょっとしたら、ぼくを友だち数人と引き合わせる気かもしれない。しかしカウンターの端のドアを出ると、外にはまた別のビアガーデンがあった。パブの裏側なので店内からは見えない。木で囲まれた芝生にぽつぽつと丸テーブルが置かれている。小さな遊び場もあり、低いロープの橋を子どもたちが渡るそばで、親連中が腰かけてビールを飲んでいた。店内ほど込んでいないようだ。カレンはぼくをいちばん奥の空いたテーブルに導いた。

「子どもたちも連れて来られたな」

「頭がどうかしてるんだったら、それもありだったわね」カレンは腰をおろした。「あなたが信じがたいほど無責任な人間じゃないとしての話だけど、つまりジェイクを見てくれる人が見つかったわけ？」

　ぼくはカレンの横に座った。

「ああ。父だ」

「あら」カレンは目をぱちぱちさせた。「このあいだの話を聞いたあとでは、それは不思議に思えるんだけど」

「確かに変だよね。普通なら、父に頼んだりはしなかったんだろうけど、でも……。ぜひとも飲みに来たかったから、この際、選《え》り好みはできなかった」

　カレンが眉をつり上げた。

ぼくは顔が熱くなった。「父のことだよ、きみじゃなくて」

「ま！　これはみんなオフレコにしておくわ、ちなみに」カレンはぼくの腕に手を置いた。「友好を示す仕草としては、置いている時間がほんのちょっと長かった。「とにかく、あなたが来られてよかった」カレンは言った。

「ぼくもだ」

「まずは、乾杯」

ぼくたちはグラスを合わせた。

「で、何も不安は感じてないの？」

「父に？」ぼくは首を振った。「正直言って、感じてない。あまり深くは。どういうことなのか、実は自分でもよくわからないんだ。この先もずっと関わり続けるっていう意味じゃないし。どんな意味でもないんだ、ほんとに」

「そうね。そんなふうに捉えておくのが賢明だわ。人はとかく物事の性質を重く考えすぎるのよ。ただ流れに身を任せたほうがいい場合もある。ジェイクはどうなの？」

「ジェイクなら、たぶん、ぼくより父のほうを好いている」

「それはないでしょう」

出かける間際のジェイクの様子が思い出され、罪の意識が湧いてくるのをなんとか抑えた。

「かもね」

「前も言ったように、あなたは自分に厳しすぎるのよ」

「かもね」

ぼくはビールを一口飲んだ。まだどこか神経がぴりぴりしている部分があったが、それはカレンと一緒にいるせいではないようだった。その証拠に、驚いたことにぼくはここの雰囲気にすっかり打ち解け、カレンのそばに、しかも友だち同士というには少々接近しすぎて座っているのに、それをごく自然に感じていた。神経質になっているのは、やはりジェイクが心配だったからだ。ジェイクのことを考えないでいるのは難しかった。ここにいたい気持ちは大きくても、自分がいなければならない場所は別にある、という思いがどうにも振り払えなかった。

ぼくはもう一口ビールを飲み、ばかな考えは捨てろと自分に言った。

「アダムはお母さんが見てくれると言ってたよね？」

「ええ」

カレンは目をぐるっと回して空を仰いでから、自分の事情を話しはじめた。カレンがフェザーバンクに戻ってきたのは昨年で、この村を選んだのは、母親が住んでいるというのが主な理由だった。ふたりはずっと不仲だったが、母はアダムには優しいので、再び仕事で身を立てるうえで母の助けが役立つと考えたらしい。

「アダムのお父さんは、その場面には登場しないの？」

「登場してたら、あなたと飲みに来たと思う？」

カレンはにやっとした。ぼくが困ってわずかに肩をすくめると、カレンのほうから答えた。

「いいえ、登場しないの。ひょっとしたら、アダムには辛いことだったかもしれないけど、そのほうが子どもにはいい場合もあるのよ。必ずしもそのときにはわからないとしてもね。ブライアン——というのは別れた夫のことだけど、彼はあなたのお父さんのようだった、とだけ言っておこうかな。ある意味で。多くの意味で」

カレンはビールを一口あおり、黙り込んだ。それで特に気づまりになったわけではないが、やはりその話題は打ち切りにするのが自然なように思えた。まだ話せないこともあるのだろう、そもそも話す必要があるとしてだけど。そのあいだぼくは、遊び場の奥の遊具に登る子どもたちを眺めていた。陽が沈みかけていた。あたりはますます暗くなり、周りの木々のあいだをちらちらと、小さな虫が揺れ動くように飛ぶのが見えた。

それでもまだ暖かかった。まだ心地よかった。

ただ……

ぼくは別の方角に目をやった。ぼくの体内方位磁針は、うちがどの方角にあるかをすでに見つけ出していた。うちからそれほど離れたわけでもなかった。直線距離にすれば、おそらく数百メートルにすぎないだろう。なのに、ジェイクがうんと遠い場所にいるように感じられた。思わずさっきの子どもたちに目を戻した。すると、周囲が暗くなりつつあるだけでなく、光の加減がどこか正常でないのに気づいた。何もかも色調が狂って奇妙に見えた。

「そうだった」カレンが突然声を上げ、バッグの中を探りはじめた。「今、思い出した。これを持ってきたの。ちょっと恥ずかしいんだけど、サインしてくれる？」

ぼくの最新刊だった。そのあとに続く作品をしばらく出していないことが否応《いやおう》なく思い出され、ぼくは少々うろたえた。でもカレンがジョークめかして好意を表そうとしているのは汲み取れたので、無理やり微笑んでみせた。

「もちろん」

カレンがペンを差し出した。ぼくはタイトルページを開いて書きはじめた。

カレンへ。

そこで手が止まった。書くことがまったく思い浮かばなかった。

きみに出会えて本当によかった。きみがこの本をクソみたいだと思わないよう願っている。

本にサインをすると、添え書きはあとで読むという人もいる。でもカレンはそうではなく、ぼくが書き終わるなり声を立てて笑った。

「思うわけないわ。そもそも、どうしてわたしが読むと思ったの？　この本は〈イーベイ〉に直行よ、おあいにくさま」

「どうぞご自由に。ただ、そうしたからといって、仕事をやめて悠々自適の生活に入れるとは思わないけど」

「それはご心配なく」

あたりはいちだんと暗くなっていた。ぼくは再び遊び場を見やった。すると、そこに立つ青白の服を着た小さな女の子がぼくを見つめ返してきた。ぼくたちの目が合った瞬間、ビアガーデンのほかの風景がすべてかすんで背景と化した。女の子は口を大きく開けてにやっとし、ロープの橋のほうへ走っていった。そのあとを、別の女の子が笑い声を上げながら追いかけた。

ぼくは何かを払いのけるように頭を振った。

「大丈夫？」カレンがたずねた。

「ああ」

「うーん、大丈夫じゃなさそうね。ジェイクのこと？」

「たぶん」

「気がかりなの？」

「さあ。そうかもしれない。おそらくなんでもない。ただ、ジェイクを連れないで夜に外出したのは初めてなだけで。ここにいるのはもちろん楽しい、心からそう思ってる。なのになんだか……」

「妙な感じがして、やたらそわそわする？」

「ああ、ちょっとね」

「わかるわ」カレンは同情するように微笑んだ。「わたしも、アダムを母に預けはじめた頃はそんなふうだった。自分と家をつなぐゴムのようなものがあって、それがどんどん伸びて細くなる気がして、ああ帰らなきゃって思うのよね」

ぼくはうなずいたが、実はもっと深刻に感じていた。絶対に何かがおかしいという気がしてならなかった。でもたぶん、カレンが言っているようなことを、ぼくが大げさに捉えているだけなのだろう。

「それでいいのよ。本当よ。だって初めてだもの。今日はこれぐらいにして、家に帰るといいわ。そして、別の機会にまたやりましょ。あなたにその気持ちがあるならだけど？」

「ぜひとも」

「よかった」

カレンがぼくを見つめていて、ぼくもその視線をしっかり受け止めていて、ふたりのあいだの空気は期待で満ちていた。今がその時だ。ぼくが前に乗り出したら、きっとカレンも身を傾けてくる。そしてふたりは目を閉じ、唇を重ね合わせる。息遣いのようにふわりとしたキス。もしぼくが何もしないでいたら、どちらかが目をそらさなければならなくなる。でもこの期待はずっと残り、ふたりともそれに気づいて、いつかまたその時がやって来るだろう。だったら今でもいいじゃないか。

そう思って身を乗り出しかけたとき、携帯電話が鳴りはじめた。

五十一

それはある日の午後のことで、ジェイクはパパと一緒に学校から家へ向かっていた。その日はパパの仕事日に当たる曜日で、本当ならママが迎えに来るはずだったのに、来なかったのだ。

パパはお金を稼ぐために物語を書いていて、人はその物語を読むためにお金を払っていて、ジェイクはそれをものすごくクールなことだと思っていた。パパもときどき、うん、クールだ、と自分で認めることがある。だいいち、よそのうちの親と違って、毎日スーツを着て会社に行って、あれしろこれしろと指図されなくてもいい。ただ難しいときもある。ほかの人には働いているように見えないからだ。

詳しいことはわからないけれど、そのせいであるとき、パパとママのあいだで問題が起きたのを、ジェイクはうっすら知っていた。ジェイクの送り迎えはほとんどパパがやっていたので、パパは物語があまりたくさん書けないらしかった。それを解決するために、ママが迎えに来る曜日を増やした。そしてその日は、ママが来るはずの曜日だった。ところがパパが現れて、ママは調子が悪いので、代わりにパパが来なきゃならなかったと説明した。

そんなふうにパパは言った。来なきゃならなかった、と。

「ママは大丈夫？」ジェイクは訊いた。

「平気だよ」パパは答えた。「仕事から帰ってきたとき、ちょっと頭がくらくらしていたから、横になってるんだ」

ママはもちろん平気に決まっていたから、ジェイクはパパの言うことを信じた。でも、パパの顔がふだんよりこわばっているのが気になった。たぶんパパは、今書いてる物語がいつにも増してうまくいってなくて、そのうえぼくを迎えに来なきゃならなくて……あれ、いいことが重なるのは「ケーキに砂糖衣」だけど、悪いことが重なるのはなんて言うんだろう？

自分はパパにとって頭痛の種なんだ、とジェイクはよく思っていた。きっと自分が周りにいないほうが、いろんなことがもっと楽になるんだろうと。

車の中でパパは、今日はどんな一日だったのか、どんなことがあったのか、何をしたのか、といつもどおりのことをたずねてきた。そしてジェイクはいつもどおり、質問になるべく答えないようにした。特に言うほど面白い出来事はなかったし、パパが本当にそんなことに興味を持っているとも思えなかった。

家の前でパパが車を停めた。

「ママの顔を見に行ってもいい？」

ジェイクはなんとなく、パパがだめだと言うような気がした。どうしてかはわからなかったけど――ひょっとしたら、それはぼくのすごくやりたいことだから、パパはぼくの楽しみをつぶそうとして、だめだと言うのかもしれない。でもジェイクの思いすごしだった。パパはただ笑って、ジェイクの髪をかき撫でた。

「もちろんだよ、相棒。でもおとなしくしてなきゃだめだ、いいね？」

「わかった」

ドアには鍵がかかっていなくて、ジェイクは靴も脱がないで家に駆け込んだ。それはふだんからママに叱られていることだった。ママは家の中をいつもピカピカにしておきたがった。でも靴はぜんぜん汚れていなかったし、早くママに会ってなぐさめてあげたかった。ジェイクはキッチンを通り抜け、居間に入った。

そこでふと立ち止まった。

何かがおかしい。居間の奥のカーテンが開いていて、午後の太陽が斜めに射し込んで部屋の半分を照らしていた。とても穏やかで、何もかもがひっそり静まっている感じがした。でもそれが問題だった。人がいるときには、たとえ隠れていても、たいていはなんとなくわかる。人が空間を占めているぶん、気圧がいくらか変わるからだ。そうした気配が、家の中にまったくなかった。

まるで空っぽな気がした。

パパは車の面倒を見ているのか、まだ外にいた。ジェイクはそろりそろりと居間を横切りはじめた。まるで部屋のほうがジェイクを通りすぎて、後ろへ流れていくみたいに思えた。

あまりにもしんとしているので、うっかりすると、静けさに傷をつけてしまいそうだった。

窓のそばまで来ると、横のドアが開いていた。階段の上り口につながるドアだ。ドアに近づくにつれ、階段のあたりが少しずつ見えてきた。

裏口のマーブル模様のガラス。

聞こえるのは自分の心臓の音だけだった。

白い壁紙。

ほとんど動いていないぐらい、ゆっくりと近づいていった。

節くれだった木製の手すり。

そして床に目をやった。

ママ――

「パパ！」

すっかり目を覚まさないうちから、ジェイクはそう叫んでいた。それから上掛けの下にもぐり込み、もう一度叫んだ。小さな心臓がどくどくと音を立てている。前の家から引っ越して以来、悪夢は見ていなかったので、そのぶんショックが激しかった。

ジェイクは待った。

今は何時だろう？　どれぐらい眠ったんだろう？　でもひとしきり眠ったから、パパはもうちに帰っているはずだ。まもなく、階段をのぼってくる、しっかりした足音が聞こえてきた。

ジェイクは上掛けからこわごわ頭を出して覗いた。廊下の明かりがつき、影が寝室の中まで伸び、誰かが入ってきた。

「おーい」男が優しく声をかけた。「どうかしたのか？」

ピートだ、とジェイクは思い出した。ピートのことはとても気に入っていたけど、当然ながらピートはパパじゃなかった。そしてジェイクが今一緒にいてほしいのは、今すぐここに来てもらう必要があるのは、ほかの誰でもなく、パパだった。

ピートは歳を取っているわりにはよろつきもせず、ベッドの横にさっと腰をおろして足を組んだ。

「いったいどうしたんだ？」

「悪夢を見たんだ。パパはどこ？」

「パパはまだ帰っていない。悪夢を見たのか、それは怖かったね。どんな夢だった？」

ジェイクは首を振った。悪夢の中身についてはパパにさえ話したことがなくて、これからも話すかどうかわからなかった。

「いいんだよ」ピートはひとりでうなずいていた。「わたしも悪夢を見る。それもしょっちゅうだ。でもわたしは、悪夢は見ても大丈夫だと思っている」

「どうして大丈夫だなんて思えるの？」

「それはね、ときたま、とっても悪いことが現実に起きるだろう？　でも人はそれを考えたくない。すると、悪いことが頭の奥のほうに埋められてしまうんだ」

「耳虫みたいに？」

「ああ、似た感じかな。だけどそれは、いつかは外に出てこなければならない。だから脳が悪夢を使って、外に出してやるわけだ。悪いことを細かく細かく砕いていって、最後には何も残らないようにする」

ジェイクはじっくり考えてみた。さっきの悪夢は今までよりうんと恐ろしかったから、頭が何かを砕くというより、どんどん補強している感じがした。ただ、悪夢はいつも同じところで終わってしまい、床に横たわるママを見たことは、きちんと思い出せないのだった。たぶん、ピートの言うとおりなんだろう。もしかしたらぼくの頭は、その光景があんまり恐ろしいので、まずは自分を補強してからでないと、砕くことができないのかもしれない。

「だからといって、気持ちが楽になるわけじゃないのはわかっている」ピートは言った。「でもこれだけは確かだ。悪夢がきみを傷つけることは決してない。だから何も恐れることはないんだ」

「わかった。でもやっぱりパパにいてほしい」

「もうすぐ帰ってくるよ、きっと」

「今、パパが必要なんだ」悪夢が戻ってきたし、少し前にはあの女の子の警告もあったしで、ジェイクはやっぱり何かがおかしいという気がしてならなかった。「パパに電話して、すぐに帰ってきてって、頼んでくれない？」

ピートはしばらく答えをためらっていた。

「ねえ、お願い。電話しても、パパはきっと気にしないよ」

「そうだな」ピートはうなずき、携帯電話を取り出した。

ピートが画面をスワイプし、何度かタップして耳に当てるのを、ジェイクは不安な気持ちで見守っていた。

そのとき、一階で玄関のドアが開く音がした。

「おっ、パパが帰ってきた」ピートは電話を切った。「なら、もうかけなくていいだろう。下に行ってパパを連れてくるから、それまでここで待っててても平気だね？」

ううん、平気じゃない。もう一秒だって、こんな暗い中にひとりきりでいたくない。それでも、とにかくパパが帰ったことで安心感がどっとあふれた。

「うん」

ピートは立ち上がって部屋を出た。そして階段をぎしぎし言わせながら下りていき、パパの名前を呼んだ。

少し開いた寝室のドアから、廊下の明かりが射し込むのを見つめながら、ジェイクはじっと耳をすましていた。しばらくはしんとしたままだった。それが突然、正体不明の音がしはじめた。何かが動いている音、まるで家具をあちこち移動させているみたいな。それから人の声。といっても、息が洩れるだけで言葉にはなっていなくて、たとえば力を込めて何かをやろうとするときに、思わず出てくるような声だった。

また大きな音。何か重いものが落ちたようだ。

そのあとは、再びしんと静まり返った。

ジェイクはパパに呼びかけようかと思ったけれど、なぜだか心臓がまたどくどくしはじめた。それが目覚めたときと同じぐらい強くなり、そのうえ静けさが耳の中でこだまして、まるで悪夢の中に、前の家の居間に、再び戻ったような気持ちになった。

誰もいない廊下に目を凝らしたまま、ジェイクは待ち続けた。

まもなく別の音が聞こえてきた。またしても階段からの足音だ。誰かが上がってくる。でもその足取りはゆっくりと慎重だった。やはり静けさを恐れているかのように。

そして、誰かがジェイクの名前を囁いた。

五十二

「きっとなんでもないわよ」

カレンが急ぎ足でぼくを追いかけながら、軽い調子を装って言った。確かに彼女の言うとおりなのだろう。ぼくはカレンが歩調を合わせるのに苦労するほど早足で歩いており、過剰反応しているのは間違いなかった。カレンは示し合わせたわけでもないのについてきた。そうでなかったら、ぼくは今頃、走っていたかもしれない。というのも、おそらく何も心配はないと思う反面、胸騒ぎがしてならなかったからだ。絶対に何かがおかしいという直感があった。

ぼくは携帯電話を取り出し、再び父を呼び出そうとした。パブにいたとき、父が一度電話してきたのだが、ぼくが出る前に切れてしまった。それは、何かがあったということを意味する。しかし折り返しかけても、父は出なかった。

呼び出し音をずっと鳴らし続けた。

それでも応答はなかった。

「くそっ」

電話を切ったときには、ぼくが住む通りの端まで来ていた。もしかしたら、父はふと、かけてみただけだったのかもしれない。あるいは、ぼくに話す必要はないと思い直したとか。でもさっきはずいぶんと遠慮深く振る舞っていたし、ジェイクの世話を頼まれ、たとえ小さな形でも、ぼくらの生活に入り込めることになったのを、ひそかに喜んでいるふうだった。自力でなんとかできそうなら、電話をしてこなかったはずだ。特に重要なことでもないかぎり。

右手の草地は宵闇に包まれていた。人影はなかったが、奥のほうはすでに真っ暗で見えなかった。ぼくは歩調をさらに早めた。カレンの目にはおそらく、完全に気が狂ったように見えただろう。でもぼくはパニックを起こしかけていた。あの直感がどんなに説明のつかないものであっても、いやだからこそ、いっそう気にかかった。

ジェイク……

家の私道に入った。

玄関のドアが半ば開いていて、斜めの光が一筋、小道のほうへ洩れ出していた。

きちんとドアを閉めとかないと……

ぼくはついに本当に走り出した。

「トム――」

そしてドアに手をかけたものの、敷居の手前で立ち止まった。階段の手前の床に一面、血に染まった足跡がついていた。

「ジェイク？」ぼくは中に向かって叫んだ。

家は静まり返っていた。恐る恐る中に足を踏み入れた。鼓動が速まり、耳にどくんどくん響いてくる。

カレンがやっと追いついてきた。

「いったいどう――？　うわっ」

ぼくは右手の居間のほうを向いた。理解を絶する光景が目に飛び込んできた。窓のそばの床で、父がこちらに背を向け、体を丸めたまま脇を下にして横たわっている。一見、眠っているかのように見えた。しかし周囲が血まみれだ。ぼくはあまりの信じがたさに、思わず首を振った。父の脇腹が血に染まっていた。頭のあたりには血だまりができていた。父は微動だにしなかった。ぼくもだ。目にしているものを頭の中でうまく処理できなかった。

そばにやって来たカレンが驚いてはっと息を飲んだ。わずかに振り返ると、カレンは顔を青くして目を見開き、手を口に当てていた。

そうだ、ジェイクだ。

「トム――」

そのあとのカレンの言葉は、もはやぼくの耳に入ってこなかった。息子のことを考えたとたん、ぼくはわれに返り、発作的に行動していた。カレンの前をぐるっと通りすぎ、階段を猛スピードで駆けあがった。祈りながら。願いながら。どうか無事で！

「ジェイク！」

二階の廊下のカーペットも、階下で凶行を犯した者の靴がつけた血で染まっていた。誰かが父を襲い、それからここに上がり、それから……

ぼくの息子の寝室に。

ぼくは中に入った。ベッドのシーツがきれいにめくり返されている。そこにジェイクの姿はなかった。誰の姿もなかった。ぼくは凍りついたようにその場に立ちつくした。全身が粟《あわ》立《だ》っていた。

階下でカレンが半狂乱になって電話をかけている。救急車。警察。至急。そんな言葉の連なりが、もはやぼくには理解できなくなっていた。頭が動きを停止しかけているように思えた――まるで頭蓋骨が突然ぱっくりと口を開け、脳が巨大な、何とも知れぬ恐怖の万華鏡にさらされたかのように。

ぼくはベッドに歩み寄った。

ジェイクがいない。でもそんなことはあり得ない、だってジェイクはどこにも行けるはずがないのだから。

これは現実に起きていることではないのだ。

ベッドの脇の床に〈スペシャル・パケット〉が転がっていた。それを拾い上げた瞬間、はっと気づいた。これを持たずに、ジェイクが自分からどこかへ行くことは絶対にない。ぼくはその事実に叩きのめされた。

〈スペシャル・パケット〉はここにあるのに、ジェイクはいない。

これは悪夢ではない。現実に起きていることだ。

ぼくの息子はいなくなったのだ。

そうわかったとき、ぼくは叫び声を上げようとしていた。

第五部

五十三

子どもの失踪事件は最初の四十八時間が決め手となる。

ニール・スペンサーが行方不明になったときには、最初の二時間がむだに費やされてしまった。ニールがいなくなったことに誰も気づかなかったからだ。ジェイク・ケネディの場合は、父親とその友人が家に着いた数分後には捜査が開始された。そのときアマンダは、ダイソン巡査部長とともに署から八十キロ離れた場所にいた。ふたりはすぐさま車を飛ばして戻ってきた。

アマンダはトム・ケネディ宅の外で時間を確認した。午後十時すぎ。すでに、子どもが失踪した際に行うべき捜査活動にはすべて着手していた。そばに建つ奇妙な外観の家にはこうこうと明かりが灯り、せわしなく立ち働く人影がカーテン越しに見える。通りの左右では捜査員が玄関先で聞き込みを行っており、道路の向かいの草地では懐中電灯の光が揺れている。事情聴取や監視カメラのビデオの回収、人海戦術による捜索も進行中だった。

状況が異なれば、ピートも捜索チームに加わっていたに違いない。だが今夜はそういうわけにはいかなかった。アマンダは努めて冷静を保ちながら病院に電話をかけ、現在の容体をたずねた。ピートは依然、意識を失ったままで、予断を許さない状況にあるとの答えだった。どうかしっかり、とアマンダは祈った。ピートが歳のわりに壮健なことは頭にあったが、今夜はそれしきでは対抗できないように思えた。ピートはおそらく何かに心を奪われていて、不意打ちを食らったのだろう。防御創はほんのわずかだったが、脇腹と首と頭を数か所刺されていた。不必要なまでの執拗《しつよう》な攻撃で、殺そうと試みたのは間違いなかった。その結果は今後の数時間でわかるだろう。ピートが今夜を乗り切れるかどうかは、きわどいところだと聞いた。あの頑強な肉体が、今度は彼を支えてくれるよう願うしかない。

ピート、あなたには乗り越えられる。

きっと切り抜けられる。そうでなければ困る。

アマンダは電話を置き、オンラインの事件ファイルで最新情報をすばやく確認した。新たな展開はまだ見られなかった。トム・ケネディや彼が外で会っていた女性の供述はすでに取り終えたようだ。アマンダはその女性の名前に覚えがあった。カレン・ショー。地元の犯罪報道記者だ。ふたりの話では、ただ友だちとして一緒に飲んでいただけらしい。互いの子どもが学校で同じクラスにいるので、たぶん本当なのだろう。それでもアマンダは、影響の及ぶ人たちみんなのために、ショーが同業者に見られがちな、誠意に欠ける人間ではないよう望んだ。特に今は。

なぜなら、ピートがこの家にいた理由がいまだにわからなかったからだ。

今日の午後のピートはとても生気にあふれていた。あの受け取ったテキストメッセージを読む姿、返信を打つ姿。それを見たときには、デートか何かだろうと想像していた。でも実際は、ここに来る約束だったのだ――それがなんの用事であったとしても、事件捜査に関与していたピートが、勤務時間外にここにいるべきではなかったという事実は残る。それは職業倫理に反する行為だった。

しかも、そうするように仕向けたのは実質的に自分であることが、アマンダをさらに悩ませていた。アマンダはピートに楽しい気分を味わってほしかった。だがアマンダがあのとき強く言わなければ、ピートはまだ生きていただろう。

いいえ、彼はまだ生きてるのよ。

そう思い続けるしかなかった。それより何より、今は警察官らしく振る舞い、捜査に意識を集中させることが大事だった。感情を表に出している余裕などない。罪悪感も。恐怖も。怒りも。いったん気を許したら、きっとそのいずれかが飛び出してくる。おまけに、鎖でつながれていたみたいに、あとの二つをも引きずってくるに違いない。そうなったらもうお手上げだ。

ピートはまだ生きている。

ジェイク・ケネディはまだ生きている。

どちらも失ってなるものですか。ただし、わたしに今できることはひとつしかない。

そう考えたアマンダは、事件ファイルを閉じて車から降りた。

家に入ると、階段の上り口で乱舞する乾いた血染めの足跡を慎重にまたぎ、居間のほうへ用心深く進んでいった。そこで待っているだろう光景と向き合う、心の準備をしながら。

居間では科学捜査員数人が計測や分析、写真撮影などを行っていた。しかしアマンダの目は、彼らではなく引っくり返ったコーヒーテーブルに、そして必然的に、それについた血や、床にできた血だまりに引きつけられた。空気中でにおいが嗅げるほどの血の量だ。警察官として働くあいだには、これより悲惨な犯罪現場に遭遇したこともあったが、ここで襲われたのがピートだと思うと、目にしているものを受け入れがたかった。

アマンダはしばらく科学捜査員の動きを見守った。法医学的証拠を収集する作業は実に陰気かつ徹底的で、すでに居間を殺人現場として扱っているかのようだった。ここにいるみんなは真実を知っているのに、アマンダだけがそれに追いついていないような錯覚に捉われた。

別の小さな部屋に行ってみた。壁際に本棚が並び、床には未開封の段ボール箱が数個あった。そのあいだをトム・ケネディが、檻に入れられた動物のように、入り組んだ道筋をたどりながら行ったり来たりしている。カレン・ショーはコンピュータデスクのそばの椅子に腰かけ、手を口に当て、その肘を反対の手で抱えて床を見つめていた。

トムはアマンダに気づくなり足を止めた。トムの表情はアマンダがよく見知ったものだった。人はこうした状況にさまざまな形で対処する——異様に落ち着き払った態度を取る者もいれば、動いて何かをして気を紛らわす者もいる——ものだが、どの場合にも、その行動はほかの何かの置き換えだ。トム・ケネディはパニックを起こしかけ、それを封じ込めようとあがいていた。息子のいるところへは駆けつけられないにしても、ともかく移動を続けている必要があった。それをやめたとたん、彼の体は震えはじめた。

「トム」アマンダは言った。「辛いのはよくわかります。どんなに恐ろしいかも。でもどうかわたしの言うことを聞いて。わたしを信じて。警察はジェイクを必ず見つけ出します。わたしが約束します」

トムはアマンダを見つめ返した。彼がアマンダを信じていないのは明らかだし、その約束はひょっとして、アマンダが守れるものではないのかもしれなかった。それでも、アマンダは本気だった。胸の底で決意が燃えていた。もはや立ち止まるまい、休むまい。ジェイクを見つけ出し、ジェイクをさらった男を捕まえるまでは。その男が、ジェイクの前にニール・スペンサーをさらったのだ。その男が、ピートに大怪我を負わせたのだ。

わたしが監視態勢を敷く中で、再び子どもを犠牲にはさせない。

「ジェイクを連れ去った男の目星はつきました。絶対にその男を捜し出します。さっきも言ったように、わたしが約束します。動かせる警察官はすべて、その男の捜索と息子さんの発見に投入しています。きっと息子さんを無事、家に連れ戻せるでしょう」

「何者ですか、その男というのは？」

「それは現時点では申し上げられません」

「ぼくの息子は、その男とふたりきりでいるんですよ」

その顔つきから、トムがあらゆる恐ろしい事態を思い描いているのがわかった。彼の頭の中では、想像できるかぎり最も戦慄する場面を集めた、一巻のフィルムが回っている。

「本当に辛いでしょうね、トム」アマンダは言った。「でも思い出してください。それがニール・スペンサーを誘拐したのと同じ男だとするなら、ニールは最初はきちんと世話をされてたんですよ」

「そしてそのあと殺された」

アマンダはそれには答えられなかった。代わりに、数時間前に訪れた荒れ果てたフラットや、フランシスがその壁を、父親の増築部屋の壁とそっくりにしていたことを思い起こした。フランシスは子どもの頃に増築部屋で恐怖の光景を目にし、そこから真に逃れることができなくなったに違いない。彼の一部はあの部屋にずっと閉じ込められたまま、身動きできないでいるのだ。確かにフランシスは、しばらくのあいだニール・スペンサーを世話していた。だがやがてもっと暗い衝動に襲われた。ニールのときには解き放ったその衝動を、今度は少しでも封じ込めようとするだろうか。そう考える根拠はどこにもない。むしろ逆だ——この種の殺人犯は、いったんダムが決壊すると、行為を加速させる傾向にある。

だがアマンダは、今ここでそんな考えを受け入れる覚悟はできていなかった。

そして当然ながら、トムにはそんな余裕があるはずもなかった。

「どうしてジェイクが？」

「それははっきりわかりません」トムの質問の裏にある必死の感情も、アマンダには見慣れたものだった。悲劇や恐怖に直面したとき、人は自然と説明を求める。悲劇を未然に防ぐことが不可能だった理由を探し、心の痛みをやわらげようとする。あるいは、こうしていれば恐怖を避けることができたのに、と考えて、結局は罪悪感を深めてしまうこともある。「警察では、容疑者はこの家に関心を持っていたのではないかと考えています。ノーマン・コリンズがそうだったように。おそらく息子さんがここに住んでいるのを知り、それで標的にしたのではないかと」

「つまり、ジェイクに目をつけていたということですね」

「ええ」

しばらく沈黙が続いた。

最初はジェイクのことかと思ったが、トムがアマンダを通り越して居間のほうを睨んでいるのを見て、ピートについてたずねたのだと気づいた。

「集中治療室にいる、と聞きました。危篤状態だと……でも、ピートは闘う人です。これを乗り切れる者がいるとすれば、それはピートです」

トムはその言葉に共鳴する部分があったかのように、ひとりうなずいた。でもそれは妙だった。トムはピートのことをほとんど知らないのだから。アマンダは、ピートがその日の午後にずいぶんとうれしそうにしていたのを再び思い出した。ピートが急に生き生きとして見えたのを。

「ピートはなぜここにいたのですか？」アマンダはたずねた。「ここにいるべきではなかったのに」

「ジェイクを見てくれていたんです」

「でもなぜピートが？」

トムは口を閉ざした。アマンダはトムを観察した。トムはどう答えるかを考え、慎重に言葉を選んでいる様子だった。ふと、そんな表情を前にも見たことがあるのにアマンダは気づいた。その首のかしげ方。顎の線の角度。深刻そうな顔つき。アマンダの前で落ちくぼんだ顔を天井の照明に向けて立つトム・ケネディは、ピートにそっくりだった。

まさか。

だがトムが首を振ってわずかに動いた瞬間、そっくりな感じは消えた。

「名刺を渡されたんです。何か必要なことがあれば連絡してくれって。それに彼とジェイクは……その、なんというか、ジェイクは彼が気に入っていました。お互いに気に入っていたんです」

トムはしまいに口ごもった。アマンダはトムを見つめ続けた。似た部分をすぐに見つけることはもうできなくなったものの、それは決してアマンダの空想ではなかった。問い詰めてはっきりさせることもできたが、その必要はないと思った――今の時点では。アマンダの考えが正しいとしても、それがもたらす問題に対応するのはあとでかまわない。むしろ今は、署に戻り、約束を果たすためにできるかぎりのことをするほうが重要だった。

「わかりました。では、わたしはおいとまして、息子さんを取り戻す仕事に取りかかります」

「ぼくはどうしたら？」

アマンダは居間のほうを振り返った。トムが今夜ここにいられないのは言うまでもなかった。

「この近くに親戚は？」

「いません」

「うちに来ればいいわ」カレンが言った。「ぜんぜんかまわないから」

カレンはそれまでずっと口を開いていなかった。

アマンダはカレンのほうを向いた。「大丈夫ですか？」

「ええ」

その表情から察するに、カレンは事態の深刻さをよく理解しているようだった。トムはしばらく何も言わず、その申し出について考え込んでいるふうに見えた。カレンがジャーナリストであるという懸念はさておき、アマンダはトムが行くと答えるよう祈った。そうすれば、トムを保護施設に泊まらせるための手続きなどで頭を悩ませなくてもすむ。それに、トムが行くと言いたがっている――なにせ今にも倒れそうな男だ――のは明らかだ。アマンダはもうひと押しすることにした。

「それでは」とトムに自分の名刺を差し出した。「わたしの電話番号はここに。直通です。いずれにしても、明日の朝いちばんに、家族支援員をあなたのもとへ行かせます。でもそれまでに何かあったら、電話をください。わたしもあなたの番号は控えてあります。何か進展がありしだい、ピートのことも含めてですが、すぐに連絡します」

そこでアマンダは少しためらい、声をわずかに落とした。

「必ずすぐに。トム、約束します」

五十四

日は没し、夜は冷たかった。

男は自宅の私道に立ち、コーヒーの入ったマグカップで両手を温めていた。男の背後では玄関のドアが開いていたが、中は真っ暗で物音ひとつしなかった。周囲はひっそりと静まり、マグから湯気の立つ音が聞こえそうだった。

男の家は、フェザーバンクから数キロ離れた、辺鄙《へんぴ》な地域の奥まった通りに建っていた。そこを選んだのは、経済的な理由もあるにはあったが、もっぱらプライバシーを考えてのことだった。隣家の片方は空き家で、もう片方の住人は、アルコール依存でもないのに人づきあいを避けている。狭い私道は両脇の生垣が伸び放題で、人目につかずに出入りできた。しかもその通りには往来がまったくない。誰かがやって来たり、どこかへ行く途中に通りかかったりするような道ではないのだ。一言で言えば、そこは誰もが避ける場所だった。

自分がここにいるからだ、と男は考えたかった。たまたま車で通りかかった者も、うろうろするようなところではないと本能的に察知する。

そういえば、ジェイク・ケネディがこれまで住んでいた家もそんなふうだった。

恐怖の家。

男は子どもの頃の記憶を探った。その奇怪な家は、ほかの子のあいだでは危険な場所として有名だったが、その理由は誰も知らなかった。幽霊が出るとか、元殺人犯が住んでいるという噂もあった。もちろん、どれもこれも根拠はない。ただ、家の見た目がそんな噂を呼び起こしただけだ。ほかの子たちが同じ心理から近づいてくるのでなかったら、彼はあの家が恐ろしい本当の理由を話してやれただろう。だが話せる相手はいなかった。

それはもうはるか昔のことのような気がした。自分の過去の生活の残骸を、警察はすでに見つけただろうか。見つけたとしても別にかまわない。埃ぐらいしか残してこなかったのだから。それにしても、なんと簡単だったことか——別の人間に成り代わるのは、望みさえすればある意味でたやすいのだ。ここから百キロ南にいるやつから新しい身元を得るのに、千ポンドもかからなかった。それ以来、男は自分がいわば変態できるよう、周囲に殻を築いてきた。毛虫が、それと似ても似つかない躍動的な生き物となるために、繭《まゆ》を作りあげるのと同じように。

それでも、かつてのおどおどした、嫌悪を催させる少年の名残はまだあった。フランシスという名前でなくなってからすでに久しかったが、彼はいまだに自分をそんなふうに見ていた。父はあの男の子たちにしたことを自分に見せた。父の表情から、父が自分を憎んでいるのはわかりすぎるぐらいわかった。可能なら自分にそれをしていたのだろうと、すぐに想像がついた。あの男の子たちは、父が最も軽蔑していた子の代役にすぎなかったのだ。自分が価値のない、むかつくような人間であることを、フランシスはいつも自覚していた。

彼は目の前で殺されていく男の子たちを救えなかったし、かつての自分を助けたり慰めたりすることもできなかった。しかしその償いはできる。世の中には自分と同じような子はたくさんいる。その子たちを救い出して保護してやるのは、今からでも遅くはない。

自分とジェイクは、お互いがお互いのためになるだろう。

コーヒーをすすり、夜空で瞬く、なんの星座ともわからない星々を見あげた。ふと、あの家で犯した凶行のことが思い浮かんだ。そのときの興奮で全身の肌がまだぞくぞくしている。それは、理性ある人間ならば避けるべき感覚だった。今夜は物理的な衝突が起きる予感はしていたものの、その段になるとごく自然にやってのけたことに、まだ驚いていた。一度人を殺していると、二度目はわけもなかった。ニールのときにやらざるを得なくなったことで、内なる部分の鍵が開き、それまではぼんやりとしか意識していなかった欲望が解放されたかのようだった。

気持ちいい、と感じたのではなかったか？

コーヒーがはねて手にかかり、それで見おろして初めて、手がかすかに震えているのに気づいた。

無理やり心を落ち着かせようとした。

だが彼の一部はそれを拒否した。今ではニール・スペンサーにしたことを思い出すのも、前より楽になった。殺すという行為が楽しかったのも否定できない。これまではそれを認めるのが怖かっただけだ。今振り返ると、あのときには父がそばについていたようにも思える。

自分を見守りながら。

それでいいんだとうなずきながら。

やっとわかったようだな、フランシス?

うん、わかったよ。なぜ父にあれほどまで憎まれていたのか、彼は今ではよく理解していた。自分があまりにも価値のない生き物だったからだ。でも、もうそうではなくなった。今の自分は父の目にどう映るだろう。ふたりはかつてのお互いを、その後は変わったということで許し合えるだろうか。

もうお父さんと同じだ、そうでしょ?

もう憎まなくてもいいよね。

フランシスは思わず頭を振った。いったい何を考えているんだ? ニールのときに起きたことは誤りだったのだ。今は気持ちをしっかり保っておかなくては。だってジェイクの面倒を見てやらなければいけないのだから。

安全に守ってやらなければ。愛してやらなければ。

なぜなら、子どもはみんなそれだけを心から望み、また必要としているからだ。そうだろう? 親に愛され、大事にされることだけを。そう思った瞬間、彼の胸はきりきりと痛んだ。

子どもは何よりもそれを望んでいる。

彼は残ったコーヒーをすすり、顔をしかめた。冷めきっていた。玄関前の踏み段で脇の雑草に飲み残しを振りかけ、家に入った。外の静寂を去ると、中の静寂が待っていた。

そろそろあの子におやすみを言う時間だ。

誤りを繰り返してはならない。

しかし、ジェイクのいる部屋に向かって階段をのぼるあいだも、ニールを殺したことやそのときの感情が頭を離れなかった。

もうお父さんと同じだ、そうでしょ？

ひょっとしたら、あれは結局のところ、そんなにひどい誤りではなかったのかもしれない。

五十五

悪夢から覚めると、普通は何もかも大丈夫になっているものだ。

こんなふうではなくて。

ジェイクは目を開けたときから頭が混乱していた。まず部屋が明るすぎた。電気がついていて、これは正常ではなかった。次にそこは自分の寝室ではなく、別の子のだと気づいた。これも正常なことではなかった。でもジェイクはぼうっとして状況が理解できず、ただ胸の中で、何か変だという気持ちがこぶのように固まるのを感じただけだった。起き上がると周りの世界がぐるぐる回った。と突然、記憶が戻ってきた。胸の中のこぶがさらにぎゅっと固まり、そこから恐怖が絞り出されて全身を駆けめぐった。

ジェイクはうちにいるはずだった。実際うちにいた。ところが男が階段をのぼってきて、ジェイクの部屋に入り、顔に何かをかぶせた。それから……

空白。

そしてここで目を覚ました。

目が覚めたのはたぶん十分ぐらい前だ。最初は、きっとまた悪夢——これまでと違うやつ——を見ているのだと思った。まさしく悪夢という感じがしたからだ。でも思いきりほっぺたをつねってみるまでもなく、夢にしてはあまりにも本当らしいことに気づいた。とたんに恐ろしくてたまらなくなった。たとえそのときまで眠っていたのだとしても、恐ろしさで目が覚めていただろう。ニール・スペンサーをさらって傷つけた男の話を思い出し、ひょっとしたら、やっぱり悪夢を見ているのかもしれないと思った。ただし、決して覚めることのない悪夢を。世の中は悪い人であふれている。悪夢でいっぱいで、それを見るのは眠っているあいだとはかぎらない。

ジェイクはふと横を向いた。

女の子がいた！

「きみ――」

「シーッ。大きな声を出さないで」女の子は小さな部屋を見回し、ごくりと息を飲み込んだ。「わたしがここにいることを、やつに知られないようにしなくちゃ」

　ここにいると言ってるけど、もちろん、本当はいないんだ。ジェイクは心の底ではそれがわかっていた。でも女の子と会えたのがうれしかったので、そのことは考えるまいと思った。ただ女の子の言うのは正しかった。ジェイクが誰かと話しているのを聞きつけたら、あの男は愉快には思わないだろう。たぶん……

「怒り狂う？」ジェイクはひそひそ声で言った。

　女の子は重々しい顔でうなずいた。

「ぼくはどこにいるの？」

「どこにいるかは知らない。ジェイクはジェイクのいるところにいて、だからわたしもそこにいるの」

「ぼくを離れないってこと？」

「決して離れない。ずうっと」女の子はまた部屋を見回した。「それに、ジェイクを助けてあげられるように努力する。でも守ることはできない。事態はかなり深刻よ。それはジェイクも気づいてるでしょ？　どう見ても絶対に正常じゃない」

　ジェイクはうなずいた。何もかも普通ではなくて、危険がひしひしと感じられて、急にどうにもやりきれない気持ちになった。

「パパ来て」

そんな言葉を吐くのはたぶん情けないことなのだろうけど、いったん口にしてしまうと自分が止められなくなり、何度も何度もそうつぶやいたあげく、とうとう泣き出してしまった。頭のどこかには、うんと強く願えば実現するかもしれないという期待があった。でも実現するわけがなかった。パパが地球の裏側にいるように思えた。

「お願いだから、声を上げないようにして」女の子がジェイクの肩に手をのせた。「勇気を出さなきゃだめよ」

「パパ来て」

「パパはジェイクを見つけてくれる。わかるでしょ、パパはきっとそうするって」

「パパ来て」

「しっかりしてよ、ジェイク」女の子は半ば安心させ、半ば脅かすように、ジェイクの肩を強くつかんだ。「落ち着いてくれないと困るわ」

ジェイクは泣きやもうとした。

「そうそう、頑張って」

女の子はジェイクの肩から手をおろし、しばらく何も言わずに耳を傾けていた。

「もう大丈夫ね。さてと、まずやらなくちゃいけないのは、わたしたちがいる場所について、できるだけ詳しく知ることよ。そうすれば、ここから逃げ出す方法がわかるかもしれないでしょ。いい？」

ジェイクはうなずいた。まだ怖い気持ちは残っていたけれど、女の子の言うことはもっともだった。

立ち上がって部屋の中を見回してみた。

部屋の一方の壁は、ジェイクの胸の高さから内側に向かって斜めになっていた。壁の傾きが屋根みたいなので、ここは屋根裏部屋に違いないと思った。これまで屋根裏に入ったことはなかった。屋根裏というと、暗くて埃っぽくて、むき出しの床に段ボール箱があって、蜘《く》蛛《も》が這っているイメージだ。でもここにはきちんとカーペットが敷かれていて、壁は白く塗られて明るく、床に近いところには草の、その上には蝶や蜂が飛んでいる絵が描いてあった。それはきれいな絵なのかもしれないけど、天井の裸電球のどぎつい光があたって不気味に見え、描かれたものがいつ壁から飛び出してきてもおかしくない気がした。斜めになった壁のきわには蓋の開いた収納箱があった。中はぬいぐるみが詰まっている。別の壁ぎわには洋服だんすがあった。後ろを向くと、ベッドに〈トランスフォーマー〉のシーツが掛かっていた。シーツは使い古されているようだ。

やはりジェイクは誰か別の子の部屋にいたのだ。ただ、それらしい雰囲気がなく不自然で、現実にいる男の子が本当に住むためのものではないように思えた。

反対側の壁にはドアがあった。ジェイクはそこに歩み寄って、こわごわドアを開けてみた。小さな便器と洗面台が見える。リングにタオルが一枚かかり、流しには石鹸《せっけん》があった。ドアを閉めて横を向くと、部屋の隅が廊下につながっているのに気づいた。ただ廊下は短くて、すぐ向こうはまた壁になっていた。廊下に出てみると、そこから階段が下っていて、その暗い底には閉じたドアがあった。

そして階段の壁には木製の手すりがついていて……

ジェイクは階段の底がはっきり目に入る前にさっと身を引き、部屋に駆け込んでベッドのそばに戻った。

やだ、やだ、やだ。

その階段は、前の家の階段にそっくりだった。

ということは、絶対に見てはならないものが――

鼓動がどんどん速くなり、息ができないほどになった。

「座って、ジェイク」

それさえできなかった。

「大丈夫よ」女の子が優しく言った。「しっかり息をすればいいだけ」

ジェイクは目をつぶって一生懸命に気持ちを集中させた。最初は難しかったけれど、少しずつ空気が体に入り、鼓動もおさまってきた。

「ほら、座って」

ジェイクが言われたとおりにすると、女の子はまた片手をジェイクの肩にのせた。そしてしばらくは何もしゃべらず、安心させるように、すー、すーと、歯の隙間から柔らかい音を出し続けた。ジェイクの呼吸が元どおりになると、女の子は手をおろした。でもまだしゃべらない。ジェイクには女の子が考えていることがわかった。階段の底にあるドアを調べさせたいのだ。でもそれはどうしてもできなかった。絶対に。あの階段に足を踏み入れてはならない。たとえそのせいでここから——

「どっちにしろ、たぶん鍵がかかってるわね」

ジェイクはほっとしながらうなずいた。女の子の言うとおりだったし、それならジェイクが階段を下りる必要もない。でも、もしあの男が下りろと言ったら？　それは考えるだけでも耐えられなかった。恐ろしすぎる。ジェイクには下りられないし、男が抱いて運んでくれるとも思えない。

「あのときパパが書いたことを覚えてる？」

「うん」

「なら言ってみて」

「たとえケンカをしているときでも、ぼくらはやっぱり、深く深く愛し合っている」

「それは本当。でもこの男は違う、パパみたいな人じゃない」

「どういうこと？」

「ここでは、とってもとってもいい子に振る舞ってなくちゃいけないってこと。たぶん口答えなんか許されない」

きっとそうだ。パパを困らせても、少しすれば何もかも普通に戻るけど、ここで悪いことをしたら、そんなふうにはいかないだろう。囁き男が腹を立てたら、とんでもないはめになるかもしれない。

女の子が急に立ち上がった。

「ベッドに入って。急いで」

その脅えた様子からみて、理由をたずねている暇などなさそうだった。ジェイクは寝具をめくって中に身をすべり込ませた。誰のともわからない小さなベッドに横たわったそのとき、階下で鍵を回す音がした。

男がやって来る。

「目をつぶって」女の子が差し迫った声で言った。「眠ったふりをするのよ」

ジェイクはぎゅっと目をつぶった。いつもなら眠ったふりをするのはわけもなかった。うちでは普段からやっている。パパは起きているあいだ、ジェイクの様子を何度も確かめに来る。だから面倒なことにならないようにそうするのだ。それがここではいつもより難しかった。でも階段がきしむのが聞こえてきたので、無理やりゆっくりと規則正しく呼吸をして、いかにも眠っているふうに見せかけた。まぶたも少しゆるめた。眠っている人は目をきつく閉じていないから。そして——

そして男が部屋に入ってきた。

穏やかな息遣いが聞こえ、世にも恐ろしい男がすぐそばにいるのが感じられた。顔の皮膚がむずむずしはじめた。ベッドのすぐ脇で男がジェイクを見おろしているのがわかる。ジェイクをじっと見つめているのが。ジェイクは目を閉じたままでいた。ほら、眠ってるんだから、悪いことができるはずないでしょ？　口答えをする心配もないよ。言われなくても、お利口にベッドに入ったし。

しばらく沈黙が続いた。

「これはこれは」男が囁いた。

ずいぶんと驚いたような声で、ここに男の子がいるとは予想もしていなかったみたいに聞こえた。ジェイクは髪をかき上げられ、身を縮めそうになるのを必死でこらえた。

「どこまでも完璧だ」

なんだか聞き覚えがある声のように思えたけど、はっきりしなかった。でも、確かめようと目を開けるような真似はやめておいた。男は立ち上がり、静かに離れていった。

「ちゃんと面倒は見てあげるからね、ジェイク」

パチンと音がして、閉じたまぶたの向こうが暗くなった。

「きみはもう安全だ。保証するよ」

男が階段を下りていくあいだ、ジェイクはゆっくりと規則正しい呼吸を続けた。ドアが再び閉じられ、鍵がかけられた。そのときになっても、まだ目を開けようとしなかった。女の子がパパについて言ったことが頭に浮かんだ。パパはジェイクを見つけてくれる。

たとえケンカをしているときでも、ぼくらはやっぱり、深く深く愛し合っている。

ジェイクはそれを信じていた。だからケンカをしてもたいして気にならなかった。パパはジェイクを愛していて、ジェイクの安全を願っていて、お互いどんなに腹を立てても、しまいには何事もなかったかのように元のふたりに戻った。

でも、自分がパパの生活をとても難しいものにしていることは、心のどこかで知っていた。パパの助けではなく、邪魔になっていることは。今夜、パパがジェイクを連れずに出かけたときの様子が思い起こされた。パパは、今どこにいるにしても、もうぼくに悩まされないですむって、喜んでるんじゃないのかな。

そんなことない。

パパはきっとぼくを見つけてくれる。

ジェイクはようやく目を開けた。部屋の中は真っ暗なのに、ベッドのそばに立つ女の子だけがろうそくの炎のように明るい。何かの光に縁取られて、きらきら輝いている。

「ジェイク、わたしたち、これからどうすればいいの？」女の子がひっそりと言った。

「わかんないよ」

「どう振る舞えばいいの?」

今度は飲み込めた。

「勇敢に」ジェイクはひそひそ声で答えた。「ぼくたち、勇気を奮って立ち向かうんだ」

五十六

体ががくんと揺れた拍子に目を覚ましたぼくは、たちまち混乱に陥った。知らない部屋にいた。その部屋は暗くてよそよそしく、見慣れない物の影であふれていた。いったいぼくはどこにいるんだ? その答えは浮かばなかったが、そこにいるのが正常でないことだけはわかった。ここがどこであるにせよ、ぼくがいるはずの場所はどこか別にあって、ぼくは何がなんでも――

カレンの家の居間だ。

思い出した。ジェイクがいなくなったのだ。

ぼくはしばらくソファにじっと座ったままでいた。心臓が激しく動悸を打っている。

ぼくの息子はさらわれたのだ。

現実味はなかったが、本当であることはわかっていた。狼狽《ろうばい》のあまり、それがアドレナリン代わりとなって眠気を吹き飛ばした。そもそもこんな事態の中でよくも眠れたものだ。疲れ果てていたとはいえ、ぼくの内部ではすでに恐怖が湧き上がり、ほとんど耐えがたいまでになっていたというのに。疲労と傷心がきわまり、体が少しのあいだ活動を停止していたのかもしれない。

携帯電話を確認した。まだ朝の六時前だ。それほど長く眠ったわけではないらしい。カレンは夜中の二時か三時頃に寝室へ行った。ぼくと一緒に徹夜で連絡を待つと言い張っていたが、やはり前夜の出来事のせいでへとへとになっており、少なくともひとりは休息を取っておいたほうがいい、というぼくの説得に最後は折れた。何かあったら起こしてくれと言い残し、二階に上がっていった。それ以後、テキストメッセージは来ていないし、ぼくが電話に出そびれた形跡もない。状況は変化していないということだ。

ジェイクが誘拐犯と一緒にいた時間は、さらに数時間延びていたが。

ぼくは立ち上がって電気のスイッチを入れると、居間の中を行ったり来たりしはじめた。動いていないと、感情の波に溺れてしまいそうだった。ジェイクのそばにいたいという切なる欲求と、ジェイクのもとには行けないという事実がせめぎ合い、その狭間《はざま》でぼくの心はぎりぎりと絞られ、ねじ上げられた。

頭の中では、ずっとジェイクの顔を思い描いていた。あまりにもはっきり浮かんでくるので、目を閉じると、その頬の柔らかい肌に手を伸ばして触れられる気がした。ジェイクは今頃、恐ろしい思いをしているに違いない。さぞ当惑し、うろたえ、脅えていることだろう。パパはどこにいるのか、どうして見つけてくれないのか、といぶかっているのではないか。

　ジェイクがまだ無事であればの話だけれど。

　ぼくは頭を振ってその考えを追い払った。そんなふうに思ってはならない。昨夜ベック警部補はジェイクを必ず見つけ出すと言っていたし、ぼくはその言葉を信じることにしたのだ。なぜなら、もしそうでないなら――もしジェイクが死んでいるなら――その先にはもはや何もないからだ。それは世界の終わりを意味する。生きる意欲の中枢をハンマーで打ち砕かれるようなもので、思考がすべて機能不全に陥るだろう。そのあとには、ただ空っぽの生が続くだけだ。

　ジェイクは生きている。

　ジェイクがぼくを呼ぶ姿を想像すると、不思議にも、心の中にジェイクの声が聞こえてきた。それは空想ではなく本物の声に感じられ、ジェイクの叫びの周波数に、あとわずかのところで同調できていないだけのようだった。ジェイクは生きている。それを確かめる手立てはない。でも、ここしばらくのあいだに、説明不可能な出来事がこんなにもたくさん起きたのだ。あり得ないことじゃないだろう？

　あり得ようと、あり得なかろうと、そんなことはどうでもいい。

　とにかくジェイクは生きている。ぼくにはまだジェイクの存在が感じられる、だから生きているはずなんだ。

ぼくはジェイクへのメッセージを頭の中ではっきりと正確に思い浮かべ、念力を込めて宙へ放った。それがジェイクのもとへ届くよう、そしてそれをジェイクが心の中で受けとめ、その言葉を信じてくれるよう祈りながら。

愛してるよ、ジェイク。

パパはきっとジェイクを見つける。

まもなく、家の中がざわめいてきた。

ぼくはカレンから、キッチンにあるものは自由に飲み食いしていいと言われていた。流し台にもたれてブラックコーヒーを飲みながら、夜明けの光が地平線に描くグラデーションを眺めていると、頭上で床板がきしむ音がしはじめた。ぼくはケトルをもう一度セットした。数分して、カレンが二階から下りてきた。着替えはすませているが、まだ疲れきった顔をしている。

「連絡は？」カレンがたずねた。

ぼくは首を振った。

「こっちから電話してみなかったの？」

「してない」それはあまり気が進まなかった。ひとつには、わずらわさないほうがジェイクの捜索に集中できるだろうから。でももうひとつには、聞きたくないことを聞かされずにすむからだった。「そのうちかけてみるよ。でも、何かあったのなら、もう連絡が来ているはずだ」

ケトルのスイッチが切れた。カレンはインスタントコーヒーをスプーンですくってマグカップに入れた。

「アダムにはなんて言ったの?」

「何も。あの子はあなたがここにいることは知ってるし、ソファで寝ていたことも知ってる。けど、そのほかのことはまだ話してないの」

「邪魔にならないようにするよ」

「そんなに気を遣う必要はないわ」

と言われたものの、アダムが下りてきたあと、ぼくはキッチンから出ないようにした。カレンはアダムに朝食を準備してやり、アダムはそれを居間でテレビを見ながら食べた。キッチンの窓の向こうはすでに明るくなりはじめていた。新しい朝だ。なんの番組だか、居間のテレビが聞くともなしに聞こえ、日常が続いていることに愕然とした。いかなるときにもぼうっと続いていること。日常から半ば取り残されて初めて、人はそれがいかに驚くべきことであったかに気づく。

アダムを学校に送っていく前に、カレンはぼくに鍵を渡した。

「家族支援員は何時に来るの？」

「知らないんだ」

カレンはぼくの腕に手を置いた。「電話してみなさいよ、トム」

「するよ」

一瞬、重々しく悲しげな顔つきでぼくを眺めたあと、カレンは身を乗り出してぼくの頬にキスした。

「車で行ってくる。すぐに戻るわ」

「わかった」

玄関のドアが閉まると、ぼくはソファにどさりと腰を落とした。ぼくの携帯電話はそこにあったから、もちろん電話はできた。でも進展があったのならベック警部補から連絡が入っていたはずだし、すでにわかっていることをまた聞かされるのも嫌だった。

ジェイクがまだ連れ去られたままであることを。

ジェイクがまだ危険にさらされていることを。

だから代わりに、ぼくは家から持ってきたものに手を伸ばした。ジェイクの〈スペシャル・パケット〉。

たとえ一緒にはいられなくても、ジェイクをともかくも身近に感じられる方法がひとつだけあった。手にしている物の価値と大切さは尊重している。中を見るなとジェイクが言ったことはないが、言う必要もなかった。ジェイクはそれをジェイクのために集めたのであって、ぼくのためにではない。ジェイクの年齢ならば、自分だけの秘密を持つ資格がある。だからぼくはこれまで、ときに誘惑に駆られても、信用を破るような真似は一度たりともしなかった。

ごめんよ、ジェイク。

ぼくはジッパーを開けた。

ただ、今のパパには、ジェイクを近くに感じている必要があるんだ。

五十七

フランシスが目を覚ましたとき、家は静寂に包まれていた。

彼はベッドに横たわったまま、天井を見あげて耳をすました。なんの音もしなかった。何かが動く気配もない。それでも、真上に男の子がいることは感じ取れたし、そのせいで家の中が少し充実したように思えた。期待が高まった。

上に子どもがいる。

静かで穏やかなのもいい兆候だった。何事もそうあってしかるべきだからだ。それは、ジェイクが自分の置かれた状況を理解し、喜んでいることを意味した。新しい家に来て、わくわくしている可能性だってある。

昨夜を思い返すに、あの子は実にすんなりとここに順応した。様子を見に上がると、すでに気持ちよさそうに眠っていたくらいだ。ニール・スペンサーのときには、最初にひどく泣いたりわめいたりされた。隣は片方しかいないとはいえ、屋根裏の壁に防音加工をしておいて正解だったと思った。それでも癇癪《かんしゃく》の発作だとしてこらえていたが、今思うとニールは初めから悪い子だった。ああした終わりを迎える以外になかったのだ。

ひょっとしたら、ジェイクは本当に違うのでは。

違いやしないぞ、フランシス。

父の声がした。

子どもはどれも同じだ。

小さなガキってのはみな憎たらしいもので、しまいにはおまえを失望させる。

そのとおりなのかもしれない。だが今はその考えを追い払うことにした。ジェイクにチャンスをやる必要がある。もちろん、ニールのときほどたくさんではない。でも一度だけは、きちんと世話をされ、本当に大事にしてもらえるような、幸せな家庭を味わう機会を与えてやろう。

フランシスはシャワーを浴びにいった。シャワーのあいだはいつも無防備なように感じる。ドアが閉まっているうえ、水の音がうるさく、家の中でほかの音がしても聞こえない。それに目を閉じていると、何者かがひそかにバスルームに入り、シャワーカーテンのすぐ向こうに立っているような気になった。フランシスは急いで顔の泡を流して目を開けた。お湯が排水口の周りにたまっている。ニールを始末したあとには、そこの詰まりを直す必要があった。またそのときになったら直せばいい。

自分が何をしたいのかはわかってるんだろ。

胸の鼓動が少し速まっていた。

一階に下りて自分のコーヒーと朝食を用意し、必要な電話をすませると、ジェイクの朝食を準備しはじめた。流し台のパンくずを肘の先で払い、小型の丸いホットケーキパンを二つ、トースターに入れた。どちらも残り物で、へりにカビが点々と生えていた。これでも充分食べられる。飲み物は何が好きなのか知らなかったが、そばに栓を開けたオレンジの〈フルートシュート〉があった。ニールが飲みきらないで終わったものだ。飲み物もこれで間に合う。最初だからといって、何も特別にする必要はない。

フランシスは皿とペットボトルを持って二階に上がったが、踊り場でふと立ち止まり、屋根裏へつながるドアに耳を押し当てた。

何も聞こえない。

とはいえすっきりしなかった。さっきは何かが聞こえたと思った。ジェイクが誰かとひそひそしゃべっていた？　そうだとしても、あまりに小さな声だったので、何をしゃべっていたのかはもちろん、本当にしゃべっていたのかどうかすら判然としなかった。

彼は注意深く耳を傾けた。

何も聞こえない。

と突然、また小声がした。

うなじの毛が逆立った。屋根裏にはほかに誰も——ジェイクが話しかけられるような相手は誰も——いないのに、いるのかもしれないという、不合理な恐怖が突如湧き起こった。あの子をうちに連れてきたときに何者かを、あるいは何かを、一緒に入れてしまったのだろうか。危険な何かを。

ひょっとしたら、ニールと話しているのかもしれない。

だがそれはばかげた考えだった。フランシスは幽霊を信じていなかった。子どもの頃には、ときどき増築部屋のドアに近づいては想像したものだ。その向こうにあの男の子たちの一人が立ち、青白く光る顔でじっと待っているのだと。森の中から息遣いが聞こえてくるような気がしたことも何度もある。でもどれも現実ではなかった。幽霊は頭の中にしか存在しない。幽霊は人を通して話すのであって、人と話しはしない。

ドアを解錠して開け、ジェイクを脅えさせないよう、ゆっくりと階段をのぼった。しかし小声はもうやんでいて、それがかえって気に障った。ジェイクが自分に秘密を持っていると思うと不愉快だった。

屋根裏部屋に入ると、ジェイクはベッドに腰かけて両手を膝にのせていた。引き出しに入れておいた服にもう着替えていたので、フランシスはともかくも満足した。ただ、ぬいぐるみを詰めた箱には手をつけなかったとみえ、それはやや不満に感じた。これしきのものでは喜べないとでも？　そのぬいぐるみはみな、フランシスが長いあいだずっと残しておいたものので、彼にとっては大きな意味を持っていた。あの子はそれで遊ばせてもらえるのを感謝すべきなのに。ジェイクが着ていたパジャマを探して見回すと、きちんとたたんでベッドの上に置いてあった。上出来だ。あとでこの子を戻すことになったら、このパジャマがいるだろう。

「おはよう、ジェイク」フランシスは明るい声で言った。「もう着替えたんだね」

「おはよう。学校の制服が見つからなかったんだ」

「今日は休みにすればいいと思ったんだよ」

ジェイクはうなずいた。「うれしいな。パパは迎えに来てくれるの？」

「さあ、それは答えるのが難しい質問だね」フランシスはベッドに歩み寄った。ジェイクは気味が悪いほど落ち着いて見えた。「それに、そのことはしばらく気にかけなくてもいいと思うよ。きみが知っておく必要があるのは、今はもう安全だということだ」

「わかった」

「それから、きみの面倒はぼくが見てあげるということ」

「ありがとう」

「誰と話していたんだい?」

ジェイクはとまどったような顔をした。「誰とも」

「いや、誰かと話してただろう? 誰だったんだ?」

「誰とも」

突如フランシスは、この子の顔を思いきり引っぱたいてやりたい衝動に駆られた。

「この家では嘘はつかない決まりだよ、ジェイク」

「嘘なんかついてない」と言ってジェイクは横に視線を向けた。フランシスは一瞬、現実ではない声が聞こえるような奇妙な錯覚に陥った。「ひょっとしたら、独り言を言っていたのかもしれない。もしそうだったら、ごめんなさい。考え事をしていると、ときどきそういうことが起きるんだ。気持ちがそっちに行っちゃって」

フランシスは黙って、どう答えようか考えた。ジェイクの言うことはある程度、筋が通っていた。フランシス自身、夢の世界の中に入り込んでしまうことがときどきある。つまりジェイクは自分と似ているということで、それはある面で好ましかった。対処しやすい。

「それについては、ふたりで一緒に考えていこう。ほら、朝ごはんを持ってきたよ」

ジェイクは皿とボトルを受け取り、注意されなくてもありがとうを言った。これも好ましかった。おそらく、どこかでそうしたマナーを学んだのだろう。だがいっぽうで、手の中にあるものを見おろすばかりで、食べようとはしなかった。カビがまだ目立っている。ジェイクがありがたく思っていないのは明らかだった。

子どもの頃のフランシスには、それでも充分ありがたかったのに。

「お腹がすいていないのかい、ジェイク？」

「今はすいてない」

「大きくたくましく育つには、食べなきゃだめだよ」フランシスは腹が立つのをこらえて微笑んでみせた。「食べ終わったら何がしたい？」

ジェイクは一瞬、答えに詰まった。

「わかんない。何か絵が描きたいかな」

「そうしよう！　手伝ってあげるよ」

ジェイクはにっこりした。

「ありがとう」

ところがそのあとに、ジェイクがフランシスを名前で呼んだ。フランシスは身をこわばらせた。自分が誰なのか、ジェイクにわかったのは当然だ。しかし、礼儀をわきまえない態度は、きちんとした家庭では許されない。子どもには規律が必要だ。それには上下関係を明確にしておかなければならない。

「サーだ」フランシスは言った。「ここではそう呼ぶんだ。わかったかい？」

ジェイクはうなずいた。

「なぜなら、この家では、目上の人には敬意を表すことになっているからだ。わかったかい？」

ジェイクは再びうなずいた。

「それに、目上の人がやってくれたことには感謝するものだ」フランシスは皿を指で差した。

「わざわざ用意してやったんだよ。さあ、朝ごはんをおあがり」

ジェイクはさっきまでの不気味な落ち着きを失い、今にも泣き出しそうになった。そしてまた目を横にやった。

フランシスは体の脇で拳を握りしめていた。

一度でも逆らってみろ。

一度でも。

しかしジェイクはすぐにフランシスに視線を戻し、また平然とした顔になってホットケーキパンを持ち上げた。照明の下で、へりのカビがくっきりと浮かんだ。

「わかりました」ジェイクは言った。「サー」

五十八

ぼくは不法侵入を犯しているような気分で〈スペシャル・パケット〉を開け、中を覗いた。そこには雑多な紙きれやこまごました物が集められており、その多くはぼくの過去や記憶とも重なるものだった。最初に目に入ったのはきれいな色のリストバンドで、プラスチックの留め具のあたりが伸びきっていた。レベッカが留め具をはずさずに、無理やり広げて手を通していたからだ。はるか昔にふたりで行った音楽フェスティバルの記念品。当時はまだ付き合いはじめたばかりで、ジェイクのことが気にかかるどころか、彼は生まれてもいなかった。レベッカとぼくは週末に友だち――彼らとはその後しだいに疎遠になった――とキャンプに行き、雨が降るのも寒いのもかまわず、酒を飲んだり踊ったりしてすごした。ふたりとも若くて暢気《のんき》で、そのリストバンドは今にして思えば、輝いていた日々の忘れ形見のようなものだった。

ナイスな選択だよ、ジェイク。

次に目に留まったのは小さな茶色の包みで、開けて中身を手のひらにのせるなり、涙がにじんできた。歯だ。信じられないぐらい小さく、ぼくの肌には空気のように感じられた。レベッカが死んでまもない頃、ジェイクの乳歯が初めて抜けた。その夜、ぼくはジェイクの枕の下に、お金と一緒に妖精からの手紙をこっそり入れた。この歯は特別なものだから大事に取っておいてね、と書いて。それから今まで、その歯はずっと目にしていなかった。

歯をそっと包みに戻すと、今度はたたんであった一枚の紙を開いた。それはなんと、ぼくがジェイクのために描いた絵だった。ふたりが並んで立っているのがどうにかわかる程度のぎこちない絵で、下にメッセージが添えてあった。

たとえケンカをしているときでも、ぼくらはやっぱり、深く深く愛し合っているんだ。

涙が一気にあふれだしてきた。この数年はケンカしてばかりだった。ぼくらは似た者同士のくせして、理解し合えないでいた。互いに向かって手を伸ばしながら、なぜだか互いを見失ってきた。ああでも、ここに書いたのは本当のことだったんだよ。ぼくはどの瞬間にもジェイクを愛してきた。心の底から愛してきた。今ジェイクがどこにいるのであれ、それだけはわかってほしい。

入っている物を次々と見ていった。何か神聖なものに触れているような気持ちだったが、ときには不可解でもどかしくなった。紙きれがほかにも何枚かあり、一部はなるほどと思えた――ジェイクがこれまでにもらった、数少ない誕生日パーティの招待状の一枚――ものの、意味不明なものが多かった。色の褪せたチケットやレシート、レベッカの走り書きのあるメモ用紙などは、一見価値がないような気がして、それを特別なものとしてあがめるジェイクの気持ちが推し量れなかった。ちっぽけで、見るからに重要でなさそうなところが、ジェイクの気に入ったのだろうか。それらは大人の世界の物であり、その意味を読み解くにはジェイクは人生経験に欠けている。それでも、ママが大事に取っていた物ということで、ずっと眺めていれば、ママをもっと理解するのに役立ったのかもしれない。

やがてさらに古い紙が出てきた。リング綴じのノートから破ったらしく、一方の端がびりびりになっていた。開いた瞬間、レベッカの手書きの文字だとわかった。書いてあるのは詩で、インクの色褪せ具合から、おそらく十代の頃のものだと思われた。ぼくはそれを読みはじめた。

きちんとドアを閉めとかないと、囁く声が聞こえるよ
ひとりで外をうろついてると、おうちに帰れなくなるよ
窓には鍵をかけとかないと、あいつにガラスを叩かれる
独りぼっちの悲しい子には、囁き男がやって来る

もう一度読み返した。居間の周囲の風景がかすんでいった。筆跡をじっと見て確かめた。間違いなくレベッカの手書き文字だ。ぼくがよく知っているものより少し幼かったが、妻の文字を見間違えるわけがなかった。

それでジェイクはあの文句を知っていたのか。

ママから教わったのか。

レベッカはかなり若い時代にこれを知り、しかも書き留めていたのだ。頭の中で計算すると、フランク・カーターの事件の頃、レベッカは十三歳だった。やつの犯した殺人は、その年齢の女の子の関心を引くたぐいのものだったのだろう。

しかしレベッカがこの文句をどこで知ったかは、これだけではわからなかった。

ぼくはその紙をほかとは別にしておいた。

〈スペシャル・パケット〉の中には写真も何枚か入っていた。どれも古い写真で、旧式のカメラで撮ったものに違いなかった。ぼくも子どもの頃には、休みによく写真を撮った。そしてぼくも母も、写真の裏に日付と説明を書き入れていた。どうやらレベッカやその両親にも、同じ習慣があったようだ。

一九八三年八月二日――生後二日目

その写真を表に返してみると、ソファに座った女性が赤ん坊を抱いていた。レベッカの母だ。その人とは短い縁だったが、何事にも意欲的な女性で、冒険心のあるところはそのまま娘に受け継がれていた。この写真の中でも、ひどく疲れているのに活気に満ちて見える。赤ん坊は、黄色い毛織りの毛布にくるまれて眠っていた。日付からこの子がレベッカであるのはわかったものの、彼女にこんな小さいときがあったとは信じられなかった。

一九八七年四月二日――枝流しをして遊ぶ

この写真では、緑の葉の茂る木々を背景に、レベッカの父が細長い板の橋に立ち、彼女を高く抱き上げていた。父に抱えられたレベッカは、下を流れる水に向けて木の枝をぶらさげ、カメラににかっと笑いかけている。まだ四歳にもならないのに、そこにはすでに、大人の女性になったときのレベッカの面影が探せた。レベッカはその当時から、今もぼくの頭に焼きついて離れない、あの笑顔を見せていたのだ。

一九八八年九月三日──小学校の第一日目

この写真のレベッカは、青いセーターにグレーのプリーツスカートをはき、誇らしげに学校の前に立って──

ローズ・テラス小学校だ。

ぼくは数秒間、その写真をじっと見つめ続けた。

それは今や見慣れた学校で、なのに写真の主は確かにレベッカで──そのふたつがどうにも結びつかなかった。でもどちらも間違いなかった。鉄柵も同じで階段も同じ。扉の上の黒い石には「女子」と刻まれている。そしてその外に、子どもの姿をしたわが妻が立っていた。

小学校の第一日目。

レベッカはフェザーバンクに住んでいたのだ。

愕然とした。どうして今まで知らなかったのだろう？　南岸にあったレベッカの両親の家には、ふたりが亡くなるまでに数回、レベッカとともに訪れた。だから、もっと昔に一家が引っ越したのはうっすら知っていても、そこがレベッカの故郷だとばかり思っていた。実際、レベッカ自身もそこを出身地とみなしていた。でもひょっとしたらそれは、レベッカが十代という人生の花開く時期をすごした――そこで築いた交友関係や集めた思い出を大人になっても持ち続けた――場所というだけだったのかもしれない。その証拠がぼくの目の前にあった。レベッカは子どもの頃にここに住んでいた。あるいは、少なくともあの学校に通えるぐらい近い場所に。

囁き男の文句を耳にするぐらい近い場所に。

ぼくはふと、ジェイクが新しい家をiPadでひと目見るなり、それに夢中になったのを思い出した。ウェブでその写真を見たあとは、ほかの検索結果がジェイクの目には映らないも同然となった。あれも決して偶然ではあるまい。ぼくはジェイクが残していたほかの写真をすばやくめくっていった。大半は休みに出かけたときの写真だったが、たまに景色に見覚えがあるものも見つかった。レベッカがニュー・ロード・サイドでアイスクリームを食べているところ。地元の公園でブランコを高くこいでいるところ。大通りの歩道で三輪車に乗っているところ。

そして――

そしてぼくらの家が出てきた。

その光景は、レベッカが学校の前に立つ光景と同じぐらい、ちぐはぐに感じられた。レベッカが、どう考えてもいるべきではない、そしているはずもない場所にいる。その写真の中でレベッカは、ぼくとジェイクの新しい家の前の歩道に立ち、片足だけを後ろに引いて私道に踏み入れていた。背後の建物は妙な具合に傾き、窓が変な位置にあって、いかにも恐ろしげだ。今にものしかかってきそうな家の前で、少女は敷地の境界をぎりぎりのところで越えていた。その勇敢な行為に称賛を得るために。

この地域で知られた恐怖の家。子どもたちは、そのそばに近寄ってみろと、互いにけしかけ合っていた。写真を撮ってこいとか言って。

だからジェイクは、ひと目見るなりこの家に飛びついたのか。ママがその前に立っている写真を以前に目にしていたわけだ。

ぼくは写真の中のレベッカをもっとよく見てみた。年は七、八歳ぐらい。青白の格子柄のワンピースを着て、その下から覗く膝にはすり傷がある。そして、きっと風の強い日だったのだろう、髪がみな一方向になびいていた。

ジェイクの絵で窓の中にいた女の子そのものだった。

ようやくすべてがわかり、ぼくはまたしてもあふれる涙を抑えられなくなった。

ばかげたことだが、ジェイクの姿なき友だちは彼の空想以上のものではないかと、あやうく信じはじめるところだった。確かに空想以上のものではあった。ただし、ジェイクは幽霊や魂を見ていたのではない。ジェイクの空想の友だちは、実は恋しくてたまらないママだった。それを自分と同年齢の女の子として呼び出していたにすぎなかったのだ。かつてママがいつもそうしてくれたように、一緒に遊んでもらおうと。気づいたら投げ入れられていた新しい世界で、その厳しさを乗り越えていく助けになってもらおうと。

写真を裏返してみた。

一九九一年六月一日——勇気を奮って

そういえば引っ越してきたとき、ジェイクは誰かを探しているかのように、部屋から部屋へと走り回っていた。ぼくは心なくもジェイクを放ったらかしにした。それでなくても、引っ越しはジェイクにとって大変なことだっただろうに。もっと助けになってやればよかった。いや、そうすべきだった。もっと耳を傾け、そばに寄り添い、ぼく自身の悩みにばかり捉われないでいるべきだった。でもそうしなかった。だからジェイクは、代わりに思い出の中に慰めを見出すしかなかったのだ。

ぼくは写真を下に置いた。

本当にごめんよ、ジェイク。

もはやこんなことをしても意味があるかどうかわからないと思いながらも、ジェイクが大事に取っておいた物を残らず見ていった。ひとつひとつを手に取るたび、胸が張り裂けそうになった。ぼくはもう息子を永遠に失ってしまったに違いなく、ぼくの人生があとどれほど残っていようと、こうする以上に彼に近づくことはもはやできないように思えた。

ところが、ジェイクが残していた紙きれの最後の一枚を開き、そこにあるものが目に入ったとたん、ぼくは再び動けなくなった。見ているものとそれが意味することを理解するのに、しばらく時間がかかった。

やがて携帯電話をつかんだときには、すでに玄関へ走り出していた。

五十九

「もっとゆっくり」アマンダは言った。「何を見つけたんですか？」

アマンダは徹夜で仕事を続け、そして午前九時に近づきつつある今、刻一刻と時間がすぎていくのをひしひしと感じていた。体は疲れの極致にあった。骨がきしみ、思考が移ろい、注意力が散漫になっている。とてもではないが、トム・ケネディが電話で早口でまくしたてるのを聞いていられる状態ではなかった。ましてや彼がアマンダと同様、支離滅裂で、頭がうまく回っていないらしいとあっては。

「だから言ったでしょう」トムが言った。「絵です」

「蝶の絵でしたね」

「そうです」

「どういうことか、ゆっくりと説明してくれます？」

「絵はジェイクの〈スペシャル・パケット〉に入っていたんです」

「ジェイクの、なんです？」

「ジェイクはいろいろと物を集めて――大事に残しているんです。あの子にとって、ある種の意味を持つ物を。絵はその中にありました。ガレージにいた蝶の絵です」

「なるほど」

アマンダは捜査員でごった返す捜査対策室を見回した。そこの混乱状態はアマンダの頭の中にそっくりな気がした。集中しなさい。蝶の絵があった。それがトム・ケネディにとって重要なのは明らかだ。しかし、なぜなのかはまだ見当もつかなかった。

「ジェイクがその絵を描いたんですね？」

「違います！　そこが問題なんだ。絵はものすごく凝ってます。どう見ても大人の手によるものだ。ジェイクも蝶を描いてましたが、それは学校がはじまった日のことでした。きっと誰かがあの絵を、お手本としてジェイクに渡したんだ。でなければ、ジェイクがあの蝶を見たはずがないでしょう？　あの蝶はガレージにいたんですから、ね？」

「ガレージに、ですか」

「つまり、ジェイクはどこかほかで蝶を見たはずなんです。そしてあの絵が、そのどこか、に違いない。誰かがジェイクに描いてやったんだ。あの蝶を見たことのある誰かが」

「お宅のガレージに入ったことのある誰かが？」

「あるいはうちの家に。そんなことを言ってましたよね？　ノーマン・コリンズのように、死体があそこにあるのを知っていたやつらがほかにもいると。そしてジェイクを誘拐したと警察が考えているのは、その中のひとりだと」

アマンダはしばらく黙って思案した。そうだ、そう考えている。それに、トムの発見はおそらくなんの意味もないのだろうけど、いずれにせよ捜査の方向性は、夜を徹してもほとんど見えてきていない。

「誰がその絵を描いたんです？」アマンダは訊いた。

「わかりません。ごく最近に描かれたようなので、たぶん学校にいる誰かじゃないかと。ジェイクは学校の初日に絵を持って帰り、それをお手本にして描いた」

学校。

ニール・スペンサーが失踪したあと、あの子と日常的な接触が少しでもあった者には残らず事情聴取をした。その中には学校関係者も含まれていた。だが、疑わしい点のある者はひとりもいなかった。それにジェイクは、あの学校にはまだ数日しか通っていない。その絵が何か関連性を持つとしても、出所は学校とは限らない。

「でも、はっきりはしないんですね？」

「ええ」トムは言った。「しかし、ほかにもあるんです。その夜、ジェイクはそこにはいない誰かとしゃべっていた。ええ、あの子はそういうことをします。わかります？　空想の友だちがいるんです。ただそのときだけは、話していた相手は『床の男の子だ』と言ったんです。そのことといい、蝶のことといい、誰かが教えなくてはジェイクが知るはずないでしょう?」

「さあ、どうでしょうね」

単なる偶然ということもあり得るし、たとえそうでなくても、学校に焦点を向ける理由はやはりない、とアマンダは言ってやりたかった。しかしその気持ちをこらえ、はるかに引っかかりを感じた点に話題を転じた。

「そのことはこれまで話してくれませんでしたね?」

応答がとぎれた。意地が悪かったかもしれない。この男はともかくも息子が行方不明になっているのだし、あとからしか意味が解けないことはある。絵のことにしろ、空想の友だちのことにしろ。怪物が窓の外で囁いていたことにしろ。大人はいつだって、子どもの言うことをしっかり聞いていない。でも、もしトムがこれをもっと早く警察に話していたなら、そしてそれを自分が耳にしていたなら、今は事情が違っていたかもしれないのだ。自分がぐったり疲れてここに座っていることもなければ、ピートが病院にいることも、ジェイクが行方不明になることもなかっただろう。アマンダは非難がましい声になるのを抑えられなかった。

「トム? どうして言わなかったんですか?」

「それが何を意味するのか、わからなかったんです」

「たぶん、何も意味しないとは思いますが、でも……あら、なんだろ。ちょっと待ってて」

パソコン画面にアラートが表示されていた。アマンダはメッセージを開いた。家族支援員のリズ・バンバーがカレン・ショー宅に到着したが、誰もドアに出てこないらしい。アマンダは眉をひそめ、電話を耳に押しつけた。トムが黙っている後ろで、車の音がするのが聞こえた。

「今どこです？」

「学校に向かってます」

ちょっと待ってよ。アマンダは思わず前に身を乗り出した。

「それはやめてください」

「でも――」

「でもじゃありません。そんなことをしても役に立ちませんよ」

アマンダは目を閉じて額をこすった。彼はいったい何を考えてるの？　といっても、息子が失踪しているのだから、きちんと考えられなくて当然だった。

「いいですか」アマンダは言った。「よく聞いて。まずはカレン・ショーの家に戻ってください。そこでリズ・バンバー巡査部長があなたを待ってます。わたしはこの警官に、あなたを署に連れてくるよう指示しておきます。絵についてはそのあとで話し合いましょう。いいですね？」

トムは答えなかった。彼が考え込んでいるのがアマンダにはわかった。ジェイクを助けようという決心と、アマンダが声に込めてみせた権威の、どちらに従うかで心が揺れているのだ。

「トム？ これ以上、事態を悪化させないようにしましょう」

「わかりました」

電話が切れた。

ざけんじゃないわ。トムを信じていいかどうか決めかねたが、今はそれについてどうすることもできないとあきらめた。そしてリズに返信して指示を与えると、椅子の背にもたれて顔をこすり、少しでも血色を取り戻そうとした。

また報告書がデスクに届いた。目を開けてみたものの、やはり役に立たない目撃証言ばかりだった。近所の住民は何ひとつ見も聞きもしていなかった。フランシス・カーター――だかデイヴィッド・パーカーだか、彼が自分をどう呼んでいるにせよ――は家屋に侵入し、ベテラン警官を殺しかけ、子どもをさらい、まったく注意を引かないまま消え去った。運の強いやつだわ、それも悪の付く。

だがもちろん運だけではなかった。彼は二十年前には脆くて傷つきやすい少年だったかもしれないが、その後の年月で、何をしでかすかわからない危険な男に成長したのだ。人目につかずに行動することに長《た》けた男に。

アマンダはため息をついた。

学校ね、まあその価値があるかどうかわからないけど。

もう一度洗ってみることにしよう。

六十

カレン・ショーの家に戻ってください。

一瞬、ぼくはそうしそうになった。ベック警部補はなんといっても警察官であり、ぼくの本能は警察の指示に従おうとしていた。それに彼女の言葉が胸に突き刺さっていた。ぼくはいろいろと失敗を重ねたうえ、警察に話さなかったことがあまりにもたくさんあった。ジェイクを守ろうとしてのことだったとはいえ、話していればこの事態を防げたかもしれないのは事実だ。

つまり、ジェイクがいなくなったのはぼくの責任なのだ。

そう考えると、ぼくの話を真剣に受け止めないといって、ベック警部補を責めることはできなかった。ただ、警部補はジェイクの描いた絵を見ていない。誰かがジェイクにお手本を描いてやったのだ、それもごく最近に。

ならばジェイクはどうしてそれをずっと持っていたのか？

お手本の何がそんなに特別だったのか？

ぼくは初日に学校から帰ってきたあとのことを思い出してみた。ぼくらはケンカした。ジェイクがパソコンの画面でぼくの書いた文章を読んだ。ふたりのあいだの距離が広がった。あの絵が〈スペシャル・パケット〉入りした理由はひとつしか考えられない。あの絵を描いた人物は、ジェイクにぼくが見せなかった優しさを見せ、ぼくが与えなかった励ましを与えたのだ。だから、ジェイクはあの絵を残しておこうと決めたのではないか。

そう思ったとき、ぼくの心は決まった。


学校には始業ぎりぎりに着いた。正面の扉がまだ開いており、校庭では子どもや保護者が何人かぶらぶらしていた。事務室に行くことも考えた――また、必要ならそうしていただろう――が、事務室は校舎のほかの部分と防犯扉で切り離されていた。正面のほうがいざとなればジェイクの教室に直行できる。

鼓動が激しくなるのを感じながら、ぼくは門を入り、ちょうど出ようとしていたカレンとすれ違った。

「トム――」

「あとで」

ミセス・シェリーが開いた扉の横に立ち、最後の子どもがだるそうにその脇を通っていた。

ミセス・シェリーはぼくの顔を見るなりうろたえた。半狂乱なのが顔にも表れているらしい。

「ミスター・ケネディ――」

「これは誰が描いたんです？」ぼくはたたんであった紙を開いて蝶の絵を見せた。「誰が描いたんです？」

「さあ、わたしには――」

「ジェイクがいなくなりました。わかります？　誰かがぼくの息子をさらっていったんです。ジェイクは学校がはじまった日に、この絵を家に持って帰りました。これを誰が描いたのか、知る必要があるんです」

ミセス・シェリーは首を振った。ぼくが一気にあれこれしゃべったので、理解が追いつかないとみえる。ぼくは彼女をつかんで揺さぶり、これがどんなに大事なことかをわからせてやりたい衝動に駆られた。そのとき、カレンがそばに立ち、ぼくの腕にそっと手を置いているのに気づいた。

「トム、落ち着いて」

「落ち着いてるよ」ぼくはミセス・シェリーから目を離さずに絵の蝶を指ではじいた。「誰がこれをジェイクに描いてやったんです？　ほかの子？　教師？　あなたですか？」

「知りませんよ！」ミセス・シェリーは度を失っていた。ぼくに脅えている。「よくわかりませんが、ジョージかもしれませんん」

ぼくは思わず紙を握りしめた。

「ジョージ？」

「補助指導員の一人です。でも――」

「今、ここにいますか？」

「いるはずです」

ミセス・シェリーは後ろをちらりと振り返った。ぼくはその隙に彼女の脇を通りすぎ、向こうの廊下に足を踏み入れた。

「ミスター・ケネディ！」

「トム――」

ふたりの呼びかけは無視し、横のクロークルームに目をやった。ジェイクの同級生たちが荷物をかけている。本当ならジェイクもそこに交じっているはずだった。ぼくは駆けだして正面の角を曲がり、メインホールに入った。そこは四方の教室へ向かう子どもたちでごった返していた。そのあいだを身をかわしながら進み、真ん中で止まった。あちこちへ視線を動かすうちに、ホールがぐるぐる回っているような錯覚に陥った。ジェイクの教室がどれなのかわからない。そこにジョージがいるかもしれないというのに。こんなことをすれば処罰されるのは承知している。それでもかまわない。ジェイクを見つけ出せなかったら、ぼくの人生はどっちにしろ終わってしまうのだから。それに、もしジョージがここにいるなら、そのあいだはジェイクを傷つけることができないはずで――

アダムだ。

カレンの息子がホールの向こうの端にあるワゴンに水筒を入れ、ドアの中に入っていった。ぼくはそこへ向かって走り出した。ところがそのとき、受付係の一人と年老いた用務員が、廊下のほうからホールに近づいてきた。ミセス・シェリーが呼んだに違いない。校舎に侵入したのだから、当然の対応だ。

「ミスター・ケネディ！」受付係が叫んだ。

でもぼくは彼らが来る前に教室にたどり着き、すばやく中に身をすべり込ませた。目の前の子どもを押しのけない程度には、まだ自分を保っていた。教室内はなんとも落ち着かない色調だった。黄色く塗られた壁を、数百とも思える数のラミネートプレートが彩っている。九九の表のプレート、果物の絵で数を示したプレート、職業を漫画風に表したプレート。ぼくは小さな机や椅子が並ぶ中を見回し、大人の姿を探した。奥に年配の女性がおり、出席表を挟んだクリップボードを握りしめ、困惑顔でぼくを眺めていた。しかし見たかぎり、大人は彼女一人しかいなかった。

そのとき、誰かがぼくの腕をつかんだ。

振り向くと、年老いた用務員が毅然とした表情で横に立っていた。

「ここに入ることは許されていません」

「わかってます」

ぼくは彼の手を振りほどきたい衝動を抑えた。そんなことをしても意味がなかった――ジョージが誰であるにせよ、ここにはいないのだ。でもそう思うと苛立《いらだ》ってきて、結局は乱暴に振りほどいた。

「わかってます」

教室の外に出ると、用務員があてつけがましくドアを閉めた。ミセス・シェリーがこちらに向かって歩いていた。手には電話を持っている。その電話ですでに警察に通報したのだろうか。もしそうなら、警察もぼくのことを真剣に考えはじめるかもしれない。

「ミスター・ケネディ――」

「ええ。ぼくはここにいてはならない」

「不法侵入ですよ」

「なら、ぼくを黄信号にすればいい」

ミセス・シェリーは何か言いかけたが、すぐに口を閉じた。それより何より心配している様子だ。

「ジェイクがいなくなったと言っていましたね？」

「そうです。昨日の夜、誰かがさらっていったんです」

「まあなんてこと。どんなお気持ちか想像も……ああもちろん、気が動転なさっているのは理解していますよ」

　本当に理解できるというのか、ぼくの内部を電流のように貫いている、この恐怖が。

「ぼくにはジョージを見つける必要があるんです」

「ここにはいません」

　そう言ったのは受付係だった。彼女は腕組みをして立っており、ミセス・シェリーのような思いやりはみじんも見せていなかった。

「どこにいるんです？」ぼくはたずねた。

「さあ、家にいるんじゃないですかね。少し前に病欠の連絡がありましたから」

　アラートのレベルが上がった。偶然のはずがない。つまり彼は、今この瞬間にもジェイクと一緒にいるわけだ。

「彼はどこに住んでるんです？」

「職員の個人情報を勝手に教えたりはできませんよ」

　ためらわず彼女を通り越して事務室に押し入ろうかとも考えた。用務員が道をふさぐようにして立っているが、六十代だ、取っ組み合いをすれば、ぼくのほうが勝てる。警察沙汰になってそれなりの刑罰を受けるかもしれないが、ジョージの住所を探し出せるのなら、強行する価値はある。でもそんな悠長なことなどしていられないだろう。なら、やっても得にはならない。それで刑務所にでも入れられたら、ジェイクの得にもならない。

「このことは警察に通報するんですか？」ぼくは言った。

「もちろんです」

ぼくは三人に背を向け、ホールを横切って廊下を引き返した。三人はぼくが完全に去るのを確かめようと、あとをついてきた。そしてぼくが外に出るなり、扉を閉め、鍵をかけた。

校庭はほとんど空っぽになっていたが、門のそばでカレンが不安そうに待っていた。

「やれやれ」カレンは言った。「だって、逮捕されてたかもしれないのよ」

「ぼくはあいつを見つける必要がある」

「ジョージって人？　何者なの？」

「クラスの助手だ。そいつがジェイクに手本を描いてやったんだ——蝶の絵の。その蝶はガレージで死体と一緒にいた」

カレンは疑っているように見えた。ぼくにしても、自分で言いながら、カレンを責められないと思った。でもベック警部補のときと同様、他人に理解させるのは不可能だった。ジェイクをさらったやつは死体のことを知っていて、だから蝶のことも床の男の子のことも知っていたのだ。ぼくの息子に霊感があったわけじゃない。あの子は傷つきやすくて孤独で、だから、誰かからそうした話を吹き込まれたのに違いない。あの子の近くにいた誰かから。

今もあの子の近くにいる誰かから。

「警察に話す？」カレンが訊いた。

「警察もぼくの言うことは信じないよ」

カレンはため息をついた。

「わかってる。でもぼくの考えは正しいんだ、カレン。そしてぼくはジェイクを見つけ出さなければならない。あの子が傷つけられると思うと耐えられない。あの子がぼくのそばにいないと思うと。何もかもぼくの過ちだったと思うと。だからどうしても、あの子を見つけ出さなきゃならないんだ」

カレンはしばらく黙って考え込んでいた。そしてまたため息をついた。

「ジョージ・サンダース。学校のウェブサイトに載ってるジョージは、その一人だけよ。あなたが中にいるあいだに住所も調べておいた」

「まさか」

「だから言ったでしょ。わたしは調べ物が得意なんだって」

六十一

「それを描くのはやめたほうがいいと思う」

女の子の声は不安そうに聞こえた。女の子は狭い屋根裏部屋の中をずっと行ったり来たりしていた。そしてときどき立ち止まっては、ジェイクの絵を見おろした。さっきまでは何も言わなかった。ジェイクがまだ、家と入り組んだ庭を描いていたからだ。ジョージの凝った絵を手本にして描くよう、彼に言いつけられていた。でもやがてあきらめ、代わりに戦いの場面を描きはじめた。

ぐるり、ぐるり、と円ができていった。

フォースフィールド。それともポータルかな。どっちとも決められないし、どっちでもかまわなかった。防御の手段だろうと脱出の手段だろうと、なんだってよかった。ジェイクを守ってくれるか逃がしてくれるものなら。この屋根裏から、ジョージから、見えない階段の底でどくんどくん震えている、あの恐ろしい存在から。ジョージはさっき出ていったとき、階段のドアに鍵をかけたのだろうか。女の子はたぶん、こっそり階段を下りて、ドアを開けてみろと言いたいのだろう。でもそれは、ジェイクには絶対にできないことだった。たとえその先は、玄関まですんなり行けるのだとしても、そこに――

「ねえやめてちょうだい、ジェイク」

ジェイクは絵を描くのをやめた。手が震えて、ペンを持っていられないくらいだった。あまりにも強くペンを押しつけていたので、ポータルの部分が破れかけていた。

「やれるだけやってはみたんだ」ジェイクは言った。「でももう無理だよ」

絵を描く紙はジョージから四枚渡されていた。そのうち三枚には、お手本どおりの家と庭を描こうとした。でもお手本が複雑すぎた。わざと複雑にしたのではないかという気もした——これはテストなんだ。あの気持ちの悪い朝ごはんがそうだったように。学校のテストなら、先生はみんなに合格してもらいたいと思っている。でもジョージはぜんぜんそんなふうに見えなかった。ミセス・シェリーは、学校がはじまった日にジェイクを黄信号にしたけど、本当はそうしたくなかったんだろう。けれどジョージは、いきなり赤信号にする口実を探しているみたいだった。

だからジェイクは頑張ってみた。できるかぎりのことをやった。そして一枚が余ったので、戦いの絵を描いたというわけだ。だって創造力を使うのはいいことなんでしょう、違う？

パパはいつもぼくの絵を気に入ってくれた。

でも今はパパのことは考えたくなかった。ジェイクはまた絵を描きはじめた。ぐるり、ぐるり。それに、女の子のほうが正しいとしても、ジェイクにはもう自分で自分が止められなくなっていた。戦いを描くことだけがパニックを抑えている。手はまったく言うことを聞かないけど。だけどそれなら、結局はパニックを起こしているということなのかも——

ぐるり、ぐるり。

階段の底のドアが開いた。

足音が上がってくる。

インクが染み込みすぎて紙に穴があいた。棒人間がふいといなくなった。

これでもうきみは安全だ。

ジョージが部屋に入ってきた。

顔は笑っていても、本物の笑いではなかった。なんだか親の役の衣装を着けてるみたい。でもそれは着心地が悪くて、体にも合わないから、できるだけ早く脱ぎたいのが本心なんだ。その衣装の下にあるものを、ジェイクは見たくなかった。彼は立ち上がった。体と同じぐらい心も震えていた。

「さあ！」ジョージが近づきはじめた。「どんなふうに描けたか見てみよう」

でもほんの少し離れたところで立ち止まった。そこから戦いの絵が見えたらしい。

笑いが消えた。

「なんだこの、くそったれな絵は？」

ジョージが使ってはいけない言葉を使ったので、ジェイクは目をしばたたいた。それで初めて、涙がたまっていたのに気づいた。知らないうちに泣きはじめていたのだ。このまま泣き出したかった。わーっと声を上げて泣きじゃくりたかった。でも、ジョージの顔に浮かんだ表情がその思いを押しとどめた。感情をむき出しにするのをジョージはきっと嫌がる。ジェイクが大泣きしたら、ただ泣き終わるのを待って、あとからもっと泣き叫びたくなるようなことをする。

「こんなものを描けとは言わなかったぞ」

「ほかの絵を見せるのよ」女の子がすばやく言った。

ジェイクは目をこすり、家と庭の絵を指さした。

パパ来て。

その思いが胸にあふれ、もう少しで口をついて出てきそうになった。

「一生懸命描いてみたけど」ジェイクは言った。「だめだった」

ジョージは視線を落とし、あきれ返ったように絵をじろじろ眺めた。部屋の中が沈黙に包まれ、よくないことが起きそうな気配が漂った。

「充分な出来ではないな」

ジェイクは思いもしなかったことに、その言葉に傷ついた。絵が下手なのは自分でもわかっていたけど、パパはいつも気に入ったと言ってくれた。なぜって——

「一生懸命やったんだよ」

「いいや、ジェイク。一生懸命じゃなかったのは見ればわかる。途中であきらめたんだろ？練習する紙はもう一枚あったのに、それを……こんなものに使った」ジョージは軽蔑するように、戦いの絵を手で払う仕草をした。「この家にあるものにはお金がかかっている。むだには使わないものだよ」

「ごめんなさいって言って」女の子がジェイクに言った。

「ごめんなさい、サー」

「ごめんなさいでは足りないね、ジェイク。ぜんぜん足りない」

ジョージはいかめしい顔をしてジェイクを睨みつけた。自分を抑えようともがいているのか、両手が震えている。ジェイクはそれを見て、絵は単なる口実なんだと思った。ジョージは本当の本当はぼくを怒りたいんだ。ジョージの手が震えているのは、これが怒っていいぐらいの命令違反かどうか、決めかねているからだ。

考えが決まった。

「ということは、おまえは罰を受けなければならないことになる」

ジョージは身動きひとつしなくなった。親の衣装は取り払われていた。親切で優しそうな顔もはがれ落ちていた。今までのはふりでしかなかったのだろう。そんな見せかけは、Tシャツでも脱ぐかのように、あっさりと捨てられていた。そこに立っているのは、もはや怪物だった。

怪物の前でぼくはひとりっきりだ。

そして怪物はぼくを痛めつけようとしている。

ジェイクはあとずさったものの、すぐにふくらはぎが小さなベッドに当たった。

「パパ来て」

「なんだと？」

「パパ！　パパ来て！」

ジョージが近づきはじめた。でもそのとき、家の下のほうで突然、目覚まし時計が鳴った。ジェイクは驚いて飛び上がった。ジョージもその場で立ち止まり、ゆっくりと振り返って階段のほうを睨みつけた。首から下はまだジェイクに向けたままだ。

いや、目覚まし時計じゃない。

誰かが玄関のベルを鳴らしている。

六十二

フランシスは憤然としながら二階の寝室に駆け込み、急いで白いナイトガウンをはおった。ともかくも病気ということになっていた。それから無理やり自分を落ち着かせ、外からは勘づかれない程度にまでなんとか怒りを鎮めた。とはいえ、表面下でまだ怒りがくすぶっているのは都合がよかった。いざとなれば利用できる。ひょっとしてそれが必要にならないとも限らなかった。

うるさいベルめ。

ベルはずっと鳴り続けていた。フランシスは一階に向かった。警察ではないな。警官が派遣されたのなら、もっと無作法に乗り込んでくるはずだ。ドアスコープから外を覗いてみた。ひっきりなしに鳴るベルの音が耳にやかましく響いた。魚眼レンズの向こうに踏み段、庭、そして、ベルに上体を傾けているトム・ケネディの姿が見えた。思いつめたように頑な表情(かたくな)をしている。フランシスは思わず身を引いた。いったいなんだって、やつにここがわかったんだ？　なぜ警察ではなくケネディが来た？

それにやつがなぜ、息子を取り戻したいと思うのか？

フランシスはドアから一歩離れた。応対する必要はない。きっとすぐにいなくなる。これ以上そこにとどまろうと考えるなら、それはもはや狂気でしかない。

しかしベルは鳴り続けた。

フランシスはさっき見た表情を思い出した。ケネディは本当に気が狂ったのかもしれない。男は子どもを失うと、こんなふうに血迷うものなのか。たとえそれがジェイクのように、明らかにほったらかしにしてあった子どもでも。

それとも、もしかして自分が判断を誤っていたのだろうか。

ドアに額をもたせかけると、わずか数センチ向こうにケネディがいるのが感じられ、頭蓋骨の前面がきりきりした。まさか、実はジェイクは愛されていたのか？　ジェイクの父親は息子を大事に思っていて、だからその子が誘拐されるや、こんな極端な行動に出たのか？

フランシスの中に敗北感と絶望感がどっと広がった。もしそれが本当なら不公平じゃないか。そんなのないに決まっている。小さな男の子なんて、誰にとってもどうでもいい存在なんだ。

フランシスは胸の奥でずっとそう考えていたが、改めてそれを確信した。やつらには価値がない。やつらに値するのはただ——

ベルはまだ鳴っていた。

「今行きます」フランシスは叫んだ。

その声は外にも聞こえたはずなのに、ケネディは依然、ベルを鳴らすのをやめなかった。

フランシスは急いでキッチンに入り、水切り棚から小型の鋭いナイフを選び取り、ナイトガウンのポケットにすべり込ませた。ようやくベルがやんだ。フランシスは敗北感を追い払い、怒りを呼び戻して心の隅にひそませた。

やつを消せ。

あの子を始末しろ。

そして、いかにも善良そうな顔を装ってドアのところへ戻った。

六十三

「今行きます」

ドアの向こうで声がしたとき、ぼくは驚きのあまり、ベルから手を離すのを忘れてしまった。

応答を期待するのはすでにあきらめていた。むしろ、もはやほかにできることがないというのが本音だった。そこにどれほど立っていたのかも知らない。ただひたすらベルを鳴らし続けていた。そうしていれば、どうにかジェイクを助けられるとでもいうかのように。

ドアから一歩しりぞき、振り返ってカレンのほうを見やった。車の中のカレンは電話を耳に当て、心配そうにぼくを見ている。警察に電話すると言って譲らなかったので、ベック警部補への連絡を任せてあった。カレンはぼくに目で応え、首を振った。

ぼくはドアに向き直った。次に何が起きるのか予想もつかなかった。〈スペシャル・パケット〉の中身を見て以来、アドレナリンの勢いに駆られてここまで来たものの、ジョージ・サンダースに何を言うつもりなのか、あるいは何をするつもりなのかも、まったくわかっていなかった。

鍵が回る音がした。

昨夜父を見たときの記憶が蘇ってきた。恐ろしい怪我を負っていた。父は鍛えられた有能な警察官だったのに、襲ったやつはその父を難なくねじふせた。父は丸腰だったし、おそらく闇討ちにあったのだろう。それでもだ。そんなやつを相手に、ぼくに何ができるというのだ？

そんなことさえ考えてはいなかった。

ドアが開いた。

チェーンがかかり、その隙間からサンダースがやましそうに顔を覗かせるのを、ぼくは想像していた。ところが彼は、ドアを思いきり大きく開けた。彼の姿を見た瞬間、ぼくは唖然とした。どこからどこまでもごく普通の外見だ。二十代だと推測していたが、それよりはるかに若そうに見える。どこか軟弱で子どもっぽい感じもする。これ以上害のなさそうな人物には出会ったことがなかった。

「ジョージ・サンダース？」ぼくは言った。

彼は眠そうにうなずき、はおった白いナイトガウンの襟をかき寄せた。黒い髪がくしゃくしゃに乱れている。今まさに起きたばかりで、半ば困惑し半ば苛立ってもいる、といった顔だ。

「ローズ・テラス小学校の職員、だよね？」

彼は目を細めてぼくを見た。

「ええ。そうですが」

「ぼくの息子がそこに通っているんだ。きみが教えているんじゃないかと思う」

「ああ、そうでしたか。でも教えてはいません。ただの助手ですから」

「第三学年にいる。名前はジェイク・ケネディ」

「ええ、はい。受け持ってるクラスにいると思います。ただ言いたいのは、話があるなら、先生にしてくださいということです」彼は何か気になったのか、ふと眉をしかめたが、疑いを持ったというより、眠くて頭が混乱しているふうだった。「それも学校で。ここの住所はいったいどうやって知ったんですか？」

ぼくは彼をじっくり観察した。彼は顔が青ざめ、午前中でまだ暖かいにもかかわらず、わずかに震えていた。本当に病気に見えた。確かにぼくを前にして少しおろおろしていたものの、それは特にぼくだからというわけではなく、保護者が自宅の玄関先に現れて動揺しただけのようだった。

「学校の勉強のことじゃないんだ」

「だったらなんなんですか？」

「ジェイクが行方不明なんだ」

サンダースは意味がわからないといった顔で首を振った。

「誰かにさらわれたんだ」ぼくは言った。「ニール・スペンサーのように」

「そんな、まさか」彼は心底驚いたように見えた。「それはお気の毒に。いったい、いつ……？」

「昨日の夜だ」

「そんな、まさか」彼は同じ言葉を繰り返し、目を閉じて額をこすった。「なんて恐ろしい。本当に恐ろしいことです。ジェイクとはまだそれほど親しくなっていませんが、とってもいい子みたいなのに」

実際いい子だよ。

　サンダースは本当にびっくりした様子で——明らかにショックを受けていた。ぼくは彼に対する疑いを考え直しはじめた。ぼくをここに導いたのは薄紙一枚程度の頼りない証拠にすぎない。それに、生身のサンダースは蠅《はえ》一匹、傷つけそうになかった。傷つけられそうにもなかった。

　ぼくは蝶の絵を前に差し出した。

「これをジェイクに描いてやったのか？」

　サンダースは絵をじっと見た。

「いいえ。見たこともないです」

「きみが描いたんじゃないのか？」

「違います」

　サンダースは一歩しりぞいた。といっても、ぼくは震える手で紙を突きつけていたのだ。玄関先でぼくのような人間と対面したら、誰だってそんな反応をしただろう。

「なら、床の男の子のことはどうだ？」ぼくは言った。

「はい？」

「床の男の子だよ」

　彼はぼくを凝視した。見るからに脅えている。まさに、何かで責められているのが徐々にわかり、怖くなってきたという表情だ。これが単なるふりなら、たいした役者だと言える。

間違いだった。

しかしそれでも。

「ジェイク！」ぼくは彼の背後に向かって叫んだ。

「いったい何を――？」

ドア枠にすがりつき、サンダースとほとんど胸が触れ合うぐらい身を乗り出し、もう一度叫んだ。

「ジェイク！」

答えはなかった。

数秒間、静寂が続いたあと、サンダースが大きく息を飲み込んだ。ぼくにも聞こえるほど、ものすごい音がした。

「ミスター……ケネディ？」

「なんだ」

「気が動転されているのはわかります。本当に。でもなんだか、あなたが恐ろしくてなりません。何が起きているのかは知りませんが、もうお引き取りになったほうがいいと思います」

ぼくは彼をじっと眺めた。彼の目にははっきりと恐怖が浮かび、そしてそれは本物だと思えた。全身が怖気《おぞけ》で凍りついている。彼は誰かが片眉を上げただけですくむほど臆病な男なのだ。そしてぼくは、どうやら半ばそうさせてしまったようだった。

サンダースは本当のことを言っている。

ジェイクはここにはいない。つまり――

つまり――

ぼくは首を振り、一歩引き下がった。

つまりぼくの負けということだ。完全なる敗北。ここに来たのは誤りだった。言われたとおり、カレンの家に戻らなくてはならなかったのだ。これ以上、捜査に支障を与えることがないように。すでにめちゃめちゃにした状況を、さらにかき乱すことのないように。

「悪かった」ぼくは言った。

「ミスター・ケネディ――」

「ぼくが悪かった。もう帰るよ」

六十四

ここで待っていろ。

ほかに何ができただろう？　何もできなかった。

ジェイクはベッドに腰かけ、縁を両手で握りしめていた。ジョージは下に行くとき、階段の底のドアに鍵をかけていった。そのときにはベルがまだ鳴り続けていた。それから一分ぐらい経って、ようやくやんだ。きっとジョージが玄関に出たんだ。今も訪ねてきた人としゃべっているんだろう。じゃなきゃ、もうここに戻ってるはずだもの。誰かが来る前にやろうとしていたことをやりに。

もしかして、ぼくがいい子にしていたら。

もしかして、ここでじっと待っていたら。ジョージはぼくのことをまた好きになってくれるかもしれない。

「そんなことあるわけないって、わかってるでしょ、ジェイク」

ジェイクが振り向くと、横で女の子がベッドに腰かけ、また深刻そうな顔をしていた。でもさっきとは様子が違った。脅えてはいるけど、ひそかに決心を固めているようにも見える。

「あいつは悪い男よ」女の子は言った。「ジェイクを痛めつけたいと思ってる。実際そうするわ、ジェイクがやめさせなかったら」

ジェイクは泣きたくなった。

「ぼくにどうやってやめさせられるって言うの?」

女の子は優しく微笑んだ。まるで、その答えはふたりともわかっているとでも言いたげに。

やだ、やだ、やだ。ジェイクは部屋の隅の、階段に通じる短い廊下へ目をやった。階段を下りるのは絶対に無理だ。その底で待ち受けているものに面と向かえない。

「それはできないよ！」

「でも、もしパパが玄関に来てるとしたら？」

とてもじゃないけど、そんなふうには考えられなかった。パパがやっぱりジェイクを捜し出したいと思って、そしてなんとか見つけ出して、今この下に来ているなんて。

それは無理な望みだった。

「パパがここまで上がってきて、ぼくを見つけてくれるよ」

「ジェイクがここにいるって、わかっているならね。知らないかもしれないでしょ」女の子は少しためらっていた。「ジェイクのほうから、途中まで会いに行く必要があるんじゃないかな」

ジェイクは首を振った。あんまりな要求だった。

「ぼくは下りていけない」

女の子はしばらく黙っていた。それから、「悪夢の話をして」と静かに言った。

ジェイクは目を閉じた。

「ママを見つけたときの夢なんでしょ？」

「うん」

「そしてこれまで誰にも話したことがなかった。パパにさえ。なぜなら、その夢がとっても怖かったから。でもわたしには話せる」

「話せないよ」

「いいえ、話せる」女の子はそっと言った。「わたしが手伝ってあげる。ジェイクは居間に入るの。すると、家の中が空っぽのような気がする。パパはそこにはいない、そうよね？ パパはまだ外にいる。それから、ジェイクは居間を横切る」

「やめて」

「陽がさんさんと照ってる」

ジェイクはぎゅっと目をつぶったけれど、役に立たなかった。前の家の裏窓から陽が斜めに射し込む様子が浮かんできた。

「ジェイクはゆっくり歩いてる、というのも、何かがおかしいって気がするから。何かがなくなってるって。ジェイクにはなぜだか、それがもうわかってるの」

ジェイクには見えてきた。裏口のドアが、壁が、手すりが。

すべてが少しずつ姿を現してきた。

それから――

「それから、ジェイクは見るの。でしょ？」

それは悪夢ではなかった。だから目を覚ますことも、その光景を消すこともできなかった。

そう、ぼくはママを見た。ママは階段の上り口に横たわっていて、首が片方に傾いて、頬がカーペットに触れていた。ママの顔はまっ白で、少し青く見えるほどだった。両目は閉じていた。心臓麻痺《まひ》だった、とパパがあとから教えてくれたけど、そんなの納得できなかった。だって心臓麻痺は、もっと歳を取った人に起きるものでしょ。だけどパパは言った。たまに若い人にも起きることがあるんだよ、もしその人の心臓があまりにも……

そこでパパは声を詰まらせて泣きはじめた。ふたりして泣いた。

でもそれはもっとあとの話だ。そのときには、ジェイクは目にしていることの意味を、頭では理解できない形で感じ取り、ただそこに立ちつくしていた。すさまじい感情の渦に飲み込まれていたからだ。

「ぼくは見た」ジェイクは言った。

「そして？」

「そして、それはママだった」

ママだった。怪物じゃなかった。ママを見たときに自分の身に起きた現象や、ママが横たわっていることの意味する事実が、怪物のように恐ろしかっただけだ。ジェイクはその瞬間、代わりに自分の一部がそこに横たわっているように感じた。心の中でさまざまな感情が、宇宙のはじまりのビッグバンのように、すさまじい勢いで次々と爆発していった。その様子を言葉にすることは永久にできないだろう。

でもあそこにいたのはママだ。ママなんだから、怖がる必要はない。

「さあ、階段を下りなきゃ」女の子がジェイクの肩に片手をのせた。「怖いものなんて、いやしないから」

ジェイクは目を開けて女の子を見つめた。女の子はまだそこにいて、なぜだか今まで以上に、本当に存在しているかのように感じられた。ぼくをこんなにまで愛してくれる人にはこれまで出会ったことがない、とジェイクは思った。

「一緒に来てくれる？」

女の子は微笑んだ。

「もちろん。いつだって一緒よ、ゴージャスボーイ」

それから女の子は立ち上がり、ジェイクの両手を取って立たせた。

「わたしたち、どう振る舞えばいい？」

六十五

「ぼくが悪かった。もう帰るよ」

誰に謝っているのかさえ、ぼくにはよくわからなかった。もちろんサンダースにだろう。でもちゃんとした証拠もないのに玄関先にやって来て、彼を責め、脅えさせたのだから。でも謝る気持ちはその先へも向けられていた。ジェイクに。レベッカに。自分自身にまで。ともかくかくもぼくはその三人を落胆させた。

カレンのほうを振り返った。カレンはやはり電話を耳に当てたままで、再び首を振った。

「いえ」サンダースが気遣うような口ぶりで言った。「いいんです。さっきも言ったように、気が動転されてるのはわかってますから。どんなに辛いお気持ちか想像もできません。でも……」

サンダースは言葉を詰まらせた。

「ああ」ぼくは言った。

「警察には喜んで協力します。それに、うまく見つけられるよう祈ってます、息子さんを。みんな何かの間違いだといいです」

「ありがとう」

ぼくはうなずき、車へ向かおうとした。そのとき、家の中のどこかで物音がした。ぼくははっと立ち止まり、サンダースのほうを振り返った。それは遠くで何かを叩いているような音だった。誰かが叫んでいる声もしたが、あまりにもかすかでほとんど聞き取れなかった。

しかし物音はサンダースにも聞こえたのだ。ぼくが背を向けているあいだに、彼の表情が一変していた。もはや病気のようにも、柔和にも無害にも見えなかった。そうした人間らしさはすべて見せかけでしかなかったかのように消え去り、今やぼくはまったく異質な何かと向かい合っていた。

彼がさっとドアを閉じた。

「ジェイク！」

ぼくはとっさに前に踏み出し、かろうじて隙間に足を挟んだ。ドアが膝の側面にものすごい衝撃でぶつかった。だが痛みなど無視して片手をドア枠の内側に差し入れ、それを支えに背中でドア板をぐいぐい押した。ドアの向こうでは、サンダースがうめきながらぼくを押し返そうとしていた。しかしぼくのほうが体が大きく、にわかに噴出してきたアドレナリンもぼくの体重に加勢した。

ジェイクはこの家のどこかにいる。ぼくがそこに行かなければ、サンダースはジェイクを殺してしまう。サンダースはこの状況から逃げられはしない。逃げようともしないだろう。でもぼくを締め出せば、ジェイクを傷つけることはまだ可能なのだ。

「ジェイク！」

不意に抵抗がなくなった。

サンダースがしりぞいたに違いない。いきなりドアが大きく開いた。ぼくは内側に倒れ込み、半ば彼にもたれたまま転びかけた。彼はぼくがぶつかった瞬間、ぼくの脇腹を力なくなぐり、後ろに引っくり返った。ふたりしてどさりと床に落ちた。ぼくが彼の上に覆いかぶさった格好だった。彼の首は床板の上で横向きにねじれ、その顎の下にぼくの右腕が食い込み、左手は彼の右肘を床に釘付けにしていた。彼は上体を持ち上げてぼくを払いのけようとした。だがぼくのほうが体がでかく、ぼくは一瞬、こいつを押さえ込めると確信した。

ところが、彼が再び上体を起こそうとした拍子に、彼の手が脇腹に当たっているのを感じた。さっき効き目のないパンチを浴びた箇所で、そこに痛みがあった。ひどい痛みではなかったが、むかつくような不快さがあった。深く内側をえぐる邪悪な痛み。脇腹に目をやると、彼の拳がまだそこに押し込まれ、着ている白いナイトガウンが血で染まりはじめていた。彼の手にあるナイフが、ぼくの内部のどこかにはまり込んでいた。彼が怒号を上げながらぼくを押しのけようとしたとき、それにつれてぼくの全身が悲鳴を上げた。

ジェイク！

声に出してそう叫んだのか、ただ頭の中で思っただけなのか、ぼくにはわからなかった。サンダースがぼくの顔の間近で歯をむき出し、唾を吐き、ぼくに噛みつこうとしていた。ぼくは彼を押さえつけた。視野の端でちかちかと星が瞬きだした。またしても彼が上体を起こそうとし、それとともにナイフの刃が動いた。星がはじけた。しかしここで彼を起き上がらせたら、彼はぼくを殺し、ジェイクを殺す。ぼくはさらに強く彼を押さえつけた。ナイフがまた動いた。はじけた星々はぼやけて白い光となり、それが徐々に視野を覆っていった。それでも彼を起き上がらせるわけにはいかなかった。ぼくは死んでもこいつを床に張りつけておく。

ジェイク。

上のほうではまだ何かを叩く音と叫び声がしていた。何を叫んでいるのか今はわかった。

ぼくの息子が上にいて、ぼくを呼んでいるのだ。

ジェイク。

星は消え、光がぼくを飲み込んだ。

ごめんよ。

六十六

アドレナリンには覚醒作用があった。

フランシス・カーター、とアマンダは心の中でつぶやいた。

またの名をデイヴィッド・パーカー、そしてまたの名がまだあるようだった。

アマンダは署でローズ・テラス小学校の職員について調べ、その中から二十代後半の男性を見つけ出した。その学校に勤務する男性は用務員を含めて四人おり、そのうちほぼその年代に属するのは一人だけだった。ジョージ・サンダース。二十四歳。フランシスは二十七のはずだが、偽の身元を買収したのであれば、完全に一致する必要はない。

ジョージ・サンダースはニール・スペンサーの失踪後に取り調べを受けていたが、その時点では特に怪しまれていなかった。アマンダは取り調べの記録を読んでみた。サンダースは知識が豊かで説得力を持っていた。誘拐の起きた時間のアリバイはなかったが、これは別に驚くに当たらない。犯罪歴はなし。不審な点もなし。追及すべき点もなし。ところが改めて調べてみると、本物のジョージ・サンダースは三年前に死亡していた。

車でその通りに入ると、いよいよ現実味が増してきた。アマンダは通りの端にある、廃屋と思われる住居の外で車を停めた。目当ての家のやや手前だ。続いてバンが一台、背後で停車し、さらに反対方向から現れた車二台が坂の少し下で停まった。どの車両も目当ての家から隠れた位置にいるので、サンダースが今、窓の外を覗いたとしても、何も目に入らないはずだ。そこが重要な点だった。彼がバリケードを築いて人質と立てこもるような事態は、絶対に避けねばならなかった。

しかしアマンダは、そうはならないと思っていた。サンダースは何か懸念を感じたら、あっさりジェイク・ケネディを殺すだろう。

ここに着くまでずっと鳴りっぱなしだった電話をようやく取り上げた。不在着信が四本あった。最初の三本はすべて知らない番号からで、四本目は病院からだった。つまり、ピートの容体に変化があったということだ。

心の中ですとんと何かが落ちた気がした。昨夜は固く決心していた——ピートを逝かせないと、そしてジェイクを見つけ出すと。なんともお笑いだ。だがそうした感情は脇にやり、気持ちを引き締めた。自分に今できることはひとつしかなかった。

わたしが監視態勢を敷く中で、再び子どもを犠牲にはさせない。

アマンダは車を降りた。

通りは静まり返っていた。あたりは往来がほとんどない。眠りの中でゆっくりと死にゆく、都市の一画といった感じだ。後ろのバンの扉ががらがらと音を立てて開き、アスファルトをこする靴音が聞こえてきた。坂の下では歩道に警官が集まりはじめている。段取りとしては、まずアマンダがひとりを装って家に向かい、サンダースになんとかドアを開けさせて中に入る。それと同時に警官が急襲をかけ、瞬時に彼を拘束する、という計画だった。

ところが前方にカレン・ショーの車が停まっているのが見えた。そして通りを進むにつれ、サンダース宅のドアが開いているのがわかった。アマンダは走り出した。

「全員突入！」

前庭を抜け、小道からドアの中に駆け込んだ。そこは居間だった。床で体がいくつか折り重なり、そこらじゅうに血が飛び散っている。だが誰が怪我をし、誰がそうでないのか、ひと目ではわからなかった。

「助けて」

カレンだ。

アマンダはそばに駆け寄った。カレンはフランシスの片腕を膝で押さえつけ、動かないように止めていた。アマンダとカレンのあいだでは、トムがフランシスに覆いかぶさっている。フランシスはその場に釘付けにされ、固く目をつぶって必死にもがこうとしていた。ふたりに体重をかけられては、もがけるはずもなかったが。

どこか上のほうで、何かを叩く音と叫び声がした。

「パパ！　パパ！」

警官がなだれ込んできてアマンダのそばを通り越し、十数人はその場を囲んだ。

「彼を動かさないで」カレンが叫んだ。「刺されてるの」

フランシスのナイトガウンに血が染み込んでいるのが見えた。トム・ケネディは微動だにしなかった。生きているのかどうか、アマンダにはわからなかった。

今日彼まで失うことになったら……

「パパ！　パパ！」

それだ、少なくともまだやれることがある。

アマンダは階段へ走った。

第六部

六十七

死ぬときにはそれまでの人生の一瞬一瞬が次々と眼前に映し出される、とピートは聞いたことがあった。

それが本当だったのが今にしてわかった。といっても、生きているあいだも人生はずっとそんなふうにすぎていった。あっというまだった。幼い頃には、蝶や蜻蛉《かげろう》の命の短さに驚いた。たった数日、ましてや数時間しか命がないなど、想像もできなかった。だが今はわかる。どんな生き物もそういうものなのだ——それは視点の問題にすぎない。年月が積み重なるにつれ、時間がすぎるのがどんどん速くなった。踊りの輪に次々と人が加わり、その回転が加速していくように。そして突然、回転が止まる。

逆向きの展開がはじまる。

さまざまな場面が目の前を通りすぎていく。今のピートのように。

男の子が穏やかな顔をして眠っていた。廊下から洩れ入る柔らかい光で部屋はほの明るい。横向きに寝たその子は髪を耳の後ろへ流し、顔の前で、片手をもう片方の手でつかんでいる。何もかも平穏だった。温かさと愛情に包まれ、なんの恐れも抱かずに安らかに眠る子ども。ベッド脇の床では古い本が開きっぱなしになっていた。

きみのパパも、子どもの頃にこうした本が好きだったんだよ。

続いて静かな田舎道。季節は夏で、あたり一面に花が咲き誇っている。ピートは周りを見回し、思わずまばたきした。熱せられたアスファルトの両脇でつやつやと輝く生垣。頭上にせり出すように伸びた木々の葉が作る天蓋《てんがい》。そこから洩れるライム色やレモン色の光。野原を飛び回る蝶。なんと美しい。以前は焦点を絞りすぎて注意が向いていなかった——捜してばかりで見ていなかったのだ。それをはっきり知った今では、この美しさを見逃すほど、よくもほかに気を取られていたものだと思えた。

次の場面はあまりにも忌まわしく、ピートの意識は受け入れるのを拒否した。鼻声でうなるような蠅の音が聞こえた。すえたワインのにおいのする空気の中を、蠅が一直線に飛んでいった。怒った太陽が床に横たわる子どもたちを睨みつけている。子どもたちはもはや子どもではなくなっていた。しかしありがたいことに、そこから時間をさかのぼるスピードが速まった。ピートは後ろ向きに歩いた。ドアがさっと閉められた。ガチャッと南京錠の音がした。

地獄を見るのは一度だってお断りだ。

再び覗く必要などない。

海岸が現れた。足下の砂は細かく絹のようになめらかで、空を埋めつくす白い陽に焼かれて熱い。目の前の海から銀色の羽のような泡がほとばしった。ピートのそばには女性が座っていた。うんと近くにいるので、彼女の腕の産毛がピートの肌に当たってちくちくする。彼女はもう一方の手でカメラを持ち、ふたりに向けていた。ピートはまぶしさに目を細めながらも、いちばんいい笑顔を見せようとした。幸せだった瞬間——そのときには気づかなかったが、幸せだったのだ。ピートは彼女を心から愛していた。なのにそれをどう表現すればいいのか、ずっとわからずにいた。今ならわかる。簡単なことだったのだ。シャッターが下りると、横を向いて女性を見つめ、心に浮かんだ言葉をそのまま口にした。

「愛してるよ」

彼女はピートに微笑んだ。

今度は家だった。ずんぐりした醜い家で、憎しみが脈打っている。そこに住むとわかっている男とそっくりだ。ピートは中に入りたくなかったが、どうにも選べなかった。ピートは小さくて——子どもに戻っていて——そこは彼の家だった。玄関のドアががたがたと鳴った。カーペットが彼の足の下で埃を吐き出す。空気は濁り、怒りに満ちてどんより重い。居間の暖炉のそばに、車椅子に座って不機嫌そうにしている年老いた男がいた。大きく前に突き出した腹部が汚れたセーターからはみ出し、太腿にでろんと載っている。男の顔には軽蔑が浮かんでいた。表情らしきものがあるときには、いつもそれでしかなかった。

おまえはどれだけ失望させるんだ。おまえが役立たずなのはわかっている。おまえは何事も満足にできたためしがない。

しかしそれは真実ではなかった。

あなたはぼくのことを知らないのだ。

ずっと知らなかったのだ。

子どもの頃のピートにとって、父は理解不能な外国語だった。だが、ピートはもはやそれに習熟していた。あの男はピートがピートとは別人になることを望んでいたのだ。それが混乱を引き起こした。父という本をすべて読めるようになってみると、そのどこにも、ピートのことは書かれていなかった。ピート自身の本は別個にあった。ずっとそうだったのだ。ピートに必要なのは、自分らしくすることだけだった。ただ、それを知るのに時間が――あまりにも長い時間がかかった。

子どもの寝室が見えてきた。窓はなく、シングルベッドの幅の倍しかないほど狭い。

ピートは横になると、不意に懐かしくなったシーツと枕のにおいを思いっきりかいだ。ベビーベッドの頃からの安心毛布がマットレスと板のあいだにたくし込んであった。彼は思わず毛布に手を伸ばし、その角を手の中で丸めて顔に近づけ、目を閉じて息を吸い込んだ。

これで終わりだ、とピートは思った。もつれた人生がきれいにほどかれ、一枚のタペストリーのように眼前に置かれたのを、彼は眺めつくし、すべてをはっきり理解した。今になってみれば、どれもこれも明白なことだった。

この人生をもう一度やり直せればいいのに。

ドアが開いた。汚い廊下から光が斜めに射し込んでピートを覆い、続いて新たな男がおずおずと部屋に入ってきた。わずかに足を引きずりながら、ゆっくりと慎重に歩いている。男自身も傷を負い、体がどこかしら脆くなっているかのようだ。男は苦労してベッドに近づくと、その脇にひざまずいた。

男はピートが眠るのをしばらく見つめたあと、何か迷っているような顔をしていた。だが最後に心を決めたらしい。身を乗り出してきて、ありったけの力でピートを抱きしめた。

そのときには、ピートはすでにもっと深い夢の中に沈みかけていたが、その抱擁を肌で感じ、いや少なくとも感じた気がして、その瞬間、自分が理解され、赦《ゆる》されたのを知った。円環が閉じた、あるいは何かが見つかったように思えた。

ピートの失われた一部が、ようやく戻ってきたかのようだった。

六十八

家に帰ると手紙が一通待ち受けていた。だがアマンダはすぐには開封しなかった。ウィットロー刑務所の消印からみて、差出人が誰であるかは明らかで、今はそれと向き合う気になれなかった。フランク・カーターはピートを二十年間も悩ませ、嘲り、弄び続けていた男だ。その彼が悦に入って書いたものを、ピートが亡くなったその日に読むなんて、とうていできなかった。手紙を出した時点でフランクがその事実を知っていたはずはない。でもなぜだか、あの男はなんでも知っていそうな気がした。

やっぱり放っておこう。わたしにはやることがあるのよ。もっとましな、もっと大切なことが。

手紙をダイニングのテーブルに置くと、グラスをワインで満たし、高々と掲げた。

「ピートに」アマンダは静かに言った。「どうか安らかな旅を」

すると思いもかけず涙があふれてきた。なんなのよ、ばかみたい。アマンダは決して涙もろいたちではなかった。常に平静を保ち、感情に動かされないのを誇りとしていた。それが今回の捜査で変わってしまった。どうせ誰も見てないんだから、思う存分泣いてやろう。泣くのは気持ちがよかった。しばらくすると、もはやピートのために泣いているのでさえなく、むしろこの数か月間の感情をすべて洗い流している気がしてきた。もちろんピートのこともだ。でもニール・スペンサーのことも。トムとジェイク親子のことも。

何もかも。

まるで、何週間も息を詰めたままで吐くに吐けなかったのが、泣くことでようやく吐き出せたかのようだった。

アマンダはワインを飲み干し、もう一杯そそいだ。

トムから話は聞いていた。それを承知で今飲んでいる。酒に酔うのはおそらく、ピートの望むことではないだろう。でも同時に理解してくれる気もした。今この場にピートがいたなら、きっと見せたであろう表情が、アマンダには想像できた。自分にはわかると言いたげな――前にも何度か見せたことがある表情。わたしもそうだったんだ、だからよく理解できる。でもそれはふたりのあいだで話せることではない、そうだろう?

ピートはわかってくれる、大丈夫。囁き男の事件は、ピートの人生の最後の二十年間に影を落とし続けた。これまでの経緯から言って、うっかりすると、自分も似たようなことになりそうだ。でも、それでかまわないのかもしれない――もしかしたら、そういう運命だったのではないかという気すらした。事件捜査の中には、心に爪を食い込ませ、しがみつき、ずっととどまり続けるものがある。そうなると、どんなに必死で振り落とそうとしても、常にそれを引きずって歩くはめになる。以前は、自分はそんなものには影響されないと思っていた。ライアンズ警部のように出世だけを求め、ピートみたいな重荷は背負わないと。でも今は、自分のことが前より少しだけわかってきた。これはきっと、自分がこの先長いあいだ抱えていくものなのだ。そういうタイプの警察官だったわけだ。ぜんぜん賢くないタイプ。

それでもいいか。

アマンダはまたワインを飲み干し、三杯目をついだ。

もちろん成果も挙げたのだから、何はどうあれ、その点は譲らないでおくことが大事だ。ジェイク・ケネディは無事に保護された。フランシス・カーターは刑務所にいる。そして自分はこの先ずっと、彼を逮捕した女と言われ続けるだろう。疲れ果てるまで働き、できることはすべてやり、無能呼ばわりさせなかった。持てる時間を一秒たりともむだにせずに頑張ってきた。

ようやく覚悟を決めて手紙を開けた。すでに酔いが充分に回り、フランクが何を言っているかなど、どうでもよくなっていた。やつがなんだっていうの？　書きたいことを書けばいい。やつの言葉なんかはね返してやる。あいつはこれからも塀の向こうでたわごとを吐き続けるだろう。わたしはこちら側を動かない。ピートが相手だったときとは違うのだ。フランクにわたしをどうこうする力はない。わたしを傷つけるすべはない。

紙が一枚出てきた、ほとんど空白の。

そして、フランクの書いた言葉が見えた。

もしピーターの耳がまだ聞こえるようなら、ありがとうと伝えてくれ。

六十九

フランシスは独房で座って待ち続けた。

刑務所に入ってからの二週間、彼はずっとある予感に捉われていた。そして今日、どこかで何かがカチッと音を立て、ついにその時がやって来たのを知った。消灯時間がすぎると、暗い中で着衣のまま寝台に座り、両手を膝にのせてじっとしていた。周囲から聞こえる金属の反響音やほかの囚人の叫び声がしだいに静まっていった。彼は向かいの雑なレンガ積みの壁をぼんやり見つめた。

待ち続けた。

自分は大人の男だ、怖がってなどいない。

そう身構えるだけの扱いはもちろん受けていた。最初に刑務所に連れてこられたとき、看守らは黙々と職務を遂行しながらも、フランシスに対する憎悪を隠せない、いや、あえて隠そうともしなかった。なんといってもフランシスは小さな子どもを、そして——看守にしてみれば、おそらくこちらのほうが重大だっただろう――警官を殺したのだ。ボディチェックは過度なまで厳重に行われた。フランシスは未決囚だから、既決囚とは隔離されることになっている。なのに、外の通路から彼の独房の扉を叩いたり揺すったり、ひそひそ声で脅したりする者があとを絶たなかった。看守らはたまに怒鳴って追い払うだけで、うんざりした声を出し、やめさせることはほとんどなかった。むしろ楽しんでいるようにフランシスには思えた。

楽しませておけばいい。

フランシスは待った。独房の中は暖かかったが、鳥肌が立ち、体がわずかに震えていた。しかしそれは恐怖からではなかった。

なぜなら、自分は大人の男だからだ。怖がってもいない。

一週間前、刑務所の食堂で初めて父の姿を見た。食事中もフランシスはほかの囚人から遠ざけられており、テーブルにひとり座り、看守が監視する中で、与えられた水っぽいマッシュポテトを食べていた。いちばんまずそうな部分をよこしたように思えたが、もしそうなら、そうしたやつのほうこそお笑い種《ぐさ》だ。フランシスはこれよりもっとひどいものを食べたことがあった。これよりはるかに冷酷な仕打ちに耐えて生き抜いてきた。冷たいマッシュポテトをスプーンですくいながら、これはみな試練にすぎないと自分に言い聞かせた。今まで何度となくそうしてきたように。どんなことを仕掛けられても耐えてやる。今に報いが――

そのとき、ふと振り向くと父が見えた。

フランク・カーターは食堂の入口を、わずかに身をかがめてくぐり抜けるところだった。まるで刑務所の支配者のような顔をしていた。彼の存在はたちまちホールじゅうを圧倒した。まさに巨漢。看守は大半が彼より頭ひとつ低く、みんな敬遠して彼に近寄らなかった。彼の両脇にはほかの囚人が群がっていた。全員オレンジ色の囚人服を着ていたが、その中でも父はひと際目立ち、一団のリーダーであることがはっきりわかった。フランシスの目には、父が不気味なまでに大きく力強く映った。その気になれば、刑務所の壁など歩いて通り抜け、砂まみれになりながらも、無傷で外に出られるのではないかと思えた。

父にはどんなことでもできそうだった。

「早く食べろ、カーター」看守がフランシスの背中を小突いた。

フランシスはマッシュポテトを口に入れながら思った。この看守はこんな扱いをして、そのうち後悔することになるぞ。なぜって、自分の父はここの王様で、ということはつまり、自分は王家の一員なのだから。食事のあいだはずっと、父と取り巻きが座るテーブルをちらちら盗み見ていた。取り巻きの連中は笑っていたが、遠すぎて、雑音を無視して会話を聞き取るのは無理だった。ただ、父は笑わなかった。それに、連中はたまにフランシスのほうを見ているようだったが、父は一度も視線をよこさなかった。一度も。フランク・カーターは、ときおりナプキンで顎ひげをぬぐいながら、ただひたすら食べ物を口に運ぶか、噛みながら、深刻な事柄でも考えているかのように真正面を見つめていた。

「早く食べろと言っただろ」

それから今日までのあいだに、フランシスはさらに四、五回、父を見かけたが、毎回様子は変わらなかった。フランシスは改めてこの男のばかでかさに感銘を受けた。彼は周囲の人間を常に高い位置から見おろしており、まるで子どもたちに囲まれた父親みたいだった。そしていつも、フランシスのことはまったく目に入っていないように見えた。媚《こ》びへつらう取り巻き連中と違い、フランシスのいるほうへ顔を向けることさえなかった。だがフランシスのほうは絶えず父を意識していた。夜に独房でひとり横になっているときにも、厚い扉や鋼鉄の通路のはるか向こうで脈を打つ、その確固とした存在を感じていた。

予感は着実に膨らみ、そして今日、フランシスはその時が近づいているのを悟った。

自分は大人の男だ。

怖がってなどいない。

刑務所はかつてないほどひっそりとしていた。まだ遠くで物音がしていたが、フランシスの独房はあまりにも静かで、自分の呼吸の音が聞こえるほどだった。

彼は待った。

さらに待った。

そしてついに、外の通路をやって来る足音が耳に入ってきた。足音は用心深くも、心を躍らせているようにも聞こえた。フランシスは立ち上がり、期待に胸をときめかせながら、さらに注意深く耳を傾けた。ひとりではなかった。低い笑い声に続き、しーっとたしなめる声がした。そしてジャラジャラという鍵束の音。それで納得した——ここでは父が望むものはなんでも手に入るのだろう。

しかしその音には、どこかしら嘲笑っているような響きもあった。

独房の外で、誰かが彼の名を囁いた。

フラァァァァーンシス。

鍵が回された。

続いて扉が開かれた。

フランク・カーターが独房に足を踏み入れた。その頑強な巨体がドアロをふさぐように立った。わずかな光が父の顔を照らし、そこに浮かぶ表情が露わになり、そして——

そして——

フランシスは子どもに戻った。

脅えていた。

なぜなら、父のその表情には嫌になるほど見覚えがあったからだ。父がそれを浮かべるのは、夜にフランシスの寝室にやって来て、起きて階下に行くよう命じるときだった。階下で見なければならないものがあった。その当時は、垣間見えた父の憎しみはやむなく抑えられ、フランシスの代わりにほかの者へ向けられた。しかし今ここでは、もはや抑える必要がなかった。

助けて、とフランシスは心の中で叫んだ。

だがここには彼を助ける者はいなかった。昔もそうだったように。呼べば来てくれる人はいなかった。

そんな人がいたためしはなかった。

囁き男がゆっくりと近づいてきた。フランシスは震える両手でTシャツの裾をつかんだ。

そして、顔がすっぽり隠れるまで引っぱり上げた。

七十

「パパ、どうかしたの?」

「え?」

ぼくはぶるんと頭を振った。気づくと、ジェイクのベッドの脇で、『三の力』の最後のページを開いたまま宙を見つめていた。ふたりで本を読み終えたあと、ぼうっとしていたらしい。つい考えにふけっていたのだ。

「どうもしないよ」

ジェイクは信じてなさそうな顔だった――そしてジェイクの勘は当たっていた。どうもしないわけがない。でも、その日病院で父の最期を看取《みと》ったことを、ジェイクに話す気にはなれなかった。いずれ時が来れば話すだろう。でも今はまだ、ジェイクの知らないことがたくさんありすぎて、そのどれについても、説明する言葉や理解させる言葉が見つかりそうになかった。

その意味では、前と何ひとつ変わっていない。

「ただ、この本は」ぼくは本を閉じ、感慨を込めて表紙をなでた。「もうずっと長いあいだ読んでいなかったから、たぶん思い出が蘇ってきたんだ。ジェイクぐらいの歳の頃に、ちょっと戻ったような気になって」

「パパにぼくぐらいの歳の頃があったなんて、思えないよ」

ぼくは笑った。「信じがたい、だろ？　さあ、おいで」

ジェイクはシーツを押しやってベッドから下りた。ぼくは本を置き、ジェイクを膝に座らせた。

「そっとね」

「ごめん、パパ」

「大丈夫。注意しただけだよ」

ジョージ・サンダース。かつてはフランシス・カーターという名前だった男の手にかかって負傷してから、二週間近くがすぎていた。あの日どこまで死に近づいたのかはいまだにわからない。大半は思い出せもしなかった。あの朝に起きたことの多くがぼんやりとかすんでいた。まるでパニックに陥ったせいですべてが消去され、記憶の保存にストップがかけられたかのように。入院当日のことも同様だ。ぼくの命はいつまでもどこかをふわふわと漂い、しっかり戻ってくるまでに時間がかかった。今だって、片方の脇腹を覆うように包帯がぐるぐると巻かれ、そちら側の足にはまだ体重がかけられない。そして夢の切れ端のように、いくつかの場面が頭に浮かんでくる。ジェイクが大声でぼくを呼んでいた。ぼくは絶望の淵《ふち》にあった。何がどうあってもジェイクのもとに行かなければならないと思った。

ジェイクのために死ぬ覚悟をしていた。

ジェイクはぼくをそっと抱きしめた。それでも、ぼくは必死で顔をしかめないようにしなければならなかった。この家ではジェイクがひとりで階段を上り下りできて助かった。いろんなことがあったあと、ジェイクが前よりいっそう脅え、また妙な行動を取るようになるのではないかと心配だった。でも実際には、ジェイクはあの日の恐怖を、ぼくが想像していたよりはるかにうまく乗り越えた。あるいは、ぼくよりもうまく。

ぼくは精一杯ジェイクを抱き返した。今できるのはそれぐらいだった。ジェイクが再びベッドに戻ると、ぼくはドアロに立ち、つかのまジェイクを見つめた。本当に穏やかで、温かそうで、安心しきった顔をしている。そばの床には〈スペシャル・パケット〉があった。その中をあの朝覗いたことも、何を見つけたかも、女の子の正体も、ジェイクにはまだ話していない。それについても――少なくとも今は――語る言葉を持たなかった。

「おやすみ、相棒。愛してるよ」

ジェイクはあくびをした。

「ぼくも愛してるよ、パパ」

電気を消したあとは、今のぼくには階段がきついため、しばらく自分の寝室で、ジェイクが眠りにつくのを待つことにした。ベッドに腰かけてノートパソコンを開き、最近使用したファイルを出して読んだ。

レベッカへ

きみの考えていることが、ぼくには手に取るようにわかる。なぜなら、きみはいつだって、ぼくよりはるかに実際的だったからだ。きみは、ぼくが自分の人生を生きるよう望んでいるのだろう。ぼくに幸せになってほしいと願っているのだろう……

云々《うんぬん》。一瞬、何を書いたのか理解できなかった。というのも、この文書を開くのは、保護施設での最後の夜以来だったからだ。それはもうはるか昔のように思えた。カレンのことを書いたのだ――カレンに気持ちが向かっていることに対する罪悪感を。それもまた、遠い昔のように感じられた。カレンは病院に見舞いに来てくれた。ぼくが少しずつ体力を取り戻すあいだ、ジェイクを学校に連れていき、あの子の世話を手伝ってくれた。ぼくたちの仲はどんどん深まりつつある。ただ、ふたりはあの出来事によって接近したものの、お決まりのコースからははずれてしまい、おかげでキスもまだというありさまだった。でもぼくにはわかる……その時がどこかで待ち構えているのが。

きみはぼくに幸せになってほしいと願っているのだろう。

そうだよね。

ぼくはレベッカの名前だけを残し、あとはすべて消去した。

以前の構想では、レベッカとの生活や、彼女の死がもたらした悲しみ、彼女を失ったことによる打撃について書くつもりだった。今もそうしたいと思っている。どんな作品になるにせよ、その中ではレベッカが重要な位置を占めるような気がするからだ。レベッカの生命は終わっても、レベッカが終わってしまったわけではない。幽霊の存在など抜きにしても、ともかく事はそんなふうにはいかないようになっている。ただ、今ではもっとたくさんのことがあって、それをぜんぶ書きたいという気持ちが生まれていた。さまざまな出来事について、その真相が書きたいと。

ミスター・ナイトのこと。

床の男の子のこと。

蝶のこと。

奇妙な服を着た女の子のこと。

そしてもちろん、囁き男のこと。

厄介な作業になりそうだ。何もかもがすべてごた混ぜになっているし、ぼくの知らないことや、永遠にわかりそうもないことが、あまりにも多すぎる。といっても、それ自体が問題になるとも思えない。真相は、現実に起きたことだけでなく、肌で感じたことの中にも、同じようにひそんでいるのではないだろうか。

ぼくは画面を見つめた。

レベッカへ。

この唯一消去しなかった言葉すら、もはや適切ではなかった。ジェイクとぼくは新たな出発をするつもりでこの家に引っ越したのだ。レベッカは物語に欠くことのできない要素だとしても、これをレベッカの物語にしてはならない。それが肝心だ。焦点をどこかほかに移す必要がある。

ぼくはレベッカの名前を消した。そしてためらったあと、キーを打ちはじめた。

ジェイクへ

きみに話したいことは山ほどあるんだけど、ぼくらはいつも、面と向かい合うとうまく話ができない。よね？

ならば、代わりに書くしかないだろう。


するとそのとき、ジェイクがごく小さな声で話しているのが聞こえてきた。

ぼくはその場でじっとしたまま、あとに続く静寂に耳を傾けた。静まり返った家がどんどん不気味に思えてくる。一秒、二秒、と時間がすぎ――ようやく、あれは空耳だったのだと思えるようになった。

そのとたん、また声がした。

パソコンを脇にやって慎重に立ち上がると、なるべく音を立てないように廊下に出た。心が少し沈んでいった。この二週間は、例の女の子も床の男の子も現れた形跡がなく、ジェイクにジェイクらしくさせてやるのはいいとしても、正直なところほっとしていたのだ。それが今になってまた戻ってきたのかと思うと、いい気持ちはしなかった。

廊下に立って耳をすました。

「わかった」ジェイクがひそひそ声で言った。「おやすみなさい」

それきり声はやんだ。

もうしばらく待ってみたが、どうやら会話は終わったようだった。数秒置いてから、廊下を横切り、ジェイクの寝室に入った。後ろから射し込む光で、ジェイクがベッドでじっと寝ているのが見えた。部屋の中にはほかに誰もいなかった。

ぼくは奥へ進んだ。

「ジェイク？」そっと声をかけてみた。

「なあに、パパ？」

やっと聞き取れるぐらいの声だった。

「今、誰と話してたんだい？」

でも返事はなく、ジェイクを覆う寝具がゆるやかに上下し、穏やかな呼吸の音が聞こえるだけだった。半分眠りながら独り言を言っていたのかもしれない。

寝具をきれいにかけ直してやり、ドアのほうへ戻ろうとした。するとそのとき、ジェイクがまたしゃべった。

「パパのお父さんも、パパが小さい頃、あの本をパパに読んであげていたんだ」

ぼくは言葉を失い、こちらに背を向けて横たわるジェイクを見おろした。静寂が鳴り響いた。部屋の中が急に前より冷たくなったように感じられ、全身に震えが走った。

ああ、とぼくは心の中で答えた。たぶん、読んでくれたんだろうね。

ただ、ジェイクの言い方はたずねるふうではなかった。そしてジェイクがそれを知っているはずもなかった。ぼく自身、そんなことがあったとは覚えてもいないのに。といっても、この本が子どもの頃にお気に入りだったことは、もちろん話してあった。だから自然とあんなふうに考えたのだろう。別に意味があるわけじゃない。

「読んでくれたよ」ぼくは空っぽの部屋を見回した。「どうしてそんなことを言ったの？」

だが、ぼくの息子はすでに夢の中に入っていた。

謝辞

お世話になった数多くの人たちに心よりお礼を申し上げる――まずは凄腕エージェントのサンドラ・サウィカ、リーア・ミドルトン、そしてマージャックのほかのメンバー全員に。続いてマイケル・ジョゼフ社で編集を担当してくれたジョエル・リチャードソンに。その間の彼の忍耐と助言はきわめて貴重なものだった。それから、困難な作業を行い支援してくれたサラ・スカーレット、キャサリン・ウッド、ルーシー・ヘンダーソン、エリザベス・ブランドン、アレックス・エラム、ミスを拾ってくれたシャン・モーリー・ジョーンズ、そしてこんなにも美しい表紙画をデザインしてくれたリー・モトリーに。以上の皆さん一人一人の仕事ぶりには驚かされどおしで、感謝してもしきれないほどだ。

また、思いやりと寛大さで知られるクライム・フィクション・コミュニティで、たくさんのすばらしい作家や読者、ブロガーと交流して元気づけられていることを、絶えずありがたく思っている。みんな最高だ。なかでもブランケッツの面々のためには、特大のグラス――ビーカーでもいいぐらい――で乾杯しなければならない。誰のことかはおわかりだろう。

最後に、リンとザックには本当にあらゆる面で感謝している――特にじっと我慢していてくれたことに。この本は二人に捧げる、たくさんの愛とともに。

解説

♪akira

背筋の凍るような恐ろしい犯罪が題材であっても、読み手の心の奥底まで入りこんで感情を揺さぶり続け、読み終わった後もなかなかその状態から放してくれず、いつまでも心に居続けるミステリーに出くわすことがある。本書『囁《ささや》き男』はまさしくそんな一冊だ。

十ヶ月前に突然妻を亡くした作家のトムは、それ以来気力を失い、執筆活動が進まなくなっていた。妻レベッカの面影がちらつく家は、失われた幸せな日々をいやおうなく思い出させ、日常の家事すらまともに対処できない彼は自分が情けなかった。だが一番の悩みは、七歳になる一人息子ジェイクの子育てに自信を無くしていたことだった。気持ちを切り替えるため、トムとジェイクは見知らぬ土地に移り住むことにするのだが、ジェイクの意見を聞いて決めた新しい家は、どこかしらいびつで、何か不穏な雰囲気を醸し出していた。

引っ越してきたフェザーバンク村は、自然に囲まれた静かで平和な美しい場所だった。住人のほとんどが顔見知りのような小さなコミュニティは、安心して子育てをするには最適と思われた。しかしそこでは二人が来る二ヶ月ほど前、ある事件が起きていた。地元に住む六歳の少年ニール・スペンサーが失踪し、未だ犯人は見つからず、少年も依然として行方不明のままだったのだ。

幼い少年の失踪事件は、二十年前にこの村で起きた惨劇の記憶を地域住民に蘇《よみがえ》らせることとなる。それは、フランク・カーターという妻子持ちの男が五人の少年を誘拐し、惨《むご》たらしく殺害した事件だった。フランクは少年たちを誘拐する際、偽りの親しみを込めて彼らに近づき、人目を避けて優しく囁きかけ言葉巧みに誘い出し、まんまと自宅に連れ帰って犯行に及んでいた。そのことから当時の新聞はフランクに不気味な呼び名をつけていた。〈囁き男〉と。

ニール少年は、アルコール依存症の父親が酔いつぶれてしまったため、夜間ひとりで母親の家まで歩いて帰る途中で行方不明になった。しかし捜査の過程で、事故や遭難の可能性を排除する重大な事実が発覚する。少年は失踪する前、窓の外から怪物が自分に囁いたと母親に話していたのだ。模倣犯なのか？　それとも二十年前に共犯者がいたのか？　この証言は、地元警察のピート・ウィリス警部補に大きな衝撃を与える。彼はかつて〈囁き男〉事件でフランクを逮捕したのだが、その際目にした犯行現場の惨状を今もまだ記憶から消すことができない。その理由のひとつは、フランクの自白により五人目の被害者であることが判明したトニー・スミス少年の遺体がいまだに発見されていないからだ。逮捕から二十年間、ピートは獄中のフランクの元へ通い、被害者を遺棄した場所を問い続けているが、相手は一向に口を割ろうとしない。フランクが自分を弄《もてあそ》んでいるのは明らかで、ピートは面会のたびに心身を削られながら虚《むな》しい努力を続けていたが、それには別の個人的な理由もあったのだ。

物語は、トムの一人称の語りと並行し、捜査に関わるピートとアマンダ・ベック警部補、ジェイク、そして犯人と、次々に視点を変えて紡がれていく。二十年前の事件を洗い直したり、捜査線上に浮かぶ雑多なことがらをふるいにかけたり、被害者家族への対応も熟慮したりと、臨場感あふれるスリリングな捜査パートは文句なしの読み応えである。そしてもう一つの読みどころは、本書の最大のテーマである父親と息子の関係だ。

ジェイクと二人きりの生活は、日を追うごとにトムの重荷になっていく。感受性が鋭く物静かなジェイクは、母親を亡くしたショックからいっそう内向的になり、遊び相手は想像上の友だちだけになってしまった。こんな時でも妻だったら対応できる、ジェイクだって妻の言うことならちゃんと聞いてくれるはずだ、とトムは思いこむ。それはあくまでも彼の想像でしかないのだけれど、実は彼は過去の辛《つら》い記憶から、ジェイクが望むような立派な父親にどうしてもなりたいのだ。しかしそうあろうと努力すればするほどジェイクとの間に溝ができてしまい、トムは自分の不甲斐《ふがい》なさを思い知る。愛する息子と理解し合えない辛さがつのるにつれ、トムはジェイクがほかの子たちのような〝普通〟の子だったらいいのに、と思ってしまう。その方がずっと楽に違いないと。トムがそんなことを思うのは、かつて彼自身がジェイクのような子ども時代を送っていて、同じ生きづらさを味わってほしくないからなのだが、でもそれはジェイクを否定することだ。そうした考えを抱いたことでトムは自己嫌悪に苛《さいな》まれ、ジェイクへの罪悪感は増すばかりだ。その上さらに、息子の空想の友だちは自分を脅かしはじめる。

本書で最も胸を締めつけられるのは、細やかに描かれるジェイクの心情だ。彼の方も父親との関係に心を痛めている。誰よりもわかってほしいのに、話を聞いてくれない。でもジェイクはそれをストレートに伝えることはできない。パパをがっかりさせてしまうかもしれないから。ジェイクだって、パパの理想の子どもでありたいのだ。大好きなパパを心配させたくないから内緒にしていることもある。自分のせいで、子どもを守れない親にさせたくないのだ。母を亡くし、最愛の父親とすら心を通い合わせることができず、唯一そばにいてくれる友だちはジェイクに不気味な助言をし始める。わずか七歳の少年がどれだけ小さな胸を痛めているのかと思うと、胸が張り裂けそうになる。トムとジェイクがお互いを思いやるがゆえのすれ違いは、恐ろしい捕食者を呼び寄せてしまう。

本書には罪悪感という言葉が頻繁に出てくる。真面目《まじめ》だからこその罪の意識もあれば、隠し事をすることへの言い訳に使われることもある。それを払拭《ふっしょく》しようと考えることすら許せない者もいる。この心理的な描写が非常にサスペンスフルで、物語の中盤あたりで、ある人物たちの過去が交差するのだが、その関係の行く末も、事件以上に読者の心を摑《つか》んで離さない。血も凍るような生身の犯罪とスーパーナチュラルな要素が絶妙に組み合わされた本書は、読後しばらくの間心に残ることだろう。

著者アレックス・ノースは本書が初の邦訳となるが、実はスティーヴ・モズビー名義で既に十一冊の著作を発表している。全てが未訳だが、三作目の〝THE 50/50 KILLER〟は二〇〇八年バリー賞最優秀英国犯罪小説賞にノミネートされ、二〇一二年にはCWA（英国推理作家協会）の、現在活躍中で読者を最も楽しませた作家に与えられるダガー・イン・ザ・ライブラリーを受賞している。本人自身は同一人物であることをあえて公にはしていないものの、顔出しもするし特徴のある両腕のタトゥーも隠していない。ツイッター上では両方の名前で情報を発信するなど楽しんでいるようだ。本書で舞台となるフェザーバンクは架空の村だが、著者の出身地であるイングランドのリーズにはフェザーバンク・レーンという通りが実在する。

ノース名義第一作目の本書はNYタイムズのベストセラーリストに登場し、二〇二〇年のCWAイアン・フレミング・スチール・ダガーの最終候補五作に残った。本書はあくまでもフィクションだが、トムの息子への正直な気持ちと深い愛情、ジェイクのひたむきな思い、そしてある過去を背負った者がその罪を贖《あがな》う真摯な姿勢などから、作者の家族に対する愛情がくみとれるようで、それが世界中の読者の心に響いたのではないだろうか。

ノースは米国の版元のインタビューで、本書が書かれた経緯について答えている。もともと父と息子の物語を書きたかったのと、昔から子どもたちの間で語り継がれている気味の悪い噂話《うわさばなし》や都市伝説に興味があって、ちょっと不気味な要素を含んだ犯罪小説にしたかったのだという。引っ越したばかりの新居で、ある日四歳の息子が「床《ゆか》の下の少年」と遊んだ話をしたことから、本書のアイディアが膨らんだそうだ。

嬉《うれ》しいことに、映画『アベンジャーズ／インフィニティ・ウォー』（二〇一八／米）、『アベンジャーズ／エンドゲーム』（二〇一九／米）の監督ジョー＆アンソニー・ルッソ兄弟の制作会社が本書の映像化権を獲得した。現時点ではまだ詳細は明かされていないが完成を楽しみに待ちたいと思う。ノースの執筆活動も好調のようで、昨年刊行された二作目〝THE SHADOW FRIEND〟には、アマンダ・ベック警部補が再登場しているらしい。こちらは米ウィスコンシン州で実際に起きた、十代の少女二人による友人の殺害未遂事件を元にしたサイコ・サスペンスだという。

なお本書にはちょっとした仕掛けがある。英国オリジナル版と米国刊行版ではエンディングが違うのだ。アマゾンに掲載されたインタビューによると、米国側の編集者の熱い要望で、著者同意のもとにラストの順序を入れ替えたそうだ。本書は英国版から訳されているが、米国版の原書を読んでみると、内容は全く同じだが確かに読後感が違ってくる。あとは好みの問題で、ノース本人もどちらも捨てがたいと発言しているが、順番を入れ替えるだけでここまで印象が変わるものなのかと新鮮な驚きを得た次第である。興味のある方はぜひ読み比べてみてはいかがだろう。

最後に、ネットフリックスのドキュメンタリー『リアル・ディテクティブ』をご紹介しておく。実際に起きた凶悪事件を当事者本人のインタビューと再現ドラマで構成したシリーズ番組で、子どもの誘拐殺人事件がいくつか取り上げられている。そのうちの一つは初動捜査のミスと、犯人逮捕後にも被害者が今もって行方不明のことから、担当した刑事が敗北感と罪悪感で酒と薬物に依存し家庭が崩壊、もう一つの事件では、犯人の異常な行動と犯行の残虐さに担当刑事がトラウマを抱えてしまった結果、現場から退いている。子どもを狙う犯罪に関わるとどれだけ精神的に負担がかかるのかが、ベテランの警察官たちの表情から読みとれて衝撃的だ。しかし彼らの努力のおかげで救われた命があったこともまた事実なのだということを忘れずにいたい。

（あきら／翻訳ミステリー・映画ライター）

――本書のプロフィール――

本書は、二〇一九年にイギリスで刊行された小説
『THE WHISPER MAN』の本邦初訳です。

小学館文庫

囁《ささや》き男《おとこ》

著者　アレックス・ノース
訳者　菅原美保《すがはらみほ》

二〇二一年六月十二日　初版第一刷発行

発行人　飯田昌宏
発行所　株式会社　小学館
〒一〇一-八〇〇一
東京都千代田区一ツ橋二-三-一
電話　編集〇三-三二三〇-五七二〇
販売〇三-五二八一-三五五五
印刷所 ―― 中央精版印刷株式会社

この文庫の詳しい内容はインターネットで24時間ご覧になれます。
小学館公式ホームページ　https://www.shogakukan.co.jp

ISBN978-4-09-406848-1